JIGUANG
ZHI YI

Concetto di Aurora
极光之意

时代出版传媒股份有限公司
安徽文艺出版社

飘荡墨尔本 ○著

飘荡墨尔本，传播学博士，毕业于厦门大学、墨尔本大学。中国作家协会会员、第九次全国青年作家创作会议代表、福建省作协第八届主席团委员、阅文集团大神作者。

著有航天科幻题材作品《筑梦太空》入选中国作家协会网络文学重点作品扶持（科技科幻主题）、上海文化发展基金会资助项目名单。《筑梦太空》作为文化和旅游部文化交流典藏书目，被大英图书馆永久收藏，并入藏意大利作家联合会、罗马大学孔子学院、英国查宁阁图书馆、法国巴黎文化中心。《大国子民》获得"大道同行"中国共产党统一战线政策提出100周年征文大赛一等奖。非遗题材作品《极光之意》荣获阅文平台荣誉五星作品，并入选福建省文联"新时代福建山乡巨变"重点扶持项目。

JIGUANG
ZHI YI

Concetto di Aurora
极光之意

飘荡墨尔本 ◎ 著

时代出版传媒股份有限公司
安徽文艺出版社

图书在版编目（CIP）数据

极光之意 / 飘荡墨尔本著. -- 合肥 : 安徽文艺出版社, 2025.3. -- ISBN 978-7-5396-8134-4

Ⅰ. I247.5

中国国家版本馆CIP数据核字第2024T8V154号

出 版 人：姚　巍
责任编辑：宋晓津　　　　　　　　装帧设计：张诚鑫

出版发行：安徽文艺出版社　www.awpub.com
地　　址：合肥市翡翠路1118号　邮政编码：230071
营 销 部：(0551)63533889
印　　制：安徽联众印刷有限公司　(0551)65661327

开本：700×1000　1/16　印张：22.25　字数：310千字
版次：2025年3月第1版
印次：2025年3月第1次印刷
定价：68.00元

（如发现印装质量问题，影响阅读，请与出版社联系调换）

版权所有，侵权必究

目　　录

第一卷　极光之意

第一章　极光之意 / 003

第二章　蒙娜丽莎 / 015

第三章　"公共财产" / 024

第四章　假冒伪劣 / 034

第五章　不伦不类 / 043

第六章　《红楼》《离骚》/ 051

第七章　真相大白 / 059

第八章　万安之桥 / 068

第九章　千古艺帝 / 080

第十章　广义大少 / 093

第十一章　南宋美食 / 104

第十二章　失物招领 / 117

第十三章　大放厥词 / 125

第十四章　爆款消夜 / 135

第二卷　极光之心

第一章　广义吾儿／143

第二章　"前女友"好／154

第三章　广播过敏／161

第四章　珍惜生命／171

第五章　"开心小姐"／182

第六章　古人智慧／193

第七章　十四年前／205

第八章　榫卯结构／218

第九章　正向吸引／231

第十章　造血功能／241

第十一章　虎头蛇尾／255

第十二章　扎堆退单／272

第十三章　致命打击／291

第十四章　终极真相／305

第十五章　游牧咖啡／320

第十六章　廊桥出海／333

后记：我的书友@无极2016／348

第一卷　极光之意

第一章 极光之意

"小适子,过来看看你广义哥哥最新的获奖作品。"聂广义一脸嘚瑟,抱了个建筑模型进来,脚迈帝王般端方的八字步,意气风发。

被唤作小适子的男生,头都没有抬,漫不经心地回应:"小'镊'子,你宣适哥哥对纸上谈兵不感兴趣,等什么时候你的设计落地了,哥哥再帮你看。"

聂广义对着宣适做了一个抹脖子的动作:"是谁借你的胆子,叫哥哥小'镊'子?"

"可能是你爸爸。"宣适依旧低头,专心摁志地滑动自己的手机屏幕,欣赏女朋友程诺发到他手机上的三张照片。风景照。正经的。

感受到兄弟的敷衍和忽视,聂广义放下手中的模型来了劲。

他左右晃动了一下脖子,又向后转了几圈自己的肩膀,做好了"干架"前的准备工作,并用最快的速度付诸行动。

宣适仍是连头都懒得抬。他右手拿着手机,左手一扬,抓住了聂广义从他头顶拍过来的右手，顺势卸掉了聂广义手上的所有力气，一个反手，把聂广义的胳膊给拧到了身后。

右手受限的聂广义只好换左手，还没抬起来，又被宣适给拧到了一起。前后不过两秒钟的时间，意气风发的"广义哥哥"就一点反抗的余力都没有了。

聂广义很是气恼，武力值可以不如，气势绝对不能输："你说话就说话，扯上我爸爸干吗？"

"你爸爸不姓聂你能姓聂？你不姓聂我能叫你小'镊'子？"宣适解释了一下为什么是"你爸爸"。

因为武力值不如宣适，聂广义的"帝王之气"早就已经去无影踪，却还是免不了要挣扎一下："跪安吧，小宣子。你广义哥哥今天心情好，不和你计较。"

宣适把头抬了起来，出声问道："怎的？"

终于，聂广义找回来一丢丢的存在感，他甩了甩头，做了一个自认为潇洒的顺发动作："不是和你说了吗？今天哥哥拿了个奖！"

"又是概念设计啊？"宣适刚刚升腾起的那一点兴趣瞬间就消失了，"那我还是下次再欣赏吧。"

从上大学开始，聂广义就在做各种各样的概念建筑设计。既然是概念，就代表短时间内落不了地，虚无缥缈，曲高和寡，并不适合当下的人类居住。

宣适是个务实的人，比起概念建筑，他更喜欢马上能住的建筑，比如女朋友刚刚发照片邀请他去的地儿。

宣适连眼睛都不舍得离开手机屏幕一下，如此这般敷衍，气得傲娇求赞的聂广义直接来了个质问三连："下次是哪次？改天是哪天？以后是多久？"

"呃……"宣适被问得卡顿了好几秒，眼睛的余光在这个时候扫到了被聂广义放在边上的获奖模型。

宣适强压住内心的讶异问聂广义："这个概念设计是什么时候得的奖？"

"就今天啊。"聂广义身体稍稍后仰，在自己的胸前竖起两个大拇指，给宣适让出了更好的观赏角度。这个动作，既能让宣适看清楚自己最新的获奖作品，也不耽误他给自己点赞。

"啊？"宣适脸上的诧异更明显了，出声问道，"今天？"

没能第一时间收获赞美的聂广义有些不满："你这什么表情？今天怎么了？是今天你便秘，还是今天不适合哥哥我得奖？"

"都不是……"宣适摇头。

"干吗呀，你这欲言又止的？"聂广义不耐烦道，"有屁快放！"

"没有欲言又止，我在组织语言。"宣适回应。

"组织什么语言？是在想要怎么恭喜你广义哥哥吗？"聂广义摆了摆手，装出一副盛情难却的架势，"不用那么客气，随便请本大少吃顿饭就好。"

"广义，这不是吃饭的问题……"宣适继续组织。

"怎么就不是了呢？知道'随便'是什么意思吗？好不好吃很重要，比好吃更重要的是贵。"聂广义相当好打发地表示，"当然，如果宣适弟弟买齐佛跳墙的材料，亲自给哥哥做的话，也是可以接受的。"

宣适没有接这个话茬："广义，你这个想法是什么时候有的？"

聂广义被宣适的表情给整不会了，愣了愣，才问："你说这个概念设计的雏形啊？"

"对。"宣适点头。

"出现在我脑海里的时间？"聂广义问。

"对。"宣适再次点头。

"差不多一年前就有了想法。"聂广义补充道，"过了半年，才把这个想法具象化。"

"你的意思是，半年前才开始建模，对吗？"宣适向聂广义确认。

"嗯哼！有没有倾倒于你广义哥哥的才华？"聂广义对自己的设计向来都

很有信心，而且还不是盲目自信的那一种。

聂广义是专业学建筑并且从事建筑设计工作的，本科念的是同济大学的建筑系，成绩优异，去意大利、法国、美国都做过交换生。

现如今，他是意大利建筑设计界冉冉升起的一颗新星。

他各种奖项拿到手软，在建筑设计和产品设计领域，都有自己的建树，在建筑布局、建筑技术和城市规划上也有自己的特长。

聂广义想着，宣适可能会为了逗他，故意说"要倾倒也是倾倒在你的石榴裙下"。

如果是这样的话，他就让宣适给他买条石榴裙。

反正他穿上之后，辣的也是宣适的眼睛。至于他自己，只要不照镜子就能眼不见为净。

掩耳盗铃是聂广义与生俱来的"本领"，根植于他灵魂的最深处。

"没有。"宣适摇头，他的反应和聂广义想象中的完全不一样。他不仅没有倾倒，还郑重其事地来了一句："广义，你这个设计有问题。"

"能有什么问题？小适子，不要摆出一副你比哥哥更懂概念建筑的姿态！"聂广义艴然不悦道。

聂广义这会儿是真的有点生气了。

别的事情就算了，宣适这么个对建筑一窍不通的门外汉，竟然在他的专业领域指手画脚，哪有这样的兄弟？

"不是的，广义，我都看到这个建筑的现实版了，怎么可能还是个概念？"宣适一点都没有开玩笑的意思。

"建出来了？"聂广义双手举到自己的眼睛前，摇晃着两个食指，笃定道，"这绝不可能！"

宣适打开电脑，把程诺刚刚发到他手机上的那三张照片调了出来，点开，放大，而后两脚轻轻点地，带着滚轮的椅子往后让了让。他把电脑屏幕转向聂广义，做了个邀请的手势，出声说道："你自己过来看。"

带着三分戏谑、七分不信，聂广义看向宣适的电脑屏幕。

看着看着，聂广义的表情就凝固了，他张着嘴巴，半天说不出一句话。

"是几乎一模一样吧？"宣适指着图片里面的建筑说道，"建在水上的五层楼，像盒子一样，层层堆叠上去，每一层楼都有一个旋转的角度，最大限度地保证每个房间的采光。"

聂广义没有回答，而是点了点鼠标，开始看放大后的第二张照片。

宣适指着第二张照片接着说："你看这里，二楼和四楼是同一个旋转的角度，三楼和五楼朝向一样，然后一楼是一个单独的角度。是不是也和你的模型是一致的？"

聂广义依旧没有回应，快速翻到第三张照片。

宣适对着照片给出了自己的结论："同样是白色透明的五层水上建筑，不说100%一样，相似度怎么都超过95%。"

聂广义把这几张照片放大了缩小，缩小了又放大，翻来覆去地看，时不时还要凑近了仔细观察，恨不得再架上个显微镜。聂广义很想给宣适盖上一个外行指导内行的印章，好挫一挫他的锐气。可惜的是，眼前的这几张照片，让他说不出任何一个反驳的字眼。

聂广义的第一反应是震惊："这是哪儿啊？你什么时候拍到的照片？为什么会有人抄袭我的概念设计？"

"不是我拍的，是阿诺发过来的。"宣适一提到程诺，眼神都温和了几分。

聂广义的第二反应是气愤："你把我的设计透露给棺材板了？"

"你干吗还叫人棺材板？"宣适也是气不过，"我都不知道你什么时候又做了新的概念设计，怎么给阿诺透露？"

"那要不是你的话，怎么会发生这样的事情？"事发突然，聂广义一时想不明白问题出在哪里。

"你的这个设计的想法是一年前才有的，建模是半年前。建模之后，才有可能被人为泄露，对吧?"宣适心平气和地开始分析。

"没错啊，竟然这么快就有人抄袭了。"聂广义感到难以置信。

"广义……"稍作迟疑，宣适提出了反驳，"我不这么认为。"

"你什么意思?"聂广义没办法接受宣适眼神里的怀疑。

"这么复杂的一个水上概念建筑，从设计到施工，再到装修，怎么都得两年以上吧?就算再怎么赶工，一年肯定也要有的吧?"宣适看着聂广义的眼睛，说道，"你一年前才有的想法，半年前才开始建模，这要算抄袭的话，也是你抄袭人家。"

"嗨!你还是不是兄弟了?"聂广义直接跳了起来，他的愤怒在这个时候开始升级。

"是兄弟才要实话实说。你赶紧搞清楚，不然人家看到你得奖的作品，一告一个准。"宣适没有藏着掖着，他和聂广义之间也不需要这些。

"你竟然不信我?!我有没有抄袭我自己不知道吗?"聂广义整个人都不好了，又有了要和宣适干架的冲动。

输赢不重要，重要的是要表达自己的态度。

一个天才设计师，如何能忍受别人"抄袭"的质疑?更何况这个人还是他最好的兄弟。

"不，我当然相信你。"宣适起身，拍了拍聂广义的肩膀，"但你看到的这个事实，是不是也没办法否认?"

"确实……"从最初的震惊和愤怒中冷静下来，聂广义的心里疑窦丛生，"这要说是巧合的话，那也未免太巧了。"

聂广义把概念设计的模型抱了起来，摆到了宣适的面前，指着模型，开始对最新的获奖作品做进一步介绍："给你看看这个概念设计的全貌。如你所见，这是个建在水上的现代概念建筑，白天的时候，就是你现在看到的样子，是一栋白色的五层建筑。"

说到这儿，聂广义伸手打开了一个隐藏开关，整个建筑瞬间变幻出缤纷而又空灵的色彩。

聂广义继续向宣适介绍："到了夜晚，这个开关一开，整栋建筑的灯光会营造出一种极光的氛围。水面会变成镜面，不管是从水面往上，还是从空中往下，都能感受到极光的环绕。因此，我把这个建筑命名为 Concetto di Aurora。"

设计和设计是不一样的，有些设计徒有其表，只有极少的一部分设计是拥有灵魂的，一如此刻摆在宣适面前的这一个。

"广义，你的这个设计，翻译成中文，是不是叫'极光之意'？"宣适问聂广义。

"嗯……可以这么翻译。'极光之意'或者'极光之境'都可以。"聂广义稍作思考，补充道，"就是那么个意境，或者说概念，是现代水上建筑和极光的概念性融合。"

宣适再度陷入了欲言又止的沉默。

聂广义把建筑模型转了一个方向，好让宣适可以看得更全面一些："为了这个配色，哥哥我专门去阿拉斯加拍了极光，差点冻死在那里。"

宣适张了张嘴，没说出一个有意义的字。

"干吗啊，你这是？大白天的便秘？"聂广义没好气地出声发问。

"便秘这件事情，分白天和黑夜吗？"宣适一脸严肃地提了一个问题。

"你不要岔开话题。你有没有觉得，融合极光才是这个设计的点睛之笔？"聂广义不管宣适是什么反应，两手一拍，说道，"'极光之意'这个翻译还真挺像那么回事的，在国内巡回展出的时候就这么叫了！"

"广义……"宣适看向聂广义。

"嗨！"聂广义还沉浸在得了一个好译名的喜悦里，两只手同时打了个响指，得意扬扬道，"你广义哥哥的设计，从意境上来说，向来都是无可比

009

拟的。"

"广义……"宣适又叫了一声。

"有屁快放!"聂广义没好气地回应。

宣适吐出一口气,下定决心,既然早说晚说,迟早都要说,那就干脆一鼓作气:"广义,程诺发给我的这几张照片里面的建筑,也是有名字的。"

"什么名字?"聂广义问,好奇之中带着点漫不经心。

宣适一字一顿道:"极、光、之、意。"

"什么玩意儿?极光之意?这怎么可能?"这一次聂广义是真的震惊了,"也是这样的极光?也是这样的配色?"没等宣适回应,聂广义自己先反驳上了,"拜托,这个极光配色是我自己去阿拉斯加拍的,不可能有人会有一样的。"

聂广义用语音控制全屋智能把灯和窗帘都关了,又把概念设计所有的装置一股脑儿全都打开:"小适子,你好好看清楚了,你广义哥哥的设计,是可以直接上演 AR 极光秀的。"

Concetto di Aurora 概念设计涵盖了很多高科技:建模的时候就用了 3D 渲染;完成之后的模型,用的是 3D 纳米打印;再然后是独一无二的整体灯光设计。

戴上专属 3D 眼镜,就能身临其境地看到元宇宙 AR 极光秀。蓝绿黄橙红,闪耀在夜空。不再是通过灯光配色来想象,而是真真正正地身临其境,就跟直接把这栋房子搬到了阿拉斯加似的,给人一种极光触手可及的感觉。

这样的一个建筑模型,从外观到内涵,从灯光到科技,全都是领先于当代建筑设计的。也只有这样的设计,才能被称作现代水上概念建筑,才配得上 Concetto di Aurora 这个名字。

"看到了吧,小适子?这才是 Concetto di Aurora 真正最有表现力的地方。棺材板发给你的那个,不可能也有这样的元宇宙 AR 极光秀吧?"聂广义眼睛里面有光。

外行看热闹，内行看门道。光有些形似，并不能赋予设计灵魂。

"有没有这样的 AR 极光秀我不知道，阿诺发给我的照片里面也没有晚上拍的。但'极光之意'这个商标，人家工作室是注册了的。"宣适看着聂广义，略显犹豫地补充，"我刚查了一下，注册时间是一年半之前。"

"一年半之前注册的？"聂广义意外到无以复加。

"对，这还是注册时间，开始建造的时间肯定早于注册时间，也肯定早于这个概念在你脑海里成形的时间。"宣适回应。

听到这个答案，聂广义开始怀疑人生："总不至于这个世界上，有一个设计师的脑子和我的长得一模一样吧？"

宣适当然也相信这是聂广义自己做的设计，但问题是，"Concetto di Aurora"和"极光之意"，只是意大利语和中文的区别，两者实在是有太多的相似之处了，从外观到命名，放到哪里都算是抄袭。

"广义，这种情况，会对你拿奖和全球巡展有影响吗？"宣适问了一个比较实际且迫在眉睫的问题。

"有！我得在组委会发现问题之前，主动把这个情况报上去。组委会的人肯定也没一个见过这个极光之意工作室，不然也不会给我颁个大奖。"聂广义把照片和自己手上的模型，来回来去地对比了好几遍。对比到最后，连聂广义自己都开始怀疑是不是抄袭了。

"这是国内哪个大师的设计吗？"聂广义看向宣适，"会不会我在某一个概念建筑研讨会上曾经见到过这个设计，或者和这个大师聊起过，匆匆而过的那种，只存在于潜意识里，随着时间的推移，最后变成了脑海里的雏形？"

"我刚刚问过阿诺了。"宣适回应道，"她说这栋楼就是业主家人的一个想法。业主不是学建筑的，也没有请过设计师什么的，全程都是 DIY。"

聂广义脸上变换了好几种表情："我怎么这么不信呢？毫无建筑设计经

验，上来就是概念设计，并且直接实现？"

宣适看了眼手机，抬头回应："说是业主很多年前就有的想法，自己一层一层建，建了五年，去年年初才建好。"

这些情况，都是宣适在看清楚模型之后，第一时间发消息问来的。他知道，照片里的建筑是什么情况，对于自己兄弟很重要。

这是原则性问题，也是出道即巅峰的天才建筑师最没办法接受的事情。

"不是学建筑的？那是什么样的工作室？"聂广义满心的疑惑开始蔓延，"这样一栋超前的建筑，都不是建筑设计师工作室吗？"

"只有一楼是工作室，上面四层包括天台都是业主自住的。阿诺要去一楼的工作室入住一个月，她发照片过来，就是让我回国去那里找她。"

"入住"这个细节，是导致宣适先前一直盯着手机上的照片的根本原因。女朋友忽然这么热情，他这个身处异国的男友怎么能不积极回应？

"工作室怎么住？"聂广义心底的怀疑再次加深了。

"具体的我也不是很清楚，反正阿诺发照片给我的时候，还发了一段语音。"宣适干脆点开语音让聂广义自己听。

"阿适，你喜不喜欢照片里面的这个地方？这里好特别！只有一楼的工作室可以对外开放，不能租也不能买，只能凭故事，一个月一个月地入住。你下个月要不要来这里找我？"

"用故事入住？什么鬼？"聂广义越听越糊涂。

"就是只要你有打动人心的故事，就能去那个工作室住一个月。"宣适停顿了一下，"极光之意工作室，不收钱，只收感人至深的爱情故事。"

宣适过于陶醉的表情，在聂广义看来，像极了智商有问题。这使得聂广义的眼睛里又冒出了一丝希望的曙光："哪有这种地方？你该不会是上当受骗了吧？这些照片是不是程诺P的？"

"不会的，我相信阿诺的人品和眼光。"宣适出声维护自己的女朋友。

聂广义没好气地回了一句："程诺的屎你都觉得是香的。"

"你说的是猫屎咖啡吗？我家阿诺出品的鲁瓦克咖啡确实是地球上最香的。"宣适与有荣焉道。

组委会给了 Concetto di Aurora 概念设计一个大奖，很快就要拿出去做巡回展览。基于这个前提，聂广义才把模型带回来，准备升级一个裸眼 3D。现在的问题是，水上概念建筑外观存在抄袭的嫌疑。这样一来，不管有多少高科技的加持，都逃不过这个本质的问题。

聂广义把自己得的奖项给组委会退了回去，还把自己整个设计的过程，包括线稿什么的，全部交了上去。

发生这样的事情，与其等到被别人揭发，不如自己先主动把事情给交代了。这个奖，如果不退回去，会变成烫手的山芋。

组委会认可了聂广义的线稿和设计思路，对他没能得奖表示惋惜。聂广义倒是觉得还好。反正他拿奖已拿到手软，多一个少一个的也没什么。只要不是和他心心念念的普利兹克奖失之交臂，在他这儿，就没有什么是过不去的。

可是，聂广义还是有些不甘心。他明明没有抄袭和借鉴过任何人，为什么会出现这样的情况？

更过分的是，棺材板竟然说业主根本就没有学过建筑。这不仅让整个过程更加可疑，还让他的 Concetto di Aurora 变得毫无技术含量，直接从获奖的概念设计变成业余人士都能随便 DIY 出来的作品。

"极光之意"既然一年半以前就注册了工作室，为什么这栋建筑却像是凭空出现的？哪儿哪儿都找不到相关的介绍。就连那个凭故事入住，也只是听程诺说的。

聂广义越想越没办法相信，专门找自己在国内的朋友去现场拍了照片。那栋只应该出现在概念里的建筑，就那么实实在在地伫立在水面上。

聂广义可以不相信程诺发来的照片，却没办法怀疑自己亲自让人去拍的。既然国内的极光之意不是刚刚建完，而是早在一年半之前就注册了工作室的，那为什么他以前从来都没有听说过？

聂广义开始怀疑人生。在彻底认命之前，他必须要回国一趟，亲眼看一看，他半年前做好的概念设计，是怎么诞生在别人的脑海里面的。

比起外观的雷同，聂广义更接受不了命名的重合。

在没有元宇宙极光秀和裸眼 3D 这些概念加持的前提下，国内的那栋建筑本身和极光根本也扯不上关系吧？凭什么也叫"极光之意"？

外观或许真的有巧合，极光的概念难道也有吗？总不会是未来的他自己穿越到了过去，把这件事情给干了吧？不把这个问题搞清楚，聂广义会一直寝食难安的。

第二章 蒙娜丽莎

极光之意。

五楼天台。

电影幕布随风轻拂，一部半新不旧的电影正在播出。

超现实主义的水上建筑，搭配极致复古的户外幕布，在没有星星的夜晚，抱走月亮的孤独。

电影的名字叫《达·芬奇密码》，由汤姆·汉克斯主演，上映于 2006 年。

这部电影讲述了由发生在卢浮宫博物馆的一桩谋杀案引发的一系列解谜的过程。所有的密码都藏在达·芬奇的画作里面。

电影原著作者丹·布朗，对《蒙娜丽莎》《达·芬奇自画像》以及《最后的晚餐》，都做了颠覆性的解读。

丹·布朗认为，《蒙娜丽莎》是达·芬奇的自画像，而《达·芬奇自画像》这幅画，实际上是雌雄同体的。更夸张的是，他认为参加"最后的晚餐"的那十三个男人里面，其实有一位女性。那位女性，在这顿晚餐里面，坐在耶稣的右手边。她的名字是抹大拉的玛利亚，她被耶稣救赎，成为耶稣的妻子，并且留下后代。这所有的一切，构成了解谜的基础。

丹·布朗对达·芬奇画作的解读，是颠覆性且骇人听闻的，但偏偏又言之凿凿，并且在某种意义上做到了逻辑自洽。

那些不够了解文艺复兴的历史、不够了解达·芬奇的画作的人，如果从这部电影开始认识达·芬奇，很容易就会被带到丹·布朗创造的诡异世界观里面。

此刻，五楼的天台上就坐着一个这样的小女孩。她叫宗意，刚上五年级，是个求知若渴、活泼好动、逐渐开始对文艺复兴的历史感兴趣的姑娘。由于还是个小学生，她暂时还没有来得及找到一条可以在历史的长河里悠游的路径。

好在宗意还有一个姐姐，学的是文物与博物馆专业。于是，小姑娘就有了一个口头禅："姐姐姐姐姐，我有个问题。"

每个字都不在同一个频率上，让说话和唱歌一样，并且还用了起源于春秋时期的古代音律宫商角徵羽来"谱曲"，从宫到羽，再从羽到宫。翻译成简谱就是12356（姐姐姐姐姐），65321（我有个问题）。

"什么问题？"被叫了五声姐的梦心之好脾气地回应。

"电影里面说的都是真的吗？蒙娜丽莎会不会真的就是达·芬奇呀？"宗意的这个问题，带着些许没有退尽的稚气。

"当然不是真的。'蒙娜'在意大利语里面，是夫人的意思，所以，'蒙娜丽莎'直译过来，就是丽莎夫人，怎么可能会是达·芬奇？"梦心之斩钉截铁地否定。

"可是，《达·芬奇自画像》不也是雌雄同体吗？认真对比一下，好像也是有道理的呀。我觉得这个电影拍得特别真实啊。"

在自画像这个问题上，宗意有点被电影洗脑了。《达·芬奇自画像》不像《蒙娜丽莎》那么出名，是一幅宗意以前没有看过的画作。

"这部电影里面的设定，肯定都是虚构的。你都上五年级了，要还这么天真，以后这样的电影就不陪你看了。"梦心之有点后悔今天晚上答应陪宗意看这部电影了。

"我的姐姐哎，我都五年级了，当然可以分得清楚，哪些电影场景是虚构的，哪些是真实的。只不过，我觉得，这部电影里面提到的这个可能，在现实里面，应该是存在的。"小姑娘顿了顿，"你懂我的意思吧，姐姐？这可是《蒙娜丽莎》呀，和别的画不一样。"

"哪里不一样？"梦心之问。

"姐姐你之前不是和我说，《蒙娜丽莎》是一幅很小的画，长77厘米，宽53厘米，我没记错吧？"宗意一脸求表扬的表情。

梦心之适时给妹妹来了一个"摸头杀"表示肯定："嗯，记性不错。"

"那姐姐你是不是也和我说过，《蒙娜丽莎》这幅画的被观看次数、被模仿次数、被写入歌词次数和被报道次数，全都是世界第一？"宗意眨巴着渴望知识的大眼睛。

"嗯。"梦心之点了点头，示意宗意继续说。

"这不就对了嘛！"宗意笃定地说出了自己的理由，"我的姐姐哎，如果这幅画没有特别的密码的话，又怎么可能拿到这么多世界之最呢？它肯定是特立独行的啊。"

梦心之轻轻弹了一下宗意的小脑瓜："那是因为这幅画挂在卢浮宫，每年去卢浮宫参观的人最多，这幅画的被观看次数自然也就上来了。"

"可是姐姐哎，卢浮宫有那么多的馆藏，为什么小小的《蒙娜丽莎》能成为大大的镇馆之宝啊？它肯定是独一无二的啊。"宗意再次强调自己的观点。"我的姐姐哎"算得上是宗意的第二个口头禅。

梦心之不想自己的妹妹被一部电影带偏，只好非常正式地开始解释："那是因为达·芬奇在画这幅画的时候，开创了一种特殊的绘画技法。你也看过好多次《蒙娜丽莎》这幅画的图片,对吧?整幅画是不是给人一种朦朦胧胧却很真实的感觉?"

听着姐姐的话,小姑娘点头如捣蒜。

梦心之接着解释:"文艺复兴鼎盛时期之前流传下来的画作,人物的边界都是非常明显的,会显得比较突兀。线条越清晰,真实感就越低。《蒙娜丽莎》这幅画模糊了人物的边界,提升了真实感。在还没有照相机的文艺复兴鼎盛时期,画作是以写实为尊的。在此之前,达·芬奇的同门师兄波提切利通过画长头发来隐藏人物边缘线。这是对写实的一种尝试,但改变还是不够明显。只有一小部分的边缘线被隐藏了,五官的线条还是非常清晰的。"

梦心之一边说,一边打开手机里的《蒙娜丽莎》图片给宗意比画:"达·芬奇通过光源营造出明暗效果,将边缘线隐藏到了画里面,创造了渐隐法。《蒙娜丽莎》这幅画,不仅把人物的边缘线融入了画里面,在五官边缘线的处理上,也做到了这一点。你仔细看的话就会发现,《蒙娜丽莎》是没有眉毛也没有睫毛的。这些都是为了达到渐隐法的最佳效果。达·芬奇解决了文艺复兴时期最重要的写实问题。而这个问题的解决,又是以《蒙娜丽莎》这幅画为代表。因此,这幅画成了卢浮宫的镇馆之宝。我这样说,你是不是就能够明白了?"

"明白是明白啦……可是,我的姐姐哎,在悠悠历史长河里面,有很多人都开创了特殊的绘画技法,也不能说渐隐法就比别的画法更有意义,对吧?那为什么其他画没有这么多历史之最呢?肯定还是因为《蒙娜丽莎》本身藏着密码。"小姑娘一直都有自己的逻辑。

纵使是博物馆专业的,梦心之也被宗意的一个又一个问题给问得没有了脾气。

宗意却一点都没有就此打住的意思:"我的姐姐哎,你想啊,说《蒙娜丽莎》是卢浮宫的镇馆之宝,我都是往轻了说的,对吧?这幅画应该是人类历史上最贵的画作，没有之一了吧？我还很小的时候，姐姐不是就和我一起看过吉尼斯世界纪录吗？当时是不是看到，在1962年的时候，《蒙娜丽莎》这幅画，保费就已经达到了一亿美金？那可是1962年啊，我的姐姐哎。放到现在，怎么都要几十亿美金了吧？这幅画要不是和电影里面说的一样，是有密码的，怎么可能这么贵呢？"

好好地说着艺术，宗意就把注意力给放到了画的保费和价值上。

博物馆里面的画，又不是可以随便拿出来卖的。

没有交易，哪有价格？

《蒙娜丽莎》这幅画，到底是不是人类历史上最贵的画作，还真的是无从说起。

用成年人的专业逻辑解释了半天，怎么都解释不通，梦心之只好兵行险着："《蒙娜丽莎》这幅画特别贵的最根本原因，是达·芬奇不是专业画家。"

"啊？"宗意张大了嘴巴，"姐姐，你是在开玩笑吧？'文艺复兴后三杰'之首的列奥纳多·达·芬奇不是专业画家？"

"当然不是开玩笑。达·芬奇除了会画画，还是数学家、生物学家、天文学家、力学家和解剖学家……一大堆的家家家家家，画画对于他来说，就只是众多爱好中的一个，只不过是刚好作品流传下来比较有名而已。"梦心之借鉴了宗意拿古代音律音阶"说唱"的习惯，用宫商角徵羽连唱五个"家"。

"可是，我的姐姐哎，这个也解释不了《蒙娜丽莎》为什么最贵的问题啊！达·芬奇这么厉害，反过来不是更说明《蒙娜丽莎》里面很有可能是藏着密码的吗？要不然怎么这么贵呢？"宗意不仅没有被说服，反而更加坚定了。

梦心之深吸一口气，说道："我现在就来告诉你，一个非专业画家的画，为什么这么贵。"

"好的，好的，好的，姐姐你快说给我听！"宗意支着下巴，把自己装扮成一朵渴望知识的小花。

"因为达·芬奇不是专职画画的,所以他对绘画的理解,也和同时代的画家不一样。尤其是在颜料的调配上,达·芬奇是非常随心所欲的。我和你说过吧,有时候颜料用多了,达·芬奇就喜欢用拇指把颜料按平。"梦心之开始解释。

"是的呀,姐姐,你和我说过,达·芬奇流落在欧洲之外的唯一一幅作品《吉内芙拉·德·本奇》,就是因为有达·芬奇的指纹,才没有再被人质疑不是达·芬奇本人的作品。你还说达·芬奇的好几幅画里面都留下了拇指的指纹,可以相互印证。"

梦心之摸了摸宗意的头:"没错,这些指纹,也可以从另外一个层面证明达·芬奇作画时候的随心所欲。"

"可是,我的姐姐哎……"宗意有心插话。

"别可是了,现在给你解释。"梦心之用了一个非常独特的视角,力求能把钻进钱眼里面的宗意给拉出来,"因为达·芬奇首先是科学家,所以他的颜料调配,更多是功能性的、科学性的,只要颜色对了就行。他并不像同时代的其他画家那么潜心研究颜料,也没有从一开始就想着让自己的画作分毫不差,流芳百世。达·芬奇用来作画的颜料,有很多都是容易被时间侵蚀的。这意味着,随着时间的流逝,他的画会很容易改变原貌。卢浮宫博物馆既然收藏了这幅画,肯定是希望这幅画永远都是最初的样子。为了做到这一点,博物馆每年都要投入巨额的维护费用。这些维护费用一旦产生,是不是都会叠加到这幅画的价值里面?这样是不是就导致了这幅画贵得出类拔萃?也正是因为这幅画这么脆弱,博物馆才需要给它上创造吉尼斯世界纪录的保险。这样是不是就能解释,这幅画为什么这么贵?"

梦心之尽力了,如果宗意还是没有被说服的话,也只能由她去了。本来嘛,教育小孩是爸爸妈妈的责任,又不是她这个做姐姐的职责所在。

"哇哦,原来是因为达·芬奇乱用颜料才这么贵啊!"宗意拍着手站了起来，"这样就对了嘛！"

"对了？"梦心之反而不自信起来，她不确定自己是不是真的把固执己见的妹妹给说服了。她可以不教育妹妹，却也不希望因为一部电影，把妹妹给带沟里去了。

"是啊，这就和小时候我拿刚吃过饭还出了很多汗的手去摸我最喜欢的公主裙是一样的道理嘛。"宗意又兴奋又遗憾，拉着梦心之的手，摇啊晃啊地说，"你还记得吧，姐姐？被我摸过的那条紫色裙子，到了第二年就发霉了。"

"呃……是有这么回事。"梦心之并不记得宗意有没有摸过紫色公主裙，更不记得有没有哪条裙子发了霉。她只想抓住一切机会，让妹妹不要被电影给带偏。

"太有意思了！原来呀，《蒙娜丽莎》这么贵，是达·芬奇又是乱调颜料又是乱摸导致的啊！"宗意高兴地转着圈圈，"哈哈哈哈哈，这样确实是挺增加维护的成本的，就像我经常增加妈妈的负担一样。"

终于，宗意同学的逻辑也自洽了。她笑出五声音阶，开心地下楼睡觉去了，留下看了十几遍《达·芬奇密码》的梦心之在五楼的天台上发呆。她不相信真的有什么达·芬奇密码。

在梦心之看来，电影里面对达·芬奇画作的研究，就和有些人研究《红楼梦》似的，在很多细节上研究得有些过了。比如那些人声称贾宝玉是皇帝的私生子甚至是太子，所谓的"假宝玉"实际上是"真宝玉"。

不管是为《达·芬奇密码》议论不止，还是为《红楼梦》争论不休，都是把一本小说当成史实来研究。在文物和博物馆专业出身的梦心之看来，这么做完全没有意义。

要说史实，要说相信，她只相信出土文物。历史已逝，只有文物能够还原真相，或者，至少是真相的一部分。

可是，奇怪的是，她又经常会做一些离奇的梦。比如，六岁那年她看了

《达·芬奇密码》，就梦到蒙娜丽莎。是丽莎夫人这个人，而不是这幅画。

在梦里，丽莎夫人唱歌给她听。梦心之从来没有在现实生活里听过那么好听的声音。达·芬奇的画因为颜料调配问题，比同时期的画作更难保存，就是她在梦里听丽莎夫人说的。

两年之后，第一次跟着爸爸出国旅游，梦心之点名要去看卢浮宫里面的小小的《蒙娜丽莎》。她只是想去看看，和大部分游客一样，走马观花，匆匆拍张照片就准备走，并没有要得到什么答案，可是在离开的时候，无意中从一个会说中文的工作人员那里，收获了两个消息：《蒙娜丽莎》的维护费用远远高于其他画作是事实；达·芬奇的颜料调配问题，也确实是他的传世作品维护费用高昂的原因之一。

工作人员还特别举例了《最后的晚餐》，说达·芬奇在作画的时候，不喜欢用从中世纪开始就已经被广泛应用的湿壁画颜料，而是使用了他自己独创的混合了鸡蛋和牛奶的"有机"新颜料，导致《最后的晚餐》有很多严重剥落的部分根本没有完全修复的可能。

工作人员的话，简直可以和梦境里丽莎夫人告诉她的知识点合二为一。

梦心之也因此，开始对自己的梦境格外注意。

她后来又梦到过一次丽莎夫人。那时候她已经上中学了，那一天，可能是因为听爸爸唱了一晚上的"蒙娜丽莎她是谁"，然后就日有所思夜有所梦了。

在梦里，丽莎夫人告诉她，蒙娜丽莎的身份和后世所有人猜测的都不一样。丽莎夫人说自己是一个歌女，拥有天籁般的嗓音。梦心之就附和说，自己在梦里听到过。

丽莎夫人还说，她和达·芬奇在音乐上惺惺相惜。她是第一个把达·芬奇推向佛罗伦萨的艺术殿堂的人。是她让达·芬奇的颜值和才华为佛罗伦萨人所熟知。她和达·芬奇是一辈子的知音。因此，达·芬奇去哪儿都会带上她的画像，哪怕晚年离开佛罗伦萨去法国做宫廷画师，也是一样。

在梦里，丽莎夫人告诉梦心之，达·芬奇是以帅气逼人的音乐家身份在佛罗伦萨崭露头角的。不是画家，不是科学家，而是音乐家。并且重点是帅，很帅，非常帅。

梦醒之后，梦心之去图书馆查了无数的资料。蒙娜丽莎是谁这个问题，没有资料能给出明确的解答。但达·芬奇年轻的时候长得很帅，并且以音乐家的身份出道这件事情，竟然是真的！

历史上的达·芬奇不仅很会唱歌，笛子和七弦琴的演奏技艺也出类拔萃。

可真真是应了《红楼梦》里的那句话——假作真时真亦假，无为有处有还无。

这些梦也坚定了梦心之大学要学文物和博物馆专业的决心。

第三章 『公共财产』

"阿心,怎么一个人在天台上吹风?"宗极拿了两瓶开过的啤酒走上了五楼的天台,把其中的一瓶拿给了梦心之。

"大概是等爸爸来找我喝酒吧。"梦心之笑着接过啤酒,和宗极碰了一下,一口就喝掉了小半瓶。那波澜不惊的表情,就跟宗极递给她的是一瓶玻璃瓶装的矿泉水似的。

"你这是一晚上没喝水?渴成这样。"宗极不甘示弱地跟着喝了一大口。

"确实是没喝。"梦心之又喝了一口,才放下酒瓶,略显无奈地和宗极说起了缘由,"一晚上光顾着给妹妹讲《蒙娜丽莎》了。"

"《蒙娜丽莎》?"宗极伸手整理了一下梦心之被风吹乱的发尾,"你该不会是拉着阿意一起看《达·芬奇密码》了吧?"

"是妹妹拉着我看的。这锅我可不背!"梦心之把手上的啤酒喝完,对着宗极摇了摇空瓶,带了点示威的意味。

"怎么都上升到背锅的程度了?"宗极仰头,一口气把自己手上的啤酒给喝完了。他一点都不渴。面对女儿有意无意的示威，他还是没办法就那么一笑而过。别的事情可以让女儿青出于蓝，喝酒的话，就大可不必。

岁月有时候真的有点神奇。宗极不免想起梦心之小的时候，吃碗加了料酒的沙面汤，都能躺在沙发上呼呼大睡整整六个小时。现在倒好，给她拿瓶啤酒上来聊天，整得跟要表演吹瓶似的。如果他刚刚带上来的是一瓶红酒，是不是这会儿差不多也要见底了？

宗极倒是不觉得把女儿的酒量给练出来有什么问题。女孩子嘛，不会喝酒还是比较容易吃亏的。事实上，梦心之只有在家是海量，到了外面就是标准的滴酒不沾。就很神奇的，外面连劝她喝酒的人都没有。梦心之有种看起来就和酒精绝缘的气质。

"妹妹看了一半，就问我达·芬奇的画作里面是不是真的有密码，害得我解释半天，差点就以为会解释不清楚，要被妈妈'千里追杀'了。"梦心之心有余悸地摸了摸心口。

"那不是也挺好的吗？你妈妈要是有'千里追杀'的心，我就带着她去看你。她负责'追杀'，我负责保护。咱们父女俩找个避开你妈妈视线的地方喝酒聊天。"宗极一下就规划好了行程。

梦心之抿着嘴，似笑非笑地对着宗极点头，鼻子里发出近似于赞同的声音。

"阿心，你这是什么表情？"宗极没来由地开始心虚。

"对可行性表示怀疑的表情。"梦心之回答。

宗极佯装生气，一脸严肃道："咱父女之间，现在连这么点信任都没有了？"

"那必须没有啊。我妈要是想'追杀'我，你肯定是她的头号'杀手'啊。"梦心之对宗极的家庭地位了然于心。

"我这是明修栈道，暗度陈仓好吗？我得让你妈妈以为我和她是一条战线的，才能为阿心谋求更多福利，对吧？"宗极给自己找了个理由。

"比如呢？"梦心之没有送上台阶。

"比如……"宗极迅速搜索了一下记忆库，"你毕业之后想去留学，你妈坚决不同意，最后还不是我帮你搞定的？"

"听起来还真像那么回事。"梦心之一点也没有诚意地回应。

"什么叫真像？事实也是如此！"宗极努力维护身为父亲的形象。

"明明是我自己拿了奖学金，所有的一切都准备就绪了，我妈知道她反对也没用。"梦心之笑着反驳。

"反对有没有用，和反不反对是两回事。"宗极再次强调，"你怎么能抹杀爸爸在这里面的作用呢？"

"我都不想揭穿你啊，我的爸爸。"梦心之摆出了一副息事宁人的态度。这态度让身为老爸的宗极浑身都不得劲。

"我还就等着你揭穿了！"宗极如是说。

"行吧，既然老宗同志这么想求锤，那就让你得个锤子。"梦心之猜都能猜到，"你是不是和我妈说，我如果继续留下来，会把妹妹给带偏，最好的办法就是别让我们两个整天凑在一起？"

"呃……这个……"一秒语塞过后，宗极开始强词夺理，"英雄不问出处，理由只管用处……你甭管我说了什么，你就说你妈是不是没有再反对了？"

这样的爸爸，鲜活得像是没有长大，甚至可以用"可爱"来形容。

梦心之拿空了的酒瓶和宗极碰了碰，说道："好，给我们老宗同志记上一功。"

"庆功酒怎么能是空瓶？"宗极往后躲了躲，伸手拿过梦心之手里的空瓶，挑了一下眉，"等着，爸爸再去拿两瓶啤酒上来。"

梦心之没有异议。

过了快十分钟，宗极才拿了两瓶原浆上来。

宗极把其中的一瓶递给梦心之："阿心是又梦到和丽莎夫人一起唱歌，才想着再看一遍《达·芬奇密码》的吗？"

"真不是我要看的！"梦心之接过啤酒，无可奈何道，"妹妹还没睡？她说是我带她看的？"梦心之心里清楚，如果爸爸刚刚下楼的时候没有发生点什么，就不会两瓶啤酒拿这么久，也不会一上来又把话题给拉了回去。

"没有。"宗极帮小女儿解释了一下，"阿意也说是她自己要看的，这会儿正兴奋地拉着你妈妈说呢。"

"我妈压根就不相信是不是？"梦心之心下了然。

"嗯，你妈确实是不信。"宗极没有否认。

梦心之摇了摇头，一脸无奈："我妈她大概是魔怔了。"

"你俩彼此彼此。"宗极举着瓶子和梦心之碰了碰，"你妈妈刚刚也用了同一个词来形容你。"

"是吗？我妈也说我魔怔了？"梦心之虽然意外，却没有反驳，"也对，我们家要真有人魔怔的话，我的魔怔指数肯定要比我妈高一点。"

"阿心最近真没梦见丽莎夫人？没有和丽莎夫人在梦里探讨探讨？"某位同志的立场一点都不坚定，一看就是受人指使过来"问责"的。

"没有。"梦心之斩钉截铁。

宗极最大的问题，是无条件地相信两个女人——他的夫人和他的大女儿。而这两个女人的意见，又经常是相反的，他夹在中间，既甜蜜又左右为难。

梦心之却忽然严肃了起来："爸爸不会觉得我是精神错乱吗？"

"必须不觉得！"宗极赶忙表态。

"还是爸爸最好了。"梦心之放下酒瓶，挽起了宗极的胳膊，不无感叹地说，"我妈都已经放弃对我的治疗了。"

"不会的。"宗极又帮梦心之整理了一下头发。

"怎么不会？"梦心之撇了撇嘴，"你看看我妈那副整天担心我把妹妹带偏的嘴脸。"

"你每次做完梦，都会第一时间去查典籍，你还为了你的那些梦，选了文物和博物馆专业。这么孜孜以求的韧性，也并没有梦到什么都信。我可想不出来，这样的阿心有哪里错乱，又或者会把人带偏。"

"妈妈要是能和爸爸一样想就好了。"梦心之长长地出了一口气。

"这有什么？随便你妈妈怎么想呗，反正爸爸永远站在你这边。"宗极再次举起酒瓶。

梦心之也拿起自己的酒瓶轻轻碰了一下，一口气把剩下的全部喝下，摇晃着空酒瓶，看破且说破："你和我妈是不是也说了同样的话？"

宗极并不否认，后退一步，故作惊讶道："阿心是怎么知道的？该不会爸爸和妈妈说的私房话，阿心都能梦到吧？"

"难说哦……谁让我跟我妈姓梦呢？姓梦的人，做什么梦都不奇怪。"

说是这么说，梦心之梦其实并不离经叛道，能出现在她梦里的，全都是她在生活里认真研究过的作品或者历史人物。

唯一奇怪的地方在于，她总能和刚刚看到过的艺术作品，或者正在研究的历史人物，成为"没大没小"的闺密或者忘年交，用非常现代的语言，聊古今中外的话题，并且总能在梦里豁然开朗，解决掉那些在研究时困扰她的、让她百思不得其解的细节。

梦心之不知道这是为什么，也不知道自己是从什么时候开始做这样的梦的。她的记忆开始于六岁。那一年，爸爸带她去电影院看了《达·芬奇密码》。那是她第一次看电影，也是第一次梦见艺术作品里面的人物。

或许以前也梦到过，只是太小，她不记得。又或许，她在六岁之前，根本就没有机会接触到艺术作品，也没有人会因为她想看一幅画，就不远万里地带她去卢浮宫。

同样是做梦这件事情，妈妈觉得她精神错乱，分不清梦境和现实，爸爸认为她充满想象，开始恶补历史知识。

天大地大，爸爸最大。千好万好，爸爸最好。

梦心之最最最喜欢她给自己选的爸爸。

六岁那一年，她见宗极第一面，问宗极的第一个问题就是："你能不能做我的爸爸？"

"极极子，让你上去教育一下梦心之，你教育到哪个国家去了？"一道声音，从五楼的楼梯传向天台。

这道声音很好听，尤其是叫"极极子"的时候。到了女儿这儿，就变成了没感情的"梦心之"。

爸爸叫她阿心，妈妈称呼她全名。一个称呼，亲疏立现。

梦心之对这道声音有条件反射。

她赶忙松开爸爸的手，稍息立正站好，就差直接行个军礼，等待着家里最高指挥官的检阅，完全没有了和爸爸在一起时的那种放松的姿态。

梦心之很怕自己的亲妈，发自灵魂深处地。别人觉得你有病，你可以回家找妈妈；亲妈觉得你有病，你还能怎么办？高唱一句"我要我要找我爸爸"？

如果是别的任何情况，这招肯定都是管用的。遇到妈妈梦兰亲临现场，梦心之宇宙第一等的好爸爸就会临时性失能。用爸爸的原话来说，这叫"明修栈道，暗度陈仓"。

"兰兰子，教育本来就不是一蹴而就的事情嘛，尤其是阿心这种顽固分子，肯定得好好教育。都这么大了，再不教育就要走偏了。"宗极完全站在了自己老婆这一边，毫无节操、两面三刀。

梦心之对这样的爸爸早就已经习以为常了。天大地大，老婆最大。千好万好，老婆最好。

牵扯到妈妈梦兰，梦心之就算把"去到哪里也要找我爸爸"唱得再好听，她的好爸爸也只会在妈妈离开之后对她进行"延迟满足"。

"你要是知道怎么教育梦心之，就不会一天到晚地跟着她胡闹了。"梦兰来到天台，拍了拍栏杆，嫌弃之情溢于言表，"你看看你建的都是什么房子。"

"兰兰子，这是阿心梦里的房子啊，有什么不对吗？"宗极赶紧接话，"不还是你送阿心去学画画，学了好几年，她才能把梦里的房子给画下来的吗？"

梦心之会梦到不同朝代的历史、不同艺术作品里面的人物，但无一例外，梦境里都会有一些现代建筑的元素。这些现代元素并不是一开始就那么清晰的，而是随着她绘画技能的提升，一步一步变成了五层水上建筑的样子，像是从远到近渐渐清晰起来的风景。

第一次梦见丽莎夫人，梦心之还太小。梦境里面，除了丽莎夫人，其他都很模糊。梦心之不确定那个梦里面是不是有现代建筑，只模模糊糊地记得，是在一个全是玻璃的地方。宗极一听，就问是不是电影里面卢浮宫的玻璃金字塔，还说以后一定要带她去看。

梦心之那会儿还小，梦兰女士也还没有夸张到连自己女儿的醋都吃，一家人经常会坐在一起，讨论女儿的梦境。梦心之形容来形容去，也没说明白到底是什么样的一栋现代建筑。梦兰就给她报了美术培训班。

梦心之花了整整五年，才真真正正地画出了梦里的那个超现实主义的现代建筑。她第一时间把画拿给妈妈看，梦兰毫不吝啬地一顿猛夸。一直到这个时候，一家人还是其乐融融的，直到宗极说，要帮梦心之把这栋看着就不真实的楼给建出来。

一开始，梦兰以为宗极只是说说而已。哪承想，宗极不仅开始找适合建造的地方，还开始研究各种土建技术。

梦兰有心要劝，向来唯老婆马首是瞻的宗极却一反常态："兰兰子，这个世界上有几个人的梦想是真的能够实现的？我要帮阿心实现她的梦想！"

"极极子，'梦想'这两个字是这么解释的吗？梦想和做梦是一回事吗？"

可不管梦兰怎么劝，宗极就是不听。

也因为这件事情，梦兰一步一步地把梦心之归类为"传染性精神病"——不仅自己犯病，还把精神病传染给了原本非常正常的老公。梦兰从这个时候开始认为，有必要把自己的老公看紧一点。母女俩大概也是从这个时候开始"结怨"的。

梦兰最后悔的，便是送梦心之去学画画。要是没有她的大力支持，梦心之也画不出建在水上的五层透明建筑，宗极也不会为了把这栋楼给建起来，整个人就跟走火入魔了似的。

梦心之一考上大学，宗极就举家搬迁到了已经没剩下几户人家的乡下，没日没夜地建梦心之的"梦中情房"，还美其名曰，带夫人去风景秀丽的村庄度假。

待个几天，那叫度假。长年生活，那叫脑袋"秀逗"。

"我送她去学画画，是省得她在我面前嗡嗡嗡嗡一直转悠。"梦兰嫌弃道。

梦心之不乐意了："我是蚊子吗？我就嗡嗡嗡嗡？"

"蚊子哪有你烦？""兰兰子"不甘示弱，疾首蹙额道，"蚊子叮一下就走，你吃饱了还哭。"

"我什么时候吃饱了还哭？"梦心之不服，"我又不是脑子有问题。"

"脑子有问题都轻了。你还有过一边吃一边拉便便的时候呢。"梦兰总喜欢拿一些根本不存在于梦心之记忆里的事情挤对她。

"我……"梦心之纵使有再好的修养，也气不打一处来。

"别不承认，你敢说你一岁之前没经常干这样的事儿？"梦兰比梦心之还气，"你知道一边喂奶一边换尿布是一种什么样的体验吗？"

"我谢谢你啊，我亲爱的妈妈！"梦心之已经非常克制了。

梦兰听了还是不高兴，转头找宗极投诉："你看看，这都是让你给惯的。"

宗极毫无原则地站在了梦兰那边，规劝道："阿心啊，你要让着点你妈妈。"

又是这句话，用的还是那种别人家的家长让哥哥姐姐让着弟弟妹妹时的语气，就差直接在后面补上一句"你妈妈还小"。

"我……"梦心之瞬间就有了马上闭嘴的条件反射。

"阿心，你吵又吵不过你妈妈。"宗极眨了眨"明修栈道，暗度陈仓"的眼睛，"你说是不是？"

这个小动作被梦兰发现了。

"你俩少在那儿打哑谜。"梦兰满脸不乐意，质问道，"我说的有什么不对？你见过别人家这么建房子的吗？因为一些乱七八糟的梦，就把房子建到水面上，还说不是精神病？"

"老婆大人不要生气。"宗极赶紧开口灭火。

梦兰瞪了他一眼："你是觉得自己老了不会得风湿？"

"我这不还没老吗？"宗极不太有气势地出声反驳。

"没老也不能这么跟着胡闹啊。"梦兰又瞪了宗极一眼，愤愤不平道，"梦心之编的那些梦，也就你听了会信。一个大精神病，带着一个小精神病。"

梦心之挽起爸爸的胳膊，既不输人也不输阵地回应："你哪只眼睛看到我编了？"

梦心之忽然就雄起了，她的逻辑很简单——"骂我可以，骂我爸就不行"。她可以接受梦兰说她是精神病，却不能接受把爸爸也带上。

梦兰没搭理梦心之，而是直接拍掉了她挽在宗极胳膊上的手，干脆而又霸道地捍卫自己的权益："把我老公的手，给我放下。"

别说，那猛地一下拍过来，还真有点疼。梦心之的手臂上留下了几道轻微的红痕。梦心之"嘶"了一声，摸着自己的手臂，一脸委屈地看向宗极。

说真的，爸爸太给力，有的时候也是一种烦恼。妈妈也好，妹妹也好，都希望自己是爸爸心目中最重要的那个人。

梦心之又何尝不是呢？可惜爸爸只有一个，是这个家里的"公共财产"。

第四章 假冒伪劣

"宣适,你前两天说,那个注册了极光之意的工作室,是凭故事入住,并且只能住一个月,是吗?"聂广义难得这么正经地和自己的好兄弟说话。

没喊小宣子,没喊小适子,也没有一进门就要单挑开干的架势。这突如其来的正经,让宣适身上的毛孔,一个个都不安分地想要竖起来。宣适拍了拍自己身上的鸡皮疙瘩,回应道:"阿诺是这么说的,你不也听到了吗?"

"那我怎么从来没有听说过,也找不到相关资料呢?"聂广义用认真得有些过分的语气和宣适说话。

"可能……低调?"宣适不知道该怎么回答。

他和聂广义一样,对极光之意知之甚少。问多了,程诺也不说,担心说多了他就不去了。宣适第一次觉得女朋友对他的了解还不够,哪个男朋友会拒绝女朋友的"入住"邀请?

"下个月那个地方属于程诺?"聂广义眼睛一眨不眨地盯着宣适。

"对的。"宣适被聂广义盯得心慌,毫无底线地妥协道,"要不,你还是叫我小适子吧。"

人有时候就是这样，人家给你取外号你不舒服，等到听习惯了，人家忽然不叫了，又觉得哪儿哪儿都不自在。

"宣适，"聂广义脸上的认真有增无减，郑重其事地问，"程诺用了什么故事？"

"啊？你要干吗？"宣适心生警惕。

"我也要编一个故事，我必须去那里住一个月，我要看看，我的设计是怎么穿越到这个叫宗极的人的脑海里的。"把奖项退给组委会之后，聂广义专门去查过极光之意工作室的注册信息。除了知道经营者的名字叫宗极，和经营范围五花八门之外，没有其他的收获。

"编的故事恐怕是不行的。程诺用的是我们之间的故事。"宣适扬了扬眉毛，说道，"只有说出真情流露、感人至深的故事，才能得到邀请入住工作室的。"

"我流你个大头露，至你个大头深，我就不信我编不了一个你和棺材板级别的故事。"聂广义习惯了把两个字拆开，在中间加上"你个大头"。可能因为他小时候头比较大，经常被小伙伴说，留下了报复性后遗症。

"如果你能答应我，从此不再叫程诺棺材板，我可以请你去程诺的咖啡馆做客。"宣适提了个条件。

"我脑子进水了，从意大利跑回国内喝咖啡？"聂广义心里有气，他知道这股憋屈到极致的无名之火不应该往自己的兄弟身上发，可他就是气不过，也忍不住。

宣适不以为意，他早就习惯了聂广义的性子，只是幽幽地来了一句："是哦！我们广义大少没兴趣哦，我家阿诺的咖啡馆，可是开在极光之意里面哦。"

"哦、哦、哦，你属鸡的吗？你这是在给你广义哥哥打鸣？"聂广义顺势回了一句。

"没兴趣就算了。"宣适不再勉强。

"什么没兴趣？必须成交啊！"聂广义话锋一转。

"啊？"宣适张大了嘴巴。

聂广义连停顿都没有就进入全新的话题："那个工作室不是只能一个月一个月地凭故事入住吗？一个月要怎么开咖啡馆？那里不止一栋楼？"

聂广义并不是真的关心程诺的咖啡馆要怎么开。他关心的，是自己能不能成为程诺之后入住极光之意工作室的第二个倒霉蛋。当然，如果旁边还有类似的建筑，可以随便住、随便租，那他也就懒得编故事了。

他是个获奖无数的建筑师，又不是什么名不见经传的童话作者。爱情什么的，本来就是这个世界最大的骗局，生不带来死不带去，还不能当饭吃，聂广义才不要相信。

"没有，就一栋，孤零零的。"宣适有点好笑地看着聂广义，扯着嘴角，直接揭穿，三连发问，"你不是还让你同学去现场拍照了吗？没有从白天拍到夜晚？或者再来个航拍什么的？"

宣适知道聂广义对程诺的信任度有多低，也了解自己兄弟不撞南墙不回头的性子。这个形容对他的广义兄弟来说还是太轻了。聂广义的性子是——就算撞了南墙，也要搞清楚，南面的墙是不是承重墙，能不能把墙敲掉。

"就那一栋的话，怎么开咖啡馆？"聂广义发出了专业质疑，"都不用装修什么的？一个月的时间，光装修都不够吧？"

"我家阿诺说不用。"宣适辄然而笑。他明明是个非常内敛的人，一说到程诺，就跟变了个人似的。

聂广义抛给宣适一个鄙夷之中带了点了无生趣的眼神，不屑地出声："就算不用装修，咖啡馆开一个月也和没开一样吧？"

广义大少难得好心——既然开了和没开没有区别，那干脆就把那一个月让出来——现在才月中，他现编个故事补上，是不是也还来得及？

"谁说一个月就不能开了?"宣适出声反驳,"我家阿诺是谁啊?她在任何一个地方开一个月咖啡馆,都能成为无数咖啡爱好者一辈子的记忆。"

"你可拉倒吧。秀恩爱死得快,你也不怕被'狗粮'撑死?"聂广义很是有些看不惯,嘚瑟是广义哥哥的专利,小适子凭什么抄袭?

"撒'狗粮'的人自己又吃不到,为什么会撑死?"宣适就差直接在脸上写上欠扁两个字。

聂广义气得牙根痒痒。这个世界是怎么了?宣适弟弟以前可不这样,随便他怎么欺负都不会反抗,更不要说只是挤对两句了。现在倒好,简直比自己这个天才还要嘚瑟。

极光之意一楼的工作室就这么试营业了。

说是试营业,其实就是程诺给自己留了一天收拾和整理的时间。

一天以后,这里就将正式对外开放。

程诺在自己公众号上发了个推送,可以点进去预约,但是没有放地点。

除此之外,再没有任何宣传和推广。

装修更是一点都不像咖啡馆。

偌大的空间里面,毫无规律可言地摆了六张桌子,零零散散,间距之大,像是每张桌子都要有一个自己的家。

总之一句话,怎么浪费空间怎么来。

对于咖啡馆这一类营利场所来说,这样的布局,可谓相当奇葩。

用聂广义从门口扫了一眼后的第一句话来形容,便是:"打算在里面养鹅,还是打算在里面放鸽?"

"广义哥哥可以都试一试。"宣适明显是顺着聂广义的话说。

今儿个一大早,他就把聂广义给惹毛了。确切地说,是凌晨四点。

为了给程诺一个惊喜,宣适提前一天回国,连天亮都不愿意等,拖着聂广义连夜赶路："广义哥哥请放心，你上车就睡，我一个人就能开过去。"

"我放你个大头心。"聂广义把行李往后备箱里一放，直接去了驾驶座，嗤之以鼻道，"你这兴奋了一夜都没睡的人开的车能坐？你是不是觉得你广义哥哥的命和你的一样不值钱？"聂广义习惯性心口不一，明明是关心，出口全是嫌弃。

"那必须不一样，我们广义哥哥要是出点什么事，那绝对是人类建筑界的损失。"宣适专拣好听的说。

聂广义听了很受用，刚想表达一下自己的感想，就听宣适画蛇添足来了一句："哪像我，除了阿诺就不会再有人记得。"

聂广义不说话了。他非常受不了宣适动不动就撒"狗粮"。再有，什么叫"除了阿诺就不会再有人记得"？那他算什么？

宣适没有再坚持自己开车。他是真的不困，但太兴奋的人，也一样不适合开车。

跟着设定好的导航，聂广义从偏僻开到繁华，又从繁华开到荒凉。他两度怀疑，宣适是不是打算把人类下一个最伟大的建筑师给卖山沟沟里去。一直开到前面没有路了，他才终于听到导航说："您已到达目的地附近，本次导航结束。"

"这是什么鬼地方？"聂广义没有第一时间看到照片里的"盗版"建筑。

停车的地方不大，有一条石板路。顺着地上的石板往前走几步，一条下行的山路，映入聂广义的眼帘。山路很窄，只能一个人通过。数不清的石阶，一路向下。石阶的尽头，一条小径隐隐地浮现在水面。小径的终点，便是让聂广义寝食难安的所在。

聂广义做梦也想不到，"盗版"的极光之意，是建在一个山坳里的。

这简直是对现代概念建筑的亵渎。

而这还仅仅是亵渎的开始。

聂广义急着想下去看看究竟，着急"入住"的宣适比他还急。

眼看着只够一个人通行的山路被聂广义给抢先了，宣适直接把行李箱举过头顶，硬生生地超到了聂广义的前面去，像是跑酷，又像是会中国功夫，把山路当成平地，嗖嗖嗖嗖地往前冲。

聂广义快步跟上。

可能是因为时间还早，"盗版"里面空无一人，但门没锁。

聂广义不管不顾，准备直接推门进去。宣适一把拉住他，用商量的语气说："还是先问问能不能进去吧？"

聂广义转头四下看了一眼："问谁？哪儿有人？"

"呃……"这个简单的问题，把宣适给问得没有了底气，犹豫道，"阿诺？"

"棺材板儿在这儿呢？"聂广义问，"你不是号称要给惊喜吗？"

宣适没有和程诺说自己今天就能到。他一直都说，再怎么赶也肯定赶不上试营业的这一天，还说都已经这么多年没见了，也不在乎这最后的一天两天。

语言上，他让程诺再耐心等他几天；行动上，却是连一秒都不想多等。

"你不是答应过不叫棺材板的吗？"宣适出声抗议。

"对啊，所以我加了个儿化音啊。"聂广义不仅不觉得自己有问题，还重复了两遍，"棺材板儿，棺材板儿，听起来是不是很得劲？"

"广义！"宣适被气到。

"哥哥在呢。"聂广义并不管宣适有没有生气，自顾自地问，"怎么样，哥哥的儿化音是不是说得很标准？"

宣适不是一个很能说的人，和聂广义玩文字游戏，基本上没有赢过。他和聂广义是一对非常奇怪的组合。聂广义人高马大的，却擅长做精细活，绘画、雕塑、陶艺，还有动动嘴皮子——如果这个也算精细活的话。

宣适的皮肤很白，整个人也很精瘦，看起来弱不禁风，全身上下，一丝赘肉都没有，肌肉更是完全看不出来，算是有点单薄的身材，身高也就刚过一米七的样子。可就是这么一个看起来没什么存在感的人，一只手就能把两个专业保镖给干趴下。

聂广义完全想不明白，超过一米八五的身高，外加人鱼线和八块腹肌，自己这穿衣显瘦脱衣有肉的完美身材，简直是健身房里最帅的风景线，怎么就在"弱不禁风"的宣适手上，连一招都过不了？不得不说，这是造物主的程序出现了 bug（漏洞）。

关于要不要现在就进去这个问题，宣适和聂广义没能达成意见统一。

宣适知道，聂广义执意要做的事情，自己想拦肯定是拦不住的。于是他换了个方式，提议道："广义，你不先看看这个地方的整体环境吗？这里和你的概念模型，差别大不大啊？"

"你不是有眼睛吗？自己不会看？"聂广义没好气地说完，不顾宣适的阻拦，自顾自地推门往里进。

"广义，我的意思是……"宣适的话只说了一半就没有说下去了。

一道身影从聂广义还没完全推开的门里面"飞"了出来，直接扑到了宣适的身上。

宣适和聂广义刚刚都往里面看过，并没有看到有人，那是因为程诺一直蹲在吧台后面收拾咖啡杯。

程诺的咖啡杯都是"孤品"。这些杯子来自世界各地，生产于不同的时期，甚至有些还是 19 世纪的古董咖啡杯。

听到门口的动静，程诺一开始还以为是自己幻听。等到看清楚在外面站着的人，她直接从地上跳了起来，像一阵风似的从工作室里面刮了出来，和宣适拥抱在了一起。

碍于还有聂广义这个外人在，程诺没好意思抱得太久。等她转头想和聂广义打招呼的时候，聂广义已经背过身去了，程诺也就没有再勉强，她这会儿太激动了，一时找不到合适的话。看到宣适手上拿着的行李，程诺出声问道："阿适，你怎么把行李也拿下来了？"

"啊？"宣适一点都不想这么快就结束拥抱，遗憾了两秒才缓过来，"不是你邀请我到这儿入住的吗？"

"工作室要怎么住？"程诺的脸上写满了问号。

"扑哧。"早就背过身去的聂广义没忍住笑出了声。他记得很清楚，这是他问过的问题。

宣适受了打击，比起被兄弟笑，他更介意自己期待已久的福利打水漂："你说的，这个地方只能凭故事，一个月一个月地入住，然后你还问我，这个月要不要到这儿来找你。"

宣适就差直接把手机里的语音给调出来。人都来了，披星戴月，不带这么出尔反尔的！

"我说的是入驻，驻扎的驻。"程诺纠正了一下，说道，"睡觉肯定不在这儿啊。"

"……"

这就有点尴尬了。

聂广义忍着笑转身，左手接过宣适手上的行李，右手拍了拍宣适的肩膀，语重心长道："中华文化博大精深啊，兄弟。"

说完，聂广义再次转身，都没看程诺一眼，径直往刚刚停车的平台走去。他得在自己的兄弟哭鼻子之前，把这个"没文化的行李箱"，给拿回到车上。

看着聂广义的背影，程诺问宣适："我哪里惹到他了吗？"

连续两次想打招呼被忽略，很难不发出这么个疑问。

"大少不一直都这么别扭吗？"宣适只说了这么一句，又把人给抱上了。

还别说，没有"想多了的行李箱"在旁边碍事，拥抱都亲密了很多。

　　程诺不理解聂广义的行为，宣适却是再清楚不过。

　　聂广义是在用他自己的方式，给久别重逢的两人更多的独处时间。

　　聂广义的嘴和聂广义的心，是永远都没有办法步调一致的。

　　一个注定要下地狱，一个绝对要上天堂。

第五章 不伦不类

把宣适的行李往后备箱里一放，聂广义直接坐进了车里。他有种想要直接开车离开的冲动。

一来，宣适和棺材板儿腻腻歪歪，他离远一点才能眼不见为净。

二来，山沟沟里的这栋五层水上建筑，从外观上来说，哪怕是他亲临现场，也不得不承认，与他的设计有很多极为相似的地方。尽管也和他之前想的一样，空有其形、践踏设计，把所有的灵魂丢失殆尽。

聂广义有一种自己的孩子被别人给养歪了的感觉。

这种感觉，对于出道即巅峰的聂广义来说是致命的。

聂广义犹豫着要不要发动车子，停车的地方来了一辆大型客车，把本就不大的平台给堵了。

这样一来，聂广义就算想要掉头走人，也没办法实现了。

在车上坐着无聊，聂广义干脆用余光数了数客车上下来的人数。

前前后后一共下来 24 个，男女比例差不多，多半比较年轻。为首的一个男生手上还拿了一个灯牌，那架势，有点像是追星。

聂广义没看到灯牌上面写着什么，倒是能清楚地听到这些人下车之后的对话。

拿着灯牌的男生等所有人都下来后开始卖关子："我看到诺姐的动态，第一时间进后台预约，你猜怎么着？"

一个穿着制服的女生回应："接下来一个月全满了，根本约不到，是吧？"

"那可不，每天限量24人，可真是够夸张的，直接秒没，比周杰伦演唱会的票还难抢。只开一个月，要是等到正式营业再来，我们大多数人都没机会体验这么天才的设计。"灯牌男蛮有点自豪地说。

一个穿花裙子的女生适时表达了自己的疑问："诺姐今天要是不打算做咖啡怎么办？"

"嗳，你这想法就不对了。我们今天是来帮忙收拾工作室的，关咖啡什么事？"灯牌男早就想好了说辞。

好几个人跟着附和："就是嘛，我们这么热情地帮忙收拾好了，诺姐好意思不亲手做杯咖啡表示表示吗？"

聂广义算是听明白这群人打算干什么了，敢情这帮人在正规预约渠道预约不到，赶着试营业过来碰运气。

聂广义的心情很糟，什么叫"天才的设计"？知不知道"天才"这两个字是怎么写的？

开个咖啡馆，只开一个月，还是一天限量24人的咖啡馆，难道不是"脑残"？限量24杯还可以卖完就走，把时间留给自己，限量24人，如果来的人一坐坐一天，岂不是从早到晚都要陪着？哪有这么做生意的？

鄙视归鄙视，聂广义还是不可避免地被这群人说得有点心痒。

开在"盗版"一楼工作室里面的咖啡馆，明明一点格调都没有，怎么会有这么多人排着队想去？好奇害死猫，好想进去瞧！可是，就这么跟着一群追捧棺材板儿的人进去,那也太掉价了吧……他可是一个即将享誉国际的天才建筑师哎!聂广义一整个扭捏住了,在车里待着也不是,跟风出去也不是。

车子外面终于有人发现了聂广义的存在,开始质问灯牌男:"你不是说就你一个人提前两天知道了具体地址吗?怎么还有人比我们早到?"

灯牌男回头一看,也是一脸的诧异。他没有和聂广义打招呼,而是带着所有人直接往工作室跑,全然一副怕被人抢了先的架势。

这个行为进一步刺激到了聂广义。跑什么跑?懂不懂什么叫先来后到?聂广义身上那傲娇导致的扭捏症忽然就被治好了。

伸手按下开门按钮的那一瞬间,聂广义看到了快速向他跑来的宣适。聂广义疾速收回手指,暗自庆幸,就差那么 0.01 秒,他就非常掉价地自己下车了。

等到宣适过来敲了好几下车窗,聂广义才慢悠悠地伸手按了一下开窗键。

"组撒(上海方言:做啥)?"聂广义没好气地问。

"忽然来了好多人,阿诺已经和他们说是我们先到的,让我们先进去选桌。"宣适回答。

聂广义一脸的不乐意,却一点都不影响他下车的速度。他算是看出来了,他这会儿要说自己没有兴趣,摆架子不下车,"盗版"里面就不会再有他的位子。

可是就这么妥协,那也不符合他的性格。

聂广义跟着宣适,一路慢悠悠地走,经过灯牌男身边,忽然冷冷地开口和宣适说话:"小适子,我和你可没有熟到要坐同一张桌子的程度,我等会儿进去了也是要自己一个人坐一桌的。"

聂广义记得"盗版"里面一共六张桌子,每张桌子周围都摆了四把椅子,每天限量 24 个人,应该就是这么算出来的。

虽然根本不认识,但聂广义就是不爽灯牌男。本来也不是什么委曲求全的人,既然有人让他不爽,那他就肯定要搞点破坏。

独不爽不如双不爽。不对！怎么着也得把程诺加上，来个仨不爽。

聂广义就乐意见程诺为难的样子。程诺不高兴，他就开心。倒也没有什么深仇大恨，就是替自己的兄弟感到不值。宣适是为程诺去的意大利，结果却有长达八年的时间，查无此人。

聂广义看不上程诺的人品，觉得她配不上自己兄弟的深情。奈何小适子就愿意在这一棵树上吊死，一吊就吊了十年不止。

一人占一桌的言论一出，和灯牌男一起来的那群人很快就议论开了。

这正是聂广义想要的，不服来战啊。真要打起来了，宣适弟弟一个人就能把这一群人给干趴下。聂·有恃无恐·广义·哥哥，就是这么自信。

预想中的争吵并没有到来，打一架更是无从说起。

灯牌男从背包里拿出来一堆黑色围裙，跑到程诺身边，对她说："阿诺，你怎么方便怎么来，只剩下四张桌子的话，就让后面的人先进去，我带七个人帮你一起收拾工作室。"

什么鬼？！刚刚在上面的时候不是还叫诺姐的吗？怎么到了面对面就变成阿诺了？这个名字这么难听，怎么也应该是小适子的专属啊。这几个意思？想挖本大少兄弟的墙脚？就这么明目张胆吗？！

"你以为你是谁？"聂广义瞬间就怒了，他这会儿正缺地儿出气，有人送上门来，自是不会放过。

没等战争爆发，宣适就把聂广义给推到了工作室里面："广义，我们先进去选位置。"

"你推什么推？"聂广义很生气。看不出来哥哥是在帮你吗？怎么会有这么蠢的弟弟！关键还不多不少，刚好大他那么一天。聂广义的日历是倒着长的，大他一天的宣适只能做他弟弟。

"好歹在小弟女朋友面前给小弟留点面子。"宣适知道聂广义的点在哪里。

聂广义不相信爱情，更不相信，身处异国十年，前八年杳无音讯，联系上之后又有两年多不能见面，程诺会和自己的傻兄弟一样，身边没有出现过别的人。

程诺稍微让开了一点门口的位置，做了一个邀请的手势，说道："欢迎极光之意工作室的第一位品鉴嘉宾。本店新开，有失远迎，还请广义大少多多海涵、多多关照。"

程诺说得真诚，满心不爽的聂广义竟然没办法从程诺的一脸笑意中找到可以爆发的点。

聂广义在咖啡馆里面站定，近距离地欣赏了一下工作室里面的装修和陈设。

先前只在照片里看过的极光之意工作室空有其表，走到里面，越发不伦不类。

这么时尚的一栋现代水上概念建筑，里面却如同宋代的酒肆，就差再来两个小二，在那儿吆喝。

这还不是极光之意工作室最"奇葩"的地方。真正让人啧啧称奇的，要数隐藏在那六张桌子底下的玄机。工作室的地板是木质的。地板和间隔巨大的六张桌子用的是同一材质。桌子的四条腿直接插到了地板里面，很是有些一体成型的感觉。这样一来，桌子就没有办法移动，这也代表着，这个咖啡馆没有拼桌的可能。

更奇葩的是，四条桌腿中间的一整块木地板，是可以掀起来的。这栋建筑本来就建在水上，地板可以掀开，也就意味着，咖啡馆里的人坐在椅子上就可以直接接触到水面。这还不算完，每张桌子的旁边都放着一套用水桶装着的钓鱼工具，水桶上面写着八个字："一鱼上钓全桌免掉。"

"姜子牙钓鱼，最多也就愿者上钩，这里的鱼却需要自己上钓。"聂广义还没有坐下就开始鄙视，"怎么不干脆让鱼一哭二闹三上吊，来个全套呢？"

宣适看了看，水桶上写的确实是"上钓"，不是"上钩"，哑然失笑道："那么问题来了，请问，钓上来的鱼归谁？"

在室内喝着咖啡钓鱼，没有风吹日晒雨淋，都这样了还要再加个免单的福利，也难怪能吸引那一车假模假式的粉丝了。聂广义的心里稍微平衡了一点。

来之前，聂广义对"盗版"就有过很多的想象。

这些天，他思来想去，单纯的建筑外观相似，多少还是可以理解的。就像有的人会在世界的某一个角落，发现一个和自己长得像同卵双胞胎的人。

聂广义曾经看过英国第四频道的一部名为 *Finding My Twin Stranger*（《双生陌客》）的纪录片。这部纪录片的摄制组找到了七对长得几乎一模一样，却完全没有血缘关系的人。他还看过一个名为"世界上另外一个我"的主题摄影展。摄影师找到了很多对从生活到履历，再到背景，甚至连人种都不一样，长相却相似到可以用自己的脸解锁对方的手机的人。

聂广义愿意说服自己，会有人想出和他的设计一样的建筑外观，却没办法相信连名字都一模一样。单纯的外观相似，或者仅仅是名字重合，都可以称之为巧合。但如果两个一起来，就未免过于巧合了。

真正走进极光之意工作室，面对照片曾有过的那些想象就彻底被颠覆了——一边喝咖啡一边钓鱼，水还随时都有可能漫到里面来，把工作室给淹了。

聂广义现在可以确定，设计这栋建筑的人，毫无疑问，不可能是专业人士。因为，一个专业建筑设计师，就算再怎么追求"脑洞"，也不会完全不考虑功能和实用性。

"一个可以钓鱼的咖啡馆，这是正常的人类脑子能想出来的？这样的一栋建筑，竟然好意思叫极光之意？叫太公之鱼还差不多。"

聂广义坐下去后第一件事情，就是把桌子底下的地板掀开。他看了看拿在手上的渔竿，又看了看地板底下的清澈水面，口嫌体直地开始体验。

程诺也跟着来到了聂广义坐着的这一桌。

"太公之鱼咖啡馆，听起来还不错哎。接下来的一个月，这儿就叫太公之鱼好了，我回头就去公众号发推送。"程诺也和宣适一样顺着聂广义。

"不行不行。"聂广义连连摇头。他又不是来捧场的，怎么能做让程诺有收获的事情呢？聂广义脑中灵光一现，说道："'太公之鱼咖啡馆'哪有什么吸引力？你们家的特色不是让鱼自己上吊吗？要我说，就应该叫'上吊咖啡'。"

聂广义明显是在找碴儿，程诺却陷入了思考："'上钓咖啡'……还挺朗朗上口的。那就这么定了！"

看到程诺打开手机备忘录开始记录，站在两人中间的宣适有点不太确定："阿诺，你是认真的吗？"

"对啊，只开一个月的咖啡馆，怎么能没有广义大少赐名的加持？"程诺继续顺着聂广义。

聂广义被这通操作给震慑住了，不知道应该夸程诺识货，还是应该说她脑子有问题。权当两者兼而有之吧。

"大少今天要喝什么咖啡？"程诺收起手机备忘录，走到操作台。

聂广义不说话，他怕再给程诺提供天才的加持。

"他的喜好我知道。"宣适一溜烟地追着程诺跑了，留给聂广义一句，"我去帮你拿咖啡。"

聂广义的负面评价并没有在赐名之后画上休止符，等到程诺和宣适走了，他就开始嘀咕："这么大的一个湖，哪有鱼会傻到游到房子底下专门被人钓？"

话音刚落，他的浮漂就上下微动了几下，紧接着开始慢慢上升。

聂广义满脸不可思议。这里的鱼难道真的都想不开喜欢上吊？聂广义转头，问已经跑到操作台后面给程诺拍视频的宣适："是不是有鱼上钩了？"

宣适一时没反应过来聂广义是在和他说话，他的全部心思都放在了记录程诺在"上钓咖啡"出品的第一杯咖啡的拉花上。

程诺给聂广义做了一个很特别的拉花，不是花花草草，也不是什么人物动物，一眼就能看出画的是咖啡馆所在的这栋水上建筑。

"小——适——子——快过来看看是不是有鱼上吊了？"聂广义故意用了"上吊"，还把称呼拉得老长，这才终于把宣适的注意力给拉到了自己这边。

宣适偏头看了一眼，并没有要过来帮忙的意思。

兄弟如手足，女人如衣服。手足和衣服哪个更重要，宣适不知道。他只知道，现代人出门在外，不穿衣服属于违法行为。

反倒是程诺做完了拉花，先宣适一步，端着咖啡来到了聂广义这一桌。宣适举着设备在程诺后面跟拍。

"好像是真的哎！"程诺有些兴奋地帮忙收线，"这可是上钓咖啡的第一个免单呢。"程诺欢欣雀跃。

聂广义本来就和程诺不太对付，这会儿更是一点面子都不给："免单还这么兴奋，是准备拖着宣适一起喝西北风呢？"

哪怕旁边坐满了程诺的"追随者"，也一点都不影响聂广义的发挥。

聂广义能够理解这些人跑到这里排队的猎奇心理。每个人，或多或少，都会想要体验一下"吹着空调钓着鱼，喝着咖啡听着曲"的另类生活。

可是，钓鱼是多么浪费时间的一件事情啊！

不管顾客的体验如何，经营者应该都想直接从桌子底下跳下去吧？

这样的咖啡馆要是能赚钱，聂广义愿意奉上自己的项上人头。

还好他只是在心里面想想。这要是说出了口，未来的普利兹克奖获得者的生命，就戛然而止在冉冉升起的这一年了。

第六章 《红楼》《离骚》

以灯牌男为首的那群人，待了一个小时的时间，就和来的时候差不多，一窝蜂似的走了。

"大少，尝尝你刚刚亲手钓来的鱼。"消失了好一会儿的宣适从后厨端上来一盆水煮鱼，用的是超市里能买到的那种最大号的不锈钢脸盆。

只有宣适最知道，怎样能让聂广义的心情由阴转晴。

开了一路的车，聂广义早就饿了。他在其他事情上会别扭，但在吃饭这件事情上绝对不会。和谁过不去，也不要和自己的胃过不去。

宣适的厨艺和他的武力值是成正比的，并且都属于要么不秀，要秀就是天花板。

看到这盆鱼，聂广义忽然有点心情复杂。他的手足被"衣服"给拐回国了，等他回到意大利，一个人的生活要怎么过？

一个小女孩出现在了工作室的门口，睡眼惺忪地开口："诺姐姐，你这儿好香啊！"

大大的眼睛，长长的睫毛。眼睛水汪汪的，散发着宝石般的光芒。还有像瀑布一样的头发。

"小意起床啦？"程诺跑到门口和宗意打招呼，"刷牙了没？"

"还没呢。"宗意打了个哈欠。

"那你等会儿刷完牙了过来一起吃。"程诺向宗意发出了邀请。

"真的吗？诺姐姐，那我可不可以叫我姐姐一起来？"很显然，小姑娘是被水煮鱼的香味给引诱来的。

"当然可以啊。你可是我的小房东呢。"程诺拍了拍宗意的脑袋。

"那我先去刷牙了。"宗意欣欣然地上楼刷牙去了。

宣适对着宗意的背影感慨道："袅娜少女羞，岁月无忧愁。"

程诺都没说什么，聂广义的每个毛孔，都叫嚣着不爽。聂广义对任何跟古典有关的东西都过敏，上到古代诗词歌赋，下到古典装饰建筑。

"我钓上来的鱼，凭什么给个陌生的小姑娘吃？"聂广义对程诺没有征求"鱼主"的意见就直接邀请别人到他这儿抢食的行为表示不满。

"广义，我刚捞了好多鱼。你这盆够不够？不够我再给你做一盆。"宣适赶在程诺之前回答自己的好兄弟。

聂广义哼了一声，没有给出明确的答案。

上去没两分钟，宗意就又跑了回来，换了件紫色的公主裙，别的看起来倒是没有什么改变。

这么短的时间，也不知道有没有刷牙。如果刷了的话，肯定也没有刷干净。

聂广义过人的观察力再度开始显现，心中鄙视："有必要为了一盆鱼这么拼吗？"

"诺姐姐，不好意思，我姐姐让我先去天台陪她一起练功，我就先不来你这里吃了。"小姑娘只是出于礼貌下来打个招呼，并不是着急忙慌地要和聂广义抢食。知道真相的聂广义，心底忽然有了那么一丝丝的歉意，只不过藏得比较深，深到这辈子都不可能有人发现。

"你姐姐不是一直在这儿练舞的吗？"程诺指了指上钓咖啡里面。

"我姐姐说，现在一楼变成诺姐姐的工作室了，今天来了很多人，以后只会更多，我们不可以再来这边练舞了。"宗意回答。

"这样啊……"程诺遗憾道，"那可真是我们上钓咖啡的损失呢！"

"上吊咖啡……"宗意卡壳了一下，摸了摸自己的后脑勺，说道，"诺姐姐，这名字好有意思呢。"

"是吧？"程诺指了指聂广义，笑着附和，"是这位才华横溢的小哥哥取的。"

"大哥哥好厉害。"明显应该带点讽刺意味的话，从宗意的嘴里说出来，诚挚之中透着可爱。

"小妹妹，这儿今天还没有营业啊，都是你诺姐姐在招待男朋友，你和你姐姐还是可以来这边跳舞的嘛。"聂广义忽然就不担心有人和他抢几片水煮鱼了。

这会儿还是早上，这么一大盆水煮鱼，也着实是有点重口了，更何况还有很多鱼在前仆后继地等着被他吃。

"招待男朋友？"宗意一脸惊诧，直接问聂广义，"所以，你是宣适哥哥？"

这个问题就有意思了。聂广义难得对一个小女孩笑得一脸慈祥："我看起来像吗？"

"不像。"明明是宗意自己问出来的问题，这会儿她却一个劲儿地摇头否认。

"哪儿不像啊？"聂广义饶有兴致地问。

"诺姐姐故事里的宣适哥哥，给我的感觉，是一个腹有诗书气自华的人，你明显不是。"宗意斩钉截铁地给出了自己的判断。

"你一个小孩子,这么文绉绉的!"聂广义急起来,连小女孩也一样是无差别攻击的。

宗意淡定地环顾了一圈,这种程度的攻击力,还不及梦兰女士的百分之一。

看到宣适端着盘炒饭从工作台后面出来,小姑娘径直跑过去问:"你才是宣适哥哥,对吧?"

虽是疑问,语气却相当笃定。宣适没搞明白是什么状况,一脸善意地点了点头。得到肯定的答案,宗意对着聂广义做了个示威的小表情。

宗意并没有停留太久,对着宣适挥了挥手,说道:"适哥哥,我先和我姐姐跳舞去了,我等会儿再来找你和诺姐姐啊。"

"不吃点炒饭再走吗?"宣适举着盘子,对着宗意离开的方向出声发问。

"不了,适哥哥,吃了炒饭不能马上跳舞的。"说完,她又和程诺打了声招呼,"诺姐姐,我再不上去,我姐姐就不教我跳舞了。我先上去咯。"

"你小心点,别摔了。"程诺出声提醒。

"好呢,适哥哥、诺姐姐,等会儿见。"宗意一直是倒着跑的,程诺怕她摔倒,就没有再和她说话。

聂广义很快就体会到了他自己早上加诸程诺的双重忽视。

"棺材板儿,你知道这里为什么叫极光之意吗?"聂广义对着程诺,抬了抬下巴。

"啊?"程诺反应了一下,根据聂广义说话的对象,发现是在问自己,出声回应,"我不知道啊。"

"那你知道什么?这个工作室是怎么来的?为什么会设计成这样?"聂广义来了个三连问。

宣适忽然就硬气了一回:"广义,你能不能不要这么叫?"

"不能啊。"聂广义说,"你知不知道你是几点把我吵醒的?"

"没关系的。"程诺打圆场道,"就一个称呼,大少开心就行。"

"阿诺,你没必要和我一样,什么都让着他。"宣适不介意自己被聂广义各种打压,却不忍心程诺受一点委屈。

过了差不多半个小时,聂广义吃完了一整盆水煮鱼,才看到刚才那个小姑娘拉着她姐姐的手,来到了上钓咖啡的门口。

这位姐姐一看就是被小姑娘拖着下来的,到了也只是娉娉婷婷地站在门口,没有要进来的意思。

小姑娘的姐姐有一种很特别的气质,聂广义不知道要怎么用言语来形容。

如果非要让他形容的话,那差不多就是——俏丽若三春之桃,清素若九秋之菊;朝饮木兰之坠露兮,夕餐秋菊之落英。

对古典过敏了很多年的聂广义,瞬间就被眼前的姑娘给治愈了,开始在《红楼梦》里面嵌《离骚》。

聂广义以前只看到过"肤如凝脂"这样的成语,每每看到都要嗤之以鼻。因为他从来没有在现实生活里面见到过这样的存在,或者说,从来没有人能给他这样的感受。

阳光透过云的缝隙,洒在极光之意的水面上,照亮了一整栋原本就透明的建筑,却仍然没能掩盖姑娘肌肤散发的如雪光泽。姑娘刚刚跳完舞,雪白的肌肤还隐隐透着一点点的少女粉。

聂广义原本就胜人一筹的观察力,在这个时候提升到了极致。

除了气质和皮肤,姑娘的腰也是聂广义没办法忽略的。他都不用思考,脑子里面直接冒出"盈盈一握"这个成语。就这么突然,聂广义找到了一大堆成语真解。

美女,聂广义见得多了,独独没有见过这么有气质的。

宣适第一个反应过来,对着宗意感叹:"哇!你姐姐也太有气质了吧!"

同样被震慑住了的聂广义收起差点脱口而出的同款感叹，冷冷地对宣适来了一句："你一个有女朋友的人，要不要把口水擦一擦？"

宣适被说得有点不好意思。他确实表现得过于明显了，尤其是被聂广义当着程诺的面这么一说。

反倒是程诺帮忙解围："爱美之心人皆有之啊，我就喜欢阿适有一双发现美的眼睛。大少难道不觉得小意的姐姐很漂亮吗？"

聂广义当然也是这么觉得的，不过说出口的话又是另外一副光景："你们女人不都长一个样吗？哪有什么漂亮不漂亮？"说完，又朝梦心之看了一眼。

梦心之站在工作室的门口，听不到里面的人在说什么。她确认了一下，有程诺在，宗意在这边并不会有什么问题，就对着宗意挥了挥手，示意自己要先上去。

这个挥手的动作，让聂广义的成语真解里面又多了一个"手如柔荑"。同样是挥手，梦心之的动作就和别人的不一样。

眼看着梦心之要走，宣适和程诺都没有要拦的意思，聂广义对着门口脱口而出一句："姑娘，可有二胡？"

姑娘，二胡，这么古典的称呼，这么古老的乐器，聂广义完全没办法相信是从自己的嘴里说出来的。

聂广义是坐着的，宗意换了个角度，把聂广义的视线给挡了个结结实实："这位叔叔，有没有二胡这种问题，你问我就行了。"

说话的同时，宗意对着自己的后脑勺挥了挥手，示意姐姐赶紧上楼。

宗意的态度让聂广义很不是滋味，搞得好像他对门外的那个女人有意思似的。

开玩笑！女人，只会影响他拿普利兹克奖的速度。爱情，只会分走他的大半个身家。

宗意虽然阻挡了聂广义的视线，却没有对他的需求视而不见，直接去

"宋代酒肆"的库房，拿了一把二胡出来："喏，二胡给你。"

聂广义接过二胡，拉出一个噪音，又拉出一个噪音。程诺、宣适和宗意的耳朵都受到了蹂躏。

聂广义装模作样地调整琴弦，然后就有了更多的噪音，过了两分钟，才终于消停。

"我问你姐姐有没有二胡，是想用一首高难度的歌给她的舞蹈伴奏。你的话，肯定没这个实力。"聂广义故意刺激宗意。

"你看过我跳舞吗，就说我没有实力？"宗意在心里面默念了至少800遍"坏蛋怪叔叔"。

"你很有实力是吗？"聂广义对宗意的态度一点都不友好。

"还可以的。"宗意一脸的不服气。如果不是爸爸和姐姐都和她说做人要有礼貌，她肯定还要加上一句——比你的二胡水平高了一万倍不止。

"那好吧，我们试试。"聂广义作势要开始演奏。

宗意赶忙拒绝："这位叔叔，您刚才那样拉琴，我确实是没办法给您伴舞的。"

聂广义跟没听到似的，来了一句："开始吧。"

紧接着，聂广义毫无章法地拉了一大堆没什么韵律的音符。他拉二胡的动作快得像是打蛋器在工作，这样的节奏，怎么可能拉出什么好听的音乐？

但很快宗意就愣住了。二胡的琴弦，在聂广义看似毫无章法的拨弄下，幻化出了一首极为动听的《野蜂飞舞》。

宗意很喜欢郎朗版的《野蜂飞舞》，每次看，都觉得郎朗的手像是被装了八倍速的快进。她也听过很多个国家的小提琴家弹奏的版本。

宗意从来都没有想过，《野蜂飞舞》这首曲子还可以用二胡来演奏。西洋乐器和二胡拉出来的感觉，可谓大相径庭。

宗意知道自己犯了两个错误：第一，怪叔叔真的会拉二胡；第二，她真的没办法伴舞。

这一首堪称"天秀"的《野蜂飞舞》，效果是立竿见影的：

惊呆了一楼工作室的众人；

吸引了在五楼天台打太极的宗极；

让梦心之打破了跳完舞一定要先回三楼洗个热水澡的习惯；

让在睡梦中被噪音吵醒，直接穿着睡衣从四楼下来准备骂人的梦兰，情不自禁地停下来听。

在所有被震慑住的人里面，受惊程度最大的当数宣适。他和聂广义做了十几年兄弟，却从来没见他拉过二胡。

聂广义一直声称自己对一切古典元素过敏。别说是二胡，就算是古法豆腐，聂广义知道了也是不吃的。

宣适看着聂广义出神。难道建筑和音乐是相通的？难道天才就应该像达·芬奇那样触类旁通？

一曲终了，聂广义抬起头，就看到一双亮晶晶的大眼睛，明眸善睐，靥辅承权。

"义哥哥，你好厉害啊！"宗意一点都不带节操地直接变节了。在心里默念过800遍的称呼"坏蛋怪叔叔"，被她无情抛弃。

聂广义却把视线投向了梦心之："姑娘，意下如何？"

第七章 真相大白

宗意一点都不介意自己被忽视的事实。她崇尚一切古典艺术形式，从陶艺到骨笛，从二胡到古琴，只要怪叔叔愿意演奏，管他是给姐姐、给爸爸还是给空气拉琴。

赶在梦心之说话之前，宗意抢先一步"说唱"道："姐姐姐姐姐姐，能不能义哥哥拉二胡，你跳舞？"

宗意眨着她好看的大眼睛，忽闪忽闪的，双瞳剪水，目光炯炯。

梦心之通常都没办法拒绝自家妹妹的眼神杀绝技，这一次是个例外。

"不能哦，一楼现在已经变成诺姐姐的咖啡馆了，还是你亲自挑的故事。以后呢，我们跳舞都到天台，或者五楼的练功房。"梦心之拒绝道。

"可是，我的姐姐哎，这里今天还没有对外营业呢。"宗意并不就此作罢。

"不要可是了。"梦心之笑着摸着宗意的头，循循善诱道，"迟早需要习惯的事情，小意为什么不能早一天呢？"

"可……呃……阿意想要看姐姐跳《野蜂飞舞》嘛。"宗意想起来梦心之刚才让她不要说可是，话说到一半，硬生生地改口。

"这个音乐的节奏太快了，只适合蜜蜂翩飞，不适合人类蹦跶。"梦心之又摸了摸宗意的脑袋，和风细雨地告诉宗意一个道理，"也不是你想听，演奏的哥哥就愿意再拉一遍的，你说是不是？"

忽然被提到，"演奏的哥哥"赶紧表态："我愿意的。你们还要听一遍《野蜂飞舞》吗？或者别的什么？只要我会的，只要你们想听，我都可以试着演奏。"

梦心之颔首，过意不去道："小妹给你添麻烦了。"

梦心之的话，也一样说得文绉绉的，但此时此刻此地，聂广义完全感受不到有过敏原，只觉得姑娘的声音，洋洋盈耳，娓娓动听。

聂广义对这道声音妥协了。但仅只是声音。他对梦心之这个人，是一点想法都没有的，满脑子只有一句话——"可远观而不可亵玩焉"。

聂广义不知道自己脑袋里乱七八糟地想的是什么。那么讨厌古典，为什么还要让人点歌？

聂广义很快就给自己找到了理由："想听什么都可以，只要有人能告诉我这个地方为什么叫极光之意。"

是了，他刚刚的行为，肯定是因为太好奇了，从意大利好奇回国，一直好奇到身临其境。

梦心之用眼神询问了一下宗意："你是不是真的还想再听？"

宗意拼命地点头，眨巴着眼睛，像是在说"姐姐你今天都不宠我"。

梦心之无奈，拉着宗意后退了一步，退到了爸爸宗极的身边。原本应该在场的梦兰已经不见了踪影。她是穿着睡衣下来的，要赶在大家把注意力集中在她的穿着打扮之前，赶紧上楼换一件。

"这个问题啊，你可能得问我们的爸爸。"一提到爸爸，梦心之的语气都变了，带了一点甜、一点软。

接收到大女儿指令的宗极，在这个时候加入了谈话。他的眼睛里面有光，和聂广义第一次向宣适介绍 Concetto di Aurora 隐藏功能的时候一模一样。

"这位小兄弟是不是也觉得这个名字特别好听、特别有意境？"宗极以提问代替回答。

"嗯。"这一点，聂广义没办法否认，否认宗极，就是否认他自己。

宗极也没再卖关子，用手指着梦心之对聂广义说："这是我大女儿梦心之，她跟妈妈姓。"然后又指着宗意，说道，"这是小女儿宗意，心意的意。"紧接着，宗极又指了指自己，"鄙人宗极，是大心和小意的爸爸。我这么介绍，你能不能想起点什么？"

聂广义摇头。这都什么和什么？完全让人摸不着头脑。

宗意小姑娘在这个时候再次开启了抢答模式："义哥哥，我给你个提示哦，我还有个大哥叫宗光哦——"

"然后呢？"聂广义终于把注意力放到宗意身上了。

宗意继续提示："爸爸、哥哥、姐姐、我，我们四个人名字的最后一个字，加在一起，是什么？"

宗极、宗光、梦心之、宗意。

名字的最后一个字。

聂广义无语了，他不相信宗意的话，抬头问宗极："就这么简单？"

"这怎么能是简单呢？这可是我想了很久的！"宗极的兴奋还在继续，"阿意出生的那一天，我就已经想好了'极光之意'这个名字，想着我以后不管是做什么事情，只要是我觉得有意义的，都一定要注册'极光之意'这个商标。这一晃啊，十一年就过去了，我们阿意都是十一岁的大姑娘了。"

好，很好。十一年前，人家就已经想好这个名字了，比 Concetto di Aurora 这个概念出现在他脑海里的时间，整整早了十年。

我和你讲命名，你和我说家庭。这一局，天才建筑师聂广义完败，并且败得毫无道理。冥思苦想了这么久，百思不得其解，结果，竟然是组合名字的最后一个字。

聂广义的心态直接崩掉了："那这栋楼呢？这栋楼为什么建成这样？"

宗极刚想回答，就被宗意给拦住了。宗意仰着脑袋问聂广义："义哥哥，刚刚是不是你自己说的，你说只要告诉你这个地方为什么叫极光之意，就可以随便点歌了，是这样没错吧？你这是又问了个问题，那怎么都得先演奏两首曲子才行！"

梦心之被宗意逗得哭笑不得，把宗意拉到了自己的身边："小意是把聊天当真心话大冒险了呀？"

"那可不！我的姐姐哎，我才不像你那么爱吃亏！"宗意俏皮地做了一个鬼脸，全然一副胜利者的姿态。

梦心之了解宗意的性子。宗意不是不讲道理，只是有一套自己的逻辑，是个不达目的不罢休的小可爱。

"不管是拉二胡，还是跳舞，都要有合适的心境。哥哥如果心里有事，拉琴的时候就没办法全情投入，这样一来，小意就算听了，也不一定能有刚才那么好的状态，是不是？"梦心之尝试用宗意的逻辑去说服宗意。

"姐姐说得在理！姐姐快上楼洗澡别感冒。"这一次，宗意很快就被说服了，完全没有解释《蒙娜丽莎》那么费劲。

梦心之轻轻拍了拍宗意的脑袋，和其他所有人打了个招呼，就准备上楼。

程诺站了起来，追上梦心之，挽起梦心之的手，说道："大心，一直说去你房间看看，却总没有机会，今天方便吗？"

"方便的。"梦心之看了一眼被程诺挽着的手臂，带点歉意地说道，"程诺姐，我刚跳完舞，一身的汗呢。"

"没关系，大心长得这么好看，就算是汗，那也是香汗。"程诺这么说，明显有恭维的成分，在座的却没有任何人觉得不妥。在绝对的颜值面前，凡夫俗子的脑子总是不讲道理。

……

梦兰上楼了，梦心之和程诺也上楼了。剩下三个大男人和一个小女孩，围坐一张钓鱼桌。

"适哥哥，你好呀。"宗意坐在宣适的对面，对着他挥手，"听说你对咖啡过敏哦——"

"是啊，过敏了八年。现在已经好了。"宣适因为社恐，回答略显正式。

"阿意，你怎么连人家咖啡过敏都知道？"宗极有些奇怪。

"那可不，我不仅知道适哥哥咖啡过敏，我还知道适哥哥的咖啡过敏是怎么治好的。"宗意一脸的得意。

"哦？那可要说来给爸爸听听。"宗极饶有兴致地问。

"爸爸，你什么记性呀，诺姐姐的故事里面不是都写了吗？我还拿给你看过呢！"宗意生气道，"爸爸怎么可以对阿意的事情这么不上心？"

"啊……"宗极后知后觉道，"是有那么回事。"

在第一个进驻工作室的人选上，宗意关心的是故事，宗极关心的是来的会是什么样的人。宗极连着去程诺在市中心的咖啡馆待了十天，才认定这么顶级的咖啡师愿意来极光之意，不太可能有其他的目的。

等了半天，聂广义也没有等到自己关心的话题，只好出声发问："宗极大哥，你为什么会把工作室建成这个样子？"

听聂广义自己这么说，宗意见风使舵，直接改口："义叔叔，我爸爸回答了你的问题，你会不会赖账？"

"你问你适哥哥。"聂广义指了指宣适，说道，"他最知道我这个人是不是一言九鼎。"聂广义倒是不介意被叫叔叔，至少这会儿还是这样的。他现在心情相当愉悦——就这么突然地，他比宣适大了一个辈分。

宣适并不了解聂广义的心理活动，二话不说，站在自己兄弟这边："大少说话向来算话。"

"那行，适哥哥说话我信得过。"宗意附和。

聂广义不乐意了："凭什么呀？都是第一次见面，你就信他不信我？"

"凭女孩子的第六感呀。"宗意得意道，"这是义叔叔肯定没有的，对吧？"

"阿意，你一会儿叫人家哥哥，一会儿叫人家叔叔，这样不礼貌。"宗极出声提醒。

宗意不服："爸爸乱说，我这是尊老敬老，怎么就叫不礼貌了？"

聂广义就奇怪了，建筑外观简单的一个问题，他都问了好几遍了，为什么始终没有人回答？莫不是……心虚？聂广义环顾了一下四周，想要找到点证据一类的东西。

宗极见状，笑着问聂广义："是不是觉得这个地方很特别？"

"是啊，宗极大哥是怎么想到一边钓鱼一边卖咖啡的？"聂广义问。

"一楼这边，我原来整的是个宋代的酒肆，并不是咖啡馆，所以你现在看着觉得奇怪，肯定是很正常的。"

聂广义适时提出了自己的疑问："宋代的人，也没有一边喝酒一边钓鱼的吧？"

"宋代人怎么喝酒，我还真不怎么清楚；一边钓鱼一边喝酒这个场景，是我大女儿跟我描述过的一个梦境。"宗极回应。

"梦境？"聂广义奇怪。

"是的。包括你刚刚的问题，极光之意工作室为什么会建成这个样子，都是因为我大女儿做过关于这栋建筑的梦。"宗极不藏着掖着卖关子，直接和盘托出。

"做梦？"聂广义有点没办法接受这个说法，"什么时候做的梦？"

随便做个梦，就能和他的天才设计不谋而合。如果这是现实，那也未免太惊悚了。

"什么时候啊……"宗极想了想,"怎么都有个十五六年了吧。"

得,十五六。比用名字最后一个字的组合让他完败的十一年,还要久远一些。

"一梦就梦成这样?"聂广义做了个囊括整个建筑的手势。

"应该是的。"宗极回答道。

"应该?"聂广义觉得,这两个字不适合用在这么严肃的场合。

"因为阿心梦到这个建筑比较早了,一开始她自己也形容不出来。"说着说着,宗极就站了起来,从酒肆背面的储藏空间抱出来一堆旧的 A4 纸。

宗极走过来,翻阅着手上的几沓做过分类的纸,对聂广义说:"我给你看看我们阿心画的这栋建筑的演变史。"

宗极递给聂广义一沓纸,说道:"你看看这个,这是阿心最后一次画的梦境里的房子。从那会儿到现在,应该有五年了。阿心这个时候已经很会画画了,细节什么的都已经很详细了。"

宗极又把手上的资料翻了翻,准备把梦心之最开始画的那些印象派的极光之意,和最后这个写实主义的做对比。

这个时候聂广义的电话响了,他连着按掉了两次,对方都重新打过来。聂广义接起电话:"什么事?我在忙。"

这会儿大家围着一张小桌,离得比较近,差不多都能听到聂广义和电话另一头的人的通话内容。

"你到哪儿了?你赶紧回老家一趟。"一个男人的声音通过手机传了出来。

"不去。"聂广义干脆利落地说了两个字,就把才接起来的电话给挂掉了。

宗极刚刚拿出来的最后一稿,确实和 Concetto di Aurora 最终呈现出来的样子八九不离十。按照宗极大哥的说法,这些画成形于五年之前。小姑娘的姐姐看起来也就二十出头的样子,五年前,肯定还是个未成年人。一个未成年人,就能画出超现实主义的水上概念建筑?

聂广义不相信。他并不是觉得宗极在撒谎，因为这些 A4 纸看起来确实也有些年份。他是单纯地不相信，世界上会有这样的事情。聂广义越发好奇宗极说的演变史。

宗极见聂广义挂了电话，就又给他递过来一沓 A4 纸，这一沓纸的最上面，弄了一个类似于封面的牛皮硬纸板。

"给你看看阿心最开始那两年画的。"宗极说，"那会儿阿心也就七八岁吧。"

宗意接话："我看过！我看过！我姐姐那时候画的就很厉害了，简直比凡·高还要印象派！"

聂广义接过这沓纸，准备看看什么叫比凡·高还要印象派，他的电话再一次非常不合时宜地响了。

聂广义的好心情早就已经消失殆尽了，眼下这个一直不断的电话，更是让他心浮气躁。可他还是不情不愿地接起了电话："平时一年也不打一个电话，都说了我今天有事了，有必要一直打吗？"

"广义，万安桥被烧毁了，你爷爷急怒攻心，眼看着就不行了……"

原本准备发火的聂广义瞬间就没了脾气："知道了，我马上回去。"

一直没什么存在感的宣适出声问道："开车走吗？"

"从这儿回去，最快也只能是开车了。"聂广义回答。

"我和你一起。"宣适直接站了起来。

"不用啊，你这不刚来找女朋友腻歪吗？"聂广义拒绝道，"我爷爷马上一百岁了，大家都有心理准备的。"

宣适没有听聂广义的。

他一边给程诺打电话，一边跟着走出了上钓咖啡。

他的好兄弟，凌晨四点就被他叫起来，然后又一路开车来到极光之意所在的山坳湖。

程诺跟着梦心之上楼，并没有想过要待很久，因此她的手机还在工作室里面放着。

宣适这会儿给她打电话，她肯定是接不到。

宗意也追了出来。

和一直给程诺打电话的宣适不同，宗意直接用自己条件极好的嗓音对着楼上喊："诺姐姐，适哥哥要走了，你要不要下来一下？"

余音绕湖，穿山越谷。

程诺赶紧从梦心之在三楼的房间跑了出来，对着宣适离去的方向，一边跑一边问："阿适，你这是要干吗？"

宣适放下电话，倒退跑着和程诺说："广义老家出了点事情，你别下来，我等下电话里面和你说。"

"那你们路上小心，我等你电话。"程诺见宣适走得这么急，便没再追。她知道，如果不是有天大的事情，男朋友不会就这么走了。

第八章 万安之桥

万安桥，木拱廊桥，始建于公元 1090 年，北宋元祐五年。这座古桥前后经历过三次重建，分别是清乾隆七年（1742 年）、清道光二十五年（1845 年）和民国二十一年（1932 年）。大大小小的修补，更是不计其数。

即便如此，在木拱廊桥里面，万安桥仍算不得是命运多舛的。它甚至算得上幸运。真正命运多舛的木拱廊桥，早就已经从地球上消失了。有些幸存于老照片里，更多的仿佛从来不曾存在过。

民国二十一年，聂广义的爷爷还是个只有几岁大的小孩子。那一年，万安桥第三次重建。聂广义的爷爷年幼贪玩不懂事，吵吵闹闹倒着冲上了没有造好的桥拱顶端，一不留神，直接从 8 米多高的地方掉了下去，自由落体。在桥上作业的木匠无不惊呼，却也于事无补。

然后……那个顽皮的小男孩，毫发无伤地自己游上了岸。这件事情很快在村子里广为流传。有人说，这个小孩命真大。更多的人认为，这是古桥本身带来的神迹。

在高空落水这件事情发生之前，村里人管这座桥叫长桥。长桥很长，同类别世界第一。这座桥所在的村庄，被命名为长桥村。在高空落水事件之后，这座长桥有了个新的名字——万安桥。从此，万安桥不仅仅是一座桥，还是四里八乡的信仰。

聂广义的爷爷也因此和这座桥有了不解之缘，把一辈子都奉献给了这座桥，一步步成为木拱桥传统营造技艺的非遗传承人。这项技艺，被联合国教科文组织列入《急需保护的非物质文化遗产名录》。

身处偏僻村庄的万安桥，可能并不被大众所熟知。但另外一座木拱廊桥，说是家喻户晓也不为过。

这座桥，出现在一幅画里。

这幅画，国民度第一，是国宝级文物，在中国十大传世名画里面拥有举足轻重的地位，每次展出都会引得万人空巷。

这幅画的作者用真实的笔触，在五米多长的画卷上，记录了宋徽宗时期北宋都城汴京的繁华景象——汴河两岸的自然风光，汴京城内的建筑特征，都城民生的欣欣向荣。

相比另外九幅传世名画，《清明上河图》堪称独一无二的文化遗产。

它，特别接地气。

它，特别真实地记录了宋朝人的市井生活。

它，为后世研究宋朝城市生活提供了重要的历史资料。

它，历史价值甚至高于艺术价值。

和《红楼梦》一样，《清明上河图》也有专属于它自己的"学派"。

对《清明上河图》的研究，囊括了社会史、建筑史、交通史、造船史、城市史、商业史、广告史、民俗史、服装史……

画卷中央那座横跨汴水的虹桥，就是木拱廊桥的典型代表。

万安桥的建造，采用的是木拱廊桥里面最特别也是最成熟的子门类——编木拱桥。

这个子门类，是我国古桥梁类别中的一颗遗世明珠。

全世界就只有浙江和福建交界的地方，还能看到用这种技术建造的桥梁。

倒不是说编木拱桥特别精美，恰恰相反，编木拱桥是在极为有限的成本，和极其艰险的条件下，用最实用的技术建桥。

达·芬奇其实也设计过相似的拱桥结构。这位"文艺复兴后三杰"之首是毋庸置疑的天才。但达·芬奇在拱桥设计这件事情上的成就，远不及比他早出生几百年的北宋木匠。达·芬奇的大部分设计，都是没办法落地的"概念设计"，就像他设计的坦克装甲车，仅仅是一个空想。

木拱桥传统营造技艺，却是古人生活智慧的结晶。木拱廊桥，是古代木匠在桥梁建造技艺上的创举。编木拱桥，更是在极其落后的条件下，被逼出来的精妙造桥技术。用木材编织起拱，运用榫卯结构，把一块块木头衔接起来。实用才是生活智慧的真谛。

现存的编木拱桥，多半都已经"风烛残年"，以现代的眼光来看，根本就没有什么了不起，更不会让人觉得惊艳。很多人从上面走过，还可能会抱怨一句："都什么年代了，为什么还要留着这些连车都上不了的破烂木桥？"这些人的声音，其实代表了绝大多数。这也导致了绝大多数编木拱桥，被钢筋混凝土的现代桥梁替代了。

在外行人眼里"垂垂老矣"的木拱廊桥，其实是以现代技术都很难复原的人类非物质文化遗产。

编木拱廊桥万安桥，多墩多跨，像条龙一样，盘踞在溪流之上。

随着那些曾经出现在老照片里面的三跨、四跨、五跨的木拱廊桥相继消失，万安桥的存在，已经不仅仅是一座桥、一份信仰，还是活着的历史。

在编木拱桥这个子门类里面，五墩六孔的万安桥，是当仁不让的"现存"世界之最，上过很多国外建筑期刊的封面。

只可惜,"现存"这两个字,被昨晚这场让聂广义的爷爷急怒攻心的大火,烧出了引号。

"广义,你今天挺让我震惊的。"宣适坚持由他来开车。他原意是让聂广义好好休息,养足了精神再回去处理事情。

聂广义却一点都没有要休息的意思。他不闭眼睛,也不说话,甚至脸上都没有什么表情。

这样的聂广义,宣适在十几年的相处过程中,几乎都没怎么见过。

"嗯?"聂广义倒是没拒绝和宣适沟通,出声问道,"哪里震惊?"

"你不是对古典过敏吗?包括一切和古代、古法有关的元素,上到诗词歌赋,下到吃穿用度。"宣适进一步解释。

"这有什么奇怪的吗?"聂广义反问,"你不也对咖啡过敏了八年吗?"

"我对咖啡过敏,是因为害怕触景伤情。难道堂堂广义大少,也有什么不堪回首的往事?"宣适有心试探。

"我没有。"聂广义明显不是很想深入聊这个话题,宣适就也没有追问。

一时无言。

忽然的安静,让车内的气氛有点压抑。

宣适放了首聂广义最喜欢的《欧若拉》。

这一放就把聂广义给惹毛了:"你嫌我被极光气得还不够吗,专门放首歌来气我?"

"那我关掉?"宣适妥协完了又不免有些意外,"你不是最喜欢张韶涵的这首歌吗?"

聂广义并不回答。

宣适继续自己的提问:"欧洲有那么多可以看极光的地方,你专门跑去阿拉斯加拍,难道不是因为这首歌吗?"

宣适本来也不是特别擅长沟通，现在这样已经算是有点没话找话了。

如果旁边坐着的人不是心情欠佳的聂广义，宣适早就闭嘴专心开车了。

过了好半天，聂广义才终于有了反应："你是不是觉得你很了解我？"

这个问题，宣适有点不知道要怎么回答。十几年的兄弟，说不了解，肯定不可能。但是，兄弟之间，更多的时候只需要点到为止。

聂广义没有问过宣适为什么对咖啡过敏，宣适自然也不会问聂广义为什么对古典过敏。

广义大少看起来口无遮拦，实际上还是非常有边界感的。宣适能和聂广义成为这么好的兄弟，也正是基于这个原因。

"你知道我爷爷姓什么吗？"聂广义问。

"啊？"宣适不知道自己是不是听错了。

聂广义重复了一遍："我问你，知不知道我爷爷姓什么？"

"聂？"宣适忽然就有些不确定了。

"不是。"聂广义摇头。

"所以，今天出事的不是你的亲爷爷？"宣适不解。

"是我的亲爷爷，但他不姓聂。"聂广义回答。

宣适见过聂广义的父亲，他是同济大学建筑系的博导，聂教授，毫无疑问姓聂。

"你爸爸也和今天那个小姑娘的姐姐一样，是跟你奶奶姓？"宣适问。

"我奶奶和我爷爷一个姓。"聂广义又摇了摇头。

"啊？那为什么啊？你不想说可以不说。"宣适今天的震惊，不可谓不多。

"你都要跟我回老家了，就算我什么都不说，你自然也会知道的。"聂广义开始讲家里的过往，"我父亲年纪比较大，是 1952 年生人。他出生的那一天，昨晚被烧毁的那座万安桥，被一场百年一遇的洪水给冲垮了。"

"你的意思是，万安桥 20 世纪 50 年代年重建过一次？"宣适看过资料，没有看到过。

"不是的，1954年的那一次，并不能算重建，只能算大修。"聂广义回答。

"冲垮了还只是大修？"宣适有些不太能够理解。

"对。"聂广义向宣适解释了一下原因。

木质拱桥虽然会被大水冲垮，却并不是特别怕大水的冲刷。

1952年的那场洪水，冲垮了万安桥西北端的两个拱架和十二开间，百分之八九十的木结构都被冲到了下游。万安桥所在的山区溪流窄，地势落差大，大水来得也急去得也急。

造一座桥至少需要数千个木结构，聂广义的爷爷顾不得家里有新出生的小孩，沿着溪水一路捡，捡回了还有一半能用的。有了这些原始"配件"，万安桥的那次大修，得以保留很多原始的风貌。

"因为万安桥是在我父亲出生的那一天被冲毁的，我父亲因此被认为是一个不祥的人。"聂广义转头问宣适，"是不是有点可笑？"

"那时候的农村嘛，"宣适说，"封建迷信在所难免。"

"是吗？"聂广义扯了扯嘴角，说道，"可是，再往前数二十年，同样是这座桥，我爷爷从8米多高的桥面上掉下来，毫发无伤，被认为是祥瑞。"

"这样啊……"宣适暂时没组织好语言。

聂广义又问："你说，我们家是不是和这座桥很有缘？"

"嗯。"宣适点了点头。这一点，他根本就没办法否认。

"缘分让我爸这个不祥的人，不到三岁就被送人了。"聂广义长长地吐出了一口气，说道，"所以，我非常不喜欢我爸爸。"

"啊？这个……这个也不能怪聂教授吧？他不是还不到三岁吗？他哪有什么选择……？"宣适好不容易组织好了语言。

"不，我说的是，他明明姓聂，为什么要去帮助一家子外姓人？我爸爸为了那个不要他的家，到了快四十岁才结婚。"聂广义继续讲着从来没有和别人讲过的故事。

宣适有点不解地朝聂广义看了一眼，又转回去盯着开车的方向。

"你也理解不了是不是？"聂广义寻求认同。

"我……是不太理解，帮助别人和什么时候结婚，有什么关系？"宣适回答道。

"你理解不了就算了。我和你说一个你更没有办法理解的。你最清楚我高中的成绩，对吧？我是不是轻轻松松就能上清华？"聂广义问。

"嗯，我记得你的第一志愿是清华建筑，最后你为了和你爸爸做共同的研究，选了同济。"宣适适时给予安慰，"同济的建筑也是国内首屈一指的。"

"你知道我最后为什么没上清华吗？"聂广义扯了扯嘴角。

"你那时候不是说，想在聂教授的保护下混吃等死吗？"宣适自然是关心过的。

"我这么说你就信？我如果真这么想，为什么一上大学就开始参加各种出国交换的活动？"聂广义问。

"那到底是为了什么？"宣适高考完就很纳闷。

宣适的成绩也是极好的，轻轻松松就能上"985"的那种，只不过和随随便便都能考清华的聂广义比起来，还是有很大的差距。

聂广义曾经给过他两个说法。第一个：要在聂教授的庇护下虚度光阴。这个说法并不靠谱。第二个：还不都是因为不想离开小适子？宣适瞬间就觉得第一个理由还是比较靠谱的。

真真假假，这件事情一直到最后也没有个定论。

时隔多年，聂广义终于在今天给出了正面的回答："因为，受人敬仰的聂教授，申请了一个木拱桥传统营造技艺的非遗课题。"

"然后呢？"宣适追问。

"然后啊……聂教授只是个单纯的学者，动手能力一般，他虽然申请到了，却没办法凭借一己之力完成完结这个课题所需要的建模。而他的儿子，也就是我，恰好在很早之前就表现出了这方面的天分。德高望重的聂教授，在最后一刻，更改了他儿子的高考志愿。"

"聂教授把你的高考志愿改了？"宣适觉得有点匪夷所思，"为什么呀？"

"为了成为这个领域的权威。"聂广义看似平静地说道。

"可是你爷爷不就是木拱桥传统营造技艺的非遗传承人吗？"宣适问。

"一项技艺，只有在快失传的时候，才会被列入《急需保护的非物质文化遗产名录》。"聂广义反问道，"像我们这样的年轻人，谁愿意干这个？"

一项技艺，只有在快失传的时候，才会被列入非遗。多么现实，又多么残酷！

木拱桥传统营造技艺，作为中国桥梁建筑技术的"活化石"，代表着我国古代木构桥梁的最高技术水平，凝结着古代劳动人民的智慧。用这项技术营造的桥梁，全世界仅存在于中国闽浙两省交界处方圆200多公里的区域。

聂广义参加高考那一年，浙江的泰顺、庆元、景宁三个县，和福建的寿宁、周宁、屏南、政和四个县共同为这项技艺申遗。当时一共打包了22座闽浙木拱廊桥，万安桥是其中之一。

屏南县的县志上，有关于这座桥前世今生的记载：

宋时建，垒石为墩五，构亭于上，戊子被盗焚毁，仅存一板。（1708年）

乾隆七年重建。（1742年）

乾隆三十三年又遭盗焚，架木代渡。（1768年）

道光二十五年复建。（1845年）

20世纪初又遭火烧，1932年再次重建。

1952年西北端被大水冲毁两个拱架，1954年重修。

对于不在这个地方生活的人来说，如果不是昨晚那场上了热搜的大火，万安桥这个名字，根本就无从听说。然而，对于长桥村的村民来说，万安桥是他们祖祖辈辈生活在这个地方的见证。从出生到垂暮，一年又一年，一代又一代。

万安桥原本就是一座兼容并蓄的木拱廊桥，桥屋38开间，用柱156根，总长度98.2米。这座桥采用不等跨设计，桥面用肉眼看起来是平的，但实际上是有坡度的。不仅如此，万安桥还是侧着的，每个桥墩的形状都不同，桥拱的高低也不同，六个拱每个都不一样。最长的拱跨15.2米，最短的10.6米。桥墩是舟形的。重檐桥亭，青瓦双坡顶，穿斗式木构梁架飞檐翘角。4.7米宽的桥面两侧，是一溜长凳，俗称"美人靠"。

春夏秋冬，无论哪个季节从桥上经过，都会看到很多人在桥上。老人在上面聊天，小孩子在上面玩耍。夏日的夜晚，桥上凉风习习，最是让人不忍离去。走上这座桥，就像走进了一段历史。长桥村的人到了这里，会不自觉地放慢脚步。

宣适把车停好，跟着聂广义来到长桥村，首先见到的，是很多人坐在溪边默默地流泪。

"怎么这么多人坐在这儿哭？你爷爷在村里这么有影响力吗？"宣适对此很是有些不解。

因为一个老人的离去，号啕大哭，不见得是真的伤心，但默默流泪肯定是。一个人，得德高望重到什么程度，才能让整个村的人，在他即将离去的时候无声哭泣？

"你想多了，他们是在哭这座桥，而不是哭我爷爷，或者别的什么人。"聂广义答疑解惑。

"哭这座桥？"宣适更不能理解了。

"你刚刚一直在开车，万安桥失火的视频，陆陆续续有很多人上传了。"

聂广义指了指手机，说道，"随便点开几个，就会发现很多人是一边拍视频一边哭的。"

宣适想了想，说道："村里人应该是把这座桥当成自己家里的一部分了。"

"或许吧。"聂广义不知道自己现在应该是一种什么样的心情，更不知道什么样的心情才是对的——假如心情也分对错的话。他应该和村里人一样伤心，还是应该心怀小小的幸灾乐祸？或许，毫无波澜才是最正确的对待方式。

"那你爷爷对这座桥的感情就可以理解了。"宣适如是说。

"是可以理解。"聂广义苦笑道，"我爷爷可是这座桥的祥瑞之源和命名由来。"

"你是不是很介意这件事情？"宣适问。

"我不介意啊，有个非遗传承人爷爷，有什么好介意的？"聂广义一脸的云淡风轻。

"所以啊，广义，被遗弃这件事情，如果要生气，生气的应该也是你爸爸，对吧？聂教授自己都不介意被抛弃的事实，你就不要生你爷爷的气了。"宣适知道聂广义不是真的不介意。

聂广义直截了当道："我不生我爷爷的气啊。"

"那你就没必要对古典过敏了吧？"宣适说，"就像我对咖啡，只要把误会解开了，就不存在过敏原了。"

"你怎么还不明白？从头到尾，我气的都只是我爸爸。"聂广义略显严肃地问，"聂教授的行为你也可以理解吗？他可是被这个地方抛弃的不祥之人哎。他如果不是一门心思要给这里申遗，我又何至于此？"

1954 年，刚过而立之年的邱富颜——聂广义的爷爷，一门心思扑到了拱架的大修上去。他废寝忘食，甚至不记得自己还有个不到三岁的儿子，恨不得直接住桥上。

聂广义的奶奶邱庆云，每天既要照顾聂广义的爸爸，又要时时担心邱富颜会不会又一次从 8 米多高的地方掉下来。在邱奶奶看来，有过一次幸运，并不代表会永久幸运。

邱爷爷却不这么想，每天赶工到天黑，哪里危险去哪里。

再加那会儿甚嚣尘上的聂广义的爸爸是"不祥之人"的言论，邱奶奶可谓寝食难安。

许是出于迷信，也可能是真的照顾不过来，聂广义的爸爸就这么被送给了上海一户姓聂的人家。

聂广义出生的时候，聂爷爷已经离世。所以，对于聂广义来说，虽然姓不同，但他从来就只有一个爷爷，他小的时候还很喜欢寒暑假到长桥村小住。

说起来，聂广义的二胡还是邱老爷子教的。

"聂教授是怎么和你说的？"宣适问。

"我爸什么也没有说，但我妈一直都非常反感长桥村，每次我爸让我过去，我妈就会气得好几天不和我说话。"聂广义说。

"那你又是怎么知道的？"宣适问。

"高考改志愿那件事情，让我爸和我妈的矛盾彻底爆发。"没等宣适问，聂广义就像打开了水龙头似的，自己一股脑儿全说了，"我爸在长桥村有五个哥哥，都是我爷爷奶奶生的。这五个哥哥一共生了十二个小孩，全都是我爸在供读书。我爸许诺，从他们小学，一直供到大学毕业。像他这么重的负担，在上海根本找不到好的对象。后来他遇到了我妈。我妈说，结婚前她可以不管，结婚后，收入就是两个人的共同财产，应该先尽着自己的小家，而不是那个不要他的家。再加上我的那些伯伯条件渐渐也好起来了，完全有能力自己供小孩念书。但我爸就是不听。我妈对这件事情一直都非常有意见。我爸现在是不差钱，可往回倒退个二三十年，谁能一下子供十几个小孩？我妈比较能忍，从来没有当着我的面和我爸爸吵架。高考通知书下来的那一天，我妈气得直接和我爸离了婚。"

宣适见聂广义停了下来，赶紧又开始进入提问模式。

"你就是因为这样，才开始对古典过敏？"

"我过你个大头敏。"

故事听到这儿，宣适差不多已经可以勾勒出聂广义过敏的真实原因。

第九章 千古艺帝

梦心之洗完澡出来，看到程诺在楼梯的拐角站着。

"程诺姐，怎么我洗个澡的工夫你就不见了？你不是说要在我房间里面找书看的吗？"

"临时发生了点事情，我这会儿看不下去书。"

"怎么了？"梦心之关心道。

"我男朋友刚刚走了。"程诺说。

"你们两个发生了什么事吗？"梦心之问。

"没有，是他兄弟家里出了点事情，要马上赶过去。"程诺回答。

"程诺姐是觉得被忽视了，所以不高兴？"梦心之问。

"我是不知道什么事能让他着急成那样。"程诺解释。

"没问问？"梦心之问。

"没来得及，他说等会儿给我打电话。"程诺回答。

"既然这样的话，程诺姐就先把心放肚子里去。"梦心之挽着程诺的手，从楼上下来，看到宗极和宗意凑在一起刷视频。人都走到跟前了，这一大一小两个人都还没有察觉。

"什么视频这么好看？"梦心之问宗意。

"不好看啊，我的姐姐哎，就是有一座古桥被烧了。"宗意回答。

听到古桥被毁，梦心之就没办法置身事外了："哪座桥啊？"

宗极调整了一下手机屏幕的位置，好让两个女儿都能正对着屏幕。

"视频里面说这座桥叫万安桥。义叔叔的爷爷因为这件事情中风了，适哥哥就和他一起回老家了。"宗意有点委屈地向梦心之抱怨，"我的姐姐哎，你不知道我花了多大的力气，才没有和义叔叔说，必须得拉完两首二胡再走。"

"嗯，小意做得对。"梦心之下意识地表扬自己的妹妹，眼睛始终没有离开宗极手机里正在播放的视频。

得到姐姐夸奖的宗意，兴奋出了口头禅："姐姐姐姐姐姐，我有个问题。"

"什么问题？"梦心之问。

"新闻里面说这座桥是文物，这样的话，姐姐有没有梦到过呢？"见梦心之犹豫，宗意又问，"姐姐姐姐姐姐，去不去看看？"

宗意一旦进入了宫商角徵羽模式，根本就停不下来。她同时伸出左手和右手的食指，就对着梦心之用宫商角徵羽说唱："姐姐姐姐姐，假期还两天。我们现在去，明天就回来。我的姐姐哎，你说行不行？"

梦心之被宗意这一连串的12356给逗笑了，言笑晏晏道："我说不行的话，你要怎么样？"

宗意吐了吐舌头，一脸傲娇地继续唱："你要说不行，我就找爸爸。"

"找爸爸呀？那你得先问问妈妈会不会同意。"梦心之脸上笑意渐浓，打趣道，"你又不是不知道，爸爸在妈妈那儿是'私产'。"

宗意听罢，收敛起傲娇和得意，开始撒娇："所以阿意才想到要先问全世界最好的姐姐呀。"

"这先后顺序有差别吗?"梦心之问宗意,"最后不都得经过咱妈?"

"当然有呀!我的姐姐哎,你可别忘了,那烧掉的可是文物耶!"宗意眨眼睛。

"然后呢?"梦心之问。

"然后姐姐你是文物和博物馆专业的呀!你要是去的话,就和妈妈说,是毕业的要求,或者专业的需要。"宗意给出了自己的见解,"和学习有关的事情,咱家梦兰'小朋友'还能拦着不让你去?"

宗意还是了解自己的妈妈的。

梦兰"小朋友"在别的事情上,可能会三岁不如爱吃醋,但是涉及学习,一贯是很重视的。

小姑娘分析得头头是道,就是在辈分认知这件事情上,存在一点小障碍。

当然,这不是她的问题。

打从宗意懂事开始,"因为妈妈还没有长大,所以全家人都得让着她"这个歪理,就已经被根植在了她的脑子里。

梦心之笑笑,不说话。

宗意眨巴着漫画款的大眼睛,开口又来了一句古典说唱:"我的姐姐哎,你说对不对?"

一直都特别好说话的宗极同志,却在这个时候提出了异议:"我估摸着你俩去不成,找兰兰子没用,就算兰兰子同意,极极子也不同意。"

"啊,为什么呀?你还是不是全世界最好的爸爸了?"宗意受了打击,耷拉着脑袋,一脸委屈。

"你姐刚拿了两个月驾照都没怎么上过路,你敢让她上高速?"宗极摸头安慰了一下小女儿。

"哦,是这个原因呀。"宗意直接拉宗极入局,"那爸爸你开车带我们两个去,不就好了吗?"

"我——啊——"宗极把语气拉得好长,全然一副老大不乐意的架势。

宗意眨着盈盈秋水般的大眼睛,委屈到下一秒就要变成两行眼泪了。

就在这时候,宗极话锋一转,两手抱拳道:"极极子等的就是小姐们的这句话!"

"啊?"宗意一下子没转过弯。

宗极又做了一个古人施礼的动作,俯身说道:"本车夫愿为二位小姐,效犬马之劳。"

"我的爸爸哎,你能不能正经点?"宗意双手叉腰,"你能不能不要学我妈那么幼稚?"

事实证明,宗极自己就很想去。

问题在于,怎么让老婆大人放行。

宗极站起来叮嘱两姐妹,说道:"我先上去问问你们的妈妈。"

说走就走,立刻上楼。

梦心之在这个时候拦了一下:"爸爸,你是不是都没有问过我的意见?我说要去了吗?"

"啊?阿心你不想去啊?"宗极瞬间偃旗息鼓重新坐了下来,他对那座桥感兴趣的前提,是他以为梦心之会感兴趣。

至于宗意想不想去,也不急于一时。倒不是他有多么偏心,主要是那座桥都已经烧掉了,现在去看也是废墟,带大女儿去考考古还可以,带小女儿去看风景就没什么意义。

"不是吧,我的姐姐哎,你都不想和阿意一起去听义叔叔拉二胡吗?"宗意很快就暴露了自己的真实目的。

在不达目的誓不罢休这件事情上,宗意和撞了南墙也不回头的聂广义,倒是有几分相似。她不是没有听过其他人拉二胡,只是从来没见有人能把二胡玩出聂广义那种气势的。

梦心之斜睨了宗意一眼，选择回答爸爸的问题："我没有不想去，但我觉得爸爸应该问问我，这样才能显示爸爸对家庭成员有同等程度的重视。"

相对来说，梦心之是这个家里最不会吃醋的女生。但她很小就发现了，如果每天都表现得特别大气，那爸爸就不一定和她最亲了。有醋意要表现出来，没有醋意创造醋意也要硬吃醋。

"大心在爸爸心目中的重视程度，还需要被拿出来质疑吗？"宗极的虚荣心得到了满足，虽是疑问，脸上的笑意却怎么都掩盖不住。

程诺一直在旁边看着这一家三口互动，一直到这个时候才终于冒出来一句："真羡慕你们家的家庭氛围。"

"咦……"宗意拼命摇头，做了个被吓僵了的表情，"诺姐姐，你是没见过我妈妈发火的样子才会这么说。"

"你妈妈什么时候对你发过火？"宗极赶紧在外人面前维护老婆的形象。

"哎呀，我的爸爸哎，我妈妈对你撒娇的样子，可比发火可怕多了。"宗意继续哆嗦，顺势摸了摸自己的胳膊，甩落一地莫须有的鸡皮疙瘩。

被女儿当着外人的面这么打趣，宗极的脸上有点挂不住，略显歉意地看了程诺一眼。

程诺直接换了个话题："你们如果要去的话，我给你们准备点外带的咖啡和小食。"

"啊？诺姐姐，你不一起去吗？"宗意问。

"我不去啊。咖啡馆明天要开业，很多人一早就已经预约了。"虽然没有想过通过上钓咖啡赚钱，但程诺向来看重自己的承诺。

"可是适哥哥才回来就走了，你们不会是……"宗意莫名地就有些担忧。

"不会什么？适哥哥不是人都已经来了吗？"程诺给宗意分析，"如果他需要我一起去的话，刚刚走的时候就会说了。他那时候没有说，就说明不需要我过去。"

"这样吗？"宗意仍然感到不解，"我还以为，两个足够相爱的人会每时每刻都想腻在一起的！"

宗意年纪还小，她对爱情的一切理解都源于看过和听过的故事。在一众有意来极光之意的人提供的故事里面，宗意千挑万选，才选了程诺和宣适的故事打头阵。

泡在言情故事里面长大的宗意，希望赋予极光之意工作室"月老+丘比特"的功能，程诺压根没想要去找宣适这个事实，让宗意对自己的选择产生了一点小小的动摇。

程诺显然也看出来了，她稍微蹲下来一点，到了和宗意平视的角度，才开口说："业主大大请放心，诺姐姐和适哥哥一定会修成正果，给你的极光之意工作室来个开门红的。"

"是真的吗？"宗意的眼睛比平时又亮了几分。

"当然是真的。等你长大了就会明白，两情若是久长时，又岂在朝朝暮暮？"程诺拍了拍宗意的脑袋。

"诺姐姐，"宗意俏皮地来了一句，"那我就更不能理解了。"

"不能理解什么？"程诺问。

"既然不在朝朝暮暮，那你为什么开来一辆房车停在那儿。"宗意往外指了指停车平台的方向。一辆共宣适"入住"的房车，早早就停在那里。

程诺不知道怎么和一个十一岁的小姑娘深入交流这样的问题，还是当着人家爸爸和姐姐的面。她清了清嗓子，灵机一动道："这房车是专门为你们准备的呀。"

"啊？我们？我和谁？"宗意问。

"你和你爸爸还有你姐姐呀。"程诺回答。

"你的意思是，让我们一家人晚上去房车上住？"宗意会错了意，"诺姐姐，我只是邀请你入驻极光之意工作室，可没有把整个家都给你的打算！"

程诺笑意更甚:"你刚才不是说,要在长桥村待一晚上吗?你回忆一下视频里着火的那个地方,是不是有辆房车会更方便?"

"我可以住义叔叔家里啊。"宗意早就有了自己的小算盘。

"啊……这……"程诺都被说犹豫了。

"怎么了?那不行吗?"宗意有些得意。

"可以啊。"程诺解释了一下自己的卡顿,"我上楼之前不还是义哥哥的吗?怎么这么快就成义叔叔了?"

"他和我爸爸称兄道弟,我是不是就得改口?"宗意适时表达了一下自己的礼貌。

"嗯,有道理。"程诺点头回应。

"程诺姐,"梦心之加入了谈话,"你真准备把房车借给我们吗?"

莫名其妙住到别人家里,对于梦心之来说,绝对是不可以接受的事情。尤其是知道聂广义爷爷家可能有白事要办,这种情况下,一般的关系,根本不适合去。

"当然啊。"程诺回答。

"那你晚上怎么办?"这是梦心之没办法不关心的问题,她提议,"你要不要去我房间睡?"

"不用。"程诺婉拒道,"我等会儿让我朋友来接我就可以了。她住得离这儿不远,开车最多半个小时就到了。"

"这样吗?"梦心之看着程诺,"那我可就当真喽。"

"如假包换,你放心,我委屈不了我自己。"程诺拍了拍梦心之的手背。

听说可以开房车出去露营,极极子兴冲冲地上去找兰兰子,刚一开口,就被浇了一瓢冷水:"现在这个时候去露营,蚊子是你家亲戚啊?"

"哪能啊!"宗极秒怂。

"不是亲戚啊?那我怎么觉着你特想和蚊子产生血缘关系呢?"梦兰兴致

缺缺。

宗极赶紧换了一个切入点:"我们要去的那个地方,有座近千年的古桥被烧掉了。咱家阿心不是学文物吗?她得去看看,桥烧成那样,还能不能修复啥的,这样才能实践出真知,等到毕业之后也好找工作嘛。"

"梦心之毕业之后不是还要出国留学吗?怎么又找工作了?"梦兰依旧称呼大女儿全名。

"我就是那么一说。"宗极想了想,"出国留学和古建筑保护也不冲突嘛!多学一点总没坏处,兰兰子你说是不是?"

"要去你去,我不去。"梦兰拒绝道。

"这样啊……"宗极稍事犹豫,很快就做出了全新的路线规划,"兰兰子,那你看这样行不行?我把大心、小意都带走,顺道载你回市区,你晚上好好逛个街做个脸。"宗极想了个皆大欢喜的解决方案。

"我不去。"梦兰再次拒绝。

这都不肯,代表老婆大人是真的生气了,宗极赶紧表态:"我错了。"

千错万错,道歉没错。

"你错哪儿了?"梦兰问。

"我错在不该吃了熊心豹子胆想去露营。"宗极站得笔直,一副等候发落的架势。

"又没不让你去。"梦兰没忍住笑。

原来老婆大人没有生气啊,宗极赶紧上前一步:"要不然兰兰子给个提示,我好找找自己犯错的方向?"

"一楼工作室不是明天开始对外了吗?"梦兰说,"总得留一个人在这儿看着。"

"哦,兰兰子担心这个啊。这个不用担心。"宗极说明了一下情况,"一楼现在就剩下宗意通过故事找来的那个女孩了,等下她朋友来接她走。小姑娘人挺好的，还要把房车借给我们去露营呢。"

"开停上面那辆房车去啊？"梦兰问。

"对。"宗极点头。

"车上能洗澡吗？"梦兰问。

"能啊。"宗极点头。

"能做饭吗？"梦兰问。

"停上面的那辆房车，应该有一大一小两个电磁炉，还有微波炉、冰箱和洗衣机。"宗极回答。

"行。"梦兰说，"我知道了。"

"兰兰子……"宗极有点没底，向梦兰确认，"'知道了'是什么意思？"

"知道了就是你等我收拾套衣服，就可以出发了。"梦兰态度大转弯。

"啊？兰兰子也要去？"宗极不免有些意外。

"怎么？不欢迎啊？"梦兰递给宗极一个眼刀子。

"欢迎！必须欢迎！"宗极立马表态，"就是没想到老婆大人会忽然改变主意。"

"我这不土包子没坐过房车好奇嘛！"说到这儿，梦兰兴致高昂地添加了一个愿景，"坐这种车出去要是好玩的话，等宗意上了大学，咱们也买一辆，有空没空就开着车到处玩！"

"所以，兰兰子刚才说不想去，是因为有阿心和阿意跟着，是吧？"宗极总结了一下老婆今日发言的中心思想。

"不然你以为？"

宗极很开心，老夫老妻抱在一起："如此甚好，是为夫肤浅了。"

木拱廊桥多半是彩虹的形状，因此也得了"虹桥"这个别名。虹桥是个简称，全称叫"虹梁式木构廊屋桥"。

清初周亮工的《闽小记》里面有这样一句话："闽中桥梁，最为巨丽，桥上建屋，翼翼楚楚，无处不堪图画。"

廊屋桥，顾名思义，桥上面是要造廊屋的。在溪上架桥，在桥上建廊，遮风挡雨纳凉。桥廊一体，以廊护桥。这些凝结了古人智慧的木构桥梁，建造在山高林密、溪流纵横的深谷险涧之上，是世界桥梁史上绝无仅有的一个品类。因为有这木拱廊桥，溪涧变通途。

宗极一家开着房车来到长桥村。

华灯初上，夜色渐浓。

临出发前，程诺告诉宗意，房车上有个小冰箱，里面准备了很多吃的喝的。

程诺说的是专门为他们一家人的出行准备的，不明就里的宗意直呼："诺姐姐，你怎么知道我们要出去露营？你是不是有未卜先知的特异功能？"

梦心之掩口而笑。宗极向程诺道谢。算起来，宗极才是一家人里面和程诺认识时间最长的。他去程诺位于市区的咖啡馆连着考察了十几天，因为不太喜欢喝咖啡，每次都是点了吃的再要一杯水，店里的每一个人都对他印象很深刻。

宗极并没有表明，自己是极光之意工作室的所有人。

在所有人都是专门奔着程诺咖啡来的这样一个咖啡"朝圣地"，宗极的"嫌弃"，有点像是在挑衅。

咖啡馆里的人并没有因此对宗极有什么意见，相反地，服务员见了他还会问："今天是不是还是老样子？"

宗极选择实地考察，本意是要收集足够的论据，说服宗意放弃"凭故事入驻"这个不靠谱的想法。作为父亲，他虽然愿意纵容宗意"胡闹"，不免还是会有些不放心。宗极压根没想过，最后被说服的竟是他自己。

店员对他的态度，多半来自咖啡馆经营者的理念和气度。宗极在程诺咖啡馆连着砸了十几天的场子，最后和店员们都成了好朋友，砸出了宾至如归的感觉。这让宗极对程诺有着比较原始的欣赏，因此他也就没有在房车的事情上和程诺客气。

程诺能成为第一个入驻极光之意工作室的"故事主"，也算是一种缘分。当然了，截至目前，宗极还只觉得这是一个小小的关于咖啡的缘分。这段缘分的起点是宗意和程诺，终点却比宗极现在所能想象到的要遥远得多。

宗极负责做饭，梦兰负责等吃，梦心之负责带着妹妹从妈妈的面前消失。

用兰兰子的原话来说："赶紧把这个'十万个为什么'从车上给我带走。"

梦心之倒也挺乐意带着宗意出来走走的。不管怎么说，停车的地方离万安桥还有一些距离，看不清坍塌的地方。

"姐姐姐姐姐，我有个问题。"这是宗意到了万安桥坍塌现场后的第一句话。

"你说。"梦心之抬头看了看天空，今天天气晴朗，初十的月亮半圆不圆。

"我们是不是再也看不到万安桥最初的样子了？"

"这个问题啊……像万安桥这样的木构桥梁，几乎每五十到一百年就会毁坏一次，要么重建，要么修复。就算这座桥没有被昨晚的大火烧毁，它也早就已经不是最初的样子了。"梦心之回答。

"那这样还算文物吗？还需要保护吗？"宗意问。

"小意的这个问题还有点哲学呢。"梦心之回答。

"哲学？"宗意不解。

"对啊，这应该算是忒修斯之船悖论。"梦心之解释。

"忒修斯之船悖论……"宗意反应了一下，"就是那个把船上的木头一块一块慢慢替换掉，等到全部替换了，船还是不是原来的船，对吧？"

"哇哦！我家妹妹也太聪明了吧！"梦心之摸了摸宗意的小脑袋以示鼓励。

"主要是我家姐姐教得好。"宗意接着问,"那结果呢?是原来的船还是不是呢?"

"都说了是一个悖论了,那肯定就是还没有放诸四海而皆准的答案呀。"梦心之解释。

"我的姐姐哎,这是不是代表,这座走水的桥,就算再重建也没有那么有意义呢?"宗意问。

"并不是这样的。非遗传承,传承的首先是一项古老的技艺。"梦心之告诉宗意,"假如这座桥能够重建,用成熟的、难度最高的编木技艺来重建,那就代表着这项技艺得到了很好的传承。"

梦心之和宗意一路走,一路聊。

她们就着月色和村里的点点灯火,朝着万安桥的方向,越过草地,走向万安桥的底下。夜幕笼罩,除了蛙叫和蝉鸣,就再也没有其他的声音了。

走着走着,忽然听到了非常压抑的哭声,宗意被吓到了,直接躲到了梦心之的身后。她又忍不住好奇,从梦心之的身后伸出了一个脑袋,往声音传来的方向看去。

看清断了的桥底下坐着的人,宗意惊讶地捂住了自己的嘴巴,压低声音问梦心之:"那边是不是义叔叔?"

梦心之做了一个噤声的手势,用只有她和宗意能听到的声音说:"咱们继续往前走,接着聊刚才的话题,就当什么都没看到。"

"可是,离得这么近,义叔叔肯定看到我们啦。"宗意的声音也小得和蚂蚁似的。

"他有没有看到我们不重要,重要的是我们有没有看到他。"梦心之解释完了,宗意还是似懂非懂。在这种不涉及她自成一派的逻辑的事情上,宗意向来都很听姐姐的话。

宗意很快就恢复了正常的音量,若无其事地开始说唱:"姐姐姐姐姐,我有个问题。"

"什么问题?"梦心之很自然地配合。

"万安桥是在千古艺帝时期建造的吗?"宗意问。

"千古艺帝?"梦心之反应了一下,"艺术的艺啊?"

"对啊对啊对啊。"宗意频频点头。

"不是哦。"梦心之接过宗意递来的话题,敛容屏气地开启了解答模式,"万安桥开始建造的那一年,那个在中国历史上毫无疑问拥有最高艺术成就的皇帝,才刚满八岁。他根本就没有想过,自己日后会成为皇帝。他奢靡、轻佻、识人不明,集皇帝最不应该有的缺点于一身。除了打小就展露出来的艺术天赋,他几乎一无所长。哦,对,还有帅。"

"我的姐姐哎,帅都不能当饭吃,怎么还能当皇帝?"宗意不解。

"确实不能。千古艺帝的皇位,是在他十八岁的时候,从天上掉下来的。"梦心之和宗意尽可能若无其事地聊天,这是她能想到的最大限度缓解聂广义尴尬的办法。

聂广义哭得太投入,等到发现的时候,两姐妹已经近在咫尺。他的脑海里闪过一万种解释:风沙眯了双眼,我刚才在学娃娃鱼叫……他还想过转身直接跑。

天才建筑师的骄傲,拦住了他的撒腿就跑。不就是被两个小姑娘看笑话吗?又能怎的?本来也不是他生命里的什么人,以前不是,以后更不会是。

如果不是为了陪宣适走这一趟,顺便看看这劳什子的"盗版",他这辈子都不可能和这俩人有什么交集。

聂广义和梦心之对视过,虽然很短暂,却足够他确定自己被发现了。

姐妹俩没有过度的关心,也没有一丝嘲笑的意味,只是转过身,背对着他聊天。聂广义做了好多个掩耳盗铃的心理建设,唯独没有想过会被姐妹俩如此温柔以待。

第十章 广义大少

梦心之拉着妹妹一起背过身去,是为了让聂广义能够悄无声息地离去。

聂广义却因为诧异,没有立刻离开,还渐渐听得入了迷。

"天上掉个皇位下来吗?"宗意想了想,说道,"那宋徽宗还是挺幸运的。"

"这一点,姐姐有不同的看法。"梦心之说,"我并不觉得这样的命运对宋徽宗赵佶来说有任何幸运可言。"

"姐姐姐姐姐姐,快和我说说!"宗意催促道。

"公元1100年,宋徽宗的哥哥宋哲宗病死了。他哥哥死的时候年仅二十四岁,膝下无子。打小就表现出极高艺术天赋的宋徽宗,就这么稀里糊涂地做了皇帝。"梦心之回答。

"傻人有傻福呗,这还不幸运啊?"宗意坚持自己的看法。

"宋徽宗还真和傻沾不上什么边,他是一个天生的艺术家,又是一个最糟糕的执政者。简单来说,除了做皇帝,他什么都厉害。"

"此话怎讲?"宗意追问。

"且不说蹴鞠一类的运动,千古艺帝随便写写字,就写出了惊艳世人的瘦金体。小意之前不是还去上海博物馆看过瘦金体《千字文》字帖吗?即便以现世最挑剔的眼光来看,瘦金体也足以惊艳每一个看到它的人,对吧?"梦心之有意引导。

"确实很惊艳呢!"宗意赞同道,"我的姐姐哎,要是没看博物馆的介绍,我多半以为那是女孩子写的字呢,也实在是太太太太太秀气了!整个一个美不胜收!我的字要是能写成那样就好了。"

"是吗?那姐姐就等着去上海博物馆看小意的字帖了。"梦心之一向最捧妹妹的场。

"姐姐姐姐姐,千古艺帝,应该不仅仅是书法厉害吧?"

"当然了。"梦心之回答,"宋徽宗随手画画,就画出了《瑞鹤图》。"

宗意在自己的脑海里面搜索了一下,说道:"我好像没有看过姐姐说的这幅画。"

"那是一幅把二十只形态各异的仙鹤直接画活了的神作。就像达·芬奇开创了渐隐法一样,《瑞鹤图》开了一个先河。达·芬奇是创造了一种画法,宋徽宗是创造了一种视角。"梦心之继续引导。

她拉着妹妹一起背过身去,是为了让聂广义能够悄无声息地离去。

这么长的时间,在桥底下哭泣的身影应该早就已经离开了。

"姐姐姐姐姐,宋徽宗开创了什么视角啊?"

"《瑞鹤图》画的是宣德楼上面的仙鹤,宋徽宗通过构图,把梁顶上的仙鹤,摆放到了一个观赏者平视的角度。"

"平视的角度?"宗意不懂。

梦心之打开手机,找了张图,递到宗意的面前:"看到没?这幅画里面的仙鹤虽然都在天上,却给了观赏者一个近乎俯瞰的平视视角。我没有在宋徽宗之前的作品里看到过这样的构图和运笔。"

"啊……是这样啊……"宗意需要消化一下梦心之的话。

只不过她还没有来得及消化，就被一道极具磁性的男人的声音给吓到了："说来说去，不还只是说赵佶个人的艺术成就很高吗？这就能叫千古艺帝了？"

姐妹俩不约而同地往后看了看。

宗意瞬间瞪大了眼睛，无声追问道："我的姐姐哎，这位爱哭鼻子的叔叔怎么还在？"

梦心之也是没想到聂广义竟然还没有走，却没有宗意那么惊讶的表情，云淡风轻地转身，连声音都不带一丝波动："作为一个皇帝，如果只是自己会书法会画画，确实也当不得千古一说。比起他的个人成就，宋徽宗当了皇帝之后对各类艺术的扶持，有点像是文艺复兴时期的美第奇家族。"

欧洲的艺术界有个说法：没有美第奇就没有文艺复兴。

对古典过敏的聂广义摇身一变成了古典的卫道士："宋徽宗比文艺复兴要早好几百年，要像那也得是美第奇家族像他。"

"有道理。"梦心之不像聂广义那样说话句句带刺，"宋徽宗他创办了人类历史上最伟大的艺术学院，培养了一批艺术精英，早于欧洲好几百年，开始了中国的'文艺复兴'。"

宗意听到这儿，又开始有了自己的意见："我的姐姐哎，你是不是说得太夸张？宋朝可是出了名地羸弱哎！吃饱都成问题，哪有力气搞文艺？"

"小朋友，你有没有刷到过问你最想穿越回什么朝代的短视频调查？"聂广义看向宗意，不带一丝哭过的痕迹。

宗意不太喜欢"小朋友"这个称呼，却也没有和刚刚哭过的怪叔叔计较，直接给出了自己的答案："那必须是清朝，清朝帅哥多！四阿哥、五阿哥、十四阿哥……"

小姑娘明显是穿越古代言情剧看多了，对清朝阿哥们的颜值有一些误解。

聂广义摆了摆手，直接给出了答案："调查的结果是宋朝，而且最好是

《清明上河图》里画的那个年代。"

宗意不信:"姐姐姐姐姐,真是这样吗?"

"每一项调查,多多少少都会有一些指向性,但宋朝确实是比较常见的答案。"梦心之给了一个比较中肯的回答。

"那是为什么呢?"宗意不解,"就算不考虑帅哥多不多,我们讲盛世也只会想到唐朝吧?"

"因为北宋不宵禁。"

"因为夜生活丰富。"

梦心之和聂广义近乎异口同声。

话音刚落,这两道声音的主人对视了一下。

聂广义自己都有些意外,这些堪称过敏原的知识点,已经在他的心里封存了十几年,早就应该彻底被封死了,他怎么可以这么顺畅地说出"夜生活丰富"?搞得好像他对宋朝的夜生活有多大的向往似的。

高中的时候聂广义就想过,如果可以穿越,他就穿越到《清明上河图》画的那个时期。

先去体验一下宋朝人的刮脸服务;再点一份外卖,让挑着扁担的"外卖小哥"送货;最后再入乡随俗,点上一壶孙羊正店的酒。岂不美哉?即便运气不好,穿越过去后孤苦伶仃、身无长物,他也可以从摆地摊开始,做一些饱含现代智慧的私人定制出来卖一卖。

聂广义都想过了,等有了足够的钱可供花销,他就把《东京梦华录》里面所有的名小吃都给点一遍:角炙腰子、荔枝腰子、还元腰子、二色腰子……

想到这儿,聂广义非常不幸地发现自己饿了。除了上钓咖啡的那一顿,他今天都还没有吃过东西。所以,他刚刚是被饿哭的。

不容易啊!终于找到"合理"的解释——可以不尴不尬地聊天了。

"姐姐姐姐姐,宋徽宗也和苏东坡一样,是个吃货吗?"胖嘟嘟的宗意和每一个吃货都惺惺相惜。

"没有吧,貌似史料上并没有太多关于宋徽宗贪吃的记载。"梦心之回忆了一下。

聂广义接话:"宋徽宗身边的一个小太监,非常会钻研宋徽宗在吃这件事情上的喜好。研究着研究着,小太监就把自己给研究成了专家。宋徽宗被掳之后,小太监在码头开了个早餐铺子维持生计,一不小心就发明了一道传世名菜。"

"这说的是胡辣汤吗?"梦心之问。

"姑娘果然懂行。"聂广义手动给梦心之点赞。

"我的姐姐哎,你什么时候和义叔叔这么有默契了?"宗意频率过快地眨着眼睛,表情看起来有些不自然。

"这不是我和谁的默契,这是我们两个和历史的默契。"梦心之抿了抿嘴,解释道,"历史是有温度的,当你真正走进历史的时候,又会感受到它的厚度。"

"我的姐姐哎,你不是学文物和博物馆的吗?怎么这会儿把话说得像是被历史耽误了的哲学家?"宗意干脆托着腮帮子眨眼睛,表情意味深长且毫无道理。

"哪有你说的那么夸张?"梦心之有点不好意思地笑了。

这个笑容并不明显,聂广义却看得真切。他忽然就没有那么饿了,脑海里面只剩下一个感叹——香靥凝羞一笑开!

聂广义半天不说话,就这么看着梦心之。

梦心之避开聂广义的视线,转而问自己的妹妹:"小意,你知道面条在宋朝叫什么吗?"

"汤饼。"宗意近乎条件反射。

"饺子呢?"梦心之又问。

"馄饨。"宗意继续回答。

"我妹妹厉害了。姐姐再给你来个高难度的，饺子叫馄饨，那馄饨叫什么？"梦心之又问。

"馉饳。"宗意对答如流。

"冷僻词都难不倒我妹妹呢，那就再来个你最喜欢的。火锅呢？火锅叫什么？你要是能说出来，回去姐姐就请你吃。"梦心之继续避开聂广义的视线。

"拨、霞、供。"宗意一字一顿地回答，兴奋发问，"姐姐要请我吃麻辣火锅，是不是随便我选餐厅随便我点菜？"

梦心之适时"摸头杀"："这还用说吗？"

意识到梦心之有意避开，聂广义调整了一下自己，用上了他自己最易过敏的文绉绉的词："姑娘方才讲千古艺帝，可是将将才讲到一半？"

"公子对宣和主人似乎也颇有研究？"梦心之给宋徽宗换了个称呼。

宣和主人是宋徽宗的号。宣和是宋徽宗六个年号里的最后一个，也是用得最久、影响最广的一个。

"身为皇帝，宋徽宗是失败的，但身为宣和画院的院长，宣和主人带出了一众世界级的门生。画《清明上河图》的张择端，画《千里江山图》的王希孟，中国十大传世名画里面有两幅都出自宣和主人的画院，这是绝无仅有的成就。"聂广义很快就接住了梦心之递过来的话头。

"别忘了还有画《万壑松风图》的李唐。"梦心之提醒。

"可惜这幅画没能和前两幅一样，留在北京故宫博物院。"聂广义适时展现了一下自己的知识储备。

"谁说不是呢？"梦心之叹了一口气。

聂广义见不得姑娘叹气，赶紧换了个话题："姑娘怎生对宣和画院如数家珍？"

"因为……"梦心之有些犹豫，却还是选择了实话相告，"因为我梦见过翰林图画院的入学考试。"

宣和是个年号，宣和画院是个别称，它的全名叫翰林图画院，在宋徽宗出生前一百二十二年就已经成立。千古艺帝，凭借一己之力，让自己年号中的六分之一，成为翰林图画院的别称的一部分。

又是梦……聂广义整个人都不好了。极光之意撞名又撞脸的阴影仍未散尽，又来一个新的。

这算什么？旧伤未愈复添新伤？

好在有过先前的那一次，再听说这位气质独特的姑娘梦到什么，也容易接受了。还有什么比他自己脑子里的设计直接隔空被借走，更让一个天才建筑师不能接受的？有思及此，聂广义瞬间就平静了。闲行观止水，静坐看归云。

"姑娘梦见了参加翰林图画院的入学考试？"聂广义确认了一下问题，没有讥讽，没有惊讶，就像说了一句稀松平常的话。

"是。"一个简单的回答，一道盈耳的声音。

"那敢问姑娘，梦到的是哪一年？"聂广义问。

"没有具体到年份。"梦心之回答，"只知道是王希孟原本要参加六科考试的那一年。"

"那就是正儿八经的宣和画院时期了。"聂广义问，"考的可是佛道、人物、山水、鸟兽、花竹、屋木这六科？"

"对。"梦心之回答。

"考试的考题是什么？"聂广义细化了一下，"宣和画院的入学考试，每次不都是截取古诗词为题的吗？比如'野水无人渡，孤舟尽日横'，再比如'踏花归去马蹄香'，只要确定了考题，也就确定了年份。"

梦心之惊讶于聂广义对翰林图画院的了解程度。她知道得这么详细，是因为梦醒之后去查了很多资料。这位姓聂的先生，又是因为什么呢？

"也没有梦到具体的考题……"

这是梦心之第一次和除了爸爸以外的男性聊起自己的梦境。爸爸每次开始聊之前，都会先问她梦到了哪些具体内容。这是父女俩这么多年以来的默契。聂广义却专门挑并不存在于她梦境里的内容问，显得她的梦境特别没有意义。如此这般，和"正常人"做的梦又有什么区别？梦心之从来没想过，自己会和第一天认识的人探讨梦境。

　　梦心之刚想就此结束话题，就听聂广义说："历史上真的有王希孟这个人吗？"

　　"聂先生为什么这么问？"梦心之尝试梳理聂广义的逻辑。

　　"王希孟只留下一幅《千里江山图》，就和《清明上河图》一起，被列为'故宫双绝'，还曾被二十几位帝王竞相收藏，这个天才仿佛从天而降，最后又凭空消失。姑娘难道不好奇吗？"聂广义有点激动，又有点期待。

　　梦心之被聂广义的情绪给感染了，不答反问："聂先生，你难道不觉得，在梦境里寻找历史的答案，是一件非常不可理喻的事情吗？"

　　这可是一件亲妈梦兰女士不管听多少次都觉得匪夷所思的事情，开口闭口都怀疑她是传染性神经病。

　　"这有什么不可理喻的？"聂广义理所当然道，"再怎么不可理喻，能有穿越回去梦到我的极光之意么不可理喻？"

　　聂广义已经"躺平"了，从宗极拿给他看那沓极光之意工作室原始手稿开始。

　　因为聂教授的紧急电话，聂广义没来得及看更早之前的"演变史"，但光看完成于五年前的"定稿图"，就足以给聂广义的 Concetto di Aurora 打上建筑外观抄袭的标签。

　　一直安安静静听讲的宗意又被刺激大发了："你的极光之意？这位姓聂的叔叔您在拱虾咪（讲什么）？"

　　"这件事情说来话长，你回头可以问问你适哥哥，他不是要在你们的极光

100

之意工作室待满一个月吗？"

聂广义难得好脾气，他不想在关键时刻和一个小姑娘发生争执："我给你们看一个获奖作品的视频简介啊，视频是意大利语的，但不影响你们看。"

宗意迅速凑了过来。

还没找好视频的聂广义，赶紧给手机息了屏。

"干吗呢义叔叔？"宗意不乐意了，她觉得自己可能被耍了，"有必要一副做贼心虚的样子吗？"

"不是做贼心虚，就是……我事先声明啊，首先，这个奖项我已经退回去了；其次，我一直都在意大利，从来也没有听说国内有个什么极光之意，要不是宣适和我说什么要住到棺……程诺的工作室里面去，我压根就没机会见到山沟沟里的那个极光之意。"

"什么叫山沟沟？你到底要不要给我看视频简介？"宗意生气道。

聂广义点开手机里面的视频，直接递给宗意看。

前面的意大利语，听得宗意一脸蒙，直到画面上出现概念建筑的模型，宗意兴奋地尖叫："哇！我的姐姐哎！极光之意上电视了耶！"

尖叫完了，宗意赶紧拉着梦心之一起看。

梦心之一开始也以为是自己家，才过了两秒，就越看越不对劲。这明明是极光之意，但又不是真的极光之意。极光之意明明是她家里人的名字组合起来的，怎么到了视频里面，就变成了和极光有关？后面还直接出现了设计者的个人介绍。

梦心之"秒懂"了聂广义先前支支吾吾的原因，不仅仅是因为视频里面出现的那栋建筑，还因为她听得懂意大利语。

天才建筑师、现代水上概念建筑……梦心之此时的震惊，一点都不比聂广义第一次看到"盗版"的时候少。

"所以……"梦心之犹豫良久才接着问道，"我是因为看过聂先生的设计，才会一直做关于这栋建筑的梦？"

梦心之首先想到的不是自己的极光之意工作室被抄袭了，而是自己梦境里的建筑终于有了出处。

如果是以前看到过，后来再梦到就也不奇怪了。这或许也能解释，她的梦境里面为什么时不时会出现这样的一栋现代水上建筑。

梦心之颇有些高兴，心里一块大石头落地。

梦心之的反应，让聂广义"石化"了。他一开始就认定是自己的设计被别人抄袭了，现实却给他狠狠地上了一课。要说没有遗憾，没有敌意，那肯定是假的，但真的已经所剩无几。

梦心之的反应让聂广义放下了对极光之意工作室的最后一丝敌意，他如实回复道："我是一年前才有的这个想法，是在极光之意工作室建成之后。我把奖项退给组委会，就是害怕会被先行一步建好的极光之意工作室的所有人说我外观抄袭。"

"一年前？"梦心之疑惑。

聂广义生怕梦心之还有怀疑，出声强调："我此前真的没有在任何场合听说过极光之意工作室，更不要说见过。"

"肯定啊，极光之意说是工作室，其实就是我们的家。要不是小意和程诺姐投缘，别说你此前没听说过，此后也很有可能不会听说。"梦心之笑着回答。

梦心之的反应，给被这件事情困扰多日的聂广义一种说不清道不明的感觉。

还没来得及细想，他就被越发强烈的饥饿感给拉回了现实。

聂广义意识到，最应该"社死"和尴尬的自己，竟然一点都不尴尬地和姐妹俩聊了这么久。

他清楚地记得自己哭了，却完全想不明白是为什么。喜丧嘛，他真的一点都没有想哭。可能是因为聂教授也在场，刚刚整个过程，他硬是一句话也没有说。不管问他什么,他都听不见。不是故意当作听不见,是真的像入定了一样。旁边的人越多,他就越像是与世隔绝了一般。似乎有千万种感受、千万般言语,却始终没有任何一样是真正清晰的。

宣适那么"社恐"的一个人,都被拉着融入了爷爷的大家庭里。唯独他,像是一个彻头彻尾的外人。村里的人对他越热情,他就越觉得透不过气。

聂广义对爷爷的感情是复杂的。他小的时候有多喜欢邱爷爷的家,在爸爸妈妈离婚之后就有多讨厌。严格算起来,他讨厌的并不是邱家人,而是小时候的他自己。

聂广义时不时就会想起,妈妈每次不让他到长桥村过假期,自己对妈妈的态度。

从小到大,他一直都觉得,爸爸不论做什么都是为了他好,妈妈只会阻止他做任何他想做的事。直到爸爸篡改了他的志愿,直到妈妈为此和爸爸离了婚,又永远地离开了这个世界,聂广义才知道,在他很小的时候,还只是个小讲师的聂天勤,就把几乎所有的钱都拿去养邱家的孩子。妈妈不得不自己想办法赚钱,开始经营一家服装面料贸易公司,因此才会既没有时间陪伴他,又不愿意让他去乡下。妈妈去世之后,给聂广义留下了一笔遗产。

那一年,聂广义刚刚成年。

那一年,大家开始叫他大少。

如果可以,聂广义希望将那一年从自己的生活中彻底抹去——

爸爸没有偷改他的志愿,妈妈没有永远离开。

第十一章 南宋美食

聂广义担心自己再度情绪崩溃,拍了拍屁股,起身离开。

这样的动作,在大少身上是极少发生的。不论在任何场合,这个男人的着装从来都是一丝不苟的。他总是穿一身立体剪裁的西服,西裤最多不过九分的样子,会露出很小的一截脚踝,外加一小截深灰色的船袜边缘。

他的身材很好,是那种标准的倒三角形,又不至于太过夸张。男人穿西服好不好看,顶顶重要的便是屁股的弧线能不能撑得起来。男人背后的这条曲线,堪比女人的胸前曲线,只要曲线到位了,整个人的姿态就挺拔了起来。更不要说聂广义还有超过 185 厘米的身高打底。

聂广义是那种,光看身材能让人想入非非,带着脸一起看,又会让人直接偃旗息鼓。不是因为不好看,而是跩得有些离谱。

没走多远,聂广义就看到宣适端着个盘子走了过来。关键时刻,只有兄弟会想着你饿不饿。

聂广义接过盘子,出声询问:"小适子,你真的不考虑跟着我吗?"

"小适子现在已经名'草'有主了，希望广义哥哥也能早日找到心灵的归属。"宣适时刻不忘撒"狗粮"。

聂广义没好气地回应道："我归你个大头属。"

"阿诺这会儿估计在等我给她打电话。"宣适说，"我把吃的给你拿过来之后，就准备给她打电话。"

"那里面不能打吗？"聂广义指了指爷爷家所在的方向。

"里面现在人有点多，我要是在里面打电话，估计没半分钟就要挂断了。"宣适说。

"也真是难为我的'社恐'兄弟帮我应酬了。"聂广义难得不好意思。

"广义哥哥的家人，怎么能算是应酬呢？"宣适反问。

"你觉得他们是我的家人吗？"聂广义的内心一直都很矛盾。他小时候有多喜欢邱爷爷家，在妈妈离开之后，就有多讨厌曾经的自己。

"当然啦。他们一个晚上都在说你，我不知道有多羡慕。"身为孤儿的宣适的羡慕是实实在在的。

"说我什么？"聂广义问。

"主要是希望你能继承邱老爷子的衣钵，成为木拱桥传统营造技艺的非遗传承人。"宣适转述。

"你羡慕这种？你羡慕有人把意志强加到我身上？"聂广义冷笑了一下，"呵呵，非遗传承人，他们怎么不让聂教授去继承呢？敢情就我比较好欺负是吧？"

"因为你在这方面更有天分啊！"宣适看向聂广义。

"我天你个大头分！我问你，我在哪个方面没有天分？我做概念设计做得不好，还是拿奖拿得不够？"聂广义语气有些急。

"你也说了是概念设计，那不都是落不了地的吗？……"宣适说得不是很有底气。

"拜托,什么叫落不了地?打从上大学,我就没花过我爸一分钱,我妈留给我的钱,我也一分都没有动过。我的哪一笔花销,不是通过落地的设计获得的?我是不会产品设计,还是不会园林设计,又或者是不会室内设计?"聂广义连珠炮般提问。

宣适向来没有聂广义口才好,这会儿更是不太知道要怎么回应。

聂广义有些不依不饶:"你倒是说说看,我在哪方面没有天分?"

宣适只好硬着头皮回答:"那些设计,你不做,也会有别人做;木拱桥传统营造技艺,你不接班,可能就会失传……"

"这话谁教你的?"聂广义看着宣适冷笑,"你自己可说不出这样的话。"

"没有谁教我,我就是在旁边听着他们说,感觉还是有那么点道理的……"宣适组织了一下语言,"我觉得,你也不一定真的不喜欢做木拱桥传统营造技艺的非遗传承人。"

"你是怎么得出这样的结论的?"聂广义的语气已经有点咄咄逼人了。

聂广义越是这样,宣适就越不犯怵。无他,小适子早就已经适应这样的小镊子。

"就今天吧……"宣适说,"一直声称自己对古典过敏的广义哥哥,竟然拉得一手好二胡。"

"我还弹得一手好钢琴呢,你怎么不说?"聂广义也意识到刚才自己的语气有些过。

他今天对谁生气,都不应该对宣适生气。他的好兄弟,虽然三句不离女朋友,却实实在在地陪在他的身边,还是在和女朋友久别重逢的时刻。

"啊?你还会弹钢琴?"很显然,这也不是宣适知道的事情。

高中的时候,聂广义是极其耀眼的存在。他各科成绩都优异,光要参加的国家级竞赛就有四个之多。遇到艺术节什么的,组织的老师和同学都会直接把他忽略。聂广义压根不需要展现艺术才能,就已经是学校一等一的风云人物,还先后获得过清华和北大的保送资格。因为保送的不是他心心念念的清华建筑系，他直接选择了放弃。

聂广义的人生，在被自己的父亲篡改高考志愿之后，偏离了既定的方向。

在气头上那会儿，聂教授想要解释，聂广义根本不愿听。然后，他就再也没有听的意义了。

没有了清华，可以听一听解释；没有了妈妈，是一辈子都不可能原谅的事。

聂广义开始对古典过敏，如果聂教授没有申请非遗课题，没有篡改他的志愿，好好的一个家，又何至于闹到家破人亡的地步？

现在，万安桥被烧了，他明明应该高兴的，应该在万安桥的废墟边放歌，应该盼望着这项技艺失传，可他却莫名其妙地哭了。

聂广义不允许自己有这样的情绪。在长桥村流下的每一滴泪、流露的每一丝情感，都是对妈妈的背叛。

聂广义跟着宣适回到了老屋。

说来也是无奈。这明明是他爷爷的家，他却需要跟着有些"社恐"的宣适一起回来。

时至今日，长桥村的一切，早就已经给不了他归属感。他曾经很喜欢这里，在这里有过很多欢乐的暑假时光。

在溪涧里摸鱼，在长椅上纳凉，不用做作业，不用练钢琴。每一天都好长，可以从日出玩到日暮。每一天都好短，睁开眼睛，什么都还没有来得及做，就到了闭眼的时间。

时光是拿来蹉跎的。

岁月是拿来浪费的。

这种体验，对于年少时的聂广义来说，是很新奇的。他固然从很小的时候就展现出了过人的天分，不管学什么都比别人要快一点，可他毕竟还是个小孩子，难免会向往无忧无虑、肆意玩耍的时光。

对于邱家人来说，这个夜晚注定是不眠不休的。所有人都从四面八方赶了过来，一大群人聚在一起。哀乐队的演奏，几乎一刻都没有停歇。女人们三五成群，不知道在商量什么。男人们聚在一起，或是打麻将，或是打牌。与其说是奔丧，不如说像赶回家来过年。

这就是喜丧吗？为什么这么难以让人接受？这一屋子人的悲伤加起来，还没有一个在万安桥废墟默默流泪的人的多。喜丧就不是生离死别吗？喜丧就不是永远都见不到面吗？

聂广义最受不了有人在葬礼上无动于衷，免不了会想起妈妈去世时的场景。已经离了婚的聂教授在那里面无表情地操持，算不上冷冷清清，却绝对凄凄惨惨戚戚。只有他一个人，哭得像个神经病。

时至今日，聂广义更加确定一件事情——聂天勤这个人没有感情。

在今天这样的日子，里面的那一帮人哪怕再没有反应，至少也还聚集在一起。

聂天勤却一个人跑到不被哀乐打扰的地方打电话：

"桥体已经坍塌了。

"桥墩是还在。

"不确定能不能保留文物属性，得想办法。

"对，一直都没有找到可以继承这项非遗技艺的人。

"是有几个学徒，都是比较有经验的木工，但都还没有掌握木拱桥传统营造技艺的精髓。

"行，出一套方案。

"是，我是做过一个万安桥的模型。"

聂广义手上拿着一个不锈钢质地的盘子，刚刚宣适端去万安桥底下的那一个。

聂广义在聂教授的背后听了一会儿，手上的不锈钢盘子，在聂天勤说自己"是做过一个万安桥的模型"的那一秒，化身飞盘，直接掠过聂天勤的头顶，而后，随着哐当一声巨响，落在了离聂天勤不到半米的地上。

聂天勤吓了一跳，赶紧挂了电话，转头查看是哪家的熊孩子。

很快他就发现是他自己家的。

"干什么呢，大头？"聂天勤习惯性地喊了一句。

用的是十几二十年前教育聂广义的语气，喊的是当时经常用的小名。脱口而出的这句话，让聂天勤有些后悔。他和聂广义的关系，早就不是十几二十年前的父慈子孝。

一直到高考之前，聂广义和聂天勤的父子的关系都还算是相当不错的，至少比和妈妈的关系要好上十倍不止。妈妈在教育这件事情上，一直都很强势。如果是妈妈强行要改他的志愿，聂广义说不定还能理解。

聂广义做梦都想不到，从小到大，什么事都站在他这边，和他像朋友一样相处的爸爸，会做出强行改他志愿这样的事情。

就那么短短的几天时间，他失去了清华建筑，失去了妈妈。爸爸的形象，也在同一时间彻底崩塌。

有思及此，聂广义整个人都散发着像北极一样寒冷的气场："聂教授，你没必要装出一副时时缅怀过去的架势。"

"广义，你听爸爸解释……"聂天勤一直都想和聂广义好好说话。

"解释什么？就好比你刚刚说自己做过一个万安桥的模型。"聂广义刚刚就是被这句话给气到把盘子变成飞盘的。

"广义，爸爸确实做过。"聂天勤继续解释。

"哦？聂教授什么时候做的？"聂广义扯了扯嘴角，似笑非笑，"要不要我来帮你回忆回忆？是不是你儿子为了暑假能来长桥村长住，答应了要做个万安桥的模型送给你当生日礼物的那个时候？"

"不是那个时候。"聂天勤出声否认。

"不是吗？"稍作停顿，聂广义开启了连环发问模式，"我想起来了，暑假结束的时候，你儿子的模型才完成了99%是不是？聂教授把这个模型做旧伪装成自己早就做好的，是不是还花了十天半个月的？"

"我没有……"聂天勤否认。

"您没有什么呀，聂教授？"聂广义换了个尊称，语气却变得更加冰冷，"是没有从您儿子那里，收到过一个作为生日礼物的模型，还是没有做过旧？"

聂天勤张了张嘴，最后什么都没有说。

"看吧，您自己也答不上来吧？"聂广义语带讥讽，"聂教授的记性真好，把做旧的时间也算进去的话，确实不是您生日的那个时候。"

"广义，爸爸可以拿万安桥发誓，绝对没有把你做的模型，当成自己的。"聂天勤又解释了一遍。

聂广义鼓掌："精彩啊！聂教授，万安桥都被您的誓言给发坍塌了。"

"广义，你要相信爸爸不是这样的人。"聂天勤不知道要怎么样才能和儿子心平气和地谈一谈。

"好的，聂教授，我相信您。"聂广义说，"只要您能给我一个证据——请您拿出两座万安桥模型。这么多年过去了，哪怕您再做一个也行。"

聂广义和聂教授之间的矛盾，早就已经是不可调和的。

这么多年，在意大利，聂广义并非没有想过原谅聂教授，但他始终找不到理由，一个可以说服自己，又能够告慰妈妈在天之灵的理由。

万安桥申遗，是和另外21座同在闽浙交界地区的木拱廊桥一起打包申遗的。

聂广义第一次去长桥村过暑假，就跟着邱爷爷到处去看木拱桥，看完了就回来做模型。

那时候还没有申遗这个说法，更没有确定下来哪些桥要打包申遗。聂广义就凭着个人兴趣，选了 22 座桥，说要做模型。他利用一个又一个暑假，把一个又一个模型给做了出来。在着手做万安桥的模型之前，聂广义已经相继完成了另外的 21 个。

万安桥离得最近，意义也和其他的桥梁不一样。其他的模型可以随便做，稚嫩一点，粗糙一点，怎么样都没有关系。唯独万安桥，聂广义要等自己的技术成熟了以后再开始。即便是天才，也还是需要时间去积累经验的。从七岁到十七岁，聂广义每个暑假都在做编木拱桥模型。哪怕一开始需要邱爷爷和徒弟们的帮助，哪怕中间有些不完美，需要重做，他也从没有半途而废过。

对于聂广义来说，做先前的 21 座模型都是在做技术储备，具有特殊意义的万安桥，才是他真正看重，并且不容有失的。他要做一个最好的模型，送给最好的爸爸。聂广义选择在高考结束之后，成绩出来之前的这段时间，静下心来，专门做万安桥的模型，算是对自己这么多年"暑假实践"的总结，更是第一次认认真真地亲手给聂教授做生日礼物。一直到这个时候，广义大少的人生都还算是顺风顺水的。

宣适原本想给父子俩一点空间，就没有离得太近，眼看着两人不欢而散，就上来安慰自己的兄弟："你刚才是不是没吃饱？你还有没有什么想吃的？"

宣适没有过多的语言，这已经是他今天第二次看到自己兄弟的眼眶泛红了，和之前在桥底下看到的一样。

"有！"聂广义侧仰着头，傲娇得像一只天鹅。他用这样的方式，避开宣适的视线。也真的是见了鬼了，他的泪腺开关是不是锈坏掉了？明明都已经三十岁了，不知道的还以为才刚满三岁。该死的眼泪为什么动不动就想出来找存在感？

"吃什么？我给你做。"宣适一开口，从语气，到声音，都能让听的人莫名地感觉到安心。这或许就是世外高人的气场吧。

聂广义的情绪很快就被安抚好了，又变回了那个除了美食什么都不放在眼里的吃货。

"我要吃《清明上河图》里面的美食。"聂广义如是说。

"这个……"宣适耸肩无奈道，"难度好像有点大。"

"是你自己说要给我做的。"聂广义说着话，就推着宣适往前走，直接忽略了还在一旁站着的聂教授。

宣适任由聂广义推着，转头给聂天勤投去一个抱歉的眼神。聂教授对宣适摆了摆手，示意他赶紧转头。

"你确定要吃《清明上河图》里面的美食？"宣适问聂广义。

"对！"聂广义向来中气十足，这会儿更是斩钉截铁。

"可是，画是没有气味的，《清明上河图》里面也没有哪个地方是具体画出了菜色的。"宣适有些为难。

"一个都没有吗？"聂广义开始回忆。《清明上河图》里面最多的就是美食，一幅画卷里面，有多达 45 家餐饮店。

聂广义向往了很多年，却也回忆不出来有哪一家店里的哪一道菜是明明白白画出来的。

"没有。"宣适笃定道，"就连'外卖小哥'手里端的两个盘子，也看不出来具体装的是什么。"

"那怎么整？我现在就想吃《清明上河图》里面的美食。"聂广义不知道自己为什么会有这个想法，但就是那么强烈。

宣适想了想："我个人感觉，《清明上河图》里面的美食应该入不了你的眼。"

"为什么？你是我味蕾上的细菌，还是肚子里的蛔虫啊？"聂广义不乐意。

"因为我们广义大少无辣不欢，但是《清明上河图》的那个时代，离辣椒传入我们的国家还有好几百年。"宣适解释。

"宋代不是就有拨霞供？那不是麻辣火锅吗？"聂广义不知道自己哪儿来的知识点，就像突然从他的脑子里面长出来，并且生根发芽。

"是有，拨霞供、涮羊肉、涮兔肉，但是宋代人说的麻辣，是姜、芥菜、胡椒、葱、蒜这些调味品组合出来的味道，和现代意义上的麻辣不是一个概念。"宣适解释。

"是这样吗？"聂广义越发坚定道，"就算不是一个概念，我现在也只想吃宋朝的美食！"

"只要是宋朝的吃食就行，对吗？"宣适问。

"对！"聂广义狠狠地点头。

"那这样的话，我给你弄个保证原汁原味的南宋美食就行了，对吧？"宣适向聂广义确认。

"绝不忽悠？"聂广义感觉有哪里不对。

宣适却是很认真地点头。

"我怎么这么不信呢？你是不是打算随便弄点什么忽悠我？你先告诉我叫什么。"聂广义多少还是有些警惕心的。宣适的厨艺很好，却也不是没给他做过黑暗料理。

"你先前不是问人家姑娘，有没有满街飘香的小吃吗？我准备给你做的，就是这样的一道小吃，用我们温州话翻译过来，就叫'油炸桧'。"宣适和程诺都是温州人。

聂广义最烦这两个人用方言打电话，每次都把他这个会六国语言的天才给打击得体无完肤，怎么听都听不懂。聂广义心里警铃大作："为什么是温州话翻译？"

"因为温州话是最古典的方言，和古典的美食最配。"宣适卖了个关子，"其实也有很多人说这道名小吃是苏东坡发明的，但是没有确凿的证据。"

113

"不是吧……"聂广义的眼睛都亮了,"苏东坡,那可是千古第一吃货啊!"

"关于那道小吃的传说有很多,但不管怎么说,肯定是在南宋流行起来的。油炸桧的'桧'是秦桧的'桧',说的是秦桧夫妇设计杀害了岳飞,等到东窗事发,军中和百姓无不义愤填膺。有小吃摊主为了表达同仇敌忾,就做了一道叫油炸桧的小吃,风靡一时。不信的话,你可以去查查。"宣适解释了一番。

"查什么查呀!"聂广义说,"哥哥我饥肠辘辘,就算要查,也肯定是等吃完了再查啊!"

"那你要看我做吗?"宣适出声问道。

"大概要多久啊?"聂广义打量了一下自己,说道,"够不够我先上去洗个澡?"对于一般人来说,广义大少此刻的造型,怎么都还算得上是一丝不苟的;对于吹毛求疵的天才建筑师来说,就哪儿哪儿都不对劲。

宣适回应:"我尽量让你洗完澡之后就能吃到。"

"那你可得尽量中的尽量哦,哥哥今天洗澡会很快的!"聂广义很是期待地走了,一步三回头。

"没问题。"宣适说,"等给你做完了消夜,我就去给阿诺打电话。"

聂广义难得没有一听到"阿诺"这个称呼,就说些有的没的挤对。

正常来说,聂广义洗澡需要二十分钟。他每次洗完头,都还要做个造型什么的才会出来见人,但今天可以为南宋名小吃油炸桧破个例。

想了一个晚上的宋朝美食,虽然没能吃成《清明上河图》里面的,但是一口把"奸臣"给炸了吃的感觉,那也是杠杠滴呀!聂广义的脑海里面闪过一道又一道知名小吃,没有很具体的形象,但就是光想想就好吃。

如果单单是南宋人为了怀念岳飞创造出来的美食,聂广义最多只会有80分的期待值,加上和东坡居士有瓜葛的传说,那就必须要把期待值拉满了。在吃货这个圈子里，纵观中国历史，无人能出东坡居士之右。有 66 道传世名菜，都源自这个吃货的孜孜以求。一般般的东西，也不敢往东坡居士身上靠，对吧？

聂广义只用了平日里洗澡一半的时间，就顶着湿漉漉的头发去厨房。他还没来得及进去，就见宣适端了一大盘刚炸好的油条出来。

宣适把聂广义的手拉了出来，把盘子放到了他的手上，说道："这一大盘都给你，古汉语里的油炸桧，普通话里的油条，如假包换的宋代名小吃，流传千年，经久不衰。"

聂广义眼睛里面的光，因为这盘油条，以肉眼可见的速度消失殆尽："小适子，你是不是真的以为我不敢揍你？"

"小镊子，你先吃南宋最著名的小吃，流传至今，历久弥新，童叟无欺，你吃完有力气了再想怎么揍我。"宣适把盘子一交接，就径直走了，转头来了一句，"大少将就一下，我和阿诺说好了，今天会给她打电话，再做复杂的消夜今天都要过了，会影响阿诺睡美容觉的。"

"我怎么会有你这样的兄弟？"聂广义气不打一处来。

"是啊，我也很羡慕广义大少，能有个深夜十一点半还给他做消夜的兄弟呢！"

聂广义傻眼了。那个老实巴交的、随便怎么欺负都不会反抗的宣适弟弟，是不是被一只叫爱情的鬼给夺舍了？是不是看起来清心寡欲的男人，谈起恋爱来就连人都不做了？

聂广义每想一遍，就狠狠地咬一口油条！没过五分钟，就吃完了整整六根大油条。确切地说，应该是十二根，因为一根油条本来就有两股。岳飞是被秦桧和他老婆王氏一起设计陷害死的，要炸肯定也得绞在一起才能解气。这大概也解释了，为什么从古到今，油条多半都被做成两股缠在一起的。

邱爷爷的葬礼一结束，聂广义就回意大利去了。因为龙湾机场有直飞罗马的航班，宣适开了四个小时的车把聂广义送到了机场。

宣适计算着余下的和女朋友你侬我侬的幸福时光。如果不是程诺再三交代，他这会儿铁定已经把房车给开成了赛车。

这是宣适第二次来到上钓咖啡，和上一次相比，已经是熟门熟路。

宣适一路飞奔，刚想和程诺来个小别胜新婚，就看到宗意拿着个手机在问程诺："诺姐姐，义叔叔今天是不是从温州直飞罗马？"

"应该是吧。"程诺只知道是从温州龙湾机场起飞，具体飞到意大利还是周边的什么地方，她没有问，宣适也没有说。

总之，重要的是男朋友什么时候来极光之意，不是聂广义什么时候到意大利。

程诺看到宣适，肯定是要第一时间打招呼的："阿适，小意问大少是从温州直飞罗马吗？"

"对的。"宣适放慢了脚步，调整了一下呼吸，当着一个十一岁小姑娘的面，还是要稍微注意一下言行。

"完了完了完了！"宗意一脸焦急地说，"那架飞机正在迫降。"

"什么？"宣适的音量不自觉地提高了，"你从哪里听说的？"

"不是听说，是看到手机里弹出来的突发新闻。"宗意把自己的手机递给宣适——"一架从温州飞往罗马的航班，因为双发失效，请求在浦东机场迫降。"

刚刚开回来的这一路，手机里一直有新闻跳出来，归心似箭的宣适压根没有点开看。

猛地看到这样一条突发新闻，宣适差点没有拿稳手机。

第十二章 失物招领

宣适赶紧拿出一直响个不停的手机，看到突发新闻的时间线有了更新。这一次是说，双发失效之后，有一个发动机重启成功，准备在浦东机场备降。迫降和备降，虽然都是非正常降落，紧急程度却是一个天上一个地下。

宣适是等着聂广义乘坐的飞机起飞了才走的。

宣适很快就冷静了下来："飞机只有一个发动机也是没有问题的。"

"那这样就没事，不用管吗？"程诺有些不确定。

宣适摇头道："不行，我得去一趟浦东机场，是我给他推荐的这条航线。"

"阿适，你现在赶过去，飞机能降落的话，也早就降落了。"程诺提醒有些乱了章法的宣适。

"飞机不可能那么快降落的，才飞出去没多久就回来，这会儿油还很多，得在天上盘旋，把油放掉一些，才能符合降落标准。我现在过去应该能赶得上。"宣适等到聂广义乘坐的飞机起飞了才离开，是有原因的。

宣适转身要走，程诺跟了上来："阿适，这么晚了，你要去的话只能开车去了，你刚开了那么久的车过来。"

宣适以为程诺要劝阻自己，刚要开口说自己没问题，就听程诺说："你一个人去我不放心，我陪你一起。我虽然方向感不行，陪你说话还是可以的。"

宗意一溜烟地往楼上跑，边跑边喊："诺姐姐、适哥哥，你们稍等，我去看看我爸爸是不是醒着，我爸爸的车技最好了！"

宗极和聂广义最多也就是一面之缘，却连睡衣都没有换掉就追了出来，直接坐到了驾驶位，才对程诺说："明天早上不是还要开店吗？"

程诺不好意思让宗极陪自己的男朋友连夜开车去上海找个不太相关的人："我可以挨个打电话和他们说一下，我回头多开一天就好了，反正在车上也有时间。"

宗极把宣适安排在副驾驶："小程，你把房车借给我们的时候我没和你客气，你这会儿也就别和我客气了。听我的，你留下，我保管把你男朋友全须全尾地给带回来。"

宣适和程诺又一次刚见面就被分开了。

因为发生备降，航空公司再调国际大客机执飞，需要再等六个小时，这还不算已经在备降过程中花费的将近五个小时。聂广义几经折腾之后，选择了退票。

聂广义倒是没想过一出机场就能看见刚刚赶到的宣适，虽是意外，却也没有那么意外——宣适就是这么肝胆相照的兄弟。

"小镊子，有没有被吓到？"宣适和聂广义拥抱了一下，用力拍了拍聂广义的背。现在这样的时刻，就是要有点力度，才会有足够的真实感和存在感。

"小适子，被吓到的人是你吧？不就飞机发动机双发失效，瞬间掉下来几千米，行李架上的行李滑落，氧气面罩自动脱落吗？多大点事儿啊，能吓到你广义哥哥？"聂广义一脸的风轻云淡。

如果不是他整件衣服都是湿的，宣适差点就要相信了。

"嗯，广义大少怎么可能被吓到？"宣适并不揭穿。

"那可不。"聂广义轻描淡写地加了一句，"没两分钟就有个发动机重启成功了。"

宣适自然知道，当时的情况没有那么简单，尤其是身在飞机上，完全没有任何自救的可能，任何人都会不可避免地感到无助和绝望。

"广义，那两分钟，你在想什么？"宣适出声问道。

"有什么好想的？"聂广义没有直接回答，他觉得自己有点眼花，刚刚抬头的那一瞬间，他仿佛在机场的出口看到了聂教授。

这一定是幻觉吧？聂教授压根就不知道他今天原本要回意大利，更不可能知道他买的什么航班。返航备降也不是什么真正的空难，不会有满世界的新闻，聂教授那种潜心学术的人，又怎么可能关注得到？更为重要的是，德高望重的聂教授这会儿应该还在长桥村，带着他的博士生、硕士生，还有邱爷爷留下的徒弟，研究怎么挽救被烧毁的万安桥。

比起他这个儿子，万安桥对于聂教授来说，显然要重要得多。

那座在聂天勤出生当天被冲垮过一次，导致他被贴上不祥标签的桥，一直都被他视若珍宝。那个把他遗弃了的家，从来都有让他付出一切的魔力。

哪怕刚刚经历过生死，聂广义还是非常确定，他没办法理解，一个竟然为了万安桥打包申遗，直接改掉儿子志愿的人。一念之间，妻离子散，家破人亡。这得有多大的决心？这样的人，也不是一般的绝情。

聂广义不是闲人。这位天才建筑师在意大利拥有两家建筑师事务所，经常忙得没日没夜。他之所以会选择在这个时候回国，除了因为已经有半年没给自己放过假了，还因为他对"盗版"的极光之意实在是太过好奇。

走的时候，聂广义也不是没有想过要和聂教授打个招呼。只可惜，聂教授一头扎进了万安桥坍塌现场。

聂教授没有心，这个世界上的任何一个人离去，都不可能让他歇斯底里。妈妈去世的时候，聂教授也是这副模样。虽然已经离了婚，可那才几天呢？两人结婚整整二十年呢！正常人都不可能这么无动于衷吧？

聂教授是最典型的，把自己的学术研究看得比什么都重的那种人。

这么多年了，也不知道聂教授是不是每天都心安理得。聂广义摇了摇头，心中确认自己是看错了。万安桥一天不修好，聂天勤就不太可能想起自己还有个儿子。何况聂教授到哪儿不是站如钟坐如松的？那个腰都挺不太直的苍老身影，肯定不是聂天勤教授。

"别不承认哦，你肯定想了。"宣适没让聂广义就这么打哈哈糊弄过去，"据说哦，人在面对生死的那一刻，才能想明白对自己真正最重要的是什么哦。"

"哦哦哦，你属鸡的吗？你就大半夜的在这儿打鸣？"聂广义一脸的嫌弃。

"说吧，你到底想到了什么？"宣适想要趁机打开聂广义的心结。

"想你怎么这么多问题！"聂广义仍然不正面回答。

"你要真不想说，那我也就不问了。"宣适伸手接过聂广义手里的行李箱，感叹道，"能见到活蹦乱跳的广义大少，真好！"

聂广义沉默良久，冷不丁地来了一句："我想到了极光中的 Concetto di Aurora 和大火中的万安桥。"

宣适转头看着聂广义，试探性地问："就……两个建筑，没有人？"

"建筑里面或许有人吧……"聂广义自言自语般地反问，"你说我是不是有病？我想这些干吗？"

宣适试着帮忙分析："你想到极光中的概念建筑，应该是最近这段时间都因为这件事情愤愤不平，这比较正常。你想到大火中的万安桥，说明这座桥一直根植在你心里。"

"我根你个大头植。"聂广义词穷的时候，全世界都是大头。

"相信我，这座桥的根，扎得要比你自己想象的深得多。"宣适敛容屏气地给出了自己的判断。

"放你个大头屁！我与此桥不共戴天，我巴不得它从来都没有存在过。"聂广义完全不打算承认。

"行，我放屁。"宣适并不介意被说两句。

"明明是你一个劲地问我，我才觉得我想到了这些，当时在飞机上，脑子一片空白，就是想氧气面罩要怎么戴。"聂广义找了一个他自己能够接受的理由，继续解释。

飞机上的险情，来得快，去得也快。除了双发失灵的那一分多钟，剩下的其实都不算有多危险。返航的这一路，也有人在哭，也有人呼吸困难，还有人被掉落的行李砸伤，做了紧急的处理。但大部分人都还算平静，顶多就是在心里祷告式念经。

要说这趟航班还有什么不同寻常的地方，当数真正降落的那一刻，整个机舱里的人都在拼命地鼓掌。这掌声，有一部分是送给机长的，还有一部分，送给了劫后余生的自己。

聂广义的手机振动了一下。他收到了一条短信，意外且诡异。那个心中只有万安桥的聂教授，竟然会时隔十三年，再次给他发来消息。

被改志愿的第一年，聂广义经常会收到聂教授发的语无伦次的解释和尬聊。聂广义那会儿还在气头上，又刚失去了妈妈，面对那些堪称毫无意义的短信，直接选择一条都不回。聂教授坚持了几个月，等到聂广义出国做交换生，才终于消停。

聂广义换过号码，桃李满天下的聂教授还是通过自己的学生查到了他的号码。在那之后，聂教授没再发短信，但每年都会打一两个电话。聂广义虽然表现得心不甘情不愿，但每次都会接。

时隔多年，聂广义再一次收到了聂教授的短信："大头，爸爸写了一封信给你，放在机场的失物招领处。"

这条短信让聂广义忽然意识到了什么，他直直地看向刚刚那个有熟悉的身影一晃而过的出口。

机场熙熙攘攘，出口空空荡荡，仿若从未开放。

写一封信，这么古典吗？

十四年了，他并非没有找聂教授要过答案，也并非没有试着好好地和聂教授沟通。但聂教授每次都语焉不详，话只说一半。他问的又不是霍奇猜想和庞加莱猜想，完全在聂教授可以回答的范围之内。十四年，如果有什么答案需要写下来，需要等待十四年吗？信里会有什么？让人更彻底的失望吗？

飞机备降在上海，在一个离他家不到三十分钟车程的地方。

如果聂教授凑巧看到了返航的新闻，又凑巧知道了他坐的航班，那为什么不能像宣适这样，一见面就给他一个拥抱呢？这个世界上，真的会有人在劫后余生的当下无动于衷吗？他要不是全身发软，又怎么可能让瘦瘦小小的宣适帮他拿行李呢？

这么多年过去了，聂广义最想听聂教授解释，又最害怕听到。

有些话，一旦说出口，就无法挽回。

有些事，一旦做过了，就无法原谅。

"怎么不走了？"推着行李的宣适回头问聂广义。

"哥哥这不正向你奔赴嘛！"聂广义把手机放回兜里，快步上前，搂着宣适的肩膀，看着是勾肩搭背，实际是给自己找个支撑。

"哥哥，咱们今天晚上住哪儿？"宣适向来不介意称呼一类的小事。

"你这话说的！"聂广义表现得跟个没事人似的，一脸戏谑地调侃，"哥哥当然是住酒店啦，这大半夜的，你还有别的选择？"

"住酒店吗？"宣适解释，"我们是开着房车来的。"

"那咱们就住房车！"广义大少难得这么好说话，"等会儿，'我们'？你和谁一起来的？棺……广义哥哥的情敌？"

这一趟回国，聂广义别的变化不大，倒是把叫程诺棺材板（儿）的习惯改了个差不多。

宣适还没开口，聂广义自己就啧啧称奇了起来："她这样'独行天地间'的猛女，你到底看上她什么了？"

"程诺哪里猛了？"宣适想说他家阿诺走的是小鸟依人的路线，最后说出口的话又着实有些怪怪的。

宣适向来嘴笨，想了好几秒也没想到怎么找补，索性由着劫后余生的广义大少怎么高兴怎么说吧。

宣适做了半天心理建设，没等到聂广义的挤对，却等到了聂广义的一步三回头，这人时不时就往另外一个出口的方向看。

"怎么了？是丢了什么东西吗？"宣适问。

"没有。"聂广义直接否认。

"那你往后看什么？"宣适又问。

"看看本大少要隔多久再来这个机场。"聂广义转过身，和宣适一起出了机场。

他迈着帝王般的步伐，比平时还要外八。

"广义，你这两天一定要赶回去是吗？"宣适问。

"不然呢？事务所那边一堆设计等着我敲定。你以为我是你啊，把意大利的事业一下就处理得干干净净。"聂广义瞪了宣适一眼，表情蛮有些哀怨。

"我哪有一下子？我是两年前就把所有超市都清掉，只剩下一个医疗器械厂和两个仓库了。我买的时候是打包的，卖的时候自然也不会需要太长的时间。"宣适解释道。

"你好意思说？你卖的价格比你买的时候足足少了 100 万欧元。你好意思说自己是个温州商人？"聂广义很是有些哥哥怒弟不争的架势。

"我当然好意思啊，机器折旧怎么都有几十万吧。"宣适并不觉得自己的卖法有什么问题。

"那你也说是几十万啊，我多给你算点，算 40 万欧元，撑死了吧。剩下的 60 万呢？你还不是为了个女人才这么卖的？"聂广义问。

"大少，账也不是这么算的呀。此一时，彼一时，市场本来就是瞬息万变的。我承认，去年厂子没有赚到什么钱，可是前年一年就赚了 200 万欧元啊。我没那么贪心，这么着已经很可以了。"宣适回答。

说着话，宣适就带着聂广义来到了停房车的地方。

聂广义的脑子分了一大半在机场失物招领处，一直到车门即将打开的瞬间才想起来有哪里不对，一把抓住被宣适推了一路的箱子，直接往后跳开了一大步。

"你俩在房车上叽叽歪歪黏黏糊糊的，把我带过来干吗？"聂广义心有余悸道，"箱子给我，我去酒店躲个清净，不碍你俩的事。"

话音刚落，聂广义就看到宗极从房车上下来。

在把宗极往死里得罪这件事情上，聂广义绝对有着一往无前的勇气。

第十三章 大放厥词

这趟回国，聂广义是有过计划的：看一眼"盗版"就走，再在上海吃吃喝喝一整天。身为游子，身为吃货，这是对家乡美食最基本的尊重。

"家乡"这两个字，在不同的人眼里有着不同的含义。在很多人看来，家乡，是家的所在——此心安处是吾乡。

带着诸多遗憾背井离乡的聂广义，并不觉得自己在上海还有"家"。十几年过去了，家乡在聂广义这儿，更多的是"家香"，是一道道从小陪伴到大，别人不一定觉得有什么，他却永远无法忘记的美味。

因为邱爷爷的离开，聂广义不得不调整计划，放弃家乡的味道，在长桥村一直待到葬礼结束。

在这个过程中，他退掉了助理老早之前就给他买好的返程航班，又刚好赶上了每周四从温州龙湾机场直飞罗马菲乌米奇诺机场的航班。

三天后，有一个建筑界的巅峰论坛在罗马举办，他要去发表演讲，顺便再领两个奖。这也算是天才建筑师的日常。

如果没有这波故障强行返航，聂广义这会儿已经在罗马的事务所处理事情了。

飞机返航落地浦东机场的那一秒，聂广义忽然有了一种很奇怪的想法：是不是自己对"家香"太决绝，才让家乡有了怨念，兜兜转转又把他强行带回到上海？

既来之，则"吃"之！

事务所的事情反正也拖了这么久了，已经在想办法远程处理，单纯为了三天后的论坛，怎么都还有一两天的时间可以推迟。

聂广义很快就说服了自己。他是为了消除上海美食们的怨念，才没有选择继续在机场等待航空公司调新的飞机，绝对不是因为第一次见到飞机上的氧气面罩脱落，不敢再坐同一个号码的航班回去。

开玩笑！堂堂广义大少，岂是这么容易有阴影的？

"广义，你如果不想回家的话，那我们先回极光之意工作室，再慢慢商量接下来怎么安排，行吗？"宣适的心里怎么都还是装着自己的女朋友的。

"我去'盗……'呃……极光之意干吗？我随便找个酒店，明天起个大早，把想吃的全吃一遍，要么明儿个夜里，要么后天一早，直接从上海飞罗马，不就好了？"聂广义出声拒绝。

"明后天就回去？"宣适惊讶道，"你不是只坐直飞的航班吗？"

"对啊，有什么问题？"聂广义问。

"你能买到明后天上海直飞罗马的机票？"宣适问。

"你开什么玩笑？你们温州都能买得到直飞的，我们大上海怎么可能买不到？"聂广义习惯性挤对。

"广义，你先前的机票是不是都是事务所的助理帮你买的？"宣适问。

"有什么问题吗？"聂广义反问。

"没有。"宣适解释道，"你可能不知道，现在出国的航班有多难买。上海最近一段时间，应该都没有直飞罗马的。北京或许有，即便是有，票应该早早就卖光了。"

"卖光了？"聂广义很意外。

"对啊，现在国际航班的数量和以前肯定没法比了。至少得提前两个星期，才有可能买到直飞的。"宣适说。

"我今天回去的航班，不是说买就买了吗？"聂广义疑惑。

"那是我帮你买的。"宣适说。

这话聂广义就不爱听了："航空公司是你家开的，卖给你不卖给我？你是比哥哥帅了，还是比哥哥有钱了？"

"不是，广义，我的意思是我也买不到。"宣适换了个说法。

"那机票从哪儿来的？"聂广义问。

"那是我让阿诺托人，好不容易才帮你拿到的候补，最后能成行，也是运气。"宣适回应。

聂广义冷笑："你管发动机故障返航叫运气？"

"所以我这不是紧赶慢赶地过来，准备广义哥哥要是有事就'陪葬'的吗？"宣适是真的被吓得不轻。

聂广义原本不知道这个时候温州有直飞罗马的航班，是宣适一手推荐，又让程诺帮忙买票。真要有什么事，他和程诺都会内疚一辈子。和聂广义认识这么多年，宣适知道聂广义原本就恐飞。

聂广义的恐飞不是天生的。曾经有一次，飞机在降落前不到十秒的时间，发现准备降落的跑道尽头有一架飞机从地面逆向开过来。假如机长处理不及时，正常降落，就会和地面的飞机撞在一起。当时情况危急，给机长的反应时间不过一秒。好在机长极有经验，把机头拉起来复飞。

聂广义当时坐在第一排，因此感受也最明显。从聂广义的那个角度看过去，飞机几乎就要撞上地面的那一架了。宣适坐在过道的位置，并没有什么太大的感觉。

听机长广播，才知道跑道的尽头有一架"非法入侵"的飞机。

聂广义整张脸煞白。

从那以后，聂广义坐飞机，哪怕是遇到很小的空中气流，都会整个人紧绷。但他又死爱面子，每次都假装是忽然想起点什么要找空姐要，伸手按个呼叫铃。每到飞机即将降落的那个时间点，聂广义更是紧张到不敢呼吸。为了减少面对飞机降落的情况，聂广义后来再也没有坐过不是直飞的航班。

来的这一路是宗极开车，回去，开车的人变成了宣适。

这一次，聂广义没有和宣适抢。他确实也是有心无力，更不想一个人去住酒店。他忍不住就会想那封信里到底写了什么，说不定还会忍不住跑去失物招领处。

说出来都没人信，在机场看到短信那会儿，他落在宣适的后面，想到那个身影，一度忍不住想哭。堂堂天才建筑师，还能更没有出息一点吗？

为了转移注意力，聂广义一上车就给在意大利的两个工作室的助理分别打电话，让一个帮他买明天的机票，另一个帮他买后天的。相互印证的最终结论，确实是一张都买不到。不要说明后天，接下来的十天都没有一张票。

"我之前那张票是怎么来的？"聂广义直到这个时候才认识到，机票是真的难买。

"前年最紧缺的那会儿，咱们不是'人肉'了一批温州急缺的医疗物资回来吗？那个群组的人知道是你要买机票，专门让一个不太着急出去的留学生把票退了，才让你候补成功的。"宣适先前并没有和聂广义说过这个复杂的过程。

"那些医疗物资不都是你捐的吗？"聂广义不是那种喜欢占兄弟便宜往自己脸上贴金的人。

"但你才是正儿八经的联络人呀。"宣适说。

"这都那么久以前的事情了。"聂广义说。

"不管过去了多久，该记得的情谊，始终都会记得的。"宣适郑重得像是在做承诺。

聂广义不知道要说什么，喃喃自语地来了一句："早知道我就不退票了。"

"别价！这有什么呀？飞机还有那么久才起飞，你把机票退了，肯定还有人去买的，不会就这么浪费了的。"宣适这是在偷换概念。他很清楚，聂广义在意的，不是机票有没有被浪费，而是情谊有没有被忽视。

聂广义陷入了沉默。

"广义，没关系的，先前让人退票才能候补成功，是因为你昨天说，今天就要走。温州飞罗马的航班每周四都有，如果是下周四，我们现在开始候补，正常是可以买到的，肯定不需要再等十天半个月。"宣适安慰道。

"七天和十天有什么区别？还不是一样赶不上论坛？"聂广义勉强调节好了情绪。

"你去那个论坛不就是因为两个奖吗？你让你那两个助理，一人帮你去领一个不就完了？反正你早就拿奖拿到手软了。"宣适帮聂广义做起了安排。

"我是去拿奖的吗？我是去演讲的！"聂广义撑了一句。

"那你现在和他们说换人还来得及吗？"宣适问。

"不只是演讲，我还有两个全案是下周一就要提交的。"聂广义想到了工作。

"一定要你亲自提交吗？"宣适问。

"建筑外观、园林规划、室内设计，还有建模和全套施工方案，细节太多，两家事务所各自负责几个部分，不亲眼看一遍组合在一起的全案我不放心。"聂广义说。

"那你能不能和委托方说明情况，稍微延后一点再提交？"宣适问。

"我都不知道我什么时候能回去，要怎么和人家说明情况？"聂广义反问。

"要不然，我再让阿诺找群组的人帮忙想想办法，确定你下周四一定能走成？"宣适接着想办法。

"同样的理由用两次，你不怕人家觉得你女朋友人品有问题吗？"聂广义并不认同宣适的办法。

"广义，你今天太让我意外了！你竟然会关心阿诺会不会被人说，你以前可是开口闭口都没有什么好话的。"宣适很高兴。

"我以前当她是'情敌'，我现在哀莫大于心死行不行？"聂广义的状态看起来比刚下飞机的时候好了很多。

"广义，你要不要去后面躺着睡一觉？"宣适看聂广义的脸色还是有些苍白。

"要睡也是和你一起。"聂广义回挣。

"广义，你别总开这样的玩笑。"宣适表达了一下自己的态度。

"为什么不能开？就因为你有异性没人性，把我一个人抛弃在意大利？"聂广义心里有气。

宣适回了国，他就再也没有半夜有专人为他做夜宵的福利。

"哪来的抛弃一说？"宣适问。

"怎么就没有了？你是不是说过，我在哪儿你就在哪儿？你是不是说过，感谢世界上还有一个我？你是不是说过，单身一辈子也挺好的？……"聂广义开始翻旧账。

"你又不是不知道，我是为了阿诺才去的意大利，又因为她失踪了那么多年，才对整个世界都不感兴趣。如果不是接手了医疗器械厂，我两年前就回来了。"宣适解释。

"是是是，我们宣少爷多洒脱啊，说走就走，哪管兄弟的死活。"聂广义挣着挣着，就有点像是在撒娇。

"你在意大利，光助理就好几个，你的死活需要我管吗？"宣适问。

"那都是工作室的助理好吗?! 他们能管得了我的胃吗? 能管得了我的心肝脾肺肾吗?"聂广义反问。

"我怎么听着这么瘆得慌?"宣适抖了抖。

"瘆得慌就对了,我哪天要是饿死了,一定跑到你和程诺的床上找存在感。"聂广义越说越离谱。

"那你可能已经没命了。"宣适该硬气的时候还是很可以的,怎么着都有强大的武力值打底。

"小适子,不要在一棵树上吊死,要学学你广义哥哥,女人一抓一麻袋。"

"是吗? 那你说说,你的那些'麻袋'都到哪里去了?"宣适转头看了聂广义一眼。

"行啊,你专心开车,听我和你细数。"聂广义真就掰着自己的手指开始数,"一号'麻袋'廖廖,第一次见面就说喜欢我,只要我愿意和她在一起,以后什么都依着我。结果呢,我只是不愿意陪她逛街,她就和我闹脾气。你说我一个大老爷们儿逛什么街? 二号'麻袋'思思,对我那叫一见钟情、百依百顺,这才没几天,就问我为什么不带她去看电影。你说我一个大老爷们儿看什么电影? 三号'麻袋'佳佳,那就更夸张了,认识第二天就说想要嫁给我,还说什么我的胃、我的人,统统交给她管,最后就只想管我的自由。女人这个物种,离得越远活得越长……"

宣适选择在这个时候出声:"不好意思啊广义,我打断你一下。你一会儿廖廖,一会儿思思,一会儿佳佳的,说来说去不还是一个廖思佳吗? 你是不是长这么大,只遇到过一个对你有想法的人?"

一辈子就遇到一个对自己一见钟情的人很丢人吗? 当然不啊! 这个世界上的绝大部分人,一个都不会有,好吗?!

可是,明明他的身材更好、气质更佳,身高和宣适更不是在一个水平线上的,为什么每次一起出门,动不动就被女生追上来主动表白或者索要联系方式的人，从来都是看起来弱不禁风的小适子？

一想到这儿，聂广义就很是有些愤愤不平："女人没一个好东西！"

"广义哥哥，你不能这样。就算受过一次伤，也没必要一竿子打死，因噎废食，得不偿失。"宣适难得和聂广义讲大道理，"你看看我，原来也觉得自己会孤独终老的，找回了阿诺，我的心也就定了。我们广义哥哥，要才华有才华，要相貌有相貌，要对自己有信心。"

"我信你个大头心，我就算找个充气娃娃生孩子，都好过找个女孩子！"

大少还是那个大少，动不动就语出惊人。

"你们两个要喝咖啡吗？"宗极的声音毫无征兆地在驾驶室里响起。

宣适和聂广义同时吓了一跳。

程诺的这辆房车，驾驶室和后面的生活空间是不相通的，属于私密性比较高的房车，前后空间可以完全隔开，说话也是相互都听不到的。当然，这所有的私密性，都是为了保障后面乘客的隐私和舒适度。

如果后面的乘客没有私密性的需求，可以把前后空间的隔挡打开，参与驾驶室的话题。要是连几步路都懒得走也没问题，后座好几个地方都有对讲机。

宣适想当然地以为，开了一路车过来的宗极这会儿肯定已经睡了。

前面的两个人，你看看我，我看看你，不太确定宗极是刚刚开了对讲系统，还是一直都没有关过。

宣适脸皮薄，带点原地"社死"地回想自己是不是说了什么不该说的话。

真正口无遮拦的聂广义反而跟个没事人似的："不好意思啊，宗极大哥，我喝不惯速溶咖啡。"

"不是速溶的。"宗极的声音再次传来。

"宗极大哥，手冲的我也喝不惯。我在意大利待久了，只喝得惯正宗的 Esspresso（意式浓缩咖啡），需要同时具备一种好的咖啡豆、一个可靠的磨豆机、一台优秀的咖啡机，所有元素缺一不可，但凡有一个点不行，我都是不喝的。"聂广义每句话都极尽作死之能事。

宣适腾出右手，对聂广义做了一个噤声的手势。聂广义对宣适摆了摆手，让他不要那么大惊小怪。

聂广义的想法很简单，他和宣适的对话，即便都被宗极给听去了，那又有什么呢？大家都是男人，有什么话不能敞开了说？比起今儿刚见面第一句他就说宣适和车上的人"叽叽歪歪黏黏糊糊"，上车之后不管说了什么，那也都是小小意思、毛毛细雨。

此时此刻，聂广义多少有点破罐子破摔，完全没有想过会有更严重的后果。

"还真就被你说着了，既有好豆子，又有一台好机器。我上礼拜开这辆车去长桥村，竟然都没发现，柜子里面还藏了台这么专业的咖啡机！你们两个要不要喝？"宗极端着杯已经做好的咖啡，走到了后座和驾驶室连接的地方，把隔离前后空间的挡板推开了一部分，好让聂广义和宣适能够直接闻到咖啡的味道。

宣适总是规规矩矩的，只有和聂广义在一起的时候才会稍微有点不一样，他这会儿浑身都不自在，带点试探性地问："宗先生在后面能听到我们说话？"

"是啊。你女朋友上回把车借给我们的时候，我就搞明白怎么开对讲机了，都在一辆车上坐，哪有必要搞隔离，你说是不是？"宗极说。

"您说得对。"宣适讪讪道，"我以为您在后面睡觉呢。"

"我刚才一直在琢磨那台高级得不行的咖啡机。我现在都研究好了，你俩既然决定了要回去，你就靠边找个地方停车，车还是让我来开吧。"宗极解释了一下自己直到这会儿才出声的原因。

"那怎么行？过来这一路都是您在开，这回去肯定得让您好好休息。"宣适越发客气。

"你去机场里面等被你抛弃的这位的时候，我已经休息过了。"宗极既然

133

这么说，就摆明了他从一开始就能听到。

"您一路开车带我过来，已经够麻烦您了，回去怎么还能让您开？"宣适强忍着想要钻进地缝的冲动，仍然拒绝。

平日里宣适说话其实也不会您来您去的，他这会儿是有意强调辈分。

聂广义自己都没有意识到，为什么忽然之间就对古典不过敏了，宣适可是看得清清楚楚。不管再怎么否认，聂广义看到梦心之的那一刻，眼睛里面流露出来的光芒，是任何言语都无法掩饰的。

按照最初的计划，聂广义这会儿都快到意大利了。如果只有初见的那一秒惊艳，过去了也就过去了。可命运将这一秒不断延长，宣适就开始不确定，命运会不会谱写出一个完全不一样的故事。

"别您来您去的，你和你朋友一样，叫我宗极大哥就行。"宗极让宣适不要那么客气。

"哈哈，就是嘛！叫声大哥，都是兄弟，哪有什么顾忌？"聂广义以为又找到了一个志同道合的兄弟。

宣适扯了扯嘴角，没有在这个时候发表意见。

见宣适不接话，聂广义干脆转头问隔挡后面的宗极："宗极大哥肯定也觉得我刚刚说的话很有道理，是不是？"

"你还是先试试这咖啡吧。"宗极终于也听不下去了，把做好的意式特浓递给聂广义之后就关上隔挡，同时关上的，还有开了一路的对讲系统。

宗极一直自诩和任何年纪的人沟通都是没有什么代沟的，上到七八十岁的老爷爷老奶奶，下到几岁大的小孩。在聂广义这儿，他却是遇到了无法跨越的鸿沟。

第十四章 爆款消夜

极光之意，五楼天台。

深夜的天台，灯火通明。

轻柔而舒缓的古典音乐，随着被晚风轻拂的电影幕布缓缓流淌。

宗极、梦心之、宣适、程诺、聂广义，全都聚集在了这里。

聂广义嘀咕了一路，说宣适还欠他一道不敷衍的南宋美食。宣适答应一回去就给他做苏东坡的古法羊蝎子，宗极一听，立马表示自己也要来一道从当时流传至今的爆款消夜，一较高下。

两位男士这么热衷厨艺，梦心之和程诺自然是没有意见，身为吃货的聂广义那就更不可能有了。

宣适要做什么，聂广义早早就知道了。宗极要做的"从当时流传至今的爆款消夜"指的是哪一款，着实让他好奇。

像苏东坡这种不忌口什么都吃的人，什么菜都能往他身上扯一扯，其中能当爆款消夜的，聂广义大概能想到三个。

宗极抱着个装了冰块的大箱子上来。和需要耗费大量时间制作的古法羊蝎子不同，宗极要做的爆款消夜，只要食材处理好了，几分钟就能做完，并且还是那种能看到制作的全过程的。

聂广义立马就感叹上了："原来宗极大哥要做的爆款消夜，是男人的加油站、女人的美容院啊。小适子，你这小身板，今天晚上可得多吃一点啊。"

谜底揭晓，宗极在做烤生蚝。

本来也没什么，就是被聂广义这么一感叹吧，忽然就变味了。

宣适看着聂广义，他觉得女朋友在场，这么说不合适。

宗极看着聂广义，他觉得女儿在场，这么说不合适。

"你们两个这么看着我做什么？"聂广义对宣适和宗极说，"大家都是兄弟，有必要这么大惊小怪的吗？"

聂广义的眼睛在宣适和程诺之间瞟来瞟去："照你俩这情况，早就应该已经生完一个篮球队了，装啥？"

宣适的脸，肉眼可见地红了。

聂广义瞪大眼睛问宣适："你俩该不会一直到现在都还在给柏拉图当学徒吧？"

程诺见不得男朋友这么被挤对，出声解围："承蒙广义大少打扰，我们正不知道怎么出师。"

聂广义被噎了一下："这不就对了嘛！一个个的，装什么装？"

宗极咳嗽了一下，示意自己的女儿在场。

聂广义并不理会："宗极大哥，这种程度的玩笑，还不是毛毛雨？"

宗极又咳嗽了两下，显然是有些不适应。

聂广义语重心长道："大哥，你现在管这么严，回头还不知道便宜了哪家的歪瓜裂枣。要放手出去，多见见世面多聊聊天。"

聂广义是真的没有把宗极当长辈，就这么肆无忌惮的，想到什么说什么。

聂广义只是随口说说，宗极却把他的话听了进去，顿觉忧心忡忡。

对啊，他的大"棉袄"马上就要去留学了。一个人去那么远的地方，遇到歪了的瓜裂了的枣可怎么办？这个世界上，任何一个男的，和他的阿心比起来，可不都是歪瓜裂枣吗？

宗极悔不当初，他为什么要站在阿心的这边，支持她去留学呢？为什么还要帮忙说服兰兰子呢？这下好了，以后这天高爸爸远的……

"阿心啊，等你出去了，可要擦亮眼睛啊！"宗极整个人都不好了，连烤生蚝的心情都没有了，只想喝闷酒。

"嗯，我会的，爸爸。"梦心之走到宗极的身边，把头往他身上一偏，"我以后要找一个像爸爸一样好的。"

宗极瞬间就被安慰到了："那你可有的找了！"

"嗯，估计找不到！"梦心之不能更赞同，带点撒娇地说，"那阿心就做爸爸一辈子的棉袄。"

"一辈子啊……"宗极想了想，觉得这样最好。再仔细一想，又觉得有哪里不对。做女孩的爸爸，可真的是有一辈子都操不完的心啊。

"出去？"程诺问梦心之，"大心你要去哪里啊？"

"去留学。"梦心之说。

"你去哪留学？"程诺又问。

"UCL，伦敦大学学院。"梦心之回答。

"哇！伦敦大学学院啊，很好的学校呢！"程诺感叹完了接着发问，"大心去了那里，还是念博物馆专业吗？"

"嗯。"梦心之点头。

"UCL的博物馆专业可是世界级的呢！学校又刚好在大英博物馆的边上，特别适合你去了之后理论和实践相结合。"程诺给梦心之介绍。

宗极一听，瞬间就满血复活了："小程对伦敦很熟？"

"还可以。我在维多利亚和艾尔伯特博物馆里面做过咖啡师。"程诺回答。

"是那家1860年就开业的,世界上第一家开在博物馆里面的咖啡店吗?"梦心之问。

"嗯。"程诺回应。

"程诺姐,你也太厉害了吧!你才是世界级的吧!"这回轮到梦心之送上一个大大的惊讶。

"是的!"宣适难得抢话,"阿诺就是世界级的咖啡师。"

"还不是。"程诺看了宣适一眼,甜蜜又不失公正地表示,"但离这个目标应该很近了。"

程诺本来就有自己的咖啡馆。

专门到极光之意来开工作室,每天只做24杯咖啡,就是为了有足够的时间研制一款全新的冰滴咖啡。

程诺要做的,是通过冰滴的方式,用极为缓慢的速度萃取最精华的咖啡液,然后对这个咖啡液进行保存。经过这样的处理,哪怕是咖啡小白,拿到程诺的咖啡液,只要稍作处理,就能成就一杯大师咖啡。

当然了,冰滴咖啡是出于商业上的考量,整个制作过程是可以标准化的。真正需要程诺花时间的,是拼配出最好的咖啡。在任何一个行业,想要做到顶级,都需要极致的努力。只有经过无数次的试验,才能找到最好的组合,得到最佳的配比,做出最好喝的咖啡。

因为程诺对梦心之将要去留学的城市比较熟悉,宗极又有了做烤生蚝的干劲。

不仅如此,宗极大哥还拿了一堆酒上来,豪气干云道:"今天晚上好好喝。我儿子的房间就在楼下,喝多了直接下去睡就行。是兄弟的话,今天晚上就不醉不归。"

梦心之在这样的时候,酒量是直接归零的。

她负责给大家拿酒，把爸爸烤好的生蚝端上来。

程诺负责帮忙收拾桌上的东西。

宣适的古法羊蝎子比较费时间，因此他大部分时间都盯着火候，时不时地要加几味配料。

这个夜晚，聂广义和宗极真正混成了兄弟，恨不得把自己人生中的各种作死和奇葩事件，全都倒出来和宗极说。身为老大哥的宗极，听着聂广义的各种不靠谱行为，一会儿给点合理的建议，一会儿来个火上浇油，倒也真的一点没有代沟。

宗极说："我这辈子最幸运的事情，就是遇到了兰兰子。"

聂广义打着酒嗝回应："我这辈子最幸运的事情，就是决定再也不要任何一段稳定的男女关系，四处留情不香吗？"

"兄弟大才！你这想法，我也就年轻的时候想过，后来稀里糊涂结了个婚，被管得死死的，钱都上交了不说，还完全没有自由。"宗极给聂广义竖了个大拇指。

聂广义喝多了，反应有点慢，隔了好几秒，忽然就抱上了宗极："你可真是我流落在国内的兄弟，愿宗大哥早日脱离苦海。"

"那倒也不是苦海。广义兄弟，大哥和你说，遇到了兰兰子，我才知道了自己想要的到底是什么样的生活。同样是被人管，不同的人管，那就真的一个天上一个地下。"宗极一脸的陶醉。

"宗极大哥，这就是你的不对了。"聂广义猛地站了起来，批评道，"你要知道，自由是无价的。"

说到最后，聂广义把自己十几年没有搭理亲爹的事情也说了一遍，硬生生地把自己形容成了一个最花心、最冷漠，又最没有责任感的人间渣滓。

还没等宣适把古法羊蝎子做完，聂广义就喝多直接趴着睡着了。

在宣适的记忆里，聂广义从来都没有这么喝过酒。不论什么时候，大少都很注意自己的形象。宣适把不省人事的聂广义弄到了宗光的房间睡觉。也亏得他有一身功夫，不然还真是弄不动这么大块头的聂广义。

宣适才把他弄到床上，聂广义忽然又坐了起来。

醉酒的大少抓着宣适的手，絮絮叨叨的，怎么都不放："小适子啊，你说我今天要是死在那架飞机上了，还会不会有什么残骸是能在地面找到的？小适子啊，你知道吗？我今天见到聂教授了。他好像老了，背看着都驼了，你知道吗？我肯定是看错了吧，我才在长桥村见过他，对吧？"

宣适刚想安慰他几句，聂广义很神奇地又睡着了，下一秒就有了轻微的鼾声。

宣适帮他把鞋子脱了，盖好了被子，又拿毛巾给他擦了擦脸。这么多年，大少过得可能还没有和程诺失联了的小适子好。

聂广义喝得很醉，却又不足以醉到断片儿。睡醒之后，他有点不知道要怎么面对宣适，留了个信息，说自己要去找老同学叙旧，招呼都没打一声，就这么直接走掉了。

一个星期的时间就这么一晃而过。过去的六天，聂广义每天都会去一次浦东机场的失物招领处，直到第六次才终于下定决心拿回那封信。

聂广义找了一个非常充分的理由说服自己去拿信。

据说，人在极度愤怒的情况下就会忘记恐惧，像他这么恐飞的一个人，又刚刚经历过双发失效，除了聂教授那封信里面的内容，应该再没有什么能让他愤怒到忘记恐惧的程度。

聂广义就这么带着从失物招领处拿的信，再次来到了温州龙湾机场，登上了从龙湾机场直飞罗马菲乌米奇诺的航班。

第二卷　极光之心

第一章 广义吾儿

广义吾儿：

  见信如晤。

  你妈妈离开我们已经有十四年了。这么多年，咱们父子俩之间的隔阂越来越深。爸爸一直想和你聊一聊，却总是找不到合适的机会。

  对不起，我的儿子。

  爸爸因为一己私利，让你受了很多的委屈。爸爸不应该改你的高考志愿。这么些年，爸爸后悔不已。这是一个父亲犯下的永远不可以被原谅的错。这是事实。爸爸不想掩饰，也没办法掩饰。

  每每想起，爸爸总会问自己：如果事实是无法辩驳的，一切的解释，是不是都没有意义？

  所以即便有机会见面，爸爸也开不了口。

  那一晚，在长桥村。

  你说，只要爸爸能给你一个证据，能拿出两座万安桥模型，哪怕是重新做一个，你都会相信爸爸。直到那一刻，爸爸才明白，原来你真正在意的，并不只是志愿这一件事情。

广义吾儿，爸爸没有办法重新做一个万安桥模型。就在你高考的那一年，爸爸的手受了严重的伤，不可能再做任何精细的木工。

这听起来更像是借口了，对吗？

如果爸爸告诉你，爸爸可以拿出两座万安桥模型呢？

和这封信放在一起的，还有两张万安桥模型的照片。这两张照片里面的模型，在大众的眼里，一定是只有新一点和旧一点的区别。但爸爸相信，以我儿子专业的眼睛，一定能看出来，两个模型在细节处理上，是有细微的不同的。看完照片，不知道你还愿不愿意听爸爸说一说这件事情的前因后果？

你高考的那一年，木拱桥传统营造技艺申遗进入了最关键的时期，有很多学者都想拿下这个课题，但几乎都属于纸上谈兵。爸爸也申请了一个国家课题，把重点放在万安桥。这个课题最终的结果，想必你已经知道了。现在看来，这才是你没办法原谅爸爸的最直接的原因。

爸爸对长桥村和万安桥的感情，可能是你没有办法理解的。

爸爸出生的那一天，万安桥被洪水冲垮了。因为这件事情，爸爸被认为是一个不祥的人，并且在很小的时候就被送了人。

这件事情，在长桥村不是秘密。

打从爸爸被聂家收养，你邱爷爷和邱奶奶对外都是这么说的。

你妈虽然只在你出生之前去过长桥村一次，但她肯定听说过这件事，也一定会告诉你。

爸爸要告诉你，有时候我们亲眼所见、亲耳所听的，并不一定就是事实，更不一定是事实的全部。

你聂爷爷和聂奶奶家，是非常有实力的家庭，在上海有一栋小洋楼。

知道聂家要收养一个男孩带去上海，你大伯、二伯还有你五伯，都主动表示想去。

你大伯是觉得他年龄最大，去了上海，没几年就能找到工作，可以寄钱回家，没有谁比他去更合适。你二伯那时候一心只有学习，直接问你聂爷爷和聂奶奶，去了之后会不会送他去最好的学校念书。你五伯那时候也还小，他的理由最简单，因为聂家来的时候带来的一包糖实在是太好吃了，他想跟着过去，这样以后就天天有糖吃了。你的另外两个伯伯，没有明确的想法，虽然有点舍不得离家，却也忍不住对上海、对美好生活表示好奇，心里面多多少少也都有点想去。

你可能没办法理解，为什么邱爷爷和邱奶奶的每一个小孩，都想要离开家，是不是对这个家都没有感情。

这是那个时代的原因，当时家里实在是太穷了，人口又多，穷得揭不开锅，经常挨饿。每一个想要离开的人，心里首先希望的，都是让剩下的兄弟们不要挨饿。你大伯想要离开的最真实的原因是，他觉得自己吃得最多。

因为你聂爷爷和聂奶奶年纪已经比较大了，所以他们实际上也更希望收养你大伯或者二伯。

但是最后，你邱爷爷和邱奶奶决定让年纪最小的爸爸去上海。他们告诉你聂爷爷和聂奶奶，不管他们领养哪个小孩，只要已经记事了，都有可能会自己跑回来。只有像爸爸这种，一出生就被村里人说不祥的小孩，谁家送出去了，都不可能再要回来。这样一来，这个小孩一辈子都只会认聂爷爷和聂奶奶这一对爸妈。

事情发展到了这儿，你的大伯就和聂爷爷、聂奶奶说，爸爸是全家最聪明的，去了上海，肯定能有大出息。他还说自己早就已经定性了，哪怕去了上海，也肯定不会改口叫聂爷爷和聂奶奶爸妈。你其他的伯伯们，也都不约而同地表现出了各自的顽劣。

爸爸就这样成了那个被领养到上海的小孩，去了最好的学校，住在最好的环境里，一路念到了博士，然后留校任教。

爸爸不知道你会怎么理解这件事情，但爸爸对所有人都心存感激。

首先要做的，当然是要孝顺你聂爷爷和聂奶奶。他们给了爸爸最好的一切。但是他们在爸爸结了婚没多久，都没有来得及看到你出生，就相继离世了。

爸爸直到那个时候，才从你大伯那里知道自己当年被"抛弃"的真相。爸爸就想着，要孝顺你邱爷爷和邱奶奶，还要尽我所能地照顾你伯伯们的孩子。当初，你的五个伯伯把最好的接受教育的机会给了爸爸，爸爸想要给予他们的小孩同等的回报。

最初的那些年，爸爸能力也有限，所用的一部分钱，是你聂爷爷和聂奶奶留下的。在这件事情上，爸爸和妈妈存在着比较大的分歧。这样的分歧，在你儿时的生活里面，算得上如影随形。

爸爸知道，爸爸的做法，是有些欠妥的。可是，很抱歉，在这件事情上，爸爸从来都没有后悔过。

你邱爷爷把一辈子都献给了木拱桥传统营造技艺。随着年纪渐渐变大，他需要有人传承木拱桥营造技艺。

你在那个时候开始去长桥村过寒暑假，很快就表现出了在这项技艺上的天赋。长桥村有好多人都说，你是个天生的木匠，你以后就该传承木拱桥营造技艺。

你妈妈对这件事情反应比较大，认为村里人是在道德绑架。从那以后，一说起长桥村，你妈妈就会激动。

你能相信吗？在这件事情上，爸爸和你妈妈的想法是一致的。

我的儿子我了解。我儿子不是天生的木匠。他学钢琴可以成为钢琴家，他学数学可以成为数学家，他的人生有很多种可能，他可不是个仅有木匠天赋的小孩子。

那时候还没有申遗一类的说法。除非是没的选择，否则没有人会让自己的小孩去学一种面临失传的传统技艺，辛苦不说，还没有前途。而你，我从小优秀到大的儿子，显然不属于没有选择的情况。

如果必须有人继承邱爷爷的衣钵，那个人，更应该是爸爸。爸爸从那个时候，把所有的研究方向，全都调整到了木拱桥传统营造技艺上。

爸爸和你不同。爸爸虽然也有很多选择，但爸爸对万安桥是有特殊感情的。哪怕再没有前途，爸爸也想要努力试一试，看看能不能为木拱桥传统营造技艺闯出一条不一样的路。

一年又一年，从学习这项技艺，到为这项技艺申遗，一切都进展得很顺利。爸爸虽然没有你那么聪明、那么有天赋，可是，只要爸爸把毕生的精力都投入进去，只做这一件事情，肯定还是可以做好的。

照片里那个看起来比较新的万安桥模型，是爸爸做的。那是一个近乎完美的模型，并不比你在高考结束之后送给我的那个差劲，你可以把照片放大，自己好好对比。

经过十几年的努力，爸爸成为木拱桥营造技艺大师，完全可以继承你邱爷爷的衣钵。

爸爸为此感到高兴。

有了这样的基础，爸爸再好好申请课题、好好带学生、好好申遗，就一定能把这项技艺传承下去。

你不知道爸爸那时候有多高兴、多自豪。只要爸爸足够努力，天赋极佳的儿子就不会被人道德绑架，他可以做自己想做的事情，去自己想去的地方，学自己想学的专业。

广义吾儿，请你相信爸爸，爸爸从来都没有想过把你也纳入对邱家人的感恩体系里面。

你是你，爸爸是爸爸。你应该拥有肆意的人生，这也是爸爸一切努力的意义。

时间就这么到了你高考结束要报志愿的那个时候。

你从长桥村回来，爸爸看着你报了清华建筑。之后，你就说想去爸爸的工作室看看。爸爸把钥匙给了你，你妈妈开车带你过去。

你在工作室外面，签收了一大堆的包裹。你妈妈问你是什么，你没有和她说。你让你妈妈先回家，自己把小到大做的模型放到了爸爸的工作室里面，还把万安桥的模型，放到了一个空着的玻璃柜里面。

你那时候急着去参加毕业旅行，没有回家，直接去了机场。

可能是出于好奇，你妈妈在那天晚上又回了工作室。

你知道的，你妈妈从来不知道你在长桥村做木拱桥模型的事情……

对不起，我的儿子，爸爸本来不想告诉你这件事情，这么多年过去了，请你再允许爸爸自私一回。

你的妈妈，接受不了你经常去长桥村，更接受不了你竟然把时间花在做木拱桥模型上。她在爸爸的工作室放了一把火，将你寄回来的所有模型付之一炬。

当爸爸赶到的时候，工作室里面所有的模型，你的、爸爸的、学生的，都已经被烧得面目全非。唯有万安桥模型，因为摆放在一个玻璃柜子里面，只是被熏得有些黑。

你可能是觉得大小合适，就把你做的万安桥模型，放进了爸爸工作室的玻璃柜里面。你不知道的是，那个玻璃柜子，原本就是为了装爸爸自己做的万安桥模型专门定制的。

爸爸冲进去抢救模型，手被掉落的玻璃给弄伤了，而后被送进了医院。爸爸当时还庆幸，工作室虽然被烧了，用来申请国家课题的万安桥模型只是被熏黑，没有被烧毁。

为了避免再出意外，爸爸连夜让学生把模型和课题提交了上去。因为模型被熏过，爸爸又因为受伤没有仔细看，就以为那个模型是自己做的。

直到爸爸的学生送完模型、拿到课题回来，心有余悸地告诉爸爸，幸好爸爸事先做了模型的备份，要不然就来不及提交，也拿不到课题了。

那一天，爸爸同时得到了三个消息。

第一，爸爸的手废了。

第二，爸爸亲手做的那个模型，早在学生们进去抢救的时候已经毁坏了。

第三，清华的教授也在申请同一个课题，可是没能提交模型，而交了模型的爸爸的课题组一锤定音。

这所有的信息夹杂在一起，在那个瞬间，摧毁了爸爸过去十几年的努力和所有的信念。

那一天，是你高考志愿填报截止的时间。早早就填报完志愿的你，还开开心心地和同学在外面旅行。

爸爸不知道自己当时脑子里想的都是什么。唯一逐渐清晰的想法，竟然不是自己的手废了，而是学术上的瑕疵。我提交了我儿子的模型，如果儿子去了清华，成了另外一个申请课题的教授的学生，那我是不是就是学术造假？那我是不是一辈子都会抬不起头？那我是不是还侵占了我儿子的学术成果？

在这种强烈的意念的驱使下，爸爸抖着废了的手，改掉了你的志愿。只有把你加到爸爸的课题组里，只有你成了爸爸的学生，才不算侵占了你的成果，才不会留下学术瑕疵。

爸爸当时脑子被驴给踢了。

爸爸知道，在这样的人生大事上，道歉根本就解决不了任何问题。所以爸爸从来没有和你道过歉。不是不想，是不敢。

你能相信爸爸吗？爸爸真的不是故意做旧了你的模型，当成是自己的。

你能理解爸爸的胆怯吗？十几年的努力，只做成了一件事，最后还成了瑕疵。

对不起，大头，是爸爸错了。

站在你的角度，爸爸的的确确是一个为了自己的课题，什么都做得出来的人。

爸爸从来不敢奢望得到你的原谅。

那天你说，只要爸爸能给你一个证据，只要能拿出两座万安桥模型，你就会相信爸爸。

爸爸不敢开口问你，所以提笔写下这封信。

广义吾儿，只留存在照片里的证据，能算吗？

聂广义一上飞机就紧张，幸好他是那种比较能装的人。酷酷的外表，加上一丝不苟的装扮，周围的人也不怎么能看出来他的异样。

聂广义因为恐飞，早早就做好了心理建设和深入研究。飞机起飞和降落的时候是最危险的，平飞阶段，基本上都是自动巡航，飞行员甚至可以从驾驶舱里面走出来溜达，出事的概率极低。

起飞的过程中，聂广义可以依靠天才的强大意志力，强行稳定自己的情绪。等到飞机快降落的时候，他再把那封信拿出来，好好气一气自己。这样一来，整个飞行行程就可以圆满结束了。

想法是好的，但计划是赶不上变化的。

飞机才刚开始滑动，还没从廊桥开上跑道，聂广义就紧张到不能自已了。他低估了一周之前双发失效返航给原本就恐飞的他带来的心灵创伤，他开始不停地冒冷汗。

聂广义很想说点什么，或者喊上两声，给自己减压，可旁边都是人，那么做像是发疯。

聂广义不断地做着深呼吸，仍然不能缓解自己的情绪，他知道这样下去不行，很快就会有人看出来他的问题。

聂广义是有原则的，头可断，血可流，发型和面子万万不可丢。情急之下，他只得拿出那封准备在降落的时候用来让自己义愤填膺的信。

……

从小到大，聂广义和聂教授的感情一直都是非常好的。

妈妈是那种会强迫他做很多事情的"虎妈"。爸爸则说，只要他高兴就好，开心比什么都重要。

一开始，爸爸自然是说不过妈妈的。但是，随着他开始展露自己的天赋，渐渐地，妈妈也就没有什么可以强迫他的了。不管是学习，还是兴趣爱好，他都有了远超同龄人的成绩。

他一直都认为自己做得很好，通过自己的努力为自己赢得了自由。他总是能完成看似不可能完成的任务，考出别人不可能考到的成绩，让妈妈不得不答应他去长桥村过暑假或者寒假。

这封信，没有详细讲述妈妈放火的原因，但聂广义可以想象得到，妈妈是在怎样的一种情况下，放火烧了聂教授的工作室。

那原本应该是他人生最肆意的阶段。高考成绩已经出来了，清华建筑都已经板上钉钉了。聂广义想着，在这样的大前提下，把这些年寒暑假在长桥村偷偷做的模型都给运回来，肯定不会有什么问题了。然而，他低估了妈妈对爸爸一直资助五个伯伯的小孩念书这件事情的敌意。

聂广义打开聂教授放到失物招领处的这封信，是为了把自己气到忘记恐飞。他从来没有想过，自己才是导致后来这一切事情的罪魁祸首。如果他没有把那些模型寄回来，妈妈就不会放那一把火。如果没有那一把火，爸爸自己做的万安桥模型就不会被毁。如果那个模型还在，爸爸就不会因为害怕学术造假，改掉他的志愿，更不会有后来发生的一切。

看完这封信，聂广义的情绪当场就崩溃到了前所未有的程度，他抑制不住地放声号哭。他想要回家，想要去找爸爸。聂教授是如今他在世界上唯一的至亲了。他到底使用了多少冷暴力，才让一个父亲变得这么小心翼翼？

聂广义很想知道，双发失灵的那一天，聂教授是怎么出现在机场的。聂教授是不是一直都在默默地关注着他的动向？爸爸当时想了什么？又是怎么得到他乘坐的飞机返航的消息的？

"我要下飞机！我要下飞机！我要下飞机！"恐飞加上崩溃，让聂广义的语言能力只剩下不断重复这五个字。

声音不算特别大，却足以传播到整架A330宽体客机的前部客舱。

舱门早就关闭，飞机已经开始滑动。如果已经关闭舱门推出去等待起飞，又回来重新打开舱门，不仅所有的数据都要重新弄一遍，还有可能要让所有的乘客都下飞机重新安检一遍。

由此造成的时间延误，是要用小时计算的。如果有人真的在这样的时候闹着下飞机，甚至不管不顾去开紧急出口的门，那就绝对会被刑事拘留。

不知道算不算幸运，聂广义没有坐在紧急出口的位置，因此他除了一个劲地哭喊着要下飞机，并没有做出什么过激的行为。

空姐把聂广义的情况报告给了机长，机长让安全员去搞清楚公务舱第一排中间乘客的情况。安全员来了之后就需要评估，这个人继续待在机舱里面会不会对飞行安全构成威胁，如果会的话，就要采取强制措施，弄下去。到了这一步，免不了还是要被拘留。

"抱歉，打扰大家了。上飞机前忽然和他提分手，弄得场面有点尴尬。"一道洋洋盈耳的声音响起的同时，一条浅绿色的围巾轻轻地盖在了聂广义的头上，把他整个人给遮挡了起来。

这道声音的主人，肩若削成，腰如约素。

古典美女大家见得多了，尤其是在影视作品里。在现实生活中见到比古装剧女主更具古典气质的女生，对于很多人来说都还是第一次。原本尴尬到无解的场面，在这个时候，有了一种豁然开朗的感觉。

推己及人，安全员不免要想，如果是他自己被这样的女孩提分手，多半也会有些崩溃吧？这个基于惊艳才有的想法并没有维持多久，安全员就在心里面摇了摇头，一个大男人，再怎么失恋，也不至于当众痛哭流涕成这个样子。

安全员对过来解围的女生说："你先安慰一下吧，有什么事情你们下了飞机再说，不然这一耽误可就是一飞机的人。"

飞往罗马的这架飞机，公务舱中间的两个位置是相邻的，梦心之就这样成了聂广义邻座的乘客。她上飞机的时候就看到聂广义了，只不过一上飞机就恐飞到不能自已的聂广义并没有注意到她。

梦心之坐上这趟航班，算是一个意外。她出国留学，机票是两个月前就买好了的。因为直接飞英国的机票不太好买，她选择了先飞意大利的米兰。

临近开学，她忽然收到了航班取消的消息，最后还是程诺帮她弄到了一张去罗马的机票。

按照常理来说，宣适肯定会和聂广义说这件事情，宗极大哥也一定会拜托广义兄弟稍微照顾一下自己的女儿。

奈何聂广义一周前就离开了极光之意，明明早早就候补成功了，却在宣适问他的时候说自己恐飞，准备坐火车去欧洲，还说旅途漫长，连打招呼的时间都没有。说得有板有眼，好像他真的能坐上目前还只有货运功能的中欧班列似的。

聂广义习惯用各种各样的情绪把自己包裹起来，但凡流露出一点真情实感，他就觉得像犯了罪一样。都说死要面子活受罪，聂广义绝对是这句话的最佳形象代言人。越是在熟悉的人面前，他就越没办法把自己软弱的一面露出来。

这样一来，梦心之最后的行程变更，也就没有传到聂广义的耳朵里面。

第二章 「前女友」好

头上被盖了一条围巾后,聂广义瞬间就安静了下来。他的眼泪还是止不住地流,却没有再发出一丝声音。突如其来的崩溃,就这么被同样突如其来的"分手"给打断了。

聂广义用一个非常诡异的姿势缩成了一团,除了占据自己的座位,还有一点点越界。在看不见的情况下,他的头若即若离地靠在了梦心之的胳膊上,安静得像是睡着了。

一时之间,梦心之也不好有太大的动作。

时间就这么过了好几个小时,聂广义才终于有了动静。他把围巾从自己的头上拿了下来,装得跟个没事人似的,起身去释放内存。

为了此刻的若无其事,聂广义整整做了三个半小时心理建设。如果不是人有三急,他还可以继续建设下去。

聂广义这一离开,就跟住进了飞机上的卫生间似的,半天都不舍得出来。如果不是空姐一直敲门他却没有反应,最后又把安全员给叫来了,他铁定还要在里面"住"上一场足球赛的时间。

聂广义一丝不苟地从卫生间里面出来了。

空姐关照了一下他，问他要不要吃点东西。聂广义面无表情地摆了摆手，仿若一尊雕像。堂堂大少，该干吗干吗，谁尴尬谁瞎。

聂广义不尴不尬地回到了自己的座位，迤迤然地坐下，潇潇洒洒地系好安全带，慢悠悠地开口，出声说道："'前女友'好。"

完美！用姑娘的逻辑打败姑娘，人世间哪有比这更有力的回击？

"真巧。"梦心之浅浅地笑着，荣曜秋菊，华茂春松。

聂广义最痛恨有人在飞机上和自己搭讪了，尤其还笑得这么美丽，长得这么好看。

聂广义上赶着表明自己的态度："姑娘啊，我是个独身主义者，是一定要孤独终老的，姑娘可千万不要……"

梦心之抬头，安安静静地看向聂广义，眼神不染一丝尘埃。

聂广义反应过来自己在说什么，一时语塞。

"罗马有什么特别值得去的博物馆吗？"梦心之出声发问。

聂广义愣了愣，这个世界上怎么会有这样的女生，不论在任何情况下，都不会让人尴尬？

"有的有的！梵蒂冈博物馆。"聂广义开启了介绍模式，"姑娘肯定知道梵蒂冈是位于罗马市中心的一个国家，对吧？姑娘想去的话，下了飞机我就可以带你去。"

"谢谢，我下了飞机之后会直接去佛罗伦萨，我想先去看看文艺复兴发源地的博物馆。"梦心之出声拒绝。

"佛罗伦萨啊？"聂广义立马接话，"你准备怎么去？"

"嗯？"梦心之不确定聂广义要问的是什么。

聂广义清了清嗓子，一本正经道："罗马到佛罗伦萨也没有坐飞机这个选项，对吧？你要么乘火车，要么开车——准备怎么去？"

梦心之没有马上回答。这个问题本身并不复杂，问题在于，她既没有选择乘火车，也没有选择开车，而是选择了坐大巴。火车虽然更快，可她带了两件行李，其中还有一件是超过二十公斤的大行李。坐火车的话，她怕自己不够熟悉，而且行李也不太好拿。

从知道自己要先飞罗马的那一刻，梦心之就重新做了攻略。罗马到佛罗伦萨的大巴是直接标明了可以带一大一小两件行李的，司机会帮忙放大行李，沿途还有不错的风景可以看，很适合她这种第一次到意大利的。

聂广义偏偏给了一个选择题：乘火车还是开车？她不管回答哪一个，都和真实情况相去甚远。

梦心之想了想，给了一个比较恰当的回应："汽车。"

聂广义一脸震惊："你一女孩子，开什么车！"

梦心之没有计较聂广义语气里面的性别歧视，只淡淡地回应："我没有开车，我是坐车。"

聂广义一听，比刚才还要激动："你一女孩子，坐什么车！"

如果宗意在这儿，一定会回一句："女孩子招你惹你吃你家大米了？"

梦心之却只是闭上嘴巴，不再言语。

"你怎么这个表情？"聂广义还真有脸问，问完之后才反应过来，赶紧解释，"不是，不是，你是不是误会了？我的意思是……你一个女孩自己坐车不安全！"

"不安全？"梦心之倒是有些意外了。

"对啊，你随随便便上个车，难道不担心遇到坏人吗？"聂广义问。

"我没有随随便便上个车，我买了长途大巴的票，从罗马直接到佛罗伦萨。"梦心之回应。

"啊？竟然还有长途大巴这个选项！"在意大利生活了这么多年的聂广义

反而一点都不清楚。

"你从来没坐过长途大巴吗?"梦心之问。

"当然没有啊。"聂广义说,"我不喜欢方向盘掌握在别人手上的感觉。"

"是这样啊。我刚拿驾照,不好上高速。我如果把方向盘掌握在自己的手上,那前后左右的司机可能都会有危险。出来之前,爸爸千叮咛万嘱咐,让我到了欧洲之后不要自己开车。"梦心之三句话不离爸爸。

宗极本来是要亲自送梦心之到伦敦的。航班一取消,剩下继续执飞的航班就一票难求。让梦心之得以成行的这张机票,是在程诺的帮助下,又花了大价钱,才买到的最后一张公务舱机票。宗极不介意为大"棉袄"再多花一笔钱,买好机票陪着过去的,奈何实在是一个位置都腾挪不出来了。

"听爸爸的就对了。"聂广义语重心长道。

他这会儿整个人都被父爱给包裹了,想到爸爸,他整颗心都是暖暖地揪着。

要是可以马上下飞机就好了。

要是可以立马打电话就好了。

要是……

想着想着,泪腺又莫名其妙地自告奋勇,叫嚣要把他脑子里面多余的水分给放出来。

聂广义不想第三次在梦心之面前失态,赶忙转移自己的注意力:"你爸爸已经是我的好兄弟了,到了意大利,我就是你亲叔叔,等下了飞机,我顺路把你送到佛罗伦萨去。"

梦心之没有叫聂广义叔叔,聂广义和她的年龄差,还没有她和宗意的大。

"顺路?"梦心之直接挑了重点的部分问。

"对的。我原本是坐上个礼拜的同一个航班到罗马来开会的,现在整整迟了一个星期,会议早就结束了。我等会儿下了飞机,也不会在罗马停留,会直接开车去帕多瓦。佛罗伦萨和帕多瓦，对罗马来说，都算是在同一个方向，确实是比较顺路的。"

"帕多瓦不是离米兰比较近吗？你去帕多瓦为什么要坐飞机到罗马？开车过去要很久才能到吧？"梦心之出来之前把意大利的城市都研究了一遍，主要是看看博物馆的分布。

聂广义想说，他恐飞，坐飞机必须要直飞。如果能少坐一趟飞机，别说是开车五个小时，哪怕是一天一夜能到，他都二话不说。

话到嘴边，他又觉得自己再怎么说也是一个叔叔级别的人物，总不能对着一个小姑娘暴露自己的弱点。

"我车技比较好，我就喜欢开车。"聂广义想了个比较合理的理由，"你坐大巴过去，怎么都得三个半小时，我送你过去最多两个半小时。"

"车子开太快，才不安全吧？"梦心之并不认为聂广义的车技优于专业的大巴司机。

"那也得分什么车啊，我开的车和大巴，那能是一个速度吗？"聂广义不服。

"你开的是跑车吗？我带的行李比较多，搭不了这趟顺风车。"梦心之并不打算放弃自己连夜定好的计划。

"不是啊，姑娘，就算是普通的私家车，也比大巴要快很多吧？"聂广义带点霸气地问，"你就说你要不要我送吧？"

心里想的是问一问姑娘的意思，说出口的语气更像是命令。言罢，聂广义自己都觉得哪里不对。

顿了顿，还没有等梦心之回答，他就自行把话给续上了："这种事情问你个姑娘家家的也没意义，回头下了飞机，我打电话问问宗极大哥，你看他是让你自己坐车，还是让我送你！"

聂广义摆出了一副不愿意和梦心之计较的架势。如果宣适在场，一定会吐槽聂广义这种操作是在作死的路上一去不回。

机上广播在这个时候响起：

"女士们、先生们：请注意！

"我们的飞机正经过一段气流不稳定区，将有持续的颠簸，请您坐好，系好安全带。

"颠簸期间，为了您的安全，洗手间将暂停使用。

"同时，我们也将暂停客舱服务。

"正在用餐的旅客，请当心餐饮烫伤或弄脏衣物。

"谢谢！"

"聂作作"瞬间安静。

这种对于绝大多数经常坐飞机的人来说早就已经司空见惯的机上广播，却让聂广义整个人都紧绷到不行。

很多人可能都没有注意过，飞机上的颠簸广播，是有两个有着细微区别的版本的。如果只是颠簸一下就会结束，广播会说"受航路气流影响，我们的飞机正在颠簸，请您尽快就座，系好安全带"。而刚刚广播的这一版，是颠簸的升级版，学名叫——持续颠簸广播。

多了"持续"两个字，对聂广义来说，就像是多了千斤的重担。颠簸，他还能在听到广播的时候先做几个深呼吸，然后再屏住呼吸，一下子就过去了。持续颠簸就不一样了，时间有长有短，有的一颠簸就颠簸十几分钟，甚至更长的时间。这样一来，他如果全程闭气，能直接把自己给弄窒息。

在憋死和吓死之间，人会本能地选择呼吸，可是呼吸这个动作本身又会进一步加剧恐飞的情绪。这几乎是无解的。并且，在不恐飞的人眼里，他这种反应看起来很滑稽。

正常情况下，聂广义乘飞机，都会选择那种有真正头等舱的大飞机，也就是有完整的头等舱、公务舱和经济舱三个舱位的航班。简单地说，就是广义大少的座位是完全独立的，私密性也是比较高的。如果是阿提哈德航空的A380头等舱，甚至可以私密到在飞机上拥有自己的"房门"。如果是两个人一起，并且是同侧相邻位置的头等舱，还可以做到把两个舱位中间的隔板拆了，两个房间变一个，两张单人床拼成全尺寸的空中双人床。

他可以爱干吗就干吗，也可以假装自己不在飞机上。说一千，道一万，在头等舱，只要事先和空姐说好了，他不按服务铃就不要打扰他，基本上就没有人能看到他在飞机颠簸的时候会出现什么样的鬼畜表情和动作。

随着着陆前最后一秒拉起来复飞那件事情渐渐远去，聂广义的恐飞程度慢慢得到了一些缓解。哪怕是遇到旁边有人坐的情况，他也已经可以完全不让人看出异样。他经常装作睡着了，在颠簸的时候屏住呼吸，在停止颠簸的时候长出一口气，撑死了只会让人觉得他有睡眠呼吸暂停综合征。

刚刚经历了双发失效带来的创伤，又提前用掉了可以让自己"义愤填膺"的秘密武器，空姐才刚说完"一段气流不稳定区"，聂广义就紧张到手忙脚乱，一把抓住了梦心之的白玉无瑕的胳膊，并且用尽了全力。

第三章 广播过敏

梦心之是典型的牛奶肌，平日里就白得发光，整条手臂更是肤若凝脂。拥有这样肌肤的人，轻轻一碰皮肤就红。而被聂广义这种天天去健身房撸铁的人全力一抓，就不是红不红，而是断不断的问题了。

梦心之差点没有忍住惊呼出声，紧张过度的聂广义仍然毫无感知。梦心之抽了抽手臂，没能抽走，只好强忍着流泪的冲动，轻轻推了推聂广义："能……先把我的手臂放开吗？"

聂广义的脑子携带着他的全部听觉细胞，早早地就冲出了飞机，在九霄云外晃荡。他无知无觉，整个人的三魂七魄没有一样还在身体里面待着。

梦心之的眼睛不自觉地红了，泪水在眼眶里面打转。聂广义的这种抓法，是她就算想忍也忍不了的。一滴温热的眼泪，滴到了聂广义的手背上。

对于声音毫无知觉的聂广义，却对这滴眼泪极度敏感。他惊慌失措地看向自己的手背。他经历过氧气面罩掉落，却没有经历过飞机直接喷水。这是又出了什么紧急情况？

是着火了吗？飞机都已经喷水了，还能安全地降落在罗马机场吗？现在是要返航还是要迫降？

就在那短暂的一瞬间，聂广义的脑海里闪过很多想法。

这一秒，聂广义最大的遗憾是，为什么没在上飞机之前就打开聂教授写给他的信。如果上飞机前就打开了，他就一定不会上飞机，更不会在飞机上崩溃，更更不会在飞机上遇到一个认识的人，让他把脸从国内一直丢到欧洲。

还是这一秒，聂广义终于看清被自己用力抓着的，是一只连着纤纤玉手的胳膊。聂广义条件反射般地放开了。

看到被他抓红的手臂，聂广义有一瞬间的神情呆滞。

没有了禁锢，梦心之收回自己的左臂查看。五个无比鲜红的手指印浮现在她的手臂上。这种程度的红，是不可能很快褪去的。从红到紫，只是时间的问题，从紫到恢复，至少需要一周的时间。还没下飞机，还没开始留学生活，就先有了伤。

梦心之长这么大，还是第一次被人用这么粗暴的方式对待。她擦了擦眼泪，有点想不明白自己今天为什么要过来解这个围。

聂广义慌了，他本来就慌，但是恐飞的慌和这时候的慌，完全不在一个层面。

聂广义非常不喜欢女孩子哭，尤其是那种哭起来嘤嘤呜呜的。与其说是哭，倒不如说是变相撒娇。有话为什么不能好好说呢？

一直以来，聂广义都特别不喜欢女孩子哭。不管长得好不好看，只要在他面前哭，就会让他心生厌恶。今天也不知道是怎么了，他竟然觉得身旁的女孩哭得很特别。

梨花一枝春带雨。泪眼问花花不语。但见泪痕湿，不知心恨谁。

聂广义直接打了一个激灵，都已经把人姑娘抓成这样了，道歉都嫌晚了，他竟然还有脸想"不知心恨谁"。

"我……我……"聂广义艰难地组织着语言,"我"了好几秒,才想到怎么和梦心之解释,"我是对机上广播过敏。"

继古典过敏之后,聂广义又有了全世界独一份的过敏原。

梦心之不置可否,她现在心里面想的是,要不要和安全员把位置给换回来。

聂广义伸手按了呼叫铃。

"聂先生,请问有什么可以帮到您?"空乘走过来问聂广义。

"麻烦,给我拿点冰块。"聂广义带点机械地说。

"好的,聂先生。"空乘带着职业的微笑,回答道,"但飞机现在正在颠簸,要等机长解除了颠簸提醒,我才能给您提供服务。"

和聂广义说话的空乘,是本次航班的乘务长,也是持续颠簸广播里面,那道温柔而又甜美的声音的主人。

按理说,他对这道声音已经形成了条件反射,只要一听到,就应该紧张到不能自已,揪心到无法呼吸。这会儿倒是奇了怪了,他不仅没有条件反射,竟然还有心思问:"这个颠簸大概要多久?"

"应该不会太久的,聂先生,等系好安全带的指示灯熄灭了,我就帮您拿。"在称呼里面直接带上乘客的姓氏,是公务舱的服务标准之一。

聂广义抬头盯着安全带指示灯,那眼神,那架势,比急着上厕所的内急人士还要迫切得多。

时间就这么一秒一秒地过去,飞机在高空气流里面持续颠簸,虽不剧烈,却也算得上明显。

恐飞指数拉满了的过敏男,除了心无旁骛地看着指示灯,再没其他太明显的反应,甚是奇怪。

过了七八分钟,乘务长才终于从座位上站了起来,重新拉好了操作间和公务舱之间的"防护帘",紧接着端了一杯冰块过来给聂广义。

"我不要杯子，我需要一个袋子。"聂广义和乘务长说。

"袋子装冰块？聂先生需要冰敷是吗？我们飞机上有冰袋，要不要给您拿两个过来？"

"谢谢。麻烦了。"聂广义难得说话这么彬彬有礼。

冰袋拿来了。

自然不是聂广义自己要用的。

把姑娘给弄伤的罪魁祸首，却不知道要怎么开口。

聂广义左手拿了一个冰袋，右手也拿了一个冰袋，一厘米一厘米地往梦心之的手臂的方向递。他想开口说点什么，奈何语言功能选择了离家出走。

梦心之原本是生气的，莫名其妙被抓伤了，对方却连个道歉都没有。但看到聂广义颤颤巍巍地递过来的两个冰袋，她又气不起来了。

她伸手拿了一个，聂广义就把剩下的那个用手托着，垫到了梦心之的手臂下面。

梦心之并不是那种抓着人家的问题不放的人，她指了指自己被冰块夹击的手臂，问道："刚刚这是怎么了？"

"这个……方才不是和姑娘解释过了吗？"聂广义硬着头皮回答，"我对机上广播过敏。"

"然后呢？"梦心之并不觉得过敏能用来解释她手臂上的伤。

"然后就是，一过敏就不知道自己在干吗。"聂广义说，"我这个人，有人格分裂。"

人有的时候就是这么奇怪，会为了掩盖一个小小的缺点，去暴露一个大大的。聂广义更是到了没有缺点创造缺点也要暴露的至高境界。

"你是不是恐飞？"梦心之透过现象直击本质。

"怎么可能？我一大男人，恐个什么飞？你看我像是恐飞的样子吗？"聂广义问得认真。

"不像。你就是。"梦心之回答得也很认真。

"哎！你一个姑娘家家的，怎么就这么不相信人呢？"聂广义又开始口无遮拦。

"我相不相信人，和我是不是姑娘有什么关系？"梦心之道，"就像我车技不好，也不是因为我的性别，而是因为我还不熟练。"

聂广义的那句"你一女孩子，开什么车"，令她印象深刻。

"我不是这个意思。"聂广义赶紧接话。

"那你是什么意思？"梦心之问。

"我……"聂广义愣了愣，反问道，"是啊，我是什么意思呢？"

聂天才的这个反问，堪称釜底抽薪。

他这么一问，梦心之反而不知道要怎么回答了。

好在梦心之也不是那种喜欢刨根问底的人，最终来了一句："等下了飞机，就和我爸爸商量一下。"

"商量什么？"聂广义赶紧接话。

"商量怎么去佛罗伦萨最好。"梦心之这是又一次把话题倒回到了被抓伤之前。

"这有什么可问的？我宗极大哥肯定是听我的！"聂广义一脸的自信。

"聂先生过敏的时候，是会人格分裂到不知道自己在干什么，对吧？"梦心之问。

"对对对对对，都是分裂出来的那个搞的鬼，本尊根本就不晓得分裂出来的那个小哥在干什么，我替分裂小哥向姑娘道个歉。"聂广义别别扭扭地表达歉意。

"那你能不能帮我问一下分裂小哥，等会儿再有广播的时候他还会不会这么做？"梦心之把冰袋拿开了一下，指了指自己手臂上泛红的位置。

她可以原谅聂广义刚刚的行为，但不能接受一而再再而三的伤害。

"他……"聂广义没办法替他自己的分裂人格回答这个问题。他现在的恐飞程度,已经超过了他自己的认知。他虽然不是真的人格分裂,却也真的没有办法控制自己在极度恐飞下的反应。

看着聂广义为难的样子,梦心之给出了自己的解决方式:"我还是和安全员把位置换回来好了。"说罢,梦心之就开始解安全带。

聂广义急了。已经没有了可以让他义愤填膺的信,如果姑娘也走了,那他就失去了对抗恐飞的最后一丝可能。

可要用什么理由来挽留呢?

"姑娘莫急,你这手臂还需要再冰一冰。"

梦心之看了一眼自己的手臂,说道:"没关系的,反正已经这样了,冰不冰都一样会青。"

梦心之站了起来。

"你可不可以不要走?"聂广义一把拉住她的手,这一次是轻轻地、带着点哀求地。

梦心之没想到会听到这样的一句话,尤其是没想到这样的话会从聂广义的嘴里说出来。梦心之很少会让人尴尬,如果不是聂广义的伤害指数实在是太高了,并且真的有可能直接把她的胳膊掐断,她绝对不会说出要把位置换回去这样的话。

"我去一下卫生间。"梦心之没有答应,也没有拒绝,她需要想一想。

梦心之去洗手间的时间并不长,最多不过两分钟的样子。等到她从客舱前部的卫生间出来,就看到聂广义闭着眼睛,坐在自己的位置上,脸色煞白,一颗一颗汗珠以肉眼可见的速度从他的额头滑落。聂广义恐飞是显而易见的事情,但梦心之没想到他能严重到这种程度。

"我觉得,我的手臂还需要再冰一下。"梦心之改变了自己的决定。

聂广义无知无觉、双眼紧闭,并没有因为梦心之的话产生任何反应。梦心之拿冰袋在他的手背上冰了冰，聂广义一个激灵。如果不是系着安全带，他整个人都会从椅子上跳起来，直接撞上飞机的行李架。

聂广义惊慌失措地看向梦心之。

梦心之语气平缓、声音平和地重复了一遍："我觉得，我的手臂，还需要再冰一下。"

"冰？"聂广义木木地问完了，终于找回了一点智商，用以回复，"那姑娘先坐下。"

"行。"梦心之依言坐下，右手拿了一边的安全带，左手空空，道，"我的安全带好像找不到了。"

聂广义赶紧帮忙把就在座椅边上放着的另外一边的安全带卡扣递给梦心之。

"谢谢。"梦心之说，"你能帮我按呼叫铃找一下空姐吗？"

"啊？"聂广义脑子还是有点不灵光，倒也很快反应过来，伸手按了一下呼叫铃。

乘务长很快就过来了："聂先生，请问有什么可以帮到您？"

聂广义指了指梦心之道："是这位姑娘找你。"

乘务长接着问："梦女士，请问有什么可以帮到您？"

"麻烦拿一杯牛奶给我，谢谢。"

"好的。您要热的、冰的，还是常温的？"乘务长问。

"常温的吧。"梦心之说。

"好的，梦女士您稍等。"乘务长很快就端过来一杯牛奶。

梦心之把牛奶递给聂广义，又递给他两粒药。

"这是什么？"聂广义问。

"比较轻量的安眠药。"梦心之回答。

"姑娘怎么会随身带这种东西？"聂广义问。

"我经常做梦，平时还好，如果需要倒时差，就会有些麻烦，可能很久都恢复不过来。我总共就这两粒，爸爸平时也不允许我吃。我在飞机上就不睡了，权当直接把时差给倒好。你先吃这边这粒，如果能睡着，就不要吃第二粒；要是不行的话，等下再看看。"

聂广义也没有再扭捏，就着牛奶把药给吃了下去。

"你把位子放平了躺好，这个药很快就会起作用的。"梦心之提醒道。

聂广义依言放平了自己的座椅，有点不放心地问："那你还和安全员换位置吗？"

"你要是能睡着，我就不换了。"梦心之说。

聂广义盯着梦心之看了好几秒，确定她不是在开玩笑，就听话地躺下，闭上了眼睛。或许是之前哭得太用力了，没多久，他竟然真的睡着了。

见聂广义呼吸平稳了，梦心之便把另外一粒维生素给收了起来。恐飞更多的是心理上的原因，梦心之刚刚让聂广义吃下的，只是一粒维生素。

聂广义睡着了，没有了平日里**撑**天**撑**地的架势。

梦心之盯着他看了一会儿，从包里拿了纸和笔出来开始画画。

机上广播再次响起。

"女士们、先生们，飞机正在下降，请您回原位坐好，系好安全带，收起小桌板，将座椅靠背调整到正常位置。

"所有个人电脑及电子设备必须处于关闭状态。

"请您确认您的手提物品是否已妥善安放。

"稍后，我们将调暗客舱灯光。"

……

这一次，聂广义没有过敏，他睡得正熟。

这些天，因为心里想着失物招领处的信，外加必须要坐飞机的恐惧，聂广义一直没怎么睡好。这会儿借着"安眠药",他睡得正香。

下降的广播一响,空乘就会过来提醒乘客调直座椅靠背。像聂广义这种原本平躺的,调整起来动静就比经济舱的要大很多。别的时候,空姐可以不来打扰,这种事关飞行安全的降落前准备,是不得不提醒的。聂广义就这么被叫了起来,还没有搞明白是什么情况,公务舱的乘务员就已经在帮他调整座椅了。

这下好了。"聂恐飞"立马就知道自己不是躺在床上,也知道飞机是要进入下降程序了。

起飞和降落,是飞机出事概率最高的两个阶段。国际航班整个下降的过程有些长,这一直都是聂广义的噩梦,要不然他也不会一开始就想着把会让自己义愤填膺的信留到下降阶段再看。

对啊,聂教授的信呢?之前不是还拿在手上的吗?然后他腾出一只手去给梦心之冰敷,再然后呢?再然后他吃了"安眠药"睡着了。那信呢?信在哪儿?

聂广义的头转来转去,愣是没看到聂教授写给他的信在哪里,整个人肉眼可见地慌了。

"你是在找这个吗?"梦心之在空乘走了之后才出声发问。

"你看了?"聂广义问。

"我看这封信掉在了地上,就帮你收了起来。"梦心之回答。

"你没看怎么知道是信呢?"聂广义紧张到说话不过脑子。

"因为还有个信封啊。我帮你装进了信封,自然也就知道这是一封信了。"梦心之回答。

"你真没看?"聂广义语带怀疑。

梦心之有些反感,直接反将了一军:"我一个姑娘家家的,怎么可能没有看!"

聂广义恢复了一点神志,知道刚刚自己的接连提问属实是有些过分了。他不是那个意思,可又说不出来自己到底是什么意思。

"我的意思是……"聂广义停顿了好久,才道,"你看了也没事。"

梦心之没和聂广义计较,只道:"我没有查看别人信件的习惯。"

"对对对,我也没有恐飞的习惯,我现在一点都不紧张……"聂广义直接来了个此地无银三百两。

梦心之无语。想到聂广义的恐飞程度,她倒也没有真的动怒。毕竟,她连被他弄伤手臂都原谅了。

"你确定要让我看这封信?"梦心之问。

"确定啊!这是写给我的信,还有谁能比我更确定?姑娘别说看了,直接念都行。"聂广义大手一挥,把信递到了梦心之面前。

梦心之粲然而笑:"要念你自己念。"

聂广义看着梦心之的笑容出神。这个笑容,和他以前见到梦心之的时候不一样。第一次见面,梦心之给他的感觉,是"朝饮木兰之坠露兮,夕餐秋菊之落英",像九秋之菊一样清素。那时候的梦心之,给人一种距离感。

聂广义自己其实也是会给人距离感的。但距离感和距离感不一样:梦心之那种,是可远观不可亵玩;聂广义这种,是眼睛长在头顶上。

这些都是第一次见面的印象。

此时此刻此地,在飞机下降的过程中,在恐飞到无以复加的瞬间,聂广义看到了一个鲜活的女孩,不再清素,不再遥远。聂广义本能地想要说点什么,夸赞一下姑娘的美丽。

他才开口说了一个字"姑",就觉得非常不对劲。难得发自肺腑地想要夸人,自是不可能就这么半途而废。聂广义努力再来了一遍,又说了一个"姑"。

"姑……姑……"聂广义努力了两次,嘴巴一张,"娘"字还没有来得及喊出口,直接失控吐了梦心之一手,连带着姑娘的手机都一起遭了殃……

"这……这……一定是你逼我吃安眠药的后遗症!"聂广义就这么找到了原因……没有道歉,没有处理。

第四章 珍惜生命

　　乘务长和公务舱的乘务员一起帮忙收拾。明明是一件很恶心的事情，她们还得面带笑意，先关心一下聂广义的身体。想来，空乘这个职业，远没有人们想象的那么光鲜。把出租车给吐脏了，还得赔偿一点清洁费；把飞机给吐脏了，那就只是吐脏了。

　　像聂大建筑师这么一个向来傲慢且重度恐飞的乘客，自然是连话都懒得和空乘多说一句的。

　　梦心之想着是不是应该帮忙和空姐说声抱歉。这一切虽然不是她造成的，但在机上卫生间已经停止开放的情况下，她也需要空乘帮忙处理一下手机。

　　她刚想说话，就听到聂广义率先开了口："不好意思，给乘务组添麻烦了。我有点晕机，一般在飞机上是不吃不喝的，今天不小心喝了牛奶，给你们造成这么大的困扰，我深感抱歉。我记一下航班号还有你们的名字，回头给你们写一封感谢信。"

　　在如今这个大家早就懒得动笔的时代，一封感谢信对于一个乘务员的意义还是相当大的，尤其是来自公务舱和头等舱乘客的感谢信。

乘务员有些不确定："您是认真的吗，聂先生？"

乘务长也很意外："说实话，我们经常遇到公务舱的乘客要请吃饭的，但一年到头也遇不到一个要给我们写感谢信的。这对我们的考核是非常重要的。"

聂广义："那我给你们两个分别写一封！要不要再给整个机组也写一封？"

乘务长："就一件小事，您写一封就够了。"

聂广义："一开始，你们不是还把对我来说非常重要的人安排在我身边坐着吗？这样算起来，就是两件大事情。"

乘务员："那我可就不客气了哦！一开始的事，您写乘务长，后面这个您写我！谢谢了啊，聂先生！"

聂广义："好的。"

乘务员："那我可就等着了。还有什么是我们能做的吗？"

聂广义："方便的话，能不能麻烦你们帮忙把这个手机也冲洗一下？手机是防水的，你们直接冲干净消个毒再拿回来就行了。"

乘务员："没问题的，聂先生，小事一桩。"

乘务长："我先多给你们拿点消毒湿巾。"

聂广义："谢谢，你们想得真周到。"

……

这番对话并不存在什么奇怪的地方。

"不奇怪"偏偏是梦心之感到最奇怪的地方。坐在她隔壁的这位一会儿哭一会儿吐的傲娇人士，竟然也是能好好和人说话的。

听到这番过于正常的对话，看到两位空乘脸上洋溢的笑容，梦心之没有告诉聂广义，她给他吃的是"安慰剂"。她知道，就算说了也没有用。从聂广义和空乘的对话里面，梦心之已经听到了另外一个版本的理由——因为喝了牛奶晕机。那不还是她的问题吗？牛奶是她叫的，"药"也是她让吃的。总之，不管事实是什么样的，她旁边的这个人，都一定会把责任推给她。

如果聂广义是个天生就不会道歉的人也就算了，明明这么正常，却连一句抱歉的话都没有和她说过，真的有点过分了。吐了她一手就不说了，之前还差点把她的手臂给掐断。这一路下来，手臂已经有了渐渐泛紫的趋势。

聂广义是觉得之前见过两次算是认识，就不需要道歉？世界上确实有一种人，面对越亲近的人，就越不知道要怎么好好表达。可是，她和旁边这位男士顶多也就是几面之缘，和"亲近"两个字，八竿子都打不着。

记完乘务长、乘务员的名字和航班的信息，聂广义仍然没有开口向梦心之道歉的意思，就跟失忆了一般。

聂广义确实是选择性失忆了。长这么大，这应该是他最丢人的一次。不仅如此，丢人之中还带着一股浓得化不开的恶心。这样的事情要是不能从脑海里抹去，活着还有什么乐趣？

他不想到罗马之后开车载着梦心之去佛罗伦萨了。哪怕顺路程度超过80%，他也没有那个脸。

梦心之有没有洁癖他不知道，他自己绝对是有的。推己及人，如果有人就这么吐了他一手，他就算能克制住揍人的冲动，这辈子肯定也不会想要再见到这个人。

飞机刚刚停稳，可以解除飞行模式，宗极的电话就打了过来。接听电话的人不是梦心之，而是坐在她旁边的聂广义。倒不是聂广义把梦心之的手机给吐坏了，也不是梦心之的手机还没有消毒完毕，而是宗极打的就是聂广义的电话。

这个电话一接通，也就意味着梦心之给宗极报平安的电话变成了忙线。

"聂兄弟，你是不是今天飞罗马，现在刚刚到达？"电话里，宗极的语气有那么一丢丢的急切。

"是的，宗极大哥。"聂广义回答。

这会儿飞机的舱门还没有打开，梦心之心里还坐在聂广义的旁边，这一声"宗极大哥"喊得梦心之很不是滋味。她第一时间给爸爸打电话报平安，爸爸竟然把电话打给了一个才认识没多久的人。她没有妈妈梦兰那么爱吃醋，但此时此刻，整颗心确实是酸到不行。她才刚出国留学，在爸爸心目中的重要性就下降了一大截。这是有兄弟没女儿？关键这个兄弟刚刚还吐了她一手……好难过……

"太好了！我也是才听说你在这班飞机上的！我怕你直接下飞机了，赶紧打给你。"宗极着急忙慌道，"我大女儿和你同一班飞机，你有没有看到她？"

聂广义想说没有，却也不好睁眼说瞎话，只好回答："有的，她就坐在我旁边。"

"那太好了！你把电话给她一下！"宗极说道。

聂广义目视前方，面无表情地动了一下自己的手腕，把手机递给了梦心之。

梦心之情绪低落地喊了一声："爸爸。"

"阿心啊，爸爸可太不放心你一个人出国了，今天问了一圈，也没能买到机票，本来都想直接飞到伦敦去等你了。"

宗极一句话，梦心之的心就化了，她知道自己肯定是误会爸爸了。

"有什么好不放心的？"梦心之说话的声音让聂广义心里麻酥酥的，进一步和聂广义对她的第一印象拉开了差距。

"你一个女孩子，自己一个人出国，还要一个人坐长途大巴，爸爸肯定不放心啊。"宗极说道。

"爸爸！怎么连你也说'一个女孩子'这样的话啊！"梦心之和爸爸聊天的时候，从来都是表露最真实的情绪。

"也？还有谁说吗？"宗极问完自己先反应过来，"你说的是聂兄弟？他是不是也说你一个女孩子不安全？这就对了嘛！阿心啊，你先把电话给聂兄弟，爸爸交代他两句。"

"爸爸！之前都安排好了的，车票还是你帮我预订好了打印出来的！"梦心之不愿意和聂广义有更多的交集。

"那当时不是没办法吗？你等爸爸先问问聂兄弟方不方便，你一个人在国外，爸爸肯定不放心啊。"宗极心意已决。

梦心之无奈，只好把手机还给聂广义。再怎么说，这本来就是聂广义的手机。

"聂兄弟啊，我听程诺和宣适说，你大部分时间住在帕多瓦，是不是啊？你的事务所在帕多瓦对吧？"宗极问。

"是的，宗极大哥。"聂广义回答。

"那你这次要在罗马待多久再过去呢？我闺女要去佛罗伦萨看展……"宗极的意思再明显不过了，基本上算是和聂广义之前的计划一拍即合，如果没有呕吐事件从中作梗的话。

"我在罗马也有一个事务所，我大概会在罗马待两天再过去。"聂广义给出了一个和在飞机上说过的完全不同的版本。

他以前是只有恐飞这一种恐惧的，他现在还恐梦心之。又是对着人家哭，又是对着人家吐，只要有梦心之在的地方，他就会不太正常。聂广义已经意识到了问题的严重性——珍惜生命，远离梦心之。

"两天是吗？两天的话那就太好了呀！我让阿心先在罗马休整两天，正好也可以先参观梵蒂冈博物馆和博尔盖塞博物馆。"宗极说道。

聂广义有种错觉，他和宗极大概上辈子就是兄弟，搞不好关系比这辈子他和宣适更铁，如若不然，宗极的想法又怎么和他一开始的一模一样？

"这个啊……"聂广义犹豫了一下，"宗极大哥，这个建议我和她提过呢，她说要立刻去佛罗伦萨。"

"没有的事！佛罗伦萨是原本我和阿心商量好的攻略，当时不知道你也这个时候回去。既然刚好是一个航班，你就帮着照顾一下，等下次你回国，再到天台来喝酒。"宗极说道。

"宗极大哥，我觉得你闺女应该不太愿意。"聂广义难得说了句大实话。

"不可能，阿心肯定听我的。你让她在罗马待两天，去看看罗马的博物馆，然后就直接去英国。我这两天想办法买机票，我得去看看她在伦敦住的地方怎么样，缺什么，要添置一点什么。"宗极把接下来几天的行程都安排好了。

"宗极大哥，要不然你自己和她说说看吧。"聂广义相信，梦心之绝对不可能还有想要和他待在一起的心思，肯定想好了一下飞机就各奔东西，就当从来没有在飞机上遇见过。

梦心之再一次接过电话，她还没有来得及开口，就听宗极在电话另一边自责到不行："阿心啊，爸爸后悔死了，怎么可以让你一个人就这么出国？爸爸也买到去意大利的机票了，要转三次机，后天能到。你在罗马等着爸爸，还有半个月才开学，爸爸得去陪着你，找好房子，看着你开学，才能安心。"

聂广义无法理解，他都已经恶心人到这个程度了，梦心之竟然在宗极的三言两语之下，就同意了暂时留在罗马。

位于罗马的工作室的助理过来接机。原本助理接收到的指令是把车开过来，等他到了就可以回去，不需要跟着，也不需要帮忙开车。

聂广义这会儿倒是二话不说，直接和梦心之一起上了后座。这一路过来，各种各样的状况，确实也超出了他自己的预想。别的不说，怎么都应该先回去换身衣服。

这样一来，聂广义想要在第一时间给聂教授打电话，都没有足够的个人空间，只能先发个短信："我到罗马了。信也看了。"左右这会儿国内已经大半夜了，并不适合打电话回去。

聂天勤的电话几乎是秒进。

电话一接通，聂教授就迫不及待地喊了一声："大头。"但也就只有这两个字。

说完之后，两边都陷入了长时间的沉默。

聂广义是觉得旁边有个人，不知道要怎么开口，他怕自己会再一次失控。

聂天勤是不知道聂广义现在是个什么态度，父子之间，有长达十四年的隔阂需要跨越。

这么多年过去了，一时半会儿很难回到从前。

久久没有得到回应，聂天勤再次率先开了口："对不起……广义，爸爸先挂了。"

没事别打电话，几乎已经成了父子俩之间的默契。

聂广义曾经放下过狠话："你再一直打，我就换号码。"

"等一下。"聂广义赶在电话挂断之前开口。

片刻犹豫过后，他尽可能不着痕迹地开口："我这会儿刚下飞机，还有点事情要忙，我晚点给你回电话。"

"好好好！广义，那爸爸等你电话。"聂天勤赶忙答应。

聂广义能听出来聂天勤语气里的欣喜若狂。他又何尝不是呢？这一路，经历过痛哭，经历过呕吐，他已经想得很清楚。他不想自己一个人。他不想带着对聂教授的恨意和对妈妈的歉意，就这么一直生活下去。这么多年，他都快忘了，曾经的自己，是一个多么阳光而又快乐的大头少年。

"还是叫大头吧。"聂广义用一个称谓表达了自己的态度。

"好……好的！好的！那大头，爸爸等你电话！"

"这会儿国内两点多了。"聂广义看了看表，改口道，"你先睡，我明天再给你打电话。"

"爸爸还不困，爸爸等你电话！"聂天勤这会儿就算要睡也肯定睡不着。

"你不乖乖睡觉的话，我明天也不给你打了。"聂广义威胁道。

聂天勤愣了愣，父与子关系颠倒的沟通方式，算得上十四年前的父子日常。

"那大头反正也不在，爸爸睡没睡，大头也无从知晓啊。"聂天勤努力找回十四年前的感觉。

"你等着，我回去就给你装个360度无死角的监控。"聂广义继续用威胁的语气说话。

"什么时候装啊?"聂天勤表现出了殷切的期盼。

十四年，这种感觉，恍如隔世。

原本聂广义只是随口那么一说，被聂教授这么一问，先是一愣，而后回答："我尽快。"

"尽快"这两个字，是很难有个明确的界限的，尤其是在现在这个节骨眼上。

聂天勤不想无止境地等待："大头，爸爸去看你吧。爸爸去意大利做个访问学者，待个一年半载的，好不好?"

"不要。"聂广义秒拒。

或许是拒绝得太直接了，让聂教授一时半会儿又不知道要怎么接话了。想来也是，这么多年来父子之间的隔阂又怎么可能那么快就烟消云散？

"那……好吧，爸爸不勉强你了。"聂天勤调整了一下情绪，"大头，是爸爸操之过急了，爸爸会给你时间……"

"聂教授，你别想多了。我的意思是，我需要一些时间，才能把意大利的事情处理好。等这边处理好了，我就回去和你一起研究万安桥的修复。现在这个情况，你出来肯定没有我回去合适，是不是？"

聂天勤有些激动，说话的声音都开始颤抖："大头，你真的愿意回来吗？"

"不是我说你啊，聂教授，你难道不知道你自己的信写得有多煽情吗？"

聂广义看了一眼坐在自己右手边的梦心之,出声说道,"不瞒你说,我在飞机上看你的信都看哭了,整架飞机上的人都能给我做证。"

都说债多不愁,聂广义不确定丢脸能不能算是债的一种,总之,他忽然有了一种死猪不怕开水烫的酣畅淋漓之感。只要自己的脸皮比城墙厚,哪会怕姑娘的眼神问候?

聂广义在罗马的事务所一共有六层楼,地上五层,地下一层。地上一、二、三楼是事务所的办公场所,四楼是健身房,五楼是聂广义的生活区。

四楼没有门禁,代表着员工也可以用。奈何罗马事务所业务众多,建筑师们多半都忙到头秃。时间一久,基本上只有聂广义一个人,特别热衷在四楼待着。

考虑到经常需要熬夜,事务所也设有员工休息的地方,一共三个房间,全都设在地下的那一层。

听起来,自己住顶楼,让员工睡地下室的老板,是不太靠谱的。事实上,聂广义事务所的地下室,和传统意义上的地下室,完全不是一个概念。

首先,这是一个全明的地下室,每一个房间,都有光线直接照进来。其次,地下室还有个带天井的院子。院子虽然不大,却有一棵"参天大树",树冠刚好盖住整个天井,抬头望天,会有种一秒进了森林的视觉感受。最后,也是最大的亮点,地下室的客厅,顶侧的光源,是一个透明的泳池。阳光透过泳池里的水,带着波光的纹路,映射在地下室的活动区,影的斑驳加上水的浪漫,非常带感。

这个地下室的空间,原本是聂大建筑师为自己设计的。因为员工们都很喜欢,他才把自己的生活区搬到了楼上。反正,宣适还在意大利的时候,他绝大部分时间生活在帕多瓦。罗马的事务所的顶楼,更像是一个不会触发洁癖的"定点酒店"。

聂广义特别不想再和梦心之有什么交集。虽然他一直信奉，只要他不尴尬，尴尬的就是别人，但问题是，他在梦心之这儿，尴尬得实在是有些过分了。最好的解决方式，就是珍惜生命，远离梦心之。

通常情况下，事务所地下一层的三个房间，只会有一个被占用，聂广义准备把梦心之安排在另外两间之一。既然答应了宗极大哥要好好关照梦心之，他这个做叔叔的也不能光说不练。也就两天的时间，小姑娘一个人住酒店，总没有在自己眼皮子底下安全。事务所有这么多人，还有人专门做饭和收拾，在这儿住着还可以问问哪里好玩。等到宗极大哥自己过来了，那也就该干吗干吗了。

聂广义回到事务所才知道，地下室的三个房间都已经有人在睡觉了。

因为他比原定时间晚了一个星期才回来，事务所的建筑师和设计助理们都在加班。

有些设计细节，如果是聂广义自己做或者把关，基本一次过。若换了一个人，多半会被"甲方爸爸"追问个五六七八九遍。

加班多了，自然也就不想回家了。

聂广义让助理去看看，有没有人准备起来了。助理直接说，如果有的话，他都想找个房间睡觉。在接机之前，连这个助理都连续加班了 18 个小时，已经睡下的那几个，至少都加班了 24 个小时。现在别说是去叫他们，就算是地震，只要房子不塌，他们也一定是不会醒的。

聂广义让助理去每个房间查看了一下，确定没有空的房间，又唠唠叨叨地说了几句，就让助理去睡觉了。

"我还是去住酒店吧。"梦心之在助理走了之后说。

"我都答应你爸爸让你住我这儿了，现在让你去酒店，算什么意思？"聂广义有些没来由的烦躁。

"这里不是没有房间吗？"梦心之环顾了一下事务所的地下室。

聂广义和助理说的是意大利语,因此他有些意外:"你怎么知道事务所没有房间?"

"我能听懂一点点特别基础的意大利语,结合现场的实际情况,猜也能猜到。"梦心之说。

"你确定你只懂一点点?"聂广义开始回忆自己刚刚和助理的对话,是不是有什么不合适的地方。

还没细想,他就放弃了。再怎么不合适,有直接吐人姑娘身上不合适吗?

"对,我是观察你助理的各种肢体动作才看明白的,光听是听不懂的。"梦心之说。

"你怎么知道他是我助理?"聂广义有点小小的警惕。

"刚刚你自己和我爸爸说的,罗马的助理来接机。"梦心之回答。

聂广义开始怀疑自己是不是把记忆力给吐走了一大截。

但这不重要,重要的是赶紧扳回一城:"你听错了。我的助理说,五楼有三个员工休息室,每个都有独立的卫浴。"

聂广义往旁边指了指:"你等会儿从这边的电梯上去,到五楼,出了电梯,到右手边的第二个房间去。房间的密码是1010,你直接进去就行。"

第五章 "开心小姐"

聂广义的话，半真半假。

原本五楼确实是给加班的员工准备的三个房间，还专门连着四楼的健身房。奈何他手下的建筑师们只喜欢在地下室躺平，发展到后来，五楼的三个房间就成了他的专属区域。刚好他有轻微的洁癖，不喜欢别人动他的东西，就把五楼的三个房间，改成了书房、卧室和杂物间。

聂广义初到意大利，第一站就是罗马。当时是租了一个全新装修的空房子，里面所有的家具都是他自己设计和制作的。搬来事务所的时候，聂广义专门腾了一个杂物间出来放原来的那套家具。这样一来，说是杂物间，实际上床、沙发、柜子、台灯、地毯……五脏俱全。

梦心之推了一大一小两件行李，外加一个背包，手上还拿着在飞机上就拿出来的素描画夹。

聂广义只给她指了一个方向，压根就没有送她上去的意思。

梦心之也不矫情，把背包和素描画夹往行李上一放，就推着自己的行李往电梯的方向走。没走两步，素描画夹从行李上滑落，刚刚在飞机上画好的那张画就这么露了一个角出来。

看着梦心之手忙脚乱了半天，聂广义终于有了作为绅士的自觉，过去帮梦心之把画夹给捡起来。

露出来的那一角上有一个非常有特色的落款。落款的外围是数学里面用来开方的根号"$\sqrt{}$"。和数学不一样的是，梦心之画的根号里面不是个数字，而是一颗小小的爱心。

相当于把根号 2 里面的那个 2，换成了"♡"。

聂广义对这个落款表示好奇："这是什么意思？"

"开心的意思。"梦心之带点自豪地解释，"这是爸爸帮我想的落款，我名字里面带个心，别人开方我开心。"

"原来这是开心的意思。"聂广义若有所思道。

"原来？"梦心之好奇地追问，"聂先生以前也见过这样的落款？"

"见过。"聂广义肯定道。

梦心之意外："什么时候？"

聂广义想了一会儿，出声说道："忘了。"

聂广义帮梦心之把行李拿到了房间，也没介绍一下房间里面的设施要怎么用，连门都没有进，就直接转身走人了。

广义大少虽然傲娇，平日里也不是这么不绅士的男生。

主要是对着梦心之，他一点底气都没有，还莫名地心烦气躁。明明认识不久，前前后后总共才见过四次，他却像中了邪似的，动不动就当着人家的面哭。

细数起来，过去十四年，在妈妈离世之后，他总共就哭过两回，一回在万安桥底下，一回在飞机上，就这样，还都被这姑娘给看到了。聂广义不想再出一些奇怪的状况。

在国内也就算了，现在是在意大利。他在这儿可是冉冉升起的建筑新星，是事务所的实习生们疯狂崇拜的对象。他如果在事务所里面崩溃，那就真有可能成为第二天的行业新闻。

聂广义回房间洗了个澡，神清气爽地拿出手机，准备给罗马工作室的另外一个助理发消息，让她陪梦心之在罗马玩两天。两天之后宗极大哥就过来了，到时候请人吃个饭，就立刻开车去帕多瓦事务所处理几件要紧的事情。如果没有在飞机上遇到梦心之，他这会儿已经在去往帕多瓦的高速公路上了。

消息还没发出去，他就看到手机上有八个未接电话，全都是宗极打的。

聂广义洗澡的时间，相对于一般男生来说，确实是有点长，可再怎么长，也没有超过半个小时。电话打得这么急，该不会是有什么意外吧？聂广义还没搞明白，他的手机就响了。

"怎么了，宗极大哥？是有什么急事吗？"聂广义赶紧接起来。

"广义兄弟，阿心说不会用你家的花洒。"宗极有些急切。

听说只是花洒的问题，聂广义松了一口气："那是个恒温花洒，只要转到想要的温度，等待十五秒，出来的水就一直是设置好的那个温度了。"

"是是，我看过照片，我还和阿心说了要怎么弄，但是她怎么弄水都是冰的。女孩子是不能用冰水洗澡的！"宗极着急得不行。

"有这样的说法吗？"聂广义疑惑道，"我见过很多在挪威的冰窟窿里面游泳的女孩子，她们都很享受冰水。"

"聂兄弟喜欢看女孩子在冰窟窿里面游泳？"宗极问。

"不是喜欢看的。是我泡的温泉边上有结了冰的湖，很多人都会跳到冰水里面过一过，再出来接着泡。"聂广义解释。

"那是外国人，体质和我们不一样。"宗极说。

"也不都是外国人啊，我看很多亚洲人，不分男女，都热衷这种冰火两重天的极致的体验。"聂广义慢悠悠地回应。

"那不行。"宗极这会儿没心思管别的,"我可从来没让阿心洗过冷水澡,哪怕是极光之意停电的那几天,也都是烧水给姐妹俩洗澡的。"

"宗极大哥,这大晚上的,我的女助理也不在,等明天我助理来上班了,让助理进去教她。这会儿事务所里的都是大老爷们儿。去你闺女房间,也不方便。"聂广义拒绝。

"聂兄弟啊,我也是这么和她说的啊,我还说让她明天再洗。她说就算是冰水也得现在洗。阿心很少这么坚持的。"宗极带点不解地喃喃自语道,"只不过是坐了一趟长途飞机,又不是碰了什么脏东西。最多睡醒了明天再换床单。也不知道怎么回事,非要现在就去洗。"

"又不是碰了什么脏东西"……这句话,成功引起了聂广义的注意。

想到自己在飞机上的所作所为,聂广义改口道:"宗极大哥,你和她说一声,我五分钟后过去帮她弄,你提醒她别穿睡衣一类的来开门,以免引起不必要的误会。"

"对对对对对。"宗极赞同道,"我问过阿心了,她说她住的那一层只有你和她两个人,中间还隔着一个书房,聂兄弟的人品我还是信得过的。"

"那是必然的。宗极大哥,你真要担心成这样的话,是不太适合放你闺女出来留学的。"聂广义难得说了句大实话。

"可不就是嘛!我准备过去之后好好劝劝阿心,要不然就别念了。我不去陪读,我都吃不下饭!"宗极大为赞同。

让梦心之住在五楼,是聂广义最为无奈的选择。作为一个有轻度洁癖的人,他非常不喜欢有人进入自己领地的感觉。等梦心之走了,还得彻底清洁和消毒一遍。除了洁癖,聂广义也不希望有人误会他对梦心之有什么特殊的想法,进而以为他又有了找女朋友的心思,再进而开始对他发动各种攻势。他好不容易才立好了孤独终老的人设，可不能因为梦心之在这里待两天就垮掉。谈恋爱这么费时费力费钱的事情，哪有多做几套建筑全案来得实际？

聂广义当即决定，明天等楼下的那几个人睡醒了，让阿姨收拾收拾房间就让梦心之搬下楼。

这小姑娘家家的，好好的恒温水龙头，愣说自己不会用，大晚上的把他给折腾过去，要说对天才建筑师没有想法，聂广义是不信。身为天才，一定要懂得保护自己，爱惜自己的羽毛，不能再像刚来意大利的时候那么懵懂、那么好追、那么想有一个温暖的家。叔叔是不相信缘分的！更不是小姑娘想追就上钩的！

一身睡衣的聂广义，只许州官放火不许百姓点灯地想着：姑娘如果敢穿个睡衣给他开门，哪怕是卡通款的，他都立刻掉头走人。

咚咚咚。聂广义敲了三下门，又赶紧后退了三步。

门很快就开了。

梦心之穿戴很整齐，顶着满头的泡泡，出来给聂广义开门。很显然，是洗头洗到一半。

聂广义有些无法理解，这个世界上，怎么有人能把洗头和洗澡这两件事情分开？弯着腰洗头，腰不会累吗？这满头的泡泡，难道不会把衣服给弄湿吗？

五楼的三个房间都有独立卫浴。聂广义如果健完身上来，会选择在书房洗澡；平日里准备睡觉的时候，会选择在卧室洗澡。唯独杂物间的浴室，他从来都没有"光顾"过。

聂广义原本以为是梦心之故意找借口让他过来，来了之后却发现是恒温花洒坏掉了，姑娘宁愿用冰水洗澡，也没有要找他帮忙的想法。一时间，聂广义心里有点不是滋味。

聂广义查看了一下恒温花洒，估计是里面的什么装置坏了，需要拆开看看。

"我去拿个工具箱，你等我拿回来了，就去我的书房洗澡。我今天不会去书房，你可以关了门慢慢洗。等你洗完回来，这边的恒温花洒应该已经修好了。"聂广义很喜欢修理东西，很快就做出了安排。

梦心之顶着满头的泡泡，也没有跟他客气，去浴室拿了自己的衣服，就跟着聂广义出来了。

五楼的房间，门长得都一样，先前也没有说哪个是书房，她要不跟着，怕不小心走到人家的卧室里去，这样就会有点尴尬。

聂广义修花洒，从拆开到重装，前前后后只花了不到五分钟。他拿着工具箱准备往外走，刚到门口，又想起来自己留了一些私人物品在杂物间。从租的房子搬到事务所，是整套家具包括里面的东西一起搬过来的，柜子里、抽屉里，或许还留着一些他以前生活的痕迹。出于对自己隐私的保护，聂广义把柜子和抽屉都打开看一下，以防梦心之和他一样，不管到了哪里，都要彻底收拾行李。

聂广义先是打开衣柜看了看，空的。

又打开床头柜看了看，空的。

临走的时候，他顺手打开了书桌的抽屉，里面都是些没什么重要信息的草稿纸。大概是太久没有用了，抽屉的导轨在这个时候出了问题，拉出来容易，推回去难。

平日里出了问题还可以慢慢处理，这时候来这么一出，人姑娘洗澡回来还以为他有什么偷窥癖。

聂广义用力推了推，非但没把抽屉给推回去，还整个弄掉了，里面的纸张落了一地。还好，姑娘在洗澡，听不到这样的声响。还好，他刚刚过来，是带了一整个工具箱的。一个连恒温花洒都能修好的人，不可能搞不定两根小小的抽屉导轨。

聂广义把掉落的纸张收拾了一下。这么多年了，因着他的洁癖，这些纸上连点灰都没有留下，看起来就和新的差不多。唯独有一张，夹在中间，泛了黄。

以聂广义的洁癖，见不得这样的特立独行，他把那张纸抽了出来，然后他就看到一个歪歪扭扭的落款——非常有特色的根号底下画颗心，和梦心之的"开心"有着异曲同工之妙，只不过没有那么成熟，没有那么利落，没有……

聂广义看着这张泛黄的纸发呆，他终于想明白，自己是在哪里见过这样的落款了。

十四年前，妈妈刚刚去世。

为了逃离篡改他高考志愿的聂教授，聂广义入学后第一件事情，就是申请出国交换。

他当时的要求很简单，不管什么国家，不管什么学校，只要能尽快走，他都愿意去交换，实在不行他就退学不念了。

聂广义是顶着状元的光环进的同济建筑，学校的老师对聂广义的需求自然也是格外重视。

当时有个去法国做交换生的项目，是只开放给大二和大三的学生的。刚入学没几天的聂广义，就这么破格加入了这个项目，去巴黎做交换生。虽然和几位高年级师兄师姐一起，聂广义却是唯一一个自己背着个小包就上飞机的。

聂广义不知道自己在法国的那段时间是怎么过来的，明明是交换生，却连学校都不想去，自闭到一两个星期都不说一句话。唯一能算安慰的，是可以近距离地欣赏贝聿铭给卢浮宫做的玻璃金字塔。

贝聿铭是现代建筑的最后一位大师，也是聂广义的职业偶像。

那段时间，聂广义每天都去卢浮宫，并且在里面捡到了一幅很抽象的画——如果瞎涂瞎写也能算作画的话。

到捡到画的那一天，聂广义在卢浮宫已经混迹了大半个月。他把广场上的路易十四雕像到大厅中央音乐台的四根女像柱，全都研究了一遍，还和学过的西方建筑史里面的内容一一进行了对应，寻找一件件作品之间的联系。

那一天，聂广义做了一个和一般游客们截然不同的选择，去看了一幅绝大部分人去卢浮宫都会错过的画——委罗内塞的《加纳的婚礼》。

这是一幅巨幅画作，有将近十米那么长，宽度也达到了接近五米，是卢浮宫收藏的最大幅油画，没有之一。

照理说，这样的一幅巨作，肯定不太容易被卢浮宫的参观者们错过。事实却是，这幅画保持了卢浮宫被错过次数最多的纪录。究其原因，仅仅是因为《加纳的婚礼》被放在了油画界的全球第一网红《蒙娜丽莎》的对面。

排了几个小时的队看完《蒙娜丽莎》的游客，多半急着去上厕所或者觅食，哪怕路过这幅巨作，也不会施舍一个眼神，尽管《加纳的婚礼》这幅画的传奇程度，一点都不比《蒙娜丽莎》低。

十四年前，歪歪扭扭的根号底下画颗心的主人，想必也是看完《蒙娜丽莎》就匆匆去觅食或者释放内存，才径直经过《加纳的婚礼》，既没有停留，也没有发现丢掉了一幅"鬼畜"般的"印象派画作"。

哪怕是让一百个去极光之意工作室喝过咖啡的人再回过头去看这幅"画作"，这一百个人都会觉得此画与极光之意毫无关系。

聂广义偏偏是第一百零一个。很莫名其妙地，他就是能在"鬼畜"之中找到极光之意外观上的要素，仿佛这幅画就是印刻在他脑海里的。

所以，他是真的抄袭了吧……

十四年前的一张纸，板上钉钉的事。

聂广义很沮丧，程度堪比在飞机上哭一场。他宁愿相信自己是借鉴了哪位大师的灵感，也接受不了自己抄袭了一个当时只有几岁的、根号都还画不利索的"开心小姐"。

梦心之洗完澡回来，一眼就看到了聂广义，和仍然"躺"在地上的抽屉。

随着距离的拉近，聂广义手上拿着的那幅"画"，也映入了梦心之的眼帘。

"这一张原来一直都没有丢吗？"梦心之站在聂广义的身后，有些惊喜，也有些疑惑，"这是刚刚从我的画夹里面掉出来的吗？我在飞机上怎么一直都没有注意到？"

"画夹？"聂广义没想到梦心之这么快就回来了。

他不太能理解，一个女孩子家家的，洗澡怎么可以这么快？别的不说，就说被他吐过的手，没半个小时能洗干净？

梦心之凑近看了看，感叹道："爸爸竟然一直在骗我，说什么极光之意的第一张画永远都找不回来了。"

梦心之拍了张照，转手就发给了宗极，并附上一条语音："趁我出国，偷偷摸摸把我人生的第一幅画作塞进我的画夹，是什么操作呀，我的爸爸？"

宗极直接秒回了个电话过来："阿心，你是在哪里找到'极光之源'的啊？"

因为丢失，这幅"鬼畜"级别的"作品"，也早早就有了自己的名字。

"这不是爸爸在我出国前放到我的画夹里的吗？"梦心之意外。

"没有啊，爸爸明明在你学画画的所有资料夹里面都找过，压根就没有找到这一张啊。"宗极很肯定。

"是吗？"梦心之不再纠结这个问题，总归是找到了，不是丢掉了，索性就换了个话题，"爸爸怎么还不睡？你知不知道现在几点了？"

"爸爸一想到阿心一个人在那么远的地方，就担心得睡不着觉。"宗极实话实说。

父女俩就这么关心来关心去地聊了很久。

这通电话，听得聂广义心里很不是滋味。

现在的情况是，梦心之误以为那幅极致"鬼畜"的"印象派作品"是从她自己的画夹里面掉出来的。

他应该去纠正一下？还是就让这样的误会，变成一个现实？

不管怎么说，这也算是物归原主的一种形式，对吧……

轻轻地，我捡起一张画。悄悄地，我把画还回去，就像从来都没有捡到过。这是最合适的将错就错。

想归想，骨子里的傲娇基因不允许他这么做，聂广义选择和盘托出："这幅画不是从你的画夹里面掉出来的，是我在卢浮宫捡到的。"。

"聂先生在卢浮宫捡到的？"梦心之震惊道，"什么时候？"

"十四年前，就掉在很靠近《蒙娜丽莎》的地方。"聂广义回答。

"啊？原来是这样啊！这样的话，一切就都说得通了！"梦心之感叹。

是啊，一切都说得通了。说什么天才设计师，说什么获奖无数，到头来，还不是借鉴和抄袭？聂广义对自己的嫌弃，就像洁癖遭遇了永远都去不掉的脏东西。

"我终于知道你刚刚为什么觉得见过我的落款了！并不是真的有人和我一样，在根号里面画颗心当成是落款。存在你记忆里的落款，就是我的这一个。"梦心之兴奋到拍手，"我就说爸爸设计的'开心小姐'是独一无二的！"

聂广义自闭了。那个符号真的叫"开心小姐"？他先前只不过是在心里面随便想了一下。

还有没有天理了？为什么不叫"开心小妹"？再不然"开根号小姐"也行啊！

先有"极光之意"的重名，后有"开心小姐"的一致，聂广义从来没有像此刻这么怀疑自己。

除了对自己的怀疑，聂广义还对梦心之此刻的反应有些难以置信："看到这张画出现在我这里，你只想到了落款？"

梦心之被问得一愣，恍然道："当然，还要谢谢聂先生帮我把这幅画保存到现在。"

"还有呢？"聂广义更诧异了。

"还有？"梦心之实在想不出来。

"你不会觉得，你的这幅画和我设计的概念建筑有某种程度上的联系吗？"聂广义问。

"当然不会啊。"梦心之回答。

"为什么？"聂广义追问。

"这是我画的第一张梦中的建筑，就是瞎涂瞎画，我自己都还不确定我梦里的现代建筑究竟长什么样。"梦心之回应。

"你自己都不确定？"聂广义问。

"对啊，这栋建筑在我的梦里，是一个从模糊到清晰的过程。你要是捡到后面的，我倒是要想想了。这种小孩子的涂鸦，谁能看明白是什么啊？我爸我妈看了几年都看不明白。"梦心之笑着回应。

聂广义不知道自己还能说什么，想了想，又问："那如果我说我能看明白呢？"

"那只能说明你脑子里的极光之意比我的还清晰，你捡到的时候，是不是就已经有原始设计了？我会不会是看了你的设计，梦里才会出现那样的一栋建筑？"梦心之也想要找到梦的源头。

深陷"抄袭"沼泽的天才建筑师没想到会听到这么个回答，心中感叹：这个姑娘说话怎么总是让人浑身舒畅呢？

在还没来得及察觉的情况下，广义大少的心理，发生了一些微妙的变化。

第六章 古人智慧

"聂教授要不要和你儿子讲讲万安桥？省得等我有时间回去了，都不知道该从什么地方入手。"十四年来，聂广义第一次拨通了聂天勤的电话。

万安桥原本是横亘在父子俩之间的一道无法跨越的"天堑"，如今却成了最好的沟通桥梁。

"你想听什么？申遗还是技艺？"聂天勤问。

"我都想听一听。我这会儿左右也没事，员工们都还在睡大觉。"聂广义回答。

"在公司睡吗？"聂天勤问。

"对，有专门给他们睡觉的地方。"聂广义回答。

"那你这是资本家行径啊！"聂天勤评价道。

"聂天勤教授，您这说的什么话？他们睡觉的地方比我自己住的还好呢！"聂广义反驳。

"是吗？那我没看过也没有发言权啊。"聂天勤有心想要过来。

和儿子之间十四年的陪伴缺失，对于聂天勤这样一位古稀老人来说，绝对是无法弥补的遗憾。老来得子，谁家不是宠着惯着？他却偏偏亲手把儿子给逼走了，还是以直接摧毁儿子梦想的方式。

他以前特别在意名声，不希望自己的学术履历有一丁点的瑕疵。否则，哪怕别人不觉得，他都过不了自己这一关。这一点，倒是完完全全遗传给了聂广义。梦心之都没有觉得自己被抄袭了，聂广义心里却始终过不去。

聂天勤已经退休很多年了，因为木拱桥传统营造技艺后继无人，又因为闲下来实在太孤单了，才会接受学校的返聘，一直工作到现在。

此一时，彼一时，聂天勤早就想过了，只要能够得到儿子的谅解，从今往后，儿子在哪儿他就在哪儿。

从篡改儿子的志愿到现在，整整十四年，聂天勤每天都在为自己当时的行为感到后悔。他想要马上来陪聂广义，想要尽可能地补偿儿子，没想到儿子竟说要回去陪他。

"你这会儿出来也不方便。"聂广义再次拒绝。

"方便的，爸爸签证都办好很多年了，过期就去续，我都续了好几回了。"聂教授还是想早点见到自己的儿子。这种失而复得的感情，让他每天都有一种不真实感，总觉得必须在看得见摸得着儿子的地方，心里面悬着的那块石头才能落地。

"现在飞国外的航班机票都不好买，你就别折腾了。等我这边的事情告一段落，我马上就回去。"聂广义怕聂教授一再坚持，干脆把话题切了回去，"你先和我讲讲万安桥当初为什么要打包申遗吧。"

"这件事情，要从木拱桥传统营造技艺被联合国教科文组织列入《急需保护的非物质文化遗产名录》说起。"聂天勤说。

"嗯，聂教授慢慢讲。"聂广义站了起来，说道，"我去打杯咖啡，坐着慢慢听聂教授讲课。"

"当时有很多地方，都想为这项技艺申遗。"聂天勤接着说。

"两省七县是吧？"聂广义问。

"大头一直都在关注？"聂天勤问。

"就允许聂教授不断地续签证，不允许我不经意间小小地关注一下新闻？"聂广义也没有藏着掖着。在不知不觉中，他的整个气场都发生了变化，对梦心之，对聂教授，甚至是对事务所的每一个员工。

"那大头知道是哪七个县吗？"除了不会叫学生"大头"，聂教授上课的时候就是这么互动的。

"新闻里面没有说那么详细，就说闽北和浙南。"聂广义说。

"嗯，闽北有宁德的寿宁县、屏南县、周宁县，南平的政和县，浙南有温州的泰顺县、丽水的庆元县，以及景宁县。"聂天勤补充。

"没有一个地方特别突出，所以才要报团申遗，是不是？"聂广义又问。

"不尽然。万安桥 2006 年就已经被列为国家重点文物保护单位了，打包是为了让更多的木拱廊桥得到保护。"聂天勤回答。

"是这样啊……"聂广义喝了一口咖啡，算是一个会和老师积极互动的好学生。

"你小时候经常走在这些木拱桥上，所以可能不会有什么感觉。实际上，以编梁或者说编木结构营造的木拱廊桥，除了闽浙一带，放眼全国，甚至全世界，都已经没有了。你知道最可怕的是什么吗？半个世纪以来，公路逐渐代替了木拱廊桥，即便是在闽北和浙南，在那个时候，也没有能建造编梁结构木拱桥的木匠了。"聂天勤自问自答。

"可是，聂教授，这种每隔五十或者一百年就要毁坏一次的文物，真的有必要一直保护下去吗？整座桥都坍塌烧毁了，所有的木头都要找新的。假如我现在回去，学以致用，把万安桥给重建好了，这还算是文物吗？"聂广义问。

"桥墩还在啊！"聂天勤强调。

"那不也是挂羊头卖狗肉吗?"聂广义直抒己见。

"这怎么会是挂羊头卖狗肉呢,大头?!"聂天勤着急了。

"别激动啊,聂教授,这不是在和你探讨吗?"聂广义笑着安抚。

"行,那我们就好好探讨探讨。"聂天勤也坐了下来。

"万安桥在这之前已经重建了三次,对吧?每一次都是彻底焚毁再建的,对吧?"聂广义问。

"没错。"聂天勤回答。

"那么好了,我小时候看到的那座桥,顶多也就是1932年的产物,对吧?就算能称其为文物,那也是崭新的文物。可是再往前呢?你能确定万安桥从一开始就是用编木结构造的吗?如果不是的话,我们又为什么非要传承这项技艺呢?我如果回去重建,为什么不干脆复原《清明上河图》里面的虹桥呢?那个算得上是用绘画技艺为后世留下的近似于照片的史料,对吧?"聂广义有自己的想法。

"大头,并不是只有华丽的建筑才能成为我们保护的对象。"聂教授开始讲课,"虹桥是《清明上河图》中的标志性建筑,虹桥周边的区域,放到现代来说的话,就是中央商务区。北宋实行'强干弱枝'政策,京城汴梁算得上是有些臃肿的城市。史书记载:'东京有汴渠之漕,岁致江、淮米数百万斛,禁卫数十万人仰给于此,帑藏重兵皆在焉。'庞大的军队,激增的人口,还有怀揣'汴京梦'的小商小贩,对这个城市造成了很大的压力。只有极其便利、畅通的漕运体系,才能维持京城的粮食供应。虹桥建那么大的一个拱,是为了方便大型漕运船只通过。这一点,在《清明上河图》里面也有着很明显的体现。那艘来不及放下桅杆,看起来即将撞上虹桥的船,就是最好的佐证。北宋的桥梁也经历了一个演变的过程。《续资治通鉴长编》里面说,大中祥符五年,也就是1012年,'请于京城东纽筜维舟以易汴桥'。大头知道这句话什么意思吗?"

聂教授开始提问当下唯一的学生。

"大中祥符五年，也就是宋太祖赵匡胤的弟弟宋太宗赵炅的第三个儿子宋真宗赵恒即位的第五年。"聂广义答非所问。

"我问的是'请于京城东纽筟维舟以易汴桥'。"聂教授在授课方面从来都是极认真的。

"你让我想一想啊。这都多少年了，也不让我蒙混过关一回。"聂广义带点抱怨地说。

"行，那爸爸接着讲。"聂天勤妥协。

"不用！宋真宗时，掌管京城内外修缮事务的八作司想了一个法子：把两条小船连在一起，在上面铺上木板当作浮桥，平日里人和车就靠小船通行，等漕船一到，就把连接两艘小船的绳索拆了，把船移开，让出水道，让漕船通行。"聂天才在学习上向来是不甘示弱的。

"大头解释得比我的教案还详细！你要是来上课，一定是最好的学生。"说到这儿，聂天勤就卡顿了。聂广义为什么没在同济上过他的一节课，原因他们心里都清楚。

"那必须啊！我不是得给你的那些学生留点空间吗？我就算去上了你的课拿第一，人家也会觉得是黑幕，你说是不是啊，聂教授？"聂广义适时化解了这种尴尬。

"这倒也是。那爸爸接着和你讲！"聂教授很开心地继续给最聪明的学生上课，"浮桥这个想法是非常前卫，也充满智慧的，在宋真宗那个时期，也确实是比较实用的。但随着北宋经济的发展，这种浮桥的弊端就暴露了。如果先让人通行，漕船就要排队，当然在这种水路被浮桥封死的情况下，小船也需要排队。如果先让船通行，那又相当于根本就没有桥。浮桥很快就不能给人们提供出行便利了，于是就有了建一座人在上面走、船从下面过的大拱桥的需求。当时所有的人力物力都是向汴京倾斜的，汴梁城的能工巧匠造出什么样的桥，都不算稀奇。《东京梦华录》里面说，汴河'自东水门外七里，至西水门外，河上有桥十三'。汴河上一共有 13 座桥，唯有虹桥蔚为壮观。你仔细看的话，在《清明上河图》里面，就能发现 4 座桥的。除了虹桥，其他都不是什么大型的桥梁。由此可见，实用仍然是那个时代造桥的主旋律。《清明上河图》里面的虹桥，可以说是当时集全国能工巧匠之力建造的。那么万安桥呢？首先，它建在深山老林里面，没有漕船通行，没有做大拱的实际意义。其次，它的跨度一点都不比虹桥短。汴京城是什么样的地位？长桥村是什么样的地理位置？在极为艰险的环境里面，用极其有限的成本，建造出最为实用的桥梁，难度是不是比在汴河上建虹桥要大？这是不是才是古人生活智慧的结晶？这算不算当时建筑学上的奇迹？这难道一点都不值得保护？"

"值值值！聂教授你上课就好好上课，这么激动干什么？"聂广义放下了手中的咖啡，赶在凉掉之前喝完了。

"大头，爸爸不是激动，是这么多年了，如果这是一件没有意义的事情，那爸爸的后悔只会与日俱增。你知道，爸爸……"聂天勤说不下去了。

"都过去了……"聂广义出声安慰。

"大头，爸爸还欠你一句当面的'对不起'。"聂天勤第三次表达了自己的想法。

"又来！你就这么想来意大利吗？"聂广义虽然是在反问，语气却有些妥协了，"你这学期课都上完了？"

"现在还是暑假啊，大头！"聂天勤又激动上了。

"那行吧，你想来就来吧。你看你能买到什么时候的票。"聂广义顿了顿，"最好稍微等两天，我这两天要招待个朋友。"

"什么朋友？"老父亲不无八卦地问，"男的女的？"

"女的。"聂广义没怎么在意。

"女的啊？女的好！"聂天勤很高兴，他这会儿不是博导，不是教授，只是一个关心儿子幸福的老父亲。

"女的怎么就好了？近之则不逊，远之则怨，麻烦得很！"聂广义张口就来。

因为都想着要用最短的时间到达罗马，聂天勤和宗极虽然各自中转了好几个不同的国家，出发的城市也不一样，最后一段航程竟然都是从比利时的布鲁塞尔机场飞往罗马的菲乌米奇诺机场。

一开始聂教授发了个大概的到达时间，聂广义也没有注意，等到确认了航班才发现，父亲和兄弟竟然是坐同一个航班来的。

聂广义也是有些无奈。明明和聂教授说好了，晚几天再来，他的老父亲却是一刻都不想等待。这都十几年了，有必要急这一两天吗？这是急这来见他，还是有什么事情想八卦？

聂广义不确定宗极的外语沟通能力怎么样，但知道聂教授的英语和德语是完全没有问题的。同济有德国渊源，老同济人有很多都是学德语的。德语加英语，在比利时机场，绰绰有余。

聂广义把宗极最后航程的信息发给了聂教授，附言："聂教授，我兄弟和你同一个航班，不知道上了飞机之后会不会有沟通问题，麻烦聂教授到时候关照一下。"

聂教授回复："没问题，交给爸爸了。"

聂广义本来只是不想接机的时候等来等去，可聂天勤出于对儿子交代的任务的重视，直接找空乘把自己和宗极的座位安排在了一起。人还没坐稳，他就对身旁的人说："广义长这么大，还是第一次和我说让我关照一下他的兄弟，想来你们两个的关系一定很不一样。"

宗极不知道聂广义有这样的安排，一时间有点蒙。

聂天勤伸出手："怪我，怪我，我还没有自我介绍，我是聂广义的父亲。"

宗极赶紧把手接过来握了握："你好，聂叔。"

最后两个小时的航程，原本毫无交集的聂天勤和宗极，就这么坐到了一起开始聊天。

聂天勤率先释放自己心里最大的好奇："广义和我说，他这几天在招待一个朋友，希望我晚点过来，还特地说了是个女的。你知道那个女的是谁吗？我下了飞机，就去帮着相看相看。"

宗极原本挂满了笑容的脸顿时整个都僵掉了："女的？多大呀？"想到聂天勤相看的对象有可能自家的宝贝闺女，宗极脸色都变了。

"多大呀，应该和他差不多，或者比他再大一点。我儿子从小就喜欢比他成熟一点的。"聂天勤想了想，给出了一个推断。

"是这样啊……"宗极那颗差点跳出胸腔的心，总算是安放了回去。

"你不知道吗？"聂天勤问。

他既希望宗极知道，这样他就可以事先收集更多的信息，又希望宗极不知道，这样说明儿子和他的关系已经变得比兄弟还要亲密。如此一番，聂教授的心情不可谓不复杂。

"不知道啊。"宗极回答，"他上礼拜在我那儿吃消夜，还说自己是独身主义者。"

"你们上礼拜见面了啊？"聂天勤的心情更复杂了。

"对，还有一个朋友也是从意大利回来的，叫宣适。"宗极说。

"宣适啊，那是他从高二开始最要好的兄弟。"聂天勤没来由地高兴，这么多年了，他好像也没和儿子生疏到他自己想象中的那种程度。

"宣适的女朋友在我那儿开了个咖啡工作室，他们两个就一起回来看看。"宗极也说明了一下具体情况。

"是这样啊。我儿子和你说自己是独身主义者？"聂天勤这会儿关注的是另外一个问题。

"我想想啊，他那天说的是什么来着？……"宗极稍作回忆，"'这辈子最幸运的事情，就是决定再也不要任何一段稳定的男女关系'，他还问我四处留情香不香。"

"你的意思是，他打着独身主义的旗号，到处祸害小姑娘？"聂天勤怀疑宗极说的是不是自己的儿子，却也没有过多解释，毕竟他缺席了聂广义成年之后的整整十四年。

"聂教授，欢迎你来到罗马。"聂广义抱了一束巨大的玫瑰花过来接机。

"你这是借花献佛吧？准备回去了送给你这两天接待的女孩的吧？"聂天勤故意把重音放在了"女孩"这两个字上。

"怎么可能呢？"聂广义指了自己后面，"我如果想送她花，我干吗还要从车上把花给抱下来？"

顺着聂广义手指的方向，聂天勤看到了快步跑过来的梦心之，立马抬了抬眼镜，想着帮忙相看。

同样是顺着聂广义手指的方向，看到跑过来依偎在自己身边的大女儿，宗极差点元神出窍。什么情况？聂兄弟不是喜欢大龄熟女吗？这两天在接待的不是年纪和他差不多甚至更大的女生吗？

宗极如遭雷劈："阿心啊，你和爸爸回国吧！"

"回国？"梦心之意外，"爸爸，你不是特地过来陪我去学校报到的吗？"

"不行，不行，你一个人在国外爸爸不放心。"宗极紧紧地抓着梦心之的手。

"我只待一年，一年很快就过去了。"梦心之反过来安慰宗极。

"现在不是一年的问题，是这个地方太乱了！太乱了！"宗极想想就后怕，他闺女要是被他兄弟这样的情场老手给缠上了，那还了得？

"阿心啊，你今天和爸爸住酒店去。"宗极把女儿的手抓得更紧了。

"好呢。刚才一上车聂先生就让我别坐他的副驾驶,说害怕我一个小姑娘家家的一连几天出现,会有人误会他想要找稳定的对象,让我尽量离他远一点。"梦心之说了一下自己过来路上的遭遇。如果不是急着见爸爸,又不方便临时叫车,她压根就不会上聂广义的车。

"他真这么说?"宗极感到有些不可思议。就自家闺女这颜值和气质,哪个男的见了会嫌弃?除非……他的广义兄弟是真的没把他家大闺女当成同辈的人……这才对嘛,这才是做兄弟该有的样子。

宗极先前故意拉开了一些距离,找梦心之先把事情给问清楚,抬头一看,发现聂家父子已经走远,赶紧快步跟上。

"聂兄弟啊,你走这么快干吗啊?"宗极有点心虚,不知道聂广义有没有看出来他刚刚那么明显的行为。

"令媛不是知道车在哪儿吗?我肯定先帮我爸把行李放车上啊。"聂广义一脸的不以为意,出声问道,"你们要先回去休息一下,还是直接去吃饭?"

一分钟前明明已经下定了决心要立马带着闺女去住酒店的好爸爸,非常随和地来了一句:"我都行,看聂叔怎么方便。"

宗极妥协了,带着满心的歉意。他的兄弟或许在对待女性的态度上有问题,但那是兄弟的私事,只要不牵扯到自家闺女,他就不应该戴着有色眼镜。毕竟哪个功成名就的天才,没点自己的小个性?

吃完饭回到罗马事务所,梦心之对继续留宿感到有些不适:"爸爸,晚上真的还要住在这里吗?"

"阿心啊,爸爸刚刚和广义兄弟聊了聊,他说今天专门给事务所的人都放了一天假。你、我,还有聂叔,咱们三个人,一人一个地下室的房间,已经让人都收拾好了。"宗极说。

"地下室?"梦心之疑惑地问。

"聂兄弟专门和我解释过,说地下室的房间其实是最好的,还说你也看过,是这样没错吧?"宗极有心求证。

"那他自己呢?"梦心之的关注点和宗极的不太一样。

"聂兄弟说,他有洁癖,不愿意和我们任何一个人住同一层。"宗极笑着问梦心之,"爸爸这小兄弟,是不是有点实在?"

梦心之对聂广义的话有着不同的解读:"那不就是不欢迎的意思吗?"

"不不不,你没看聂兄弟把他爸爸都安排在了我们同一层吗?他总不可能连自己的爸爸都不欢迎吧?"宗极说。

"为什么不可能呢?"梦心之反问道,"又不是所有的人都和爸爸这么要好。"

"阿心啊,爸爸先前都说了让人家照顾你,人家明明有洁癖,还让你住到了同一层。就今天一个晚上,咱们做客人也要有做客人的礼貌,你说是不是?"宗极劝了一下。

"嗯,爸爸说得是,我听爸爸的。"梦心之对爸爸向来是言听计从的,她挽着宗极的胳膊,顺势把头往他肩膀上靠了靠,感叹道,"真好啊,又可以和爸爸一起优游欧洲博物馆了。"

"对了,阿心!"宗极反应过来,问了一个之前问过,却没有得到答案的问题,"你是从哪里找到'极光之源'的?"

"爸爸,这个说来就巧了!"梦心之说,"'极光之源'一直都在聂先生的手里。"

"你说广义兄弟?这怎么可能?他那天只看了你画的最后一张梦里的建筑,就匆匆忙忙走了,爸爸根本就没有把前面的拿出来!而且,'极光之源'也根本不可能在那一堆演变稿里面,爸爸找了没有一百遍也有八十遍了。"宗极极为确定。

"是没有在演变稿里面,我的意思是,十四年前我们去卢浮宫的时候,那幅画就被聂先生给捡走了。"梦心之解释。

"真的假的？你的意思是，十四年前，咱们两个和聂兄弟在卢浮宫里面遇到过？"宗极越发没办法相信。

"不一定吧……"梦心之想了想，"他那天说，是在离《蒙娜丽莎》不远处的地上捡的，我猜多半是前后脚那种情况……要真遇到的话，他应该会问一问，然后直接把画还给我们吧？"

第七章 十四年前

十四年前，卢浮宫。

梦心之八岁，第一次走出国门，第一次专门为了博物馆安排旅行。

"爸爸，卢浮宫好大啊！"梦心之还没有走进卢浮宫里面，就开始感叹了。

"卢浮宫占地面积198公顷，可以放下四个全尺寸的足球场。"宗极给梦心之做了一个小小的科普，"这里曾经是法国的王宫，住过超过五十位法国的国王和王后。"

"王宫啊？"梦心之问，"那这里是世界上最大的王宫吗？"

"差点忘了，还有故宫呢！我们的故宫比法国的宫殿大多了，对吧？"小阿心眨着眼睛。

宗极斟酌了一下语言："卢浮宫占地面积将近故宫的三倍多。"

"啊……爸爸，那是不是就是说，我们国家的宫殿没有法国的大？"梦心之很是沮丧，小孩子的好胜心有时候是无处不在的。

宗极不知道梦心之为什么会这么突然地有了奇怪的胜负欲，既然女儿问了，他自然不会马虎对待："不是这样的，阿心，我们国家的宫殿，又不只有故宫这一个。"

"真的吗真的吗？"小阿心兴高采烈地问，"那我们有哪个宫殿比凡尔赛宫还大吗？"

"有的，大明宫。"宗极说。

"大明宫是什么宫？是明朝的宫殿吗？"梦心之问。

"不是的，阿心，大明宫是唐朝的宫殿。"宗极回答。

"啊？唐朝的宫殿为什么叫大明宫，不叫大唐宫？"小阿心脱口而出。

"大明宫原来叫永安宫，是唐太宗李世民给他爸爸李渊建的准备用来避暑的宫殿，还没有建好他爸爸就驾鹤西去了。大明宫建好后是武则天在里面办公。"宗极说。

"爸爸，那大明宫有多大啊？"梦心之问。

"大明宫相当于三个凡尔赛宫，四个故宫，一个半卢浮宫，十八个白金汉宫。"宗极用尽量形象的语言给梦心之普及历史知识。这对后来梦心之给宗意做科普打下了坚实的基础，算得上是"家学渊源"。

父女俩就这么有一句没一句地进入了排队观看《蒙娜丽莎》的队列，前面黑压压的一大片，一眼望不到头。

"爸爸，你刚说的五个宫殿，是不是就是你以前和我说的世界五大宫殿？"梦心之问。

"不是的，阿心，世界五大宫殿里面，没有我们今天参观的卢浮宫。"宗极回答。

"那去掉卢浮宫，要加进去的那个是什么宫？"梦心之又问。

宗极又摸了摸梦心之的头，宠溺地发问："阿心，我们今天来参观卢浮宫，你怎么一个劲地问其他的宫殿啊？"

梦心之撇了撇嘴："阿心也没有想到要排这么久的队啊。"

"谁让阿心梦到的是最受欢迎的'丽莎夫人'呢？不管什么时候来看《蒙娜丽莎》这幅画，肯定都是需要排队的。"宗极解释。

"可是，排队真的很无聊啊。"梦心之耸着肩眨着眼睛，"要不然爸爸给阿心讲讲卢浮宫的故事吧。"

"好，那阿心还想听什么？"宗极问。

"嗯……除了住过五十多位法国国王和王后，卢浮宫还有什么其他特点吗？"小阿心先把自己知道的说了。

"这个啊，你让爸爸想想啊。"宗极说，"卢浮宫里面有四十万件展品，卢浮宫开始建造的时间是1204年。"宗极说。

"1204年是什么时候呢，爸爸？"梦心之问。

"呃……1204年啊……"宗极又愣了愣，越是简单的提问，越不好回答，"1204年是南宋时期。"

"啊！就是那个特别好吃的朝代，对吧？阿心可喜欢爸爸和妈妈上星期一起做的宋嫂鱼羹了。"梦心之手舞足蹈地问，"宋嫂鱼羹就是卢浮宫开始建造的那个时候出现的吧？"

"这个啊，不可考。"宗极没有强行回答梦心之的问题，把话题给带了回去，"阿心，爸爸继续和你讲卢浮宫吧。这些欧洲的博物馆，爸爸知道得也不多，只能稍微和你讲一讲。等阿心长大了，搞明白了，记得要教爸爸，爸爸那时候可能都已经老花了。"

"不可能！我爸爸永远都这么帅！"梦心之不服。

"阿心啊，就算是帅哥，也是会老花的。"宗极笑着摸了摸梦心之的头。

"不可能！"梦心之据理力争，"我的帅爸爸就不会。"

"阿心说得对！"宗极选择妥协，"爸爸不会老，也不会老花，还一直都这么帅。"

"嗯嗯嗯。"小阿心拼命点头，表达了极大程度的赞同，而后才道，"爸

207

爸，你不是说要稍微讲一讲？"

宗极继续介绍："我们下午要参观的地方，是卢浮宫的超级走廊，足有300多米长，这是法国国王亨利四世建的。超级走廊最开始不是现在这样的，亨利四世在里面种了很多的树。"

"法国国王也喜欢在室内种树吗？"梦心之问。

"何止啊，亨利四世还在里面纵马狂奔呢。"宗极回答。

"爸爸，那我们去参观的时候也可以骑马吗？"梦心之又问。

"当然不行啊！"宗极摇了摇头，"那时候是宫殿，现在是博物馆，怎么能在博物馆里面骑马？"

"这有什么不能的？"梦心之一仰头，稍显自豪地说，"阿心晚上就梦一个给爸爸看。"

"阿心啊，爸爸是看不到你的梦的。"宗极一脸的遗憾。

"那有什么？我画下来给你看不就好了吗？"梦心之拍了拍自己的口袋，那里面装着她的得意之作"极光之源"。

"好的，爸爸等着阿心的大作。"宗极虽然看不懂梦心之画的是什么，却没有打击她的积极性。

"爸爸，阿心好不喜欢排队啊，卢浮宫这么大，我们能先去别的地方看一看吗？等到快关门的时候再来，是不是就不需要排队了？"八岁的梦心之，还没有太多在博物馆排队的耐心。

"快关门的时候再来，你就看不到了。要不夜场一开始就进来排队？"宗极问。

"这里还有夜场吗？是一到晚上就变成了'博物馆奇妙夜'吗？卢浮宫里的木乃伊们会活过来吗？"梦心之好奇三连问。她先是满脸的兴奋，讲到木乃伊的时候，又哆嗦了好几下，直接躲到了宗极的身后，拉着宗极的衣角，探出了头，又害怕又好奇地问："爸爸，木乃伊不是埃及的吗？为什么卢浮宫里面会有木乃伊啊？"

"卢浮宫古埃及馆中的文物，是被拿破仑掠夺到法国来的。不仅如此，他还让士兵对着世界上最高、最大的金字塔开了一炮，把狮身人面像的鼻子给打没了。"宗极有些惋惜。

"啊！他这么坏吗？"梦心之问，"那我们为什么不把木乃伊带到中国去保管啊？"

"阿心没有发现吗？我们中国的博物馆，都是没有外国文物的。"宗极说。

"是吗？"梦心之疑惑，"故宫不是有？"

"故宫是个例外，但故宫里的每一件外国文物，都来历清楚，非掠夺、无偷盗。"宗极一有空就给梦心之灌输正确的价值观。

好不容易排到了《蒙娜丽莎》跟前，梦心之坐在宗极的肩膀上，有些无法相信，丽莎夫人竟然是被框在那么小的一幅画里面的。

坦白说，梦心之对真实的《蒙娜丽莎》是有些失望的。她觉得丽莎夫人应该生活在宫殿一样的地方，唱着婉转动听的歌，歌声嘹亮，响彻四方，还有达·芬奇的天籁和音。两相烘托，自带音乐厅的效果。

卢浮宫确实是在宫殿里面，可丽莎夫人在卢浮宫的"生活空间"也实在是太狭小了吧？和梦境里的大场面，简直毫无关联。

梦心之把随身携带的"极光之源"拿出来，想要好好对比一番，看墙上的这幅画是不是真的不比她的"作品"大多少。

可惜，这个想法还没来得及付诸实施，宗极就被现场的工作人员催着不要在《蒙娜丽莎》前面停留太久。梦心之从宗极的肩膀上下来，低着头，如霜打的茄子一般，整个人蔫蔫的，对什么都提不起兴趣，只想赶紧离开。

十八岁的聂广义，站在《加纳的婚礼》前面。

他的身边偶尔也会有人驻足，想要和这幅画合影。这样的人很少，因为大部分来卢浮宫的人，都只想远远地给《蒙娜丽莎》拍一张照。

每到这个时候，聂广义就会自动往后让一让，给要拍照的人，留出足够的空间。

小小的《蒙娜丽莎》和卢浮宫最大的油画《加纳的婚礼》都在德农馆的蒙娜丽莎厅。

这在聂广义看来，其实是有些讽刺的。

《蒙娜丽莎》之所以能成为全世界最著名的画，和这幅画在 1911 年被盗之后铺天盖地的新闻有着密不可分的关系。《蒙娜丽莎》从卢浮宫被偷走，直到两年之后才被找回。偷这幅画的是意大利人，给出的理由是，要把意大利的国宝带回意大利。但这个理由本身是站不住脚的。卢浮宫馆藏四十万，有四分之三都是掠夺所得，偏偏《蒙娜丽莎》不是。

《蒙娜丽莎》和故宫馆藏的外国文物一样来历清楚，是达·芬奇死后，当时的法国国王弗朗索瓦一世用一万二千法国金币，从达·芬奇的徒弟手里购买了放到自己的宫殿——卢浮宫里面的。弗朗索瓦一世不是拿破仑，他没有干过掠夺意大利国宝的事情，他开明而又多情，一生都在庇护文艺……

真要把意大利国宝带回去，也应该带《加纳的婚礼》，这个确实是拿破仑掠夺的。

聂广义在后退让出《加纳的婚礼》给游客拍照的时候，刚好听到宗极和梦心之说"故宫里的每一件外国文物，都来历清楚，非掠夺、无偷盗"。

聂广义对说这句话的人有点好奇，转过身来开始寻找。他已经在卢浮宫逛了好多天了，还是第一次听到这么认真探讨博物馆馆藏的普通话。

明明是离得很近的声音，并且小女孩的声音是从高处传来的，聂广义转头的时候，却没有看到哪个小孩子是坐在父亲的肩膀上的。人没有找到，却看到了落在地上的一张 A4 大小的纸。

聂广义把这张纸捡了起来。如果这张画的水准很高，或者这个作品有落款，他还能用周围的人能听到的音量问一问。可惜，他只捡到了一张鬼画符一样的"废纸"。

十八岁的聂广义并不知道，根号除了开数字，还能拿来"开心"。此时的聂广义正处在人生一个非常大的转折点，刚刚失去了妈妈，还和从小到大一直很要好的爸爸闹得很僵。

他的人生，忽然就没有了方向。他并非一定要上清华，如果是的话，他复读一样能上。

聂广义已然不知道什么是对，什么是错。他想要说服自己原谅聂天勤，但是他做不到。他想要告诉自己不要钻牛角尖，可他就是无论如何都消化不了。他想像以前一样，和同学们勾肩搭背，为了一点莫名其妙的小事情笑得前仰后合，可他现在连和人说话的欲望都不常有。

聂广义选择离开，去世界各地做交换生。一个人，如果需要不断地去适应新的环境，或许就没有那么多时间沉溺在过去。

他连学校都不想去，只有博物馆这样的地方，才能让他静下心来思考。捡到"极光之源"后，聂广义也没有继续在《加纳的婚礼》待太久。在离开卢浮宫之前，他还带着"极光之源"去了卢浮宫的失物招领处。那边的工作人员忙着协助处理各种失窃的报案，没人有空去管一张根本不能被称为作品的涂鸦。倒是来了好几个钱包被偷的，都是在看《蒙娜丽莎》的时候失窃，连现金带信用卡都没了。在那个手机支付还没出现的年代，没卡又没现金可谓寸步难行，还有直接在那儿哭的。

聂广义在失物招领处看了好一会儿的人情冷暖，也没有人来找"画"。在这种情况下，哪怕他把这"画"留在卢浮宫的失物招领处，它多半也逃不掉被扔的命运。

聂广义鬼使神差地把这个"作品"放进了自己的包里，转身离开。

十四年前，巴黎，卢浮宫，这是聂广义和梦心之的第一次擦肩而过，却也不是真的错过。

聂广义在失物招领处耽误了一些时间。

梦心之和宗极在这段时间里，看了席里科的《梅杜萨之筏》和米开朗基罗的雕塑《被缚的奴隶》。父女俩进来的时候，一心只想着《蒙娜丽莎》，都没有米得及在地标玻璃金字塔前面拍照。

出来玩肯定是要拍个合影的，但是，找谁帮忙拍呢？

宗极环顾了一下，看到有个穿着黑色西装的年轻人正在给一个拿着中文地图的游客指路，像极了工作人员。又会中文，还热心帮忙指路，这样的年轻人，请他帮忙拍张照片，应该是完全没有问题的吧？

聂广义就这么被宗极抓了壮丁，在巴黎的夜色里，给宗极和梦心之在玻璃金字塔前面拍了两张合影。许是天色已晚，许是心情不佳，被当成工作人员的聂广义既没有走心，也没有留意，完全没把这件事情装在自己的记忆里。

聂广义给聂天勤、宗极、梦心之，在水光荡漾的地下室，分别安排了一个房间。地下室是一个非常完整的生活空间，有客厅，有厨房。

聂广义帮聂教授把行李拿进了房间。

宗极先是参观了一下地下室，然后就去五楼帮梦心之把行李搬往地下室。

"阿心啊，地下室的房间确实要比五楼的好太多了！"宗极感叹，"爸爸还从来没有见过那么亮堂的地下室呢！透明泳池的采光设计真的很天才，咱们的极光之意如果让聂兄弟设计的话，肯定会有很多更有意思的元素。"

梦心之有些意外地看着宗极，出声说道："爸爸，你的眼光好毒啊！"

"嗯？什么意思？"宗极问。

"聂先生确实也设计了一个'极光之意'呢！"梦心之说。

"他也设计了一个'极光之意'？怎么可能呢？他家里也有叫极、光、之、意的四个人？"宗极有点反应不过来。

宗极和聂广义虽然称兄道弟，但说到底认识的时间短，对彼此的了解有限。

　　"不是的，聂先生设计的那个建筑叫 Concetto di Aurora，是意大得语，他整个的设计都是极光的概念，翻译过来叫'极光之意'。"

　　"这样啊，阿心看过吗？那个建筑怎么样？有咱家的极光之意那么酷炫吗？"宗极问。

　　"外观上基本是一模一样的。"梦心之说。

　　"啊？那这要怎么解释啊？阿心啊，你没有和聂兄弟说，这你是梦到的吗？"宗极的第一反应和梦心之有点像，以为是梦心之在哪里看到了，才会日有所思，夜有所梦。

　　"说了。但是聂先生说，Concetto di Aurora 是他一年前才有的想法，他本来在意大利都拿奖了，因为外观与我们家重合，又把奖项给退了回去，他到现在也没搞明白怎么回事。"梦心之解释。

　　"这样啊，那太遗憾了，爸爸还以为能找到阿心梦里的建筑究竟是从哪里来的了呢！"宗极有些遗憾。

　　"是的呀！"梦心之也颇有些感叹。

　　宗极和梦心之上五楼搬行李，地下室里就只剩下了聂天勤父子。

　　"大头，刚才在机场，你不是还说准备拉个横幅去接爸爸的吗？怎么现在连留下来和爸爸来个父子夜话都不愿意？"听说聂广义要一个人去五楼住，聂天勤心里很是有些不对味。想当年，大头最喜欢的就是半夜三更跑到书房找他聊天。这次过来，聂天勤积攒了十四年的话，想要和儿子说。

　　"行吧，那就再聊五毛钱的。聂教授，你那天为什么会出现在浦东机场？"聂广义自己也不想走。

　　这个疑问，在他的心里面已经很久了。

213

那天他搭乘的飞机,是因为出现双发失效,紧接着单发重启成功后返航,备降浦东机场,并不是一开始就从浦东机场起飞。

在这种情况下,聂教授为什么会出现在那里,并且还带着一封写好的信?

作为高智商人群中的佼佼者,聂广义都觉得有点超出他的理解范围了。这也是为什么他明明在机场看到了聂教授的身影,却还是觉得不可能。

"那天在长桥村和你聊完,爸爸就开始写这封信了,来来回回地写了好几遍,信写好了就想着要怎么给你。"聂教授也没藏着掖着,他本来就要和聂广义说这些。

"怎么不直接给我呢?"聂广义问。

"我怕直接给你,你连看都不看就扔掉。"聂天勤说。

"知子莫若父,哈哈,还真有这个可能!然后呢?"聂广义问。

"然后爸爸就想着,送去机场给你,悄悄把信放进你的行李箱,就托人留意一下你可能会搭乘的航班……"聂天勤说。

"这都行?"聂广义问,"你找的谁?"

"我的一个学生……"聂天勤犹豫了一下,"大头啊,爸爸不是想要打探你的隐私。"

聂天勤有些底气不足,毕竟他曾经干过让学生把聂广义在法国的号码找出来发给他一类的事情。

聂教授从教四十年,说是桃李满世界,一点都不夸张。这一次,是学生群中没人知道他忽然来了意大利,不然肯定也有学生接机。

"哦,没事。"聂广义摆了摆手,满不在乎地表示,"只要不是宣适和你说的就行。"

"为什么呀?"聂天勤对儿子此时提起宣适有那么一点点的疑惑。

"你的学生有办法知道我坐哪一班飞机,专门查了告诉你,那是他们在念你的情谊;小适子要是把我的行踪告诉你,那他就是出卖兄弟!"在聂广义看来，这是性质完全不同的两件事情。

"这样啊……原来大头介意的是这个啊！"聂天勤放松下来，加了一句，"那你兄弟真的挺好的！"

"那必须啊，也不看看是谁挑的一辈子的兄弟。"聂广义很得意。

"第一次，我打探了老半天，他只告诉我你没从上海飞，而是离得比较近的一个有直飞罗马的航班的二三线城市。第二次他干脆连提示都不给，还骗我说，你会坐货运火车回欧洲！"

聂教授明明是在顺着聂广义的话聊，聂广义却越听越不对劲。

敢问除了温州，国内还有哪个介于二、三线之间的城市，能直飞罗马并且离上海还比较近？怎么不干脆直接报龙湾机场呢？至于坐火车回欧洲……这摆明了是宣适真的自己就信了，才没来机场送行。

宣适的真实行径，和聂教授理解的，根本就是背道而驰的。聂广义整个人都不好了。兄弟不是不会出卖他，而是不知道要怎么卖得更具体。

聂家父子躺在床上聊天，聊了彼此错过的这些年。

聂天勤问聂广义是不是真的是独身主义者。

聂广义的回答是："不能更确定。"

回到房间，聂广义开始失眠。他知道自己变了，动不动就会想起那个第一次见面就惊为天人的姑娘。可后来那些浓得化不开的尴尬，也一样如影随形。

聂广义不想去想，却又没有办法控制自己。这是失控的感觉，也是聂广义最不喜欢的感觉。

天还没有亮，聂广义就安排好了，他让助理送宗极和梦心之去佛罗伦萨，他自己则是天一亮就载着聂教授去了帕多瓦。

聂广义这几天缺觉，又一路开车从罗马到帕多瓦，饶是精力旺盛，也已经困得不行。帕多瓦事务所的助理拿必须要马上处理的文件让他签名，他一个不小心，差点签成带根号的"开心小姐"。

怎么又不请自来了？这种阴魂不散的感觉实在是够糟的。

聂广义拿出手机，把梦心之的联系方式拉黑并删了个干干净净。他希望梦心之能从他的生活里面彻彻底底地消失，就像从来没有存在过一样。以前不认识，以后不见面。

干完这件事情，聂广义就心满意足地睡觉去了。他相信醒来之后，一切就会回归正轨。

过去的十四年，聂天勤没有奢望过得到儿子的谅解，更没有原谅过自己的行为。他甚至去有关部门自首，说报同济大学不是儿子的本意。他承认篡改，愿意接受一切惩罚，只求儿子能够上清华。但这种亡羊补牢，已经毫无意义。高考之所以是高考，就是因为有很多无法触碰的高压线。填错答案，报错志愿，考试迟到，听起来天差地别的几件事情，结果都一样是过时不候。

和儿子重归于好，在长达十四年的时间里，都只是聂天勤的奢望。

不承想，这件事情真的发生了，聂广义不仅原谅他，还愿意和他一起重建家乡的桥梁。

聂天勤知道自己的儿子不是普通的建筑师，聂广义留在意大利，肯定会有远大的前程。

看着聂广义没日没夜地处理意大利两个事务所现有的项目，还推掉了很多新找过来的，聂天勤的心里有些不是滋味。他已经毁掉了儿子上清华的梦想，现在还要因为自己对万安桥的执念，影响儿子的职业发展吗？

"大头，你前几天电话里和爸爸说的科技护桥啊，航天阻燃剂啊，已经给了爸爸很大的启发。爸爸回去，可以让学生们朝着这个方向多做点研究，多出几套万安桥重建的方案。你好好地在意大利，把你自己的事业做好。"聂天勤来意大利，真的只是想要看看儿子，不是要把他带回去。

"聂教授，你能让你的学生多努力，我就不能让我的员工多努力吗？花那么多钱雇员工，难道是为了把自己累死吗？"聂广义反问。

聂广义也不是完全放下了聂天勤篡改志愿那件事情。是聂天勤满头的白发和满脸的皱纹，让那一切都变得无足轻重。爸爸已经七十岁了，自己还有多少时间，可以陪伴在他的身边？

聂广义花了两个月的时间处理完意大利的事情就回到长桥村，开始推进万安桥的重建。

他分不清自己是更喜欢设计未来概念，还是更愿意去重修古建筑。

唯一清晰的是，他希望花更多时间，陪伴白发苍苍的聂教授。

时光总会带来伤感的时刻，夏日暴晒、冬日狂风、秋天的最后一片落叶。

时光也总会留下治愈的瞬间，冬日暖阳、夏日清风、春天的第一朵花开。

第八章 榫卯结构

一年过得很快，梦心之学成归来。

"姐姐姐姐姐，有没有感到很意外？"久违的宫商角徵羽。

"太意外了！你今天不是应该在上课吗？"梦心之确实没有想到，宗意会和宗极一起跨省到白云机场来接她。

梦心之上车，抱了一下宗意，打算把她抱到自己的腿上坐着，连着试了两次，都没能成功。她不在家的这段时间，宗意有了进一步横向发展的迹象。

"姐姐姐姐姐，我请假了！"又是古典音阶。

"这样啊！阿意用的什么理由啊？"梦心之想要刮宗意的鼻子，被宗意给避开了。

宗意慢慢长大，可爱程度却丝毫没有下降。

"姐姐姐姐姐，我的脚扭了。姐姐姐姐姐，我上不了学。"宗意连着两遍古典说唱。

"阿意这是打算一路就这样唱回去？"梦心之问。

"那可不，我都多久没有见到活的姐姐了。"宗意还挺自豪。

"你这话说的，我都不想给你带礼物了。"梦心之说。

"哇啊哦……我亲爱的姐姐，你给我带了什么好吃的？"宗意问。

"礼物为什么就一定是吃的？"梦心之笑着问。

"不是吃的还能是什么？"宗意反问。

"姐姐给你买了卢浮宫限定版笔记本。"梦心之从随身的包里拿了个本子出来。

"哦。"宗意把失望的表情写在了脸上，连说唱都结束了，委屈中带点期盼地问了一句，"还有呢？"

"还有大英博物馆的限定版保温杯。"梦心之忍着笑。

"保温杯？你是买给爸爸泡枸杞的吧！"宗意把嘴巴噘得老高。

"瞎说什么呢？咱爸这么年轻，哪用得着保温杯里泡枸杞？"

"行，全家就我最老了，行了吧！"宗意生气道，"我就得一个一个都让着你们。"

见宗意真生气了，梦心之才切入正题："是吗？那姐姐是不是应该把从欧洲十二个国家收集来的最好吃的巧克力统统吃掉呢？"

"十二个国家？每个国家一种？"宗意立刻来劲了。

"不一定哦，有的国家会有两到三种上榜不同榜单的巧克力哦。"梦心之说。

"那岂不是有十二到三十六种最好吃的巧克力在等着我？"宗意两眼放光。

"本来是的，但全家的老大不是要让着我们吗？"梦心之打趣道。

"老什么大啊？我明明是老幺。"宗意毫无负担，立马改口，直奔梦心之的行李箱，开始寻找。

"你慢点，脚哪里扭了？姐姐看看。"梦心之怕宗意又把自己弄伤了。

"哪能真扭啊？我只是脚丫子和脸蛋一样肥嘟嘟而已。"宗意做了个鬼脸，得意道,"真扭到脚了,我还能这么活蹦乱跳地出来玩吗?"

"你就这么骗妈妈,回去不怕被罚啊?"梦心之确认宗意的脚没事,帮她把鞋子穿上,才把她的腿给放下,也没再拦着宗意去找巧克力。

"怕什么呀?我的姐姐哎,不是我吹牛,打从你出国留学,我就知道要怎么应付妈妈了。老幺不发威,还当……"宗意越说越兴奋。

宗极开着车都听不下去了:"阿意,你差不多得了。"

"哦。"宗意意犹未尽地撇了撇嘴,用口型和梦心之说了三个字"妻管严"。

梦心之有些好奇,自己出国留学这一年,宗意是不是真的想到了拿捏梦兰女士的方法?

就冲这个周四学校没有放假的时间能出来,小阿意的家庭地位,就比以前要高了很多。

逃课肯定是不值得提倡的,可她这么久没有见到妹妹,能够第一时间见到,自然是欢喜的。

"姐姐姐姐姐姐,我有个问题。"宗意一边吃着巧克力,一边口齿不清地问。

"什么问题啊?"梦心之接话。

"你留学的时候有没有遇到那种对你想入非非的男妖精?"宗意问。

"阿意,你这都是什么形容词啊?"梦心之无奈。

"虎狼之词。"宗意一脸的得意。

"'虎狼之词'是这么用的吗?"梦心之轻轻地弹了一下宗意的圆脑瓜。

"我的姐姐哎,一个网络流行语,难道还要引经据典吗?"宗意反驳。

"阿意长大了,姐姐都说不过你了。"梦心之并不是喜欢说教的姐姐。

"真的吗?真的吗?真的吗?"宗意兴奋三连问,"那姐姐快告诉我,有没有把他们一个一个都赶走?"

梦心之忍俊不禁道:"不好意思哦,一个都没有遇到。倒是有个男妖怪,明明有女朋友，还往我身边凑。"

"啊？这么可怕吗？就我姐姐这样的，怎么都应该每天身后都跟着一打优质且单身的男妖精才对吧。"宗意不知道自己应该高兴，还是应该不满。

"每天都有一打的话，赶起来会不会有点累啊？"梦心之笑着回应。

"那到底是有还是没有吗？"宗意想要确切的答案。

"姐姐为了能早点回来看你，每天不是写报告就是查资料，哪有空抬头看男妖精？"梦心之反问。

"喊，姐姐你个骗子，你如果真的天天在学习，哪有空去那么多个国家，参观那么多家博物馆啊？"宗意不信。

"学习再忙，也得给阿意集齐欧洲十二国的巧克力啊！"梦心之换了个说法。

"你可真是天底下最好的姐姐，没有之一。"只要关系到吃的，节操在宗意这儿就是可有可无的。

宗极开着车，还不忘关心后车厢的情况："阿意，你姐姐刚下飞机，你得让她好好休息。"

"没事的爸爸，我刚好倒时差。"梦心之回答。

"阿心，你要是不累的话，我们要不要直接去看家具啊？"宗极转头问梦心之。

"爸爸，你为什么忽然这么热衷去看家具啊？"梦心之问。

"这不是我那小兄弟，给极光之意重新设计了智能家居嘛！你也知道，爸爸向来对科技和电子产品比较上头。"宗极说。

"你有哪个兄弟是做智能家居的？"梦心之疑惑。

"爸爸的小兄弟不就一个吗？你在意大利还住过人家那里。"宗极回答。

"啊？爸爸，你和聂先生还有联系啊？"梦心之意外。

"对啊。你在欧洲念书，爸爸还不得让他帮忙照顾你啊？"宗极说。

"爸爸，欧洲很大的。"梦心之有点搞不清楚，自己这会儿的语气是撒娇还是抱怨。

"是啊，所以也就让他关照了你一两个月，后来他就和他爸爸一起回来了。"宗极如是说。

"关照了我一两个月啊？"梦心之有点被惊到了。且不说聂广义把她拉黑了，就这一个英国一个意大利的，要怎么能关照得到？地球又不真的只是一个村。

梦心之倒是没有想过，聂广义把她拉黑，又和爸爸一直保持联系。这通操作有点令人费解，总归已经是过去很久的事情了。一个把她拉黑，又向爸爸谎称在关照她的人，着实也没有什么继续探讨的必要。

梦心之长这么大，还是第一次被人拉黑，说不介意是假的，说有多么介意，那也是不太可能。毕竟，她和聂广义原本就没有太多的交集。

梦心之不想提起聂广义，宗极和宗意却都没有这样的意识。

宗意接着宗极的话往下说："我的姐姐哎，我发现聂叔叔还是很厉害的。"

"是吗？"梦心之笑笑，兴致不高。

"现在唯一的问题是，极光之意以前的家具比较限制扫地机器人的发挥。我和爸爸这趟到广东来接姐姐，顺便要把家里的沙发和床都换成那种带有架空层的。"宗意越说越兴奋。

"原来是这样。"梦心之依旧兴致不高。

和梦心之的兴致索然相反，宗意兴奋得就差手舞足蹈："经过聂叔叔的重新设计，咱们家都不需要有人做家务了。"

"什么意思啊？"梦心之问。

"就是各种机器人啊，扫地机器人，擦窗户机器人，电动窗帘，灯啊，电视啊，等等，总之咱们家所有的家具和电器，用一个平板电脑就都能搞定了。"宗意用手比画了一个平板的大小。

"电动窗帘这些，你还没出生，很多酒店就有了。"梦心之泼了一盆冷水。

"那是酒店啊，而且也只是灯、电视和窗帘啊。我的姐姐哎！现在咱们家，洗碗机、油烟机、咖啡机、冰箱、空调、加湿器全都连在了一起。"宗意两眼发光。

"标准的全屋智能，也还好吧……"梦心之说。

"哪能只有标准呢？姐姐，我和你说，咱们家经过聂叔叔的改造，现在我躺着哪儿也不用去，动动嘴皮子就全屋声控了。"宗意继续安利。

"现在全屋智能都带声控吧……不要说全屋智能了，现在连门锁都是指纹、声纹、人脸复合认证的。"梦心之不是泼妹妹冷水的性格，但情绪就是没有被调动起来。

"我的姐姐哎！看来你也很认真地研究了全屋智能嘛！咱们家确实连门锁都已经可以远程控制了，再也不用一有人来就下去开门了。"宗意自顾自地高兴。

"要不要懒成这样呀？饭你不还是要亲自吃？"梦心之试着调整自己的情绪。

"我的姐姐哎，你这话说的，阿意又不讨厌吃饭的！我就是讨厌洗碗，妈妈现在非要我洗，还好聂叔叔也给我们家设计了洗碗机！"宗意句句不离聂广义。

"就算有了洗碗机，你不还是得亲自把用过的碗放进去吗？"梦心之感觉妹妹被拉黑自己的人给洗脑了。

"谁说不是呢？回头得和聂叔叔提提意见，看看他能不能弄个会自动收拾碗筷和桌子的机器人。"宗意一脸认真地回应。

从爸爸和妹妹那里听到聂广义的消息，梦心之的心情有点复杂，她本来都快忘了这个人了。

"阿意不是不喜欢聂先生吗？"梦心之问妹妹。

223

"没有啊，我可喜欢他了。"宗意回答。

"为什么呀？"梦心之问。

"因为他不喜欢姐姐啊。"宗意又答。

梦心之没想到会听到这么个答案，好奇这个把自己拉黑的人到底在自己的家人面前搬弄了什么是非。

"你怎么知道他不喜欢我？"梦心之问。

"我的姐姐哎，不喜欢这种事情还需要说吗？聂叔叔从来都没有提起你。不会像那些喜欢你的莺莺燕燕，一见到我就问东问西，问你喜欢什么。"

"'莺莺燕燕'是这么用的吗？"梦心之被自己的妹妹给整不会了。

"我的姐姐哎，就是那么个意思嘛。小阿意的眼光最毒了，爸爸把'极光之源'都带回来了，说是聂叔叔捡到的。聂叔叔但凡对姐姐有一点意思，肯定上赶着要把姐姐所有的画都看一遍是不是？结果爸爸都拿出来了，聂叔叔直接说没兴趣。"宗意噼里啪啦说了一通。

"行吧，姐姐知道了。"梦心之没什么兴趣继续这个话题。

聂广义能够捡到她的"作品"，在梦心之看来还挺正常的，不过是在同一时间，出现在了同一个地方。要说真的让她在意的，反而是为什么会有两个"极光之意"。肯定是出于某个她还没有来得及搞明白的原因，这样的一栋建筑才出现在了她的梦境里面。如果能和聂广义正常做朋友，她很乐意一起把这个问题探讨清楚，但跟一个莫名其妙拉黑自己的人肯定是做不成朋友的。

"聂教授，你确定要用一根钉子都没有的榫卯结构，是吗？"聂广义和聂天勤确认万安桥的重建方案。

"既然要把万安桥恢复成最初的样子，那就肯定要用编梁木拱桥营造技艺和传统木建筑工具。"聂天勤回应，"中国人有句古话，叫'榫卯万年牢'。和钉子相比，榫卯结构有很多的优势。"

"完全不使用现代工具，对主墨的要求还挺高的，而且会大大延长重建的所需要的时间。"聂广义表达了一下自己的看法。

木拱廊桥的建造，需要由一名资深的木匠师傅负责指挥，这个人叫主墨，原来一直都是邱爷爷。除此之外，还需要多名木匠同时配合，才可以完成。

聂广义虽然有天赋，但毕竟实际操作的经验不足。模型和真正的建造，还是存在差距的。

木拱廊桥营造技艺，一直都是通过师傅对徒弟口传心授传承下来的，有很多技巧都没有明确的记载，靠的就是老师傅的感觉和经验。

聂广义不喜欢这种说不清道不明的东西，他做模型的第一件事情，就是数字化建模。要求彻底回归"原始"，对聂广义来说还是有些难度，尤其是和邱爷爷的徒弟们配合的问题。

聂天勤不反对"全球选材"，也不反对给选好的木料做终极的防火处理，独独在营造技艺这一点上异常坚持，坚持要用一颗钉子都没有的榫卯结构，也拒绝使用现代化机械。

木拱廊桥是世界古桥梁史上绝无仅有的一个品类，建造在高山密林和深谷险涧之间，使溪涧变通途。

《闽小记》里面有这样一句话："闽中桥梁，最为巨丽，桥上建屋，翼翼楚楚，无处不堪图画。"

榫卯结构是我国木质家具和木构建筑采用的一种凹凸结合的连接方式。

"榫，剡木入窍也。俗谓之'榫头'，亦作'笋头'。"凸出的部分叫榫头，是榫卯的榫。凹进去的部分叫榫眼，是榫卯的卯。有点像螺丝与螺帽的关系，只是更加浑然天成和天衣无缝。

榫卯结构历史悠久，河姆渡新石器时代的遗迹里面就出现了榫卯结构，距今超过七千年。早在春秋战国时期，榫卯结构就有了非常成熟的应用，唐宋时期达到巅峰，到了明清时期，榫卯结构已经开始由繁至简。

榫卯结构不是单一存在的，各个构件之间需要有机联结，相互避让。不使用一个钉子、一丝金属，就能完成联结合理、上下左右、粗细斜直的营造，严丝合缝，间不容发。这就要求木匠们，在决定打造一件家具或者建造一座建筑的时候，对整件家具或者整栋建筑的结构了然于心。

仅凭木材之间的凹凸契合，就能组合出一件件牢固的家具、一座座牢固的建筑，不得不说，这是一件非常神奇的事情。榫卯结构，既是古人智慧的结晶，也是人类文明的见证。

木拱桥传统营造技艺，更具体一点来说，就是使用传统木建筑工具，采用编梁等核心技术构建，以榫卯连接成稳固的拱架桥梁。

随着时代的发展，钉子和现代工具早就已经替代了传统手工艺。但榫卯工艺作为我国古建筑和古家具领域的"国粹"，依然有着不可替代的优势。不管是苗寨吊脚楼营造技艺、侗族木构建筑营造技艺、木拱桥传统营造技艺，还是广式、京作、明式家具制作技艺，榫卯结构都是这些技艺的灵魂。

"聂教授，能熟练掌握榫卯技艺的木工早就已经是凤毛麟角了。一个木匠学徒想要在榫卯技艺领域出师，没个十年肯定是不行的。哪怕学会了，现在也没有用武之地。"聂广义说。

"怎么会没有用武之地呢？万安桥这不就需要重建了吗？"聂天勤反驳。

"聂教授，这是多少年一遇啊？媳妇都熬成婆了，熬到最后就只剩下在村里的老人家。"聂广义和聂天勤探讨。

"这确实是大多数非遗传承面临的困境。大头，我们得想办法让年轻人愿意参与到这些人类文明的传承里面来。"聂天勤也有些着急。

"这有点难，真有那个本事的年轻人，早就去外面当木工大师傅了，谁还留在村里修桥？要求高，收入少。"聂广义说。

"大头，你也是这么想的吗？"聂天勤问。

"对啊，要求年轻人不出去赚钱，就守着传统技艺，是不现实的。"聂广义实话实说。

"那你这么大一个建筑师为什么从意大利回来呢？"聂天勤叹了一口气，"爸爸都说了，你可以有自己的发展，不用专门回来陪爸爸。"

"这么和你说吧，聂教授，人类的需求，一直都是层层递进的。年轻人如果连饭都吃不饱，就很难有更高层次的精神追求。像我这种年少多金又才华横溢的年轻人，才最适合被抓来用爱发电。"聂广义一脸臭屁。

"大头，你怎么说着说着就开始自吹自擂了呢？"聂天勤无奈。

"这哪是自吹自擂？我这是最专业的分析。"聂广义回击，"每一项非遗技艺都不太一样，不同的技艺要有不一样的传承模式。"

聂天勤直接拿出了记事本。

"也不用搞得这么正式吧……"聂广义只准备聊个天。

"就记一笔，爸爸年纪大了，省得听到有用的，回头又忘了。"聂天勤翻开了记事本。

"聂教授，你记不记得，小时候你带我去开封看过打铁花？"聂广义问。

打铁花是一种大型民间传统表演技艺。这项技艺就是字面上的意思，打铁打出花来。1600℃的铁水，被匠人拿工具一打，就像是天女散花一般，比流星雨还要绚烂。

铁水可以打出花这件事情，是古代匠人在铸造铁器的过程中无意间发现的，随着经济的发展，就慢慢演变成了一项表演技艺。这项技艺的传承演变和万安桥的历史相当，始于北宋时期，鼎盛于明清。它流传于黄河中下游，被誉为黄河流域十大民间艺术之首。

"记得啊，打铁花也是国家级非物质文化遗产，你那时候还不到六岁吧？兴奋得手舞足蹈，看完了还和光着膀子打铁花的师傅说：'您放的烟花真好看！'"聂天勤说。

"聂教授，这种小细节就不用记这么清楚了嘛。"聂广义觉得自己小时候傻愣愣的，只会念书。

"你不搭理爸爸这些年，爸爸可不就得靠回忆里的这些小细节想你？"聂天勤问。

聂广义有点烦聂天勤过去这一年整天把"你不搭理爸爸这些年"挂在嘴上，说得好像他才是罪魁祸首一般，也不知道是谁篡改了谁的志愿。说一千，道一万，还是当初原谅得太简单，早知道应该多提点条件，再正式签个原谅协议。

聂广义接着分析："我小时候你带我去看的打铁花，好看是好看，但其实还是和别的非遗技艺没有太大的区别。你再看看现在。"

"现在怎么了？"聂天勤问。

"打铁花都上春晚了，这是多少明星都没有取得的成就啊。"聂广义说，"以前只有豫晋地区的人知道有打铁花这项技艺，现在很多地方都有人打铁花。"

"打铁花确实极具观赏性。"聂天勤赞同。

"是的，聂教授，这一类的技艺，只要获得足够的关注，就会有很多人愿意学——不仅够酷，还可以赚到钱。这样这项技艺在历史的长河里面，不仅能流传下来，还能推陈出新。就比如你刚刚笑话的放烟花……我是把打铁花误认成放烟花，但铁花和烟花的结合，早就是打铁花推陈出新的方式之一。"聂广义不忘给自己解释。

"爸爸也看到了，场面蔚为壮观，确实和你小时候看的打铁花有些不太一样了。在空旷的地方搭双层的花棚，在花棚上面安放好烟花，十几个人一起打铁花，用打铁花飞溅的铁水，去点燃提前挂在花棚上的烟花爆竹。"聂天勤回应。

"所以啊，聂教授，这种极具观赏性的非遗技艺，只要被关注到，就会有很多人愿意去学习和传承，不仅继承了，还慢慢发扬光大，堪称继往开来。"

聂广义说。

"打铁花确实不像大多数非遗技艺那样,不是被束之高阁,就是在博物馆安家。"聂天勤表示赞同。

聂广义接话:"聂教授不觉得奇怪吗?"

"这有什么好奇怪的?"聂天勤问。

"打铁花是和万安桥所代表的木拱桥传统营造技艺同一批进入国家级非物质文化遗产名录的。打铁花都能上春晚了,万安桥如果不是被烧了,基本上还是处于无人知晓的状态。"聂广义继续分析。

"大头啊,打铁花其实很危险的,你小时候不是还差点被吓哭吗?"聂天勤揭短上瘾。

聂广义没和自家老顽童计较:"游离在危险的边缘,每分每秒都和被灼伤擦肩而过,在观赏者的眼里,又像是纯洁无害的花朵绽放。这种戏耍自然的快感,对年轻人来说,是很有吸引力的。"

"你说得没错,但打铁花的经验并不能用在木拱桥传统营造技艺的传承上啊。"聂天勤回应。

"所以我一开始就说了,不同的技艺要有不同的传承方式。不能让那些还没有解决温饱问题的年轻人为爱发电,就得找我这样的人——有能力,有才华,自己是个天才,老爸是大教授,老妈还给留了一大笔财产……"

聂天勤无语:"大头,你放眼世界,有几个你这样的人?"

"聂教授,很高兴你能有这样的觉悟,知道你儿子的才华,惊天地泣鬼神,傲立于朗朗乾坤。"聂广义又开始夸张。

"大头,爸爸要去开个学术会议,这两天你去小宣那里蹭饭,没问题吧?"聂天勤找了个借口,合上了自己的记事本。

"宗极大哥,我爸要去开个学术会议,宣适说他这几天有重要的事情要处理，我能不能去你那里蹭个饭？"聂广义可以将就很多事情，但绝对不能让自己的胃将就。

"明天晚上来可以吗？我现在还在外地。"宗极有些不好意思。

"蹭饭当然是客随主便了。"只要有饭吃，聂广义就很好说话。

"那太好了，阿心也回来了。我刚才还和阿心说，要感谢你在国外对她的照顾。"宗极有意做顿大餐犒劳自己的兄弟。

"呃……举手之劳而已。那什么，宗极大哥，我忽然想起来，明天晚上我爸爸应该开完会回来了，我还是在家陪他老人家吃饭好了。"聂广义立马变卦。

"那更好啊，带着你爸爸一起来啊，刚好也好久没见了。就这么说定了啊，我先开车了。"宗极就这么把电话给挂了。

"爸爸，你刚刚在电话里面感谢聂先生对我在英国念书时候的照顾，他是怎么回答的？"梦心之实在是太好奇了。

她和爸爸前脚离开罗马，聂广义后脚就把她给拉黑了，就这样，他还和爸爸说照顾了自己一两个月。

那么遥远的隔空关照，大概也只有爸爸这么实在的人才会相信吧。

不知道的话就算了，现在她都回来了，也不知道聂广义还能想出什么样的理由。

"广义兄弟挺仗义的，他和我说是举手之劳，如果不是爸爸坚持，他明天晚上都不愿意来我们家吃饭。"宗极回答。

"哦，是这样啊……"梦心之顿了顿，"那我明天晚上当面感谢他吧。"

"是得好好感谢一下！"宗极大为赞同。

第九章 正向吸引

"聂先生,感谢你对我长达两个月的照顾。"梦心之举起了面前的酒杯。她历来进退有度,从来不会当面让人难堪,除非……有人欺骗了她的爸爸。

"你怎么知道两个月?两个月这个消息你是从谁那里听说的?"聂广义连着问了两个问题。

"爸爸和我说的是一两个月,我截取了最高值。"既然决定要问清楚,自然也不怕回答这样的问题。

"哦,是这样啊,那姑娘的推断能力还不错。"聂广义点了点头。

"推断能力?"梦心之看着聂广义,"我刚刚说了那么多,聂先生只想到了一个推断能力?"

"不然呢?我还应该想到点什么?"聂广义直视梦心之,一点都没有心虚的样子。

梦心之本来不想说那么多,聂广义这个道貌岸然的样子又让她有点咽不下这口气,抛出了事实:"聂先生,我到英国之后,我爸让我给你发消息感谢,我发过去的时候，发现已经被你拉黑了。我猜得没错的话，我和我爸才刚离开罗马，你就把我的联系方式全拉黑了。我就想问一问，一没有联系方式，二隔了那么老远，聂先生是怎么实现远程照顾的？"

"隔了很远吗？"聂广义找了一个奇怪的重点，"罗马飞伦敦，也就两个半小时吧。"

宗意听到这里，眼睛瞪得又大又圆，水汪汪的眼睛里面装满了难以置信，她直接问聂广义："你真把我姐姐拉黑了？"

宗极没有说话，眼睛里的震惊却是一点都不比宗意的少。梦心之不会说谎，这样一来，聂广义就太过虚伪，也太不值得深交了。

宗极、宗意、梦心之同时看向聂广义。

聂广义脸不红心不跳地回了宗意一句："你先前不也问我是不是真的对你姐姐没有意思吗？不拉黑怎么证明我的决心？"

"这位叔叔，现在问题的关键是，你明明把我姐姐拉黑了，为什么还要骗我们说照顾了？"宗意抓了重点。

"拉黑影响照顾吗？"聂广义一如既往地理所当然。

"不影响吗？"宗意很生气。

"当然不影响啊，我人又不在伦敦，她真遇到事情，联系我有用吗？"聂广义反问。

"那你为什么要骗我爸爸？"宗意很生气。

"小姑娘，我骗你爸爸什么了？"聂广义问。

"你骗我爸爸说，你会关照我姐姐，让他放心。"宗意气鼓鼓地说。

"我有什么理由骗你爸爸呢？"聂广义脸不红心不跳地问。

"为了……为了……"宗意被问卡壳了，好不容易才找了个她自己觉得特别重要的原因，"为了爸爸做的美食。"

"典籍里的美食吗？"聂广义直接来了一句，"你宣适哥哥也会做啊。"

"你……你……你这人怎么这样！"宗意不会骂人，要不然也不至于词穷成这样。

梦心之见不得宗意吃瘪，亲自上阵："聂先生，您也没必要和阿意针锋相对，其实我也挺好奇，您是怎么照顾我的？"

梦心之开始用尊称，就说明她也气得不行。

"这种举手之劳有什么好说的？"聂广义抬头看了看，发现在场的另外三个人，包括宗极在内，都在用一种奇怪的眼神看着他。

聂广义无奈地摇了摇头，出声问道："你们都想知道？"

宗意叉着腰仰着头，用尽可能恶狠狠的语气回应："这不是废话吗？"

"好吧，也没什么不能说的。"聂广义擦了擦嘴，像是下了一个不大不小的决心，在宗意越发挑衅的目光里，开始讲述远程关照的操作方式。

"伦敦大学学院现任留学生会主席，是来自巴特莱特建筑学院的，对吧？"聂广义问梦心之。

巴特莱特建筑学院，是伦敦大学学院最负盛名的学院之一。

"是建筑学院的，而且还是中国人。"梦心之回答。

"Simon Liu，刘西蒙是吧？"聂广义又问。

"没错。"梦心之给予了肯定的回答。

"他大二暑假就来我在罗马的事务所实习了，算是我的一个粉丝，也可以算是我的学生。"聂广义看向梦心之，"你刚入学，刘西蒙有没有问你有什么需要帮助的？是不是和你说，什么事情都可以找他？"

这下轮到梦心之震惊了："这个人是你安排的呀？"

"不然呢？你难道觉得他看上你了？他没告诉你他有女朋友吗？他实习了两个月，可是直接带走了我的一个得力助手啊，搞得一个意大利姑娘直接为爱奔赴伦敦了。这两人下个月就要结婚了，还问我要不要回去证婚呢。"聂广义云淡风轻地说。

这个乌龙闹得就有点大了。

梦心之非常讨厌刘西蒙。她的追求者众多,她也早就习惯了体面又不伤人的拒绝方式,从来都没有谁像刘西蒙这么令她厌恶。一边和她说自己有女朋友,一边对她殷勤到不行。一会儿问她要不要一起逛学校,一会儿问她要不要一起去博物馆。嘘寒问暖,带饭送药。最夸张的是,他有时候都不避着女朋友,甚至还问过要不要三个人一起看电影,异常明目张胆。

一开始梦心之也想不通,她还问过刘西蒙:"你一天到晚地问我要不要做点什么,你女朋友不会介意吗?"

刘西蒙当时的答复是:"玛蒂娜一句中文都听不懂,有什么好介意的?"

梦心之忍不了了,直接质问刘西蒙:"你怎么能这样对待你女朋友呢?"

"我这可全都是为了玛蒂娜的前途着想啊!你要是同意和我出去,她只会高兴,怎么着都是多了一个能够帮到她的闺密。"刘西蒙说。

梦心之简直不敢相信自己听到的是人话。从那以后,不管刘西蒙再用什么方法找她,她一概不搭理。梦心之的高冷,让刘西蒙这个留学生会主席很受挫。

刘西蒙有一个未了的心愿——让职业偶像给玛蒂娜写一封推荐信。让原雇主写一封推荐信并不是什么难事,奈何玛蒂娜当时被爱情冲昏了头脑,辞职报告一交,都没有走完离职交接的流程,就直接到伦敦找刘西蒙去了,留下一堆烂摊子,把聂广义给气得不行,别说推荐信了,没开除她,就算是仁至义尽了。

玛蒂娜没有像样的学历,英文说得也是磕磕绊绊的,以她的履历,是进不了聂广义的事务所的。但她有很强的项目协调能力,并且非常善于安排来访客人的生活起居。不管是带出去吃饭,还是带出去玩,没有人会对她的安排不满意。这也是聂广义破例招她做助理的原因。

直到在伦敦找工作屡屡碰壁,玛蒂娜才知道自己没有好好珍惜。以她的条件，如果连推荐信都没有，在伦敦根本就找不到工作。玛蒂娜自知理亏，都没敢再找聂广义。她倒是没想到还能接到前老板的电话，问她在伦敦做的工作是不是还和以前差不多。了解到玛蒂娜的现状，考虑到玛蒂娜虽然没有学历，但是很有能力，聂广义没有给她写推荐信，而是直接给在伦敦开事务所的同学打了一个电话，给玛蒂娜创造了一个直聘的机会。

刘西蒙和玛蒂娜想要表达感谢，聂广义就让这两人有空帮他照顾一下伦敦大学学院的一个名叫梦心之的新生，但不能让人知道和他有关。

玛蒂娜铆足了劲，变着法子给自己的男朋友出主意。只可惜事与愿违，不管刘西蒙做出什么样的努力，梦心之都流露出拒人于千里之外的气场。

玛蒂娜后来亲自出马，没想到惹得梦心之更生气了，一遍又一遍地强调，根本不需要她和刘西蒙的帮助。玛蒂娜努力了两个月，最后只能向聂广义请罪。

聂广义问她怎么回事，玛蒂娜说了一句大实话："'老板的女人'很独立，根本不需要我提供的帮助。"

聂广义心中无语，他才刚把玛蒂娜介绍到朋友的事务所，梦心之就成了"老板的女人"。

"'老板的女人'还需要你们管吗？"聂广义就这么把电话给挂了，一直到现在他都没有想过，在玛蒂娜的心里，老板永远都只有他一个。

聂广义一开始不想提隔空关照的事情，不是梦心之以为的心虚，而是心里有气，就是不知道气的是他自己还是梦心之。

"聂叔叔，聂爷爷不是今晚也回来了吗？你怎么没有和他一起过来啊？"宗意忽闪忽闪地眨着大眼睛，纯净又好奇。小阿意的脾气，来得快去得也快。只要记性差，哪来的尴尬？

"我爸出差前我和他探讨打铁花，这次去开会，刚好遇到个打铁花的非遗传承人，开完会连家都不回，直接跑河南取经去了。"聂广义很自然地接话。

梦心之就没有宗意那么心安理得了。

"不好意思啊，聂先生，我一直不知道这事。"梦心之为自己刚刚的针锋相对表示歉意，她给自己倒了三杯酒，非常豪爽地喝下去了，喝完了又对聂广义抱拳。

聂广义知道自己酒量不行，却没有想过忽然严重到了看人喝酒也会醉。他心跳很快，眼神也不由自主地停留在梦心之身上。好一个英姿飒爽的姑娘！

聂广义忽然想起了自己看到梦心之的第一眼。那一眼，他想到了"俏丽若三春之桃，清素若九秋之菊"。那一眼，他的心跳也乱了。

聂广义整个人都傻了。他不是很讨厌梦心之吗？讨厌到无法忍受梦心之的联系方式在他的通信录里面多存在一秒。聂广义记得很清楚，把梦心之拉黑之后，自己整个人都精神了不少。什么恐飞，什么哭泣，什么呕吐，统统都和他没有关系。现在这突如其来的心动过速算是怎么回事？一定是太饿了！

"宗极大哥，什、么、时、候、有、饭、吃、啊！"聂广义目视远方，一字一顿地表达了自己内心深处最真挚的渴望。

"马上了！"宗极往天台的方向指了指，"走起？"

聂广义如蒙大赦，站起来的动作太大，直接把椅子给撞翻了，又手忙脚乱地把椅子扶起来。

"广义兄弟，你这是怎么了？"宗极问。

"饿得有点晕。"这个理由，聂广义给自己打一百零一分，多打一分也不怕自己骄傲，这是身为天才的资本。

"那你怎么没早说呢？"宗极说，"我今天可是给你准备了烤全羊啊，羊在天台上烤着，羊杂汤早就做好了。"

"烤全羊？"聂广义的注意力被转移走了一点。

"是的，而且是空运来的一整只乌珠穆沁白绒山羊。"宗极说。

"这么隆重吗?"聂广义彻底完成了注意力的转移。

"不隆重怎么表达我的谢意呢?"宗极说,"阿心在伦敦,可是多亏了你和你粉丝的照顾。"

怎么又绕回去了?能不能好好吃饭?为什么动不动把女儿挂嘴上?再这么心动过速下去,聂广义怕自己会得心脏病。

"宗极大哥,乌珠穆沁白绒山羊有什么特点?是草原上最好吃的羊吗?"聂广义努力调整自己的心跳。

"我国草原上有四大名羊:西部的阿尔巴斯白绒山羊、二狼山白绒山羊、乌冉克羊,以及东部的乌珠穆沁白绒山羊。四大品种抢一个'最好吃',肉无第一,毛无第二。"宗极解释了一番。

"宗极大哥,都没搞清楚到底哪种最好吃,就这么贸然地空运一只过来请客,是不是有点不太隆重?"聂广义只想着要竭尽全力转移注意力,完全不知道自己究竟在说什么。

"……"宗极。

"……"宗意。

"……"梦心之。

确认过眼神,遇上撑的人。

如果没有先前的误解和冰释前嫌,梦心之多半会生气,气聂广义不尊重爸爸的用心。有了先前那次误会打底,梦心之大概也搞明白了聂广义的行为模式。想到这儿,笑容悄悄爬上了梦心之的嘴角。口是心非的聂先生,还蛮……可爱。

聂广义很快就感受到了梦心之的视线。在四目相对的那一刻,他很想躲开,但人家姑娘都没躲,他如果率先败下阵来,那也太没有大老爷们儿的气势了。

聂广义抬了抬下巴:"有事你说话。"

"啊?"梦心之笑着回应,"没事啊。"

聂广义直接怼了回去:"没事你笑什么?"

"有哪条规定说在自家天台上不能笑吗?"梦心之依旧嘴角上扬。

"你笑可以啊!"聂广义生气道,"但你为什么要笑这么好看呢?"

梦心之不确定聂广义是不是在夸她。字面上的意思,肯定是夸奖。可聂广义那恶狠狠的语气和表情,又和夸赞没有半毛钱的关系。

场面有点尴尬,梦心之不知道应该说点什么来缓和。

聂广义就更不用说了,他现在恨不得赏自己几个大嘴巴子。不会好好说话的嘴巴,留着干啥?

"宗极大哥,我看这烤全羊还要一会儿,我先下楼查看一下全屋智能。"聂广义就这么落荒而逃。

聂广义去了好久都没有回来,宗极让梦心之下楼喊他,梦心之找了一圈也没有找到。

没多久,整个极光之意都被光幕笼罩了。

欧洲很多地方都有极光,但梦心之一个都没有去过。她宁愿多花点时间在博物馆。相比于大自然,她更喜欢人文。即便如此,大自然却总会在不经意间令她感叹,如转瞬即逝的流星,如绚烂多彩的晚霞。

此时此刻,梦心之并非看到真实的极光,却真真切切地感受到了自然之美带给她的震撼。那是怎样的一种感觉呢?"美丽"不足以形容,"浪漫"不足以概括。

梦心之忽然就开始向往起真正的极光。

宗意冲到了天台的边上,对着楼下喊:"聂叔叔,你个骗子!你不是说至少还要一个月才能弄好浪漫极光装置的吗?"

听了宗意的话,梦心之又四下看了看。她看到聂广义从上钓咖啡的"上钓区"冒了上来。梦心之终于搞明白自己为什么到处都找不到聂广义了,原来他直接潜到水底下去了。

梦心之跑到极光之意工作室的里面，看着像落汤鸡一样的聂广义，不知道要怎么处理。

聂广义干巴巴地和梦心之解释："之前和宗意说至少还要一个月，是没打算自己安装水下的装置。我这个人有洁癖，想必你也是了解的。"

聂广义是真的没有什么要搞浪漫的心思。他要是能想到这些，绝对不会在这样的时间点，毫无征兆地开启极光秀，更不可能让自己变成落汤鸡。作为一个极度在意自己外表的洁癖人士，聂广义此刻的感受，并不比吐梦心之一手好到哪里去。

他是被一种莫名其妙的烦躁给整到水里面去的，或许是因为天气闷热，又或许是什么只有天知道的原因。他就是想要让自己冷静冷静，一不小心就冷静到了水里面。

"哎呀，我的广义兄弟啊，原来你想要的是这样的隆重啊！"宗极进一步加深了对自己兄弟的了解。

聂广义连一口烤全羊都没有吃上，就被处理完事情赶回来的宣适接到房车上洗澡去了。

房车上的卫生间有些狭小，在聂广义1.86米身高的映衬下，整个空间显得有些逼仄。

这不是聂广义愿意待三十分钟的那种浴室，却非常适合用来"面壁思过"。

为什么会莫名其妙地跳到水里？他明明安排了人，过两个礼拜就会过来处理水下的极光发射装置。最晚最晚，再过一个月，肯定也能搞定了。

极光之意所在的水域，看起来还是很干净的。但看起来干净和能够直接在里面徜徉，是完全不一样的概念。

聂广义不知道自己是怎么做到对洁癖置之不理的。哪怕是酒店的游泳池，他都嫌弃得要命。他只愿意在帕多瓦的家里游泳。罗马事务所的那个透明的泳池，因为不是他个人专属的，打从一开始就被他弃如敝屣。

聂广义知道自己很反常。可是，为什么呢？总不可能他脑子进水，喜欢上了极光之意里面的姑娘。

聂广义最接受不了失控的感觉，他比谁都善于掐灭一切可能引发失控的苗头。基于这样的事实，他才会明知道梦心之回来了，还答应来极光之意吃饭，绝对不可能是对什么人心存期待一类的原因。

没有人比聂广义更了解聂广义！没什么问题是洗个澡解决不了的。如果不行，那就来个冷水澡。如果还不行，那就洗到房车没水为止。

"小适子，我问你个问题。"房车都没水了，聂广义还是心烦意乱。

"你问。"

"我第一次到极光之意，你是不是就觉得我喜欢梦心之？"

"是的。"

"为什么呢？那姑娘那么古典，你又不是不知道我那时候对古典过敏。"

"你对古典过敏的过敏原是聂教授，又不是哪个姑娘。而且你知道吗？过敏是正向吸引。"

"什么鬼？"

"就是，你如果对虾过敏，你就会特别想要吃虾；你如果对杧果过敏，你就会特别想要吃杧果。如果你不知道过敏原，这些对于你来说就是普通的食物；你知道之后，一切就变得不一样了，这些食物对你来说就有了特别的吸引力。"

"我过你个大头敏。"

"啊，对，我头大。"宣适向来不和这种状态下的聂广义争论对错。

第十章 造血功能

"聂教授,你这趟过去,借鉴到了什么经验吗?"聂广义看到自己的老爸,装得跟个没事人似的。

他本来也没有事。不就是嫌天气太热,跳了个水玩儿吗?去游泳池或者跳水馆还得花钱,哪有极光之意的免费水域来得简单和直接?

聂天勤叹了一口气:"大头,你关注到打铁花,是因为几年前的春晚,对吧?"

"是。"聂广义回答完了,转而又关心地问,"听聂教授这语气,怎么比走的时候兴致少了一大半?"

"打铁花上春晚后的那一年,的的确确是迎来了一个高光时刻。"聂天勤说,"全国各地的景点,尤其是古城一类的,都会邀请打铁花表演的队伍。愿意学习打铁花的年轻人也多了很多。"

"这不挺好的吗?"聂广义不清楚聂教授的低落情绪是怎么来的,"这是借鉴得不顺利?"

"但也仅仅是一年的时间,在那之后,因为大环境不行,打铁花非遗传承人那边的三支打铁花表演的队伍只剩下一支,并且也难以为继了。"聂天勤和自己的儿子互通有无。

"是这样啊……"聂广义消化完这个消息,总结道,"传统技艺,确实还是需要自己有足够的造血能力。"

聂天勤再次叹气,整个人都没了精气神:"打铁花这种本来就具有观赏性质的非遗传承项目都这么步履维艰,木拱桥传统营造技艺的传承前景就更不乐观了。"

"聂教授,你也不用这么悲观嘛。每一项技艺都有自己的命运。"聂广义出声安慰。

"大头,如果什么都交给命运,那我们还做什么非物质文化遗产保护?这些历史悠久的文化传统,如果在我们这一代人手上消亡了,会让我觉得自己是历史的罪人。"聂天勤并没有被安慰到。

"也没必要上升到历史的罪人这个高度吧?"聂广义似笑非笑地来了一句,"聂教授兢兢业业了一辈子,除了坑过您儿子,也没干过什么坏事了,对吧?"

"大头,爸爸没在和你开玩笑。"聂天勤说。

"我也没在和你开玩笑啊,聂教授。我那天就是提了一下打铁花,你二话不说直接就过去借鉴了,我是拦都拦不住。"

聂广义和聂天勤聊打铁花,更多的,其实是为了给聂教授打气,通过这样的例子让聂教授相信,木拱桥传统营造技艺的传承,也是可以找到一条康庄大道的。他倒是没想到聂天勤的执行力那么强,听他说完,就直接跑去借鉴,又刚好挑了一个表演队比较凋敝的时间点。

"你觉得爸爸不应该去?明明是你对打铁花的传承模式推崇备至,爸爸才会一遇到就赶紧过去借鉴了。"聂天勤说。

"你去了,如果开开心心地回来,那就应该去;你去了,回来说句话就叹口气，就不应该去。"聂广义回答。

"爸爸也不想叹气啊，就是这年龄大了，觉得自己一辈子就做一件事情，还没有做好，有点愧对……"聂天勤的情绪越发低落。

"行啦，聂教授，每一项技艺都应该通过自己的内核来发展，借鉴最多只能锦上添花，如果本来就发展不下去了，怎么借鉴都是没有用的。"聂广义说。

"那大头是不是还有其他的点子？爸爸就是个学者，研究研究学问可以，真要搞什么商业啊，传承啊，多少还是有些力不从心。就是大头你说的造血，爸爸是真的不太会。这两年，爸爸也有些矛盾。"聂天勤说。

"矛盾什么？"聂广义问。

"矛盾我的学生，明明很优秀，却找不到工作。就算找到了，收入也不足以让他们在大城市立足。"聂天勤说。

"聂教授，你这话说得可就不对了，你忘了你的学生 Friedrich 了吗？我可是把整个帕多瓦的事务所都交给他打理了，以他的收入水平，我保管他在世界范围的任何一个大城市都能安居乐业。"聂广义反驳。

"费德克本来就是留学生，他来做我的博士之前，就已经有了非常亮眼的履历了。你招他的时候，其实知道他念过我的博士，对吧？"聂天勤还是不买账。

"你的意思是，你的其他学生都没有找到工作？拜托，你可是桃李满天下的泰斗啊。你光'间谍'都往我那儿派了多少拨了？"聂广义反驳。

"哪有什么'间谍'？不过是帮卑微的老父亲去看看不愿意归家的儿子罢了。"聂天勤说。

"我说聂教授，这旧账就算要翻，也应该是我来翻吧？你这是不是稍微幼稚了一点？"聂广义无奈。

"你没听说过老小孩儿吗？你爸我过了七十，以后就是个年龄很大的小孩子了。幼稚一点怎么了？"聂天勤示弱。

"别说，你还挺有理的。"聂广义没有继续抬杠，再抬下去，也不知道老小孩儿会不会回归到无法沟通的人类初生阶段。

聂广义重新问了一遍抬杠之前的那个问题："你的其他学生都没有找到工作吗？"

"那肯定不是的。我的意思是，古建筑保护方向的学生，找不到专业对口的工作，就算找到了，收入也不高，只有转其他方向，才能有比较好的收入。他们中的很多人都放弃了自己的兴趣，选择了向生活妥协。"聂天勤解释。

"这个话题我们之前不是讨论过吗？有些需要情怀的事情，就得是像我这样的有钱又有闲的人来做。这都什么年代了，也不能只讲理想不讲米粮，是吧？"聂广义问。

"你这样的人又有几个呢？"聂天勤反问。

"这个问题是这样的，像我这么优秀的，肯定是世间少有的，但愿意为古建筑保护添砖加瓦的，一定有很多。"聂广义说。

"不可能，大头，爸爸做了一辈子的老师，在这方面肯定比你有发言权。"聂天勤有太多的优秀学生，原本的一腔热情最后都输给了柴米油盐。

聂广义用一句话把聂天勤的注意力给吸引了回来："聂教授，你一直做大学老师，当然觉得不可能了，你去做幼儿园的老师试试。"

"幼儿园，为什么？"聂天勤不解。

"我前段时间做了一个调查，"聂广义回答，"一年学费超过十五万的顶奢幼儿园里面，最受欢迎的兴趣课程都有哪些。"

聂天勤继续疑惑："这和古建筑保护有什么关系？"

"当然有关系啦，你知道顶奢幼儿园兴趣课程排名前三的是什么吗？"聂广义问。

"这个爸爸怎么会知道？"聂天勤回答。

"那我给您揭晓一下，分别是马术、赛艇和……木工。"聂广义说。

"木工？"聂天勤以为自己听错了。

"对，就是木工。"聂广义确认后才问，"是不是没有想到？"

"木工和马术、赛艇的区别也太大了。大头，你确定没有搞错？"聂天勤不太相信。

"一开始我也以为自己看错了，要我选的话，我觉得怎么都应该是马术、赛艇和击剑一类的，但事实确实是，幼儿园的小朋友们，对木工有着天然的崇拜。"聂广义回答。

"崇拜木工？这怎么可能？"聂天勤更不信了。

"怎么不可能了？这种情况不仅仅局限于顶奢幼儿园，在那些没有马术和赛艇这类选项的幼儿园，木工的热门程度会更高一些。"聂广义进一步解释。

"大头，你这是从哪篇论文里面找到的数据？"

"聂教授，你能不能不要动不动就这篇论文那篇论文？论文里面要是啥都有，你就不会像现在这么迷惘了。"

聂天勤被聂广义给说愣了，想了想，又觉得儿子说得确实也有一定的道理，再一想，心里立马咯噔了一下："大头，你去调查这么贵的幼儿园做什么？你该不会在外面四处风流还不负责任吧？"

"想什么呢，我的老爹？我有个同学，回国之后不做建筑，开幼儿园，一年学费十五万，一口气在全国主要城市开了十家，每一家都有专业木工课程，配备全套从德国引进的木工设备和教室。"

"幼儿园真有人愿意学专业木工吗？"聂天勤还是不太相信。

"我也问过这样的问题，我同学说，选修课系统一开，第一个爆满的就是木工课程，不管在哪个城市都是最热门的，比什么马术、剑道、机器人编程都热门。我也是和他聊过之后才知道的。"聂广义说。

"不能够吧，大头，幼儿园学什么机器人编程？爸爸以为，双语就是幼儿园的顶配了。"聂天勤对幼儿园确实是缺乏了解的。

"那聂教授你可真要多出去了解了解。我同学办的那些幼儿园,因为我设计的方案和木工课程设备都比别的顶奢幼儿园更专业,都快成了他们招生的金字招牌了。"聂广义的重点是夸自己的方案。

"大头啊,这事儿怪你!"聂天勤说。

"不是吧,聂教授,我放下意大利那么大的两个事务所,回来和你共同研究万安桥的重建和木拱桥传统营造技艺的传承,你竟然还好意思怪我?这难道就是你们大教授的傲慢?"聂广义反问。

"不,这是身为父亲的傲慢。"聂天勤说。

"父亲就有理了?"聂广义很想翻白眼。

"是的,你如果早几年结婚,早几年让我抱上孙子,我哪怕不是贵族,也可以咬咬牙,送我孙子去上你同学开的顶奢幼儿园。这样一来,我不早早就知道木工在幼儿园有多流行了吗?"聂天勤顺势说出了自己的想法。

"不是……你搁这儿催婚呢?能不能尊重一下学术探讨?开口闭口就是男男女女这点小事。你可是业界泰斗啊,你能不能把心思全都放在古建筑保护上?一个三十八岁才结婚的人,是怎么好意思催自己三十出头的儿子结婚的?"

聂广义是真的有点乍毛了,他好不容易忘掉自己为什么跳水,下定了不去想男男女女那点事的决心,端正了孤独终老的人生态度……

聂广义就这么倔强而坚强地度过了两天,整整48个小时的时间。

"大头,你这两天怎么心神不宁的?是你没在意大利待着,事务所出了什么问题吗?"聂天勤关心了一下儿子的异样。

"聂天勤教授,我好歹也是你唯一的亲儿子,你能不能盼我点好?"聂广义不满。

"不是工作的话,难道是生活?大头,你遇到什么事情,记得要和爸爸说。"聂天勤又说。

"我的天哪，聂教授，就凭你儿子的智商，有什么事情是想不通的？"聂广义带点夸张地回应。

"一个人的智商和他的生活能力经常成反比，再者说了，爸爸也没说你想不通啊。"聂天勤直接在聂广义的身边坐下，"大头是遇到想不通的事情了？"

"你们这一个一个的，怎么都这样！"聂广义郁闷到不行。

"除了爸爸，还有谁觉得你不对劲？"聂天勤问。

"宣适啊，他竟然觉得我喜欢梦心之。"聂广义气鼓鼓地回应。

"那你自己呢？"聂天勤有意引导。

"我反正是要陪着你，一起孤独终老的。"大概只有聂广义这样的脑回路，才会把孤独终老当成是自己的人生目标。

"大头啊，爸爸不用你陪，而且爸爸也不会孤独终老。爸爸正寻思着给自己找个老伴。"

"那敢情好啊，等你有人管了，我把万安桥重修好，也就天高任鸟飞、海阔凭鱼跃了。"

"你不是喜欢梦心之吗？你要飞跃到哪里去？"聂天勤说。

"我什么时候说我喜欢梦心之了？只有宣适那种没有眼力见儿的，才会觉得我喜欢！"

"爸爸也觉得你喜欢啊。"

"我才不喜欢！怎么可能？绝无可能！"

"你为什么觉得你不喜欢呢？"

"因为我的终极目标是孤独终老啊，我又没有每天都梦到她。"

"没有每天，那是什么样的频率啊？"

"就是……没有啊。"

"一次都没有？爸爸不信。"

"谁睡醒了还记得自己梦到过什么啊？又不是人人都是梦心之。"聂广义更气了。

"大头,你最近有没有关注一下自己提到梦姑娘的频率啊?你只要稍微关注一下,就会知道宣适为什么说你喜欢人家了。"

"你要这么说的话,我提起宣适的次数比提起别人的都多。"聂广义又一次岔开话题。

是夜,聂广义做了一个梦。

他梦见梦心之穿着工作服,出现在他从小长大的老洋房里。

"你来这儿干吗?"聂广义在梦境里一阵烦躁,"你不知道我最烦你吗?"

梦心之在聂广义的梦境里转了一个圈:"我当然是来给你做饭的啊,要收服一个男人的心,首先要收服一个男人的胃。"

"省省吧,你就算收服了我的胃,我的心也不是你的。"

"那聂先生的心是谁的呢?"梦境里的梦心之很是有些委屈。

"我的心当然是我自己的。"

"太好了!"

"好什么?"

"没被别人收服,这就代表我还有机会。"

"你做梦吧!"

"好的,聂先生,做梦本来就是我的特长,感谢聂先生成全。"

姑娘太热情是一件非常恐怖的事情,聂广义直接就被吓醒了。

吓醒之后,聂广义开始怀疑自己是不是有病。为什么不先问清楚姑娘都给他做了什么,再决定要不要给姑娘一个机会呢?

聂广义起身灌下去一大杯冰水,才把浑身烦躁的感觉给压下去,继续躺床上睡觉。聂广义就不明白了,姑娘为什么这么阴魂不散?他折腾了好一会儿,好不容易睡着,就又开始做梦。

这一回更过分，梦心之连饭都不做了，直接去他的书架上找了一本书，坐在他的书房看。关键还坐没坐相，坐在飘窗上，屈着一双腿。阳光从古董玻璃花窗照射进来，书房很干净，阳光却还是放大了空气中的尘埃，带着飞舞的微粒和温暖的光晕。

聂广义没来得及看梦心之从他书架拿了一本什么书，他所有的注意力都在姑娘的腿上。这大白天的，姑娘怎么能穿着裙子就这么坐在飘窗上？万一窗户开了，来了一阵妖风，姑娘难道不考虑一下自己的坐姿会不会有危险吗？现在的女孩子啊，真是的！看书的时候怎么好意思穿裙子！不知道自己的腿有多好看吗？

聂广义在他自己的梦里，越想越想不通。他走了过去，脱下了自己的西装，盖在了梦心之的身上，然后把梦心之整个人横抱了起来。天地良心，他真的只是不想看到姑娘走光。

都这样了，梦里的姑娘竟然还狗咬吕洞宾，在他的怀里动来动去，一点都没有好好配合的意思。聂广义一生气，直接把姑娘给扔到了床上——是真的扔。他所站的位置离床起码还有两米，这一扔，没有控制好力气，直接把床头一张巨大的肖像给碰倒了。照片里，是聂广义自认为最帅气的样子。照片里的聂广义就这么嘴对嘴地砸在了梦心之的身上。整个过程，行云流水，环环相扣。姑娘倒是挺乖的，没有喊疼，也没有哭，就是赖在他的床上不起来，身上还盖着他的肖像，依旧是嘴对嘴的。

聂广义气不打一处来，现在的女孩子，到底懂不懂什么叫矜持？就这么赖在男孩的床上，算是怎么回事？等哪天见了宗极大哥，可得让他好好教育一下自己的闺女。

聂广义又一次被吓醒了，这一次是因为他的洁癖——居然有人没有洗澡，就躺到他的床上。太可怕了，现在的女孩子，怎么这么不讲卫生?！

等到聂广义醒了，他整个人都颓了。这都什么呀？好好的女孩子，还让不让人好好睡觉了？姓梦就好好姓梦，自己要做梦也没有人拦着，跑到别人的梦里，是不是有点不道德？

聂广义看了看表，凌晨三点。这大半夜的，他被这两个吓人的梦给整得一点睡意都没有了。聂广义辗转反侧了一会儿，起身去健身房。得亏这是独门独院的老洋房，要不然这大半夜的跑步、划船、打拳，楼上楼下的邻居都得报警投诉。

聂广义没有邻居，聂教授与他却只隔了两个房间。老人家睡眠浅，聂广义才跑没两分钟他就醒了。

聂天勤开灯看了看靠在墙边的古董摆钟，起身披了件外套，下楼找聂广义。

"大头，你怎么这个点健身？"

"我……我倒时差。"

"你都回来多久了，还倒时差？"

"那个……我以前的助理和一个实习生要结婚了，我准备回去参加婚礼，提前在国内倒好时差，这样等过去了就不用再倒一遍。"

"哪天结婚啊，你现在开始倒时差？"

"我也忘了，应该快了。"

"大头是因为意大利有很多事情没有忙完吧？"

"哪能呢？那么多员工，难道都白拿工资吗？"

"那你这么争分夺秒地提前倒时差是要干什么？"

"就……他们两个找我做证婚人嘛，我提前调整好状态。"

"大头，你平日里睡眠质量不是很好的吗？倒时差的话熬个小夜就过去了，你最近是有睡眠障碍？你可得小心啊，年纪大了，很容易出现睡眠障碍的。"

"聂教授，你儿子才三十出头，哪来的年纪大？"

"爸爸就是到了三十岁，开始没办法躺床上就睡。睡眠障碍，是人类衰老的标志之一。"

"聂教授，你说话要有科学依据，你在哪篇论文里面，看到说睡眠障碍是人类衰老的标志之一了？"

"爸爸又没有在和你谈学问，就是单纯地关心一下你为什么大半夜不睡觉在这儿跑步。"

"这有什么好关心的？你儿子过欧洲时间不行吗？"聂广义端的是理直气壮，却也只坚持了不到两秒，就忽然跟个泄了气的皮球似的，"爸，你说我是不是脑子出了点问题？我睡眠质量这么好的一个人，最近一直做各种乱七八糟的梦，总梦见兄弟的闺女在我的梦里对我各种讨好，烦不胜烦。"

聂天勤没想到儿子忽然会有这么大的改变，却也没有表现出来，只温声细语地说："你本来就喜欢人家，这叫日有所思，夜有所梦。"

"怎么可能？那可是我兄弟的女儿，差着辈分呢。"聂广义死鸭子嘴硬。

"你要说差着辈分，你和宗极年龄差得不是更多吗？你既然喜欢梦姑娘，改口叫你兄弟泰山大人又何妨？大头啊，遇到喜欢的姑娘，你要敢于正视你自己的内心。"

"我喜欢姑娘？除非那个姑娘的本名叫孤独终老。"聂广义继续嘴硬。

"行了，爸爸不和你争论这个，你都想人家姑娘想得夜不能寐了，你再怎么嘴硬，也硬不了几天。大头，你听爸爸一句劝，你现在要考虑的是怎么向人家姑娘表白。"聂天勤苦口婆心。

"表白？开玩笑！我的字典里面就没有'表白'这两个字。"

"我儿子这么聪明，肯定比我更清楚自己的心里在想什么。你口口声声说你讨厌梦心之，但是你为什么还和人家保持联系呢？你离得远远的不好吗？"

"我是离得远远的啊，我还把她所有的联系方式都拉黑了。"

"你如果不在乎，就会让她安安静静地待在你的通信录里了。毕竟，通信录本来就是为不怎么联络的人准备的,只有非常在乎的人,你才会因为失控直接拉黑。"

"聂教授,你这是什么歪理邪说?"

"大头,你仔细回忆一下,你都拉黑过谁?删除过谁的号码?"

"聂教授,你这么说,我可就心下大定了,我还拉黑过你,删除过你的号码。"

"对啊,大头,我是你爸爸啊,你拉黑我,是因为爱之深责之切,对吧?你用同样的方式对待这个姑娘,是不是你潜意识里就觉得,她是和爸爸一样重要的人?"

"哪有你这么类比的?这是八竿子打不着的感情。"

"爸爸不知道是什么让你拒绝承认,但是爸爸想要提醒你,虽然相处的时间不多,你可是一直把人家姑娘往死里得罪。"

"聂教授,姑娘在我这儿,只有前仆后继,'得罪'这两个字怎么写的我都不知道。不是我跟你吹,聂教授,意大利喜欢我的姑娘,都能坐满一个歌剧院。"

"就算能坐满一个鸟巢又如何?你喜欢的始终只有那一个。你又不是那种随便的人。"

"我不随便?我一个要孤独终老的人,凭什么不随便?"

"大头,你如果真的只想一个人,就不会用'孤独终老'这样的词了,你会说自由一生。"

"聂教授,你不要趁着凌晨三点半,在你儿子意志最薄弱的时候,向你儿子灌输不良的人生观。"

"你也知道现在是凌晨三点半啊。你都想人家姑娘想得彻夜难眠了,还不好好端正自己的态度。"

"我为什么要端正态度?我凌晨三点半健身犯法吗?"

"大头，没事的，虽然开局不太理想，但只要你使出浑身解数，爸爸相信你还是有机会的。要是有什么爸爸能做的，你记得要告诉爸爸。"聂天勤说。

聂广义忽然又虚心求教了起来："我真的还有机会吗？"

"有的，大头。爸爸建议你，首先去消除一些不必要的误会，然后和宗极好好谈一谈，摆正你自己的位置。"

"可是，我给自己塑造了一个处处留情且不负责任的人设，我要是宗极大哥，怎么都不可能同意女儿和我这样的人交往。"聂广义终于想起来纠结状态的自己都干过什么。

"误会嘛，终究是可以解释清楚的。把人设树立得特别好，最终就会为人设所累。比如说爸爸，如果爸爸没有那么在乎自己的名声，就不会一时糊涂改你的志愿，你说是不是？"

"聂教授，咱这时候能不提志愿吗？"

"当然。你烦躁是因为你不想承认，也不想开始一段感情，但是你又控制不了你自己。你把感情当成了一道数学题，因为解不出来，你就感觉很挫败。你试着遵从自己的本心，也许一切就都迎刃而解了。"

"我的本心，自然是去洗个澡，再好好睡一觉啦。"聂广义起身离开。

聂天勤以为自己的儿子至少还得纠结个几天，却听聂广义紧接着又来了一句："睡觉的时候想想姑娘喜欢什么，睡醒了就制订一个完美的策略。"

"行，爸爸期待你的好消息。有什么你自己不方便，需要爸爸去打探的，你尽管开口。"聂天勤自是乐见其成。

聂广义回房间放了满满一浴缸的水，开始回忆自己见到梦心之的第一面。

当时不觉得有什么，现在想想那就是一个大型脱敏现场。

那时候还没有跟聂教授和解，还对古典过敏，见到梦心之，他立马就想到了《红楼梦》和《离骚》。

那一天，天上有反云隙光，姑娘刚刚跳完舞，雪白的肌肤透着柔柔的少

253

女粉。

那一天，他脱口而出一句至今都记忆犹新的话："姑娘，可有二胡？"这个问题来得突兀而奇怪，他更加突兀地用二胡演奏了《野蜂飞舞》。

从那之后，他总是刻意避开，又刻意接近梦心之。刻意到把她的联系方式删了，又找了助理和实习生照顾。现在想来，他何尝不是变相地关心梦心之，想要从不同的地方得到梦心之的消息？哪怕是删除联系方式，潜意识里也是怕自己会忍不住没事就给她打电话。

趁着梦心之不在去极光之意蹭饭，说起来是为了觅食，冠冕堂皇，其实宣适的厨艺明明就在宗极之上。

聂广义认真地回想了一下自己对梦心之做过的事情，很快就想到了在飞机上的场景，又哭，又吐。这么惨痛的记忆，使得潜意识里的那个自己，想要把梦心之从自己的生活里面剥离。可惜，终究还是没有做到。

诚实地面对自己，是一件很难的事情。比这件事情更难的，是认识到自己曾经一次又一次地犯错。

梦心之是那种特别不会让人尴尬的姑娘，不管是在万安桥底下，还是在飞机上。可他就是莫名其妙地在人家姑娘面前，贡献了成年以后的所有眼泪。

聂广义不知道自己在梦心之心里究竟是什么样的形象。

会不会被定义成一个小哭包？会不会缺乏男子汉气概？

接下来应该怎么办？是不是应该约姑娘去健身房？

第十一章 虎头蛇尾

聂广义找宣适取经，宣适意外地问："说说吧，小锞子，你是不是即将背信弃义，忘记自己是独身主义者，终于愿意承认喜欢梦心之了？"

"喜欢一个人用得着承认吗？"聂广义怕被宣适说，直接来了个反客为主，"喜欢一个人能藏得住吗？你喜欢程诺的时候，难道不是每天都写在脸上？"

"我那是……"宣适没兴趣跟聂广义抬杠，直接换了个问题，"你表白过了？"

"开玩笑，我喜欢谁是我自己的事情，喜欢一个人就要去表白，那我岂不是已经累死了？"聂广义话锋一转，"有本事你告诉我怎样才能搞定梦姑娘啊。"

"你这有点突然啊，小锞子。"宣适需要一点时间消化。

"我突你个大头然，你就说你有没有什么妙招吧。"聂广义找人帮忙的态度向来与众不同。

"你们现在是什么进度呢？"宣适解释道，"我不是八卦啊，我得根据进展，分阶段对症下药。"

"这还分疗程啊？好你个小适子，你怎么不早说！"大少求教的方式总是那么特立独行。

宣适早就习惯了，没有搭理聂广义的态度，直接往下推进："你先告诉我进展。"

"没有进展啊，能有什么进展？姑娘刚刚留学回来，我又已经回国这么久了，我们哪有什么交集？那天去她家里吃饭，一不小心就碰到了，然后，一口烤全羊都没吃到，就被你给接走了。"聂广义心虚又委屈。

心虚的是一不小心碰到，委屈的是一口都没吃到。

"说到这个，你那天为什么浑身湿透了，鞋子却是干的？"宣适好奇。

"你有完没完？这又不是重点！"聂广义不想提。

"亲爱的大少，你什么都不说，小适子要怎么帮你呢？"宣适也是有些无奈。

"别，我和你不亲也没有爱。你就当我和梦姑娘刚认识，给我支个招。"聂广义换了个说法。

"人类的记忆怎么可能轻易消除？你说不认识，就能把以前你干的那些事儿一笔勾销吗？"宣适问。

"我干了什么事儿了？"聂广义自己都不愿意想，催促道，"你赶紧给我支个表白的招。"

"你们离暧昧都差了十万八千里，你就表白？你不怕被拒绝吗？"宣适诧异道，"你要是喜欢人家，你就多见面，多聊天，多观察。先去打探一下人家姑娘喜欢什么，然后再投其所好。作为兄弟，我也会尽可能地帮你打听。"

"这还需要你打听吗？我的姑娘，从来都只有逛博物馆一个爱好。"聂广义答得干脆，还无比自然地在"姑娘"前面加了"我的"。

"这是人家学的专业吧？"宣适也不揭穿。

"既是专业,也是爱好。"聂广义信心满满。

"既然这样的话,你约她去博物馆啊。"宣适顺势提了个建议。

"附近也没有像样的博物馆啊。就算有,她肯定比我熟,去了博物馆,我哪里还有机会全方位碾压?"聂广义不赞同这个提议。

"你是喜欢人家,又不是和人家竞争同一个奖项,你为什么要碾压?"宣适问。

"不碾压,怎么让姑娘心生崇拜,进而产生爱慕之情?"聂广义反问。

"我的大少啊,你怎么越活越天真了?你不能把爱情当成一个命题。你不是喜欢《洛神赋》吗?喜欢的话你就应该知道,人世间是有很多爱而不得的。"宣适说。

"谁告诉你我觉得姑娘跳舞翩若惊鸿、宛若游龙了?啊呸!那……那明明写的是人和神的爱而不得,关人世间什么事?"聂广义习惯性地回撑完了,忽然又想起一件事情,连交代都没有,直接站了起来,摆了摆手,留给宣适一个背影,权当是道别。

右手挥别兄弟,左手打电话给自己的父亲:"聂教授,你是不是认识辽博的馆长?"

"老馆长都退休好几年了。"聂天勤说。

"你的意思是,你和辽博已经没有交情了?"聂广义情绪骤降。

"不是,大头,你先告诉爸爸你想做什么,爸爸再看看能不能帮到你。"聂天勤说。

聂广义对待感情有些极端。

要么打死都不承认,要么一上来就直接表白,而且还得是在非常特别、非常刻意的场合,完全不懂得什么叫自然而然、水到渠成。

某位大少固执起来,别人是劝不动的。宣适不行,聂教授也不行。

想到了一件事情，就一定要努力完成，这是聂广义在学业和事业两方面都这么成功的原因之一。

只可惜，不管是学业还是事业，都和爱情之间存在着巨大的鸿沟。

宣适一说《洛神赋》，聂广义就想到带梦心之去辽博看《洛神赋图》，而且最好是深度的，不同于普通游客能够参与的深度。

一有想法，立马付诸行动，他一刻都不想等待。他甚至都没有想过梦心之会不会同意，也没有想过梦心之会不会已经看过很多次，就那么不管不顾地直接开始做计划——一份孤男寡女大老远跑去辽博的计划。

"你好，请问是梦心之吗？"

"是我。您是哪位？"

"我是聂广义，这是我国内的号码。"某位曾经二话不说把人拉黑的大少，这会儿倒是直接得不要不要的。

梦心之有点意外，但也不是很多，毕竟聂广义的声音是很有辨识度的。抛开聂广义的性格不说，他整个人从气质到声音，都是无可挑剔的。

"您好，聂先生。"梦心之客气地回应。

客气在很大程度上等同于见外，见外在很大程度上是因为不知道聂广义为什么要打电话。

说到底，梦心之长这么大，还是第一次遇到直接把她拉黑的人。

"我记得你妹妹说你是文物与博物馆专业的，对吧？"聂广义采取了比较迂回的表达。这是广义大少的词典里，第一次装进"迂回"这个词。

"是的，聂先生，我在英国念的也是博物馆，您不是还让您的助理和粉丝关照过我吗？"梦心之轻描淡写。

聂广义卡了一下："你爸是我兄弟，我关照你不是应该的吗？"

"那我是不是应该随阿意，叫你一声聂叔叔？"梦心之问。

"那倒是大可不必，咱们只差了十岁，还没有你和你妹妹、我和你爸爸的年龄差距大。"聂广义连忙反对。

此一时，彼一时。当时自称叔叔的是聂某人，现在极力否认的也是聂某人。某人还是某人。某人已不再是某人。

"聂先生不是已经把我的联系方式拉黑、删除了吗？怎么忽然又给我打电话？"梦心之问。

这两个问题很简单，聂广义却没有办法回答。连他自己都没有想明白，明明都删了这么久了，他竟然还记得梦心之的电话号码。此时此刻，哪怕已经确定了自己对姑娘想入非非，聂广义还是没有办法直接实话实说。开玩笑，过目不忘这种本事，肯定得留到正式交往之后再拿出来震慑姑娘。天才嘛，一下子表现得太过明显，容易让姑娘有负担。

"我问宣适要的。"聂广义说。

"他有我的号码吗？"梦心之特别欣赏宣适的一点，就是除了自己的对象，和其他所有的异性都保持着距离。宣适从来没有主动找梦心之，或者主动搭话一类的行为，真有什么事情，也都是让程诺和她联系。

聂广义也很快就想到了这个不合常理的点。但这种小小的逻辑问题，又怎么可能难倒天才的广义大少？

"他未婚妻有啊，问一问不就有了？"聂广义张口就来。

"对哦。"梦心之并不是纠结的人，"聂先生忽然找我，是有什么事情吗？"

"确实是有正事找你，而且是你肯定感兴趣的。"聂广义不自觉地卖起了关子。

"是吗？"梦心之倒是来了兴趣。

"当然。"聂广义清了清嗓子，"辽博的《洛神赋图》在做大规模的修缮，你有没有兴趣去看一看修缮的过程？"

"这种修缮都是不公开的吧？"梦心之毕竟是这个专业的。

"确实如此，所以我刚刚问姑娘的，不是你有没有兴趣参观博物馆，而是去参观修缮的过程。"聂广义稍稍放慢了语速。

"真的可以吗？"梦心之开始激动。

"《洛神赋图》开启修缮程序之前，找了书画鉴定、装裱方面的权威专家做了很多的论证，聂教授虽然是古建筑保护方面的权威，但他在装裱方面也比较有研究，所以就认识馆长。"

"聂先生的意思是，我们可以参与修缮？"梦心之这会儿是真激动了。

"如果你有兴趣的话，我就带你一起去看看最后修缮的情况。当然，我们只是近距离地观摩，而且要事先了解一些注意事项，如果你说的参与是自己动手，那大概率是不行的。"聂广义古井无波地说。

"我怎么可能会想着自己动手呢？我真的是做梦都想近距离地看一看这幅画，还有画里面的故事！"梦心之兴奋地补充，"虽然北京故宫、弗利尔美术馆和大英博物馆都收藏了顾恺之《洛神赋图》的临摹画，但只有辽博的《洛神赋图》是图文并茂的。"

"听姑娘的意思，你曾经梦到过《洛神赋图》？"聂广义适时抓住了一个点。

"确实梦到过。"梦心之说。

看完河南卫视火爆全网的水下舞蹈节目《洛神水赋》，梦心之就被深深地吸引了。她的很多舞蹈动作，都是和梦里面的洛神姐姐学的。

"那这样的话，姑娘是不是对我的提议感兴趣？"聂广义又问了一次。

"当然！能近距离地观摩一幅传世名画的修缮过程，应该是每个学文物和博物馆专业的人的梦想！"梦心之毫不犹豫地回答。

"那这样的话，咱俩就一起去辽博。"一直到这儿，话题都还挺正常的，直到聂广义画蛇添足地来了一句，"我帮你订酒店和机票，住一起比较方便。"

"住一起比较方便？"梦心之被吓了一跳。

"对啊，难道你希望住两个不同的酒店？或者你家在那边有房子？"聂广义的思维，总是那么跳跃且与众不同。

梦心之因为之前的误会有点不好意思："我以为你说一个房间。"

"一个房间，我怎么可能提出这样的建议呢？你这是在怀疑我的人品，还是……以为我喜欢你？"聂广义说着说着就开始试探。

"不好意思啊，聂先生。"梦心之说。

广义大少无师自通地学会了见好就收："姑娘先确定一下是不是想去辽博看《洛神赋图》，其他的我们以后再说。至于酒店和机票，你如果不嫌麻烦自己订也可以，就是可能会有一些问题……"

"什么问题？"梦心之问。

"可能会是不同的航班，也有可能位置离得很远，还有可能……"聂广义说一半不说了，他自己都没想明白能有啥问题，叹了口气，改口道，"没事。"

聂广义的欲言又止，让梦心之想到了他的恐飞。再往深处一想，聂广义应该是因为恐飞，才会有一起订机票、酒店这样的想法。综合上一次的情况，安慰剂对聂广义的晕机是有效的，说明是心理问题，她如果跟着去，最大的风险，其实是被吐一身。如果提前做好准备，或者干脆真的让他吃片安眠药，应该还是可以规避最大的风险的。

"聂先生，我首先可以确定的是，我非常想参与《洛神赋图》的大型修缮，不瞒你说，我不止一次梦到洛神在水边跳舞。"梦心之说。

"那就巧了，到时候可以好好探讨探讨。"聂广义一击即中，内心狂喜。

"谢谢聂先生，还想着我的专业，但是我爸爸应该不会同意我刚回国就出去玩。"梦心之说出了自己的担心。

"那还就巧了，我爸爸刚给你爸爸打过电话，你爸爸说，有这样的机会，必须要珍惜，只要你自己想去就行。"聂广义早就把"未来岳父"的因素给考虑进去了，还直接让"未来公公"负责助攻。

刚刚好，"未来公公"认识辽博的馆长。

刚刚好，"未来岳父"没有不放心。

刚刚好，《洛神赋图》在做大型修缮。

刚刚好，姑娘特别喜欢《洛神赋图》。

一个又一个巧合，加在一起，就成了聂广义的追爱利器。

梦心之答应之后，聂广义郑重其事地向聂天勤问了很多的细节。

深度参观《洛神赋图》的修缮，自然是重中之重。其他的，主要文物有多少是正在展出的，有哪些是可以看到的，又有哪些是暂时不能对外展出的，前前后后好几天，每一个细节，聂广义都亲自敲定，并提前设计了参观路线。

聂广义让聂天勤把梦心之的实习简历发了一份给老馆长，再三声明，他不是随随便便带个人就想要走后门，而是梦心之确实有过专业修缮文物的一些基础经验。只要不是主导一项大型的修缮，以梦心之的资历，参与其中是绰绰有余的。最后他还不放心地特别说明，如果有哪些没在展出的文物，是像他这样的非专业人士不能看的，就只让梦心之一个人去就行。

聂天勤第一次发现，自己的儿子原来是一个这么细心的人，光是关于辽博馆藏的手写笔记，就做了三大本。

聂天勤搞不明白，儿子明明过目不忘，为什么还要手写这么多，自告奋勇道："大头啊，爸爸陪你们一起去吧。爸爸去了只负责和馆长沟通，不会打扰你的。"

"那你做好八十岁都没有儿媳妇的准备吧。"聂广义直接拒绝。

开玩笑，他做了整整三大本怎么借着辽博馆藏表白的计划，玉猪龙、鸭形玻璃注、唐九霄环佩琴、《瑞鹤图》、《簪花仕女图》，哪个镇馆之宝面前不适合表白。

"梦姑娘，欢迎登机。"聂广义一见到梦心之就高兴，嘴角都扬到天上去了，还以为自己很高冷。

"聂先生这话说得有点像是空少。"梦心之如是评价。

"是吗?"聂广义很自然地来了一句,"空少能有我帅?"

梦心之笑笑,没有接话。这个问题很简单,却不是很好回答。关键是她和聂广义也没有熟到能这么开玩笑的份上。

梦心之这趟可以单独出来,只能说,宗极对聂广义是一万个放心。广义兄弟是靠谱的,答应了帮忙照顾自家闺女,就说到做到,哪怕他自己不在伦敦,也专门托人帮忙照顾。更重要的是,广义兄弟对自家闺女是长辈般的关怀,和那些想方设法靠近阿心的歪瓜裂枣完全不是一个意思的。

见梦心之没有回应,聂广义又开启了一个新的话题:"梦姑娘,我要向你坦白一件事情。"

"什么事情啊,聂先生?"梦心之问。

刚上飞机就听到这样的开场白,很难不让听的人心里面咯噔一下,参与《洛神赋图》的修缮,该不会是一个骗局吧?

"我恐飞,等下可能会有些过激的行为。"聂广义继续坦白。

"这个啊,没关系的,我已经做好了心理准备。"梦心之放下心来,带着小小的内疚。她有点想不明白,自己为什么总误会聂广义?

"上一次,在飞机上,不好意思……"聂广义有点艰难地开口。吐人一手这种事情,他光想想都觉得恶心,更不要说被吐的姑娘。

"没关系的,聂先生,我今天穿了一件防水的外套,还带了一件衣服。"梦心之展示了一下自己的装备。

姑娘是真的善解人意,聂广义是真的不想再次出丑。

"姑娘直接给我一片药吧,我睡过去就好了。"聂广义说。

"行啊。"梦心之从随身的包里面拿了一片安慰剂给聂广义,"聂先生恐飞是有什么具体的原因吗?"

"有一次，我坐的飞机都已经对准跑道，马上降落了，地面有一架非法入侵跑道的飞机，当时要不是在最后一秒拉起来复飞，两架飞机都要机毁人亡。"聂广义说。

"那当时那个机长还挺厉害的。后续机场和航空公司应该有问责吧？是入侵跑道的飞机的问题，还是塔台出了问题？"

"我不知道啊。这种调查也不会对乘客公布吧？又不像后来那次双发失效。"想到这个，聂广义惊觉自己这会儿应该已经开始恐飞了。

聂广义往窗外看了一眼，登机已经结束，飞机推出，开始滑行。乘务长开始做第一次机上广播。

聂广义事先做了很多心理建设，先前又只顾着和梦心之聊天，真到了要起飞的阶段，所有的心理建设又变得毫无用处。

为了防止出现再次把姑娘的手臂给抓红的情况，聂广义紧紧地抓着扶手。公务舱座位的扶手太宽，聂广义只能抓住一个角，这种抓不稳当的感觉，进一步加剧了他的安全感缺失。

飞机刚刚推出，聂广义就开始后悔，自己为什么要自以为是地选择飞机作为出行工具？祖国的高铁不香吗？有必要挑战自我吗？上一次在姑娘面前丢人现眼，还可以自我催眠——反正以后都不会再见。这一次，心里边想着姑娘，嘴里边念着姑娘，身边还坐着姑娘……再失控一回，是真的有点过分。

"聂先生，飞机是最安全的交通工具，民航飞行员的训练和选拔，也都是极为严格的。"梦心之出声安慰。

"对，除了动不动来个复飞和双发失效，确实还挺安全的。"聂广义这会儿什么都听不进去，他能稳稳地坐着，就已经使出了洪荒之力。

"复飞是很正常的飞行程序，复飞本身就是出于安全考虑。正因为有了复飞程序，才更大限度地保障了飞行的安全。"梦心之继续安慰。

"嘴上说说当然都是容易的，飞机又不掌握在自己的手上，是个人都不可能放心。"聂广义已经有点说话不经大脑了。

梦心之没有计较，继续说道："今天的机长是教员机长，而且是空军转业，从业二十年，从来没有不良飞行记录。"

"啊？是吗？从哪里可以查到飞行员的信息？我怎么从来没有看过这方面的信息！"聂广义每次坐飞机前都会各种查找相关的信息，机型啊，机龄啊，甚至连什么时候进场维修都不会放过。这次忙着做表白攻略，他倒是把这事儿给忘了。

"我第一个上的飞机，听空乘说起。"梦心之说。

"姑娘有心了。"聂广义有一种被宠爱的愉悦。

飞机对准了将要起飞的跑道，公务舱的乘务员过来收玻璃水杯，做起飞前的客舱准备。

发动机的声音在这个时候开始变大，聂广义一下就隔着衣服抓住了乘务长的手，力道和之前抓梦心之的差不多，乘务长吓得差点喊安全员。

梦心之第一个反应过来，拍了拍聂广义的手背，对聂广义说："你是想要留着水杯吃药是吧？"

聂广义赶紧松手，向乘务长道歉："抱歉，请稍等。"

聂广义一口气喝了一整杯水，就这么把梦心之给他的安慰剂吃了下去。

乘务长镇定下来，蹲在座椅旁边介绍："聂先生，您座椅侧面的收纳袋里有我们为您准备的矿泉水，在飞机起飞不能提供机舱服务的时候，您可以先喝矿泉水。需要我帮您拧开吗？"

"不用不用，哪有让女人帮忙拧瓶盖的！"聂广义激动得差点跳起来。

梦心之坐在一旁静静地看着。今天的这一系列事件，倒是让她明白了聂广义之前对她的所作所为全都是下意识的。

乘务长走了，聂广义才想起来身边还有个自己喜欢的姑娘："姑娘不要担心，刚刚吃了姑娘给的药，很快就能睡着。"

"嗯,我不担心,聂先生你好好睡一觉。"梦心之柔声说。

聂广义在梦心之如水的温柔里面沉醉,安安心心地放平座椅准备睡觉。

没等乘务长过来,梦心之就提醒他:"聂先生,起飞之后才能调节座位。"

"对哦,那我现在怎么办?"聂广义六神无主。

"我建议大少下次能坐高铁还是选高铁。"梦心之说。

"我这不是怕你不喜欢坐那么长时间的高铁嘛!"聂广义回答。

梦心之莞尔道:"我没关系的。"

姑娘脸上的笑容,是真的有点好看,说话的声音,是真的有点好听。

聂广义不免想起曹丕的《善哉行》:"有美一人,婉如清扬。妍姿巧笑……"

有这样的一位美人,她眉清目秀,温婉得像一阵清风,她身姿婀娜笑容甜美……不得不说,在称赞美女这件事情上,曹丕和曹植这两兄弟有着不约而同的浪漫。

不知不觉,聂广义的思绪就飘远了,他知道自己这会儿的行为方式是有些过激的,可他就是控制不住。人人都说飞机是最安全的交通工具,可当空难真的发生的时候,人类就比蜷蚁还要渺小。

"可是我有关系啊!我请姑娘去赏画,怎么能让姑娘坐那么长时间的高铁?《洛神赋图》等了上千年,才等到洛神这个级别的姑娘近距离地观赏。坐高铁去,画难道就不会等得着急吗?"聂广义又抓住了梦心之的胳膊,好在这次力道并不大。

"洛神这种级别?聂先生是在说我?"梦心之不太相信聂广义会说这样的话,更不相信自己的理解。

"不!我说错了!"聂广义大声否认。

梦心之怕聂广义又把安全员给引过来:"聂先生,不要这么激动,我知道你说的不是我。"

"怎么就不是你了？"聂广义更激动了，"明明是姑娘比洛神更美！"

"聂先生谬赞了，我光气质就差了一大截。"梦心之示意聂广义降低一下调门。

"不可能！"聂广义还是有点大声，"要说好看，姑娘还真不一定是顶好看的，毕竟萝卜青菜各有所爱。但要论气质，谁不被姑娘吸引，谁就是瞎子。"

好好的一句话，被聂广义说得怪怪的。

梦心之在心里告诫自己，不要动不动就用既往经验去推断聂先生，更不要觉得聂先生对自己有什么想法。毕竟，她之前就被拉黑过。把谁列为追求者，也不能把直接把她拉黑的聂先生放到追求者的名单里面。

"女士们、先生们，中午好，我是本次航班的机长。

"首先，我代表机组全体成员，欢迎您选择搭乘天合联盟成员中国南方航空公司 CZ6506 次航班，由上海前往沈阳。今天我们的飞行高度为 25000 英尺，总飞行时间两小时零五分。今日天气适航，我们的飞机正在逐步向巡航高度爬升。稍后平飞以后，您可以解开安全带，使用卫生间。在旅途中，我们可能会遇到些气流，有些颠簸。这是非常正常的现象，就像汽车经过减速带。当您在座椅上时，请您系好安全带。再次感谢您搭乘中国南方航空公司的班机。祝您在沈阳度过愉快的一天。"

聂广义听过很多机长广播，这是最特别的一次。"就像汽车经过减速带"，这个比喻莫名地就让人安心。

"怎么还会有机长专门解释飞机颠簸是很正常的现象？"聂广义感到诧异，顺带着评论了一句，"看来空军转民航的飞行员就是不一样。"

"这机上广播让聂先生觉得更安心吗？"梦心之问。

"那必须啊，这机上广播还是挺不错的，要是早有人这么说，也不至于飞机一颠簸，就有人以为是要解体。"聂广义转头强调了一下，"我说的是有人，不是我。"

"那我回头帮'有人'和乘务长说声谢谢。"梦心之说。

"姑娘能见到机长？姑娘该不会喜欢飞行员吧？"聂广义一脸警惕，"机长身边都是漂亮空乘，还一天到晚在外面飞，不着家，你好好的一个姑娘，可千万不要这么想不开。"

"聂先生，我说的是感谢乘务长。南航的机长一般不怎么在国内航线广播。我上飞机的时候把这段广播词交给了乘务长，问她能不能帮忙。"梦心之回答。

"刚才那段广播词是姑娘写的啊？"聂广义一脸震惊，"姑娘第一次和我出门，就专门为我准备了这样的机上广播，姑娘啊，你可真是煞费苦心。"

这番话说得其实没有什么毛病，但怎么听都怪怪的，搞得好像梦心之对他有想法，并且还是蓄谋已久似的。梦心之一脸的尴尬。

"聂天才"倒没有像往常那么迟钝，察觉到梦心之的异样，就赶紧开始解释："我的意思是，我要向航空公司表示感谢。"

"说到这个，聂先生给先前那个航班的空姐写感谢信了吗？"梦心之顺势接话。

"写了呀，两个漂亮小姐姐，人手一封。"聂广义有点兴奋，"你都不知道，同一件事情写两封感谢信，还要不带重样的，其实也挺有挑战的。"

"是哦……"梦心之又不知道怎么接话了。

"那必须是啊，要不是看在两个小姐姐都漂亮的分上，我才懒得这么麻烦。"聂广义一再强调漂亮小姐姐。

"是……挺漂亮的。"梦心之有些不知道怎么接话。

"梦姑娘，你这是什么表情啊？你不要以为你长得这么好看，这么有气质，这么沉鱼落雁、倾城倾国、亭亭玉立、仙姿佚貌、夭桃秾李、靡颜腻理、明眸皓齿、绛唇映日、双瞳剪水、螓首蛾眉、手如柔荑，像出水芙蓉那么仪态万方就可以……随便吃醋。"

聂广义说成语的语速极快，没有足够的成语储备和听力水平，根本就听不清他说的是什么。

梦心之倒是听清楚了，进而也更无语了，她干什么了就吃醋？"聂先生，要不要试着闭上眼睛休息一下？"

"还是姑娘懂我，知道我一恐飞就什么都乱说。姑娘莫急，等下了飞机，我的表白一定让姑娘满意。"聂广义听话地闭上了眼睛。恐飞到无与伦比，又兴奋到无以复加，他可是连表白的方案都准备了不下十个。

飞机停稳，满脸煞白的聂广义装得跟个没事人似的，优雅地打开自己的手机，看了至少得有三十秒。而后，聂广义的脸色恢复了正常，面无表情地和梦心之说了五句话："你是知道我恐飞的。我说要向你表白是假的。等会儿有人举牌接机。我就不陪你去辽博，先回意大利了。"

梦心之有点蒙，完全搞不明白聂广义到底是一种什么样的性格。

这个人，不管是说话还是做事，都像是一个谜。会在找人关照她的同时又把她拉黑。会把表白说得和吃饭一样随意，然后又随随便便地收回。飞行途中的那一通输出，可以理解为他恐飞到控制不了自己的言行。现在都已经平稳落地了，怎么还变本加厉了？

聂广义没有管梦心之的反应，当着她的面给聂天勤拨了个电话："聂教授，你和老馆长说一下，等会只有梦心之一个人去。先前答应了让人家参与修缮的，你确认一下老馆长有没有交代好，我就先回意大利了。"

"意大利？大头，你这是怎么了？为什么现在回去？你就算没有表白成功，也还有万安桥的修复啊，前期准备工作你都做得差不多了，怎么能说回去就回去？大头啊，你和梦姑娘是不是有什么误会？你别着急，爸爸去帮你解释。"聂天勤没办法不担心。

"就因为准备得差不多了，接下来就只是执行，有我没我都没有差别，没我或许会更好。"聂广义只回答了关于万安桥修复的部分。

"大头，你不能因为追姑娘失利，就对自己全盘否定啊。"聂天勤试着安慰自己的儿子。

"人本来就是这样啊。当你被追捧的时候，全世界都在肯定你。只要有一个小小的瑕疵，那么你曾经所做的一切，都变得不再有意义。"聂广义就这么把电话给挂了。

聂天勤丝毫不怀疑聂广义对这次参观的重视程度。聂广义长这么大，还是第一次拜托他这个老爹帮忙找关系。聂天勤并不反对儿子回意大利，反正他也退休了，两边跑一跑，或者随儿子去意大利定居，都不是什么问题。问题在于，聂广义怎么可以在这样的情况下，直接撂挑子回意大利？一边是计划已久的辽博表白，一边是即将启动重建的万安桥。聂广义这一走，被荒废的可不仅仅是来辽博表白的准备。

聂天勤赶紧把电话回拨了过去："大头，你没有理由在这样的时候，用这样的方式打退堂鼓。你这样，别说人家姑娘，就是爸爸也看不起你。你以前可不是这样的！"

"聂教授，我早就是这样的了，你要觉得我以前不是这样，那就说明你不了解现在的我。"聂广义有心摆烂。

"那万安桥呢？你就彻底不管了？"聂天勤问。

"聂教授为万安桥做了非常充分的人才储备啊，你的那些个学生，虽然不一定是很好的木工，但一个个都研究得很细。"聂广义说。

"万安桥缺的是精通榫卯结构的主墨。大头，你把意大利那边的事情抛下一整年，不就是为了完成万安桥的修复吗？怎么到了现在，忽然又要回去？你这一走，原本你负责的那些模块要重新梳理，这不是事倍功半吗？"聂天勤问。

"你也说我抛下一整年了，回去看看不也很正常吗？你儿子我呢，就是那种适合孤独终老的人，你以后就别跟着操心了，有期望就会有失望。"聂广义又退回到了之前的状态。

"大头啊，男追女隔座山，被拒绝一次两次也很正常……"聂天勤有心要劝。

"知道了，聂教授。助理刚才买到了今天夜里去罗马的航班，我现在要先赶回上海拿护照、收拾行李。"聂广义再一次挂断了电话。

辽博的深度参观和表白计划，因为聂广义的提前离开，变得虎头蛇尾。

没有人能理解聂广义的行为方式，包括他的老父亲。

唯独一个人例外。

聂广义才刚赶上飞机，就发现自己旁边的位子上坐着宣适。

第十二章 扎堆退单

"你在这儿干吗？"聂广义没好气地问。

"陪你。"宣适的回答简单到只有两个字。

"你虽然愿意陪我，可也要看看我愿不愿意让你陪。"聂广义仍是没好气，"你不是都要办婚礼了吗？怎么这会儿来陪我？干吗，想学我孤独终老啊？"

"我本来也是要去帕多瓦办婚礼的，就当提前过去准备了。"宣适说。

"你家那口子没意见吗？"聂广义已经很久没有叫过程诺名字或者棺材板了。

"没有啊。她知道是大少的事情，怎么会有意见呢？"宣适问。

"你说得好像你家那口子很待见我似的。真这样的话，趁你还没办婚礼，你广义哥哥回过头去再帮你考验一下。"聂广义的脸上不达眼底的笑意，怎么看怎么勉强。

"随便你啊，我和阿诺的感情，经受得起整个世界的考验，不论时间，不论距离，我们都是彼此的唯一。"宣适时刻不忘秀恩爱。

"莫名……"聂广义难得说了句大实话,"莫名还有点羡慕你。"

"没事的,我们大少只是开窍比较晚,以后有的是让人羡慕的时候。"宣适言归正传,"怎么会变成这样啊?"

"费德克月初就问我回不回去了,我那时候觉得就是个小事情,也翻不出什么浪花。"聂广义对宣适没有什么要隐瞒的,打开笔记本电脑,赶在飞机起飞之前处理文件。

"你确实是太久没有回意大利了。我都有点无法想象,你竟然舍得抛下两家事务所,回国做万安桥的修缮准备。"宣适盯着聂广义看,让聂广义没有机会顾左右而言他。

"我其实也没有想到……我和我爸分开那么多年,让他抛开一切来意大利陪我,感觉有点自私。"这才是聂广义最真实的想法。

"你要是自私的话,这个世界上就没几个人是不自私的了。我以为你会两边兼顾,飞来飞去什么的。"宣适说。

"你又不是不知道我恐飞。"聂广义说。

"我看你现在好多了啊,没有一上飞机就开始紧张,还能打开电脑办公。"宣适觉得聂广义进步了。

"不管是汽车还是轮船,陆地上还是水上,只要是交通工具,都会有颠簸。飞机在天上颠簸,那也肯定是正常的。汽车还要过减速带呢,是吧?"聂广义说完,自己都愣了愣。

"进步很大嘛!真要这样的话,你以后就可以两边兼顾了。"宣适说。

"希望吧,这次的事情闹得比我想象中的要大一点,要是处理不好,我可能也不需要兼顾了。"聂广义神色黯然。

"肯定能处理好的,你和 Keith 都竞争这么多年了,他哪次是你的对手?"宣适问。

"但这次不一样啊。这次是我自己把把柄送到了他的手上。"聂广义盯着电脑，开始快速浏览助理发给他的资料。

先前飞机刚到沈阳，聂广义先是收到了助理发给他的新闻，然后又看到费德克的辞呈。费德克是聂教授的得意门生，也是帕多瓦事务所目前的实际负责人。费德克选择在这个时候辞职，说明事情已经超出了他的控制。

这件事情，前两天就开始发酵了，但一直都是小打小闹。聂广义没有想到，自己离开意大利那么久了，还能成为新闻热点，并且不是像以前那种，要么上得奖，要么上钻石王老五排行榜。聂广义打从知道这件事情，就准备回去一趟。他想着，先飞一趟辽博，克服一下对短途飞行的恐惧，等到向姑娘表白完了，长途应该也不在话下。

他没想到事情会忽然爆发，更没有想到费德克会在这个时候辞职。费德克一走，整个帕多瓦事务所就成了一盘散沙，从助理到总监，一个个都开始找新的工作。他这会儿要是不回去，帕多瓦事务所的很多项目都会黄了。

"把柄，你说的是 Concetto di Aurora 和极光之意撞外观的那件事情吗？你当时不是撤回了奖项吗？"宣适问。

"对啊，但是也留下了记录。我承认我的概念设计，是在国内的极光之意建好之后才有的想法，就连我自己都解释不清楚是为什么，被人质疑，也是很正常的事情。"聂广义说。

"可是现在被炒起来的话题，是说你抄袭了 Keith 的毕业设计。把你们大学刚毕业以后做的设计全都拿出来比对了。要说不是 Keith 故意的，那些手稿又是怎么流出来的？"宣适把新闻热点都看了一遍。

"风水轮流转吧，大学毕业那会儿，都说 Keith 抄袭了我的。"聂广义表现得很平静。

"Keith 也真是够狠的，趁你不在，故意黑你。"宣适一口咬定幕后黑手。

"我觉得不是，我和他竞争了这么多年，都已经不觉得是在竞争了。这么多年，Keith 每次都输给我，但他也输得堂堂正正的。"聂广义并不认同宣适的说法。

"你竟然还愿意为他说话。"宣适看了一眼聂广义。

"算是另类的惺惺相惜吧。我们两个经常会有类似的设计方向，每次都竞争同一个奖项，还经常竞标同一个项目。"聂广义说。

"那他就更有嫌疑了，不是吗?"宣适疑惑。

"像 Keith 这样的人多少还是有些清高的。"聂广义评价道。

"如果不是他的话，事情是不是就更麻烦了?"宣适问。

"嗯，是我太自信了，一直被捧在云端，都忘了头朝地摔下来是什么感觉了。"聂广义在真正遇到事情的时候是会在自己的身上找原因的。

"你本来就在云端啊。Keith 顶多也就是个有才华的建筑师，根本不可能像你一样，把建筑、土木、环艺，还有材料学的学位都拿了个遍。"宣适并没有夸张。

"又不是说学位拿得多就可以免于被起诉。"聂广义继续处理文件。

"现在有几家起诉啊?"宣适问。

"五家。"聂广义回答。

"怎么会有这么多?"宣适惊讶。

"谁让你广义哥哥收费比别家贵呢? 人家还不是冲着你广义哥哥明星建筑师的光环来的? 这次要是解决不好的话，你广义哥哥可就靠你养了。"聂广义转头看了一眼宣适。

"养你小事情啊。"宣适觉得这根本不是养不养的事情。

"我就喜欢宣适哥哥这么大气。就是可惜了，原本还想着退休养老，找个姑娘好好抱一抱。"聂广义没办法不遗憾。

"嗯? 你不是表白去了吗? 不顺利啊?"

"我一个马上就要倾家荡产的人，还表个哪门子的白?"

天才总是受人追捧的。

这样的追捧，有多么让人如履薄冰，只有天才自己知道。

原本，对于他拿奖拿到手软，就有很多人颇有怨言。但聂广义每一次设计的作品，又让他们不得不叹服。这样一来，有聂广义参加的赛事，大家也就只把目光放在了第二名的争夺上。

聂广义的灵感似乎永远不会枯竭，每年参加那么多奖项，也很是让人讨厌。

由于聂广义把 Concetto di Aurora 撤回了，Keith 拿到了那个奖项的最高荣誉。

聂广义参加了这个比赛并不是什么秘密。

Keith 第一次战胜聂广义，在业内引起了很大的震动。再往后，又引起了热议——聂广义没有排在第二或者稍微后面一点的位置，而是不在这个名单上。组委会后来解释说，是聂广义撤回了参赛作品。这下好了，各种版本的解读甚嚣尘上。

那时候，聂广义的余威还在，因而有一种声音，说聂广义让着 Keith。

Keith 是个有心气的人，他可以输，但不能赢，闹得组委会最后不得不公开了聂广义撤回奖项的具体原因。

事情到这里本来就要告一段落了，业界也没有什么人拿这件事情说事。"撞梗"并不是多么离谱的事情，何况还是聂广义主动撤回的。问题在于，聂广义在退回奖项之后，就再也没有任何作品参加任何一个奖项。

他回国修缮万安桥，并不被业内人士知晓。就算知道了，也不能理解，"聂天才"可是一个概念建筑设计大师，没人觉得他和古建筑保护有什么联系。

慢慢地，业界就有了一种声音，大致是"一个天才的陨落"。用中国人的话来说，叫江郎才尽。用外国人的话来说，叫灵感枯竭。

聂广义没有再管这件事情。

概念设计是走在现实前面的，算是一种引领时尚，而事务所并不是靠概念赚钱的。

随着科技的发展，很多概念慢慢也都可以实现了。聂广义在意大利的两家事务所，主要是把他以前做的概念设计，局部或者部分落地到现实的项目上面。由于聂广义超前的时间比较多，所以，哪怕过两年再重回意大利做新的概念设计，原本的那些专利也能够保证事务所的业绩不出现问题。

问题出在一个星期之前，开始有委托方，因为聂广义本人不在意大利，提出要退单。

费德克和助理先后问聂广义要不要回去处理。聂广义那会儿满脑子就只有要怎么带姑娘去辽博，要怎么向姑娘表白。

他倒不是被爱情冲昏了头脑。首先，他人在国内，但也没有不管事务所的事情，该亲自设计把关的，绝对不会假手他人。其次，设计本来就是很主观的事情。有人喜欢，有人不喜欢，有人要退单，都是再正常不过的事情。

不正常的是，忽然之间，扎堆退单，还要对簿公堂。

聂广义上了飞机之后，还是有些崩溃的。

他吃了两粒安眠药，是他自己买的真正的安眠药，不是梦心之给他吃的安慰剂。

奇怪的是，真药竟然还没有梦心之给他的安慰剂管用。他既镇定不下来，也睡不着觉，还出了一身的冷汗，整个人紧张到无以复加。还好这一次坐在他身边的是宣适，他怎么用力抓，对宣适来讲都是小事。

恐飞还挑旁边坐着谁，也真的是没谁了。飞行途中很是有些狼狈，但下了飞机，聂广义就还是那个一丝不苟的大少，弄了发型，西装笔挺地从机场出来。

来接机的人员倒是让聂广义有些意外。助理订的机票，当然会过来接机。现场还来了几家媒体，算是对天才人气的尊重，不过都是采访过他的老熟人，提了几个业界关心的比较犀利的问题，却也没有到尖锐的程度。助理和记者都是聂广义意料之中的，他倒是没有想过，同样处于风口浪尖的 Keith 也过来了。

Keith 主动和聂广义打招呼："聂，我要向你声明一件事情。"

"请说。"聂广义抬了抬下巴。

"你这次的危机，和我没有关系。"Keith 直视聂广义的眼睛。Keith 的眼睛很好看，深邃的灰绿色。他的长相介于中西方之间，拥有多国血统。

"我说过这件事情和你有关系吗？"聂广义反问。

"有很多人说是我在落井下石。"Keith 的原话说的是"When a dog is drowning everyone offers him drink"——当一只狗溺亡的时候，每个人都会递一杯水给他。用狗之类的来形容，在意大利语和英语里面算是中性，并没有把聂广义比喻成狗的意思。

"我相信你不会的，虽然你是最大得利者，你一直都是我敬重的对手。我和我的兄弟也是这么说的，不信你可以问一问他。"聂广义又是和 Keith 握手，又是给宣适介绍 Keith，现场一派祥和。不出意外的话，新闻的风向应该会稍微有点变化。

"聂，我也和记者一样好奇，为什么你长达一年的时间，都没有拿出一件令人印象深刻的作品？"Keith 追问。

"年纪大了，想着可以早早退休。"聂广义说。

"聂，你还这么年轻，你给的理由根本就没有办法说服我。"Keith 的语气有些夸张，眼神里面的真诚倒是还和之前一样。

"是吗？那有没有这样的一种可能？"聂广义问。

"什么可能？聂，你说。"Keith 期待一个真正的答案。

"奖项拿得太多了，想要放慢脚步，等着一般般的你们，慢吞吞地追上？"

聂广义又开始大放厥词。

"哦！这就像是聂你说的话了。但你这个玩笑开得可就太大了，我不担心别的，就担心你一蹶不振，再也没有和我竞争的勇气。这样，我的荣耀之路就会很孤独。"

Keith 的接机行为，算得上是给聂广义站台，这是聂广义没有想到的。

聂广义自己可能都忘了，当年在 Keith 遭受争议的时候，他曾说过几句乍听起来像是打击，实际却是帮忙澄清的话。

一个人到底有多大的才华，只有和他旗鼓相当的人才了解得最为透彻。

助理大致介绍了一下，聂广义在飞机上这段时间事态的进展——又有两个委托方要求退单，并且还有一家是来自国内的。

那是一个聂广义原本不想接的项目，碍于聂教授的关系才接下，并且是几乎不怎么收费的。

聂天勤的电话在这个时候打了过来："大头，发生这么大的事情，你怎么也不和爸爸说一声?!"

"聂教授这么快就知道了啊，桃李满天下的大教授，就是消息灵通。"聂广义尽量表现得正常一些。

"要不是费德克给我打电话，爸爸到现在都还被你蒙在鼓里。"聂天勤气自己不能第一时间给儿子帮忙。

"看来费德克只把自己当成了你的学生，压根没想着他是我的职业经理人。"聂广义并不想把自己的老父亲牵扯进来，不是他自负或者一意孤行，而是聂教授就算知道了，也帮不上什么忙。

"这事儿可怪不得费德克啊，是爸爸让你帮忙设计咖啡博物馆那事儿……"

"那事儿我已经知道了，第一版的平面方案也已经给他们了，定金只收了不到十分之一，这个单子如果还要求退单的话，您老也问问是想要什么样的退法。"聂广义确实生气,一个关系户,在这个时候落井下石。

"大头,爸爸也没有想过会这样,早知道是这种人,爸爸肯定……"聂天勤没想到自己又一次把儿子给坑了。

"行啦,你也别自责了,咖啡博物馆那么小一个单,在整个事件中的影响几乎可以忽略不计。我这会儿有点忙,我让宣适和你先聊一聊。"聂广义把手机给了宣适。

"小宣啊,谢谢你陪着广义啊,不然我这真的是……"聂天勤一时调整不过来情绪。

"您别担心,咖啡博物馆真的没什么事儿。我刚才在飞机上还和广义说,咖啡博物馆这么好的私人博物馆项目怎么没有让我做。"宣适劝慰。

"唉,我就不该牵这个线,弄得一把火从意大利都烧到国内来了。这些人可真是!求着我帮忙的时候是一个样,现在又……"聂天勤不知道自己还能说什么。

宣适没让聂天勤继续自责下去:"多好的事儿啊,咱们不和不识货的人一般见识。等回去了,我就找地方落地咖啡博物馆项目。"

"一个私人博物馆想要做成地标,何其困难!"聂天勤一直以为自己给儿子推荐了一个很有实力的人。

"不难的。您不是见过我家阿诺吗?有一个世界冠军咖啡师,一个世界级的建筑师,我怎么都应该运营一家地标级别的咖啡博物馆,才好在世界级的老婆和兄弟面前得到自己的一席之地,您说是不是?"宣适对自己的运营能力很有信心。

"不行,我还是不放心。你和广义说一下,我今天晚上就过去。"聂天勤说。

"我建议您还是先不要急着过来。我和广义都出来了,您在国内待着,也好有个照应。做生意嘛,起起落落很正常的。这么些年,广义也不是没有经历过低谷，没事的。有我陪着，您还不放心吗?"宣适劝道。

"小宣啊，你说我这个当爹的，怎么总给儿子拖后腿?……"

聂广义刚进罗马事务所，法务助理卢仙娜介绍完基本情况，就给出了自己的推断："老板，我觉得这次的事件是有预谋的，问题出在帕多瓦事务所的内部。"

"你倒是把罗马事务所撇得挺干净，新增的两个要解除委托的项目都是罗马事务所接的，之前扎堆退单也有两个是罗马这边的。"聂广义还没有来得及了解全部情况。

"不是的，老板，我并不是因为我是罗马事务所的，才把矛头指向帕多瓦，我有线人。"卢仙娜回答。

"线人?"聂广义疑惑。

"老板，我说了您可不要生气啊，是玛蒂娜告诉我的。"卢仙娜铺垫了一下。

"我为什么要生气?"聂广义问。

"老板不是因爱生恨和玛蒂娜闹得很不愉快，还扬言让她在意大利找不到工作吗?"卢仙娜说。

"我? 因爱生恨?"聂广义感到莫名其妙，"玛蒂娜不是在伦敦工作吗?"

"对啊，老板，您让她没办法在意大利工作，她就只能背井离乡去伦敦了。"卢仙娜说。

"这是她和你说的?"聂广义问。

"是的，老板。"卢仙娜回答。

"什么时候?"聂广义又问。

"昨天的前一天，老板。"卢仙娜回答。

"行，我知道了。"聂广义说。

"老板,五个要退单的联合诉讼怎么办?我可以联系我的同学,他在这方面是专家。"卢仙娜提议。

"不用。你去搞清楚这些要退单的项目的诉求是什么。如果是因为我之前不在,你可以告诉他们我已经回来了;如果还有其他的,你就问清楚。"聂广义说。

"那就不找外面的律所了吗,老板?"卢仙娜有点慌,"我怕我不能胜任这么大的诉讼。"

"我知道你不能。"聂广义转而用意大利语和刚刚接完电话的宣适说,"你帮我找一下律师。"

聂广义专门用了意大利语,这是针对卢仙娜的。

卢仙娜很惊讶:"老板,你该不会是怀疑我吧?"

"你觉得呢?"聂广义问。

"我觉得应该不会,毕竟我长得一般,老板也不可能对我因爱生恨。"卢仙娜回答。

聂广义看了一下表:"卢仙娜,你还有一个小时的时间,把退单原因的详细报告,放到我的办公桌上。"

"老板,现在这个时间点,我们回到事务所都要五十分钟的时间,十分钟我怎么可能完成一份详细报告?"卢仙娜有点慌。

"我在车上可以工作,你为什么不行?"聂广义问。

"老板,有没有一种可能是我还要负责开车?"卢仙娜反问。

"卢仙娜,有没有一种可能是我忘了给你发工资,永久性的?"聂广义摊开一只手,出声问道,"车钥匙呢?"

"老板,你不会真的要在现在这样的时候解雇我吧?"卢仙娜感到震惊。

"车钥匙呢?"聂广义又问了一遍。

"在这儿呢。"卢仙娜有点不太情愿地把钥匙拿了出来。

聂广义接过，不打一声招呼，不带任何提醒，直接随手往空中一扔。

宣适很自然地接住了钥匙，直接走向停车位。聂广义紧接着上了车。

卢仙娜追出来，气愤又委屈："老板，你总这样不近人情，也真的不能怪玛蒂娜，要是我有那样的机会，说不定我也跳槽了。"

聂广义又看了一下表："还有五十九分钟，你是上车在我旁边办公，还是自己打车回去再开始？"

"啊……老板，原来你是这个意思啊！"卢仙娜意外，"老板，不用五十九分那么长！你给我五十七分钟就行，保证完成任务。"

"期待你的报告，卢仙娜。"聂广义没有再和卢仙娜聊，他在工作上向来是有事说事。

生意做大了，打官司是在所难免的。稍微有点规模的公司，基本都有自己的法务。公司的法务通常没有专业大律所的律师厉害，平日里大多负责人事合同一类的简单业务。真正遇到了需要打官司的情况，还是要通过对接外聘的大律所，才能最大限度地避免公司的损失。卢仙娜刚刚想要做的，就是去对接专业的大律所。

"广义，你有没有一个大致的方向？"宣适帮聂广义找好了两家律所，一家本地的，一家国际的。应诉是一方面，找出这件事情的幕后推手才是重中之重。

"我现在大致可以确定，这次的事件和罗马事务所没有什么关系。"聂广义说。

"你是基于什么判断的？卢仙娜一上来就撇清罗马事务所的关系，多少会有种欲盖弥彰的感觉吧？"宣适疑惑。

"虽然卢仙娜目前只是法务助理，但她拥有名校的法律和建筑双学位，她的智商和能力都是没有问题的。她要真的做了什么，多半会不动声色。我今天也是在观察，她要装得若无其事，我可能还会怀疑。"聂广义回答。

宣适也没有再坚持："罗马事务所的员工，肯定还是你比较了解。帕多瓦那边都是你的并肩作战过的老员工了，除了你上学的时候就交好的同学，就是聂教授的学生，不管是哪一个有问题，你估计都会被扒一层皮。"

"那你也太小看我了，除了你，没有人能扒我的皮、我的衣、我的心……"

"抱歉啊，大少，我只有友谊属于你，我的身体和我的心都是阿诺的。"宣适不往远处扯，"我们是不是现在就去帕多瓦？去的话，你把钥匙给我，我来开车。"

"你才下飞机，开什么车？你还真以为自己是铁打的啊？"聂广义没同意。

"我在飞机上休息得挺好的，一口气开到帕多瓦绝对没问题。"宣适说。

"暂时不去帕多瓦。"聂广义对宣适说，"你等我先审计一下。"

"审计什么？"宣适问。

"审计一下，现在要退单的这些项目，如果全部同意的话，我会不会直接破产。"聂广义回答。

"广义，你什么意思啊？"宣适惊讶道，"如果不破产的话，你就打算让他们全退了？"

"对。不会欣赏我的作品的委托方，我留着干吗呢？到时候不知道是谁的损失更大。"聂广义坚定地回应。

"大少，咱不要因为一时意气，把自己推到那么被动的境地。"宣适不赞同。

"被动吗？"聂广义并不这么认为，"建筑设计和其他的项目是有区别的。那些已经动工的，假如和我解除委托关系，损失的可不仅仅是设计费。我的设计是有准入门槛的，不是谁都能半路接手的。整出这件事情的人，一定是觉得自己有能力接手。"

"那这样的话，岂不是还是 Keith 的嫌疑最大？"宣适问。

"我相信他不会，他的目标是战胜我，不是从我这儿接手已经做了一半的全案。被迫按照我的思路跟进，估计比杀了他还让他难受。"聂广义说。

宣适想了想："如果是这样的话，一定是一个非常熟悉你的设计，并且能够直接接手的人，这人认定了现在这种规模的退单能直接将你逼到绝境，让你在失去项目和失去事务所中间做一个选择。这样的人应该也不多。"

"对，有且只有一个。"聂广义在飞机上就已经把脉络厘清了。

对于聂广义现在做的这个决定，换成别人在他身边，肯定是要劝一劝的。在舆论对他很不友好的前提下，就这么不管不顾地我行我素，再怎么看都不是一个很好的选择。聂广义决定硬刚，宣适的选择是给自己的兄弟争取更多的时间。宣适是了解自己的兄弟的。

聂广义在事业上升期选择离开，除了想要有更多的时间和聂教授相处，多少也有点独孤求败的感觉。重复拿同样的奖项，并没有多大的意义。他的目标，向来只是普利兹克建筑奖。

聂广义上一次匆匆赶到罗马，还是为了拿奖和演讲；这一次，却是要面对江郎才尽的质疑。聂广义并不害怕面对这样的质疑，不然也不会这么任性地选择置之不理。当世人都认为你江郎才尽的时候，最好的反击，不是言语，而是作品。

听完宣适的表态，聂广义摆了摆手："用不着做打持久战的准备，你好好准备你的婚礼，等哥哥送你一份结婚大礼。"

罗马不是一日建成的，作品也不是一天完成的。聂广义既然这么说，就说明他已经有了应对的方案。

"阿适，大少那边怎么样？"程诺打电话过来关心，"怎么你们去了那么久，也没有看到舆论转向，反而还有愈演愈烈的架势？"

"愈演愈烈?"宣适不免意外,"这把火都烧到国内去了?"

"是的,现在有很多人去极光之意工作室采访。"程诺说。

"国内的记者还是国外的记者啊?"宣适问。

"都有。"程诺回答,"之前不是一直有个说法,说聂广义很有可能成为最年轻的普利兹克奖得主吗?现在说他的 Concetto di Aurora 抄袭极光之意,并且他自己还承认了。"

"我看大少对这个好像不太在意。那些记者是不知道大少回意大利了,还是怎么回事?"宣适问。

"具体的我也不清楚,但心之姐妹应该还挺困扰的吧。我刚才给大心打电话,是小意接的,说他们一家已经搬离极光之意了。"

"这么严重吗?那他们一家现在住哪儿?"

"他们本来在市区就有房子。"

"哦,这样啊。那你帮大少和大心、小意说声抱歉。"

"这我说不着吧?大少不是喜欢大心吗?怎么着也应该他自己说吧?"

"亲爱的,你觉得现在这种情况大少还会说吗?"

"就因为他不会说,你才要提醒他一下啊。"

"我觉得吧,他现在也没心情管这个,他刚刚下定决心表白,就遇到这么个事儿。"

"那得等多久啊?再等黄花菜都凉了。哪有这么和姑娘表白的?"

"谁说不是呢?"宣适也只能干着急。

"阿适,你要帮大少的话,我们把婚礼推迟吧。"程诺提议。

"不用。咱俩的婚礼,优先级高于一切。"宣适说。

"你当年为我去意大利,却因为我突然失联,差点露宿街头,要不是有大少……"

"阿诺,你别想那么多,安心准备做新娘,大少还说要送我们一份大礼呢。"

"爸爸,我想回极光之意一趟。"梦心之从辽博回来之后就和宗极商量。

"那边那么多记者,你现在回去,不是刚好被他们逮着?"宗极不同意。

"我感觉应该差不多了吧,又不是什么娱乐明星出轨一类的。而且,不管有没有采访到我们,故事不都已经写好了吗?"梦心之回应。

"也是啊……现在一边倒地说广义兄弟抄袭了我们家,还说爸爸是建筑师里的扫地僧之类的。关键吧,人家这么编派完了之后,他自己也不出来澄清。"宗意也替自己的兄弟揪心。

"他现在出来澄清也没有用吧。我和聂先生聊过这个问题,连他自己都有过类似的想法。一模一样的外观,再怎么看,都不太可能是巧合。"梦心之说。

"那这样的话,阿心还回极光之意干什么?"宗极问。

"我想再看看我当年画极光之意的演变图,我不会平白无故地梦到一个建筑,肯定是有什么原因,导致我的脑海里出现这样的一栋房子。假如能搞清楚我的梦境来源,那么聂先生的灵感的来源差不多也搞清楚了。"梦心之说。

"阿心说得对,我们是得再上点心。明明是爸爸让聂兄弟亲自帮我们做了改造,记者们现在来拍,里里外外每一个细节都说是'照抄照搬',我再怎么解释,压根就没人听。"宗极比谁都清楚,极光之意是怎么从上钓咖啡变成现在这个样子的。

"广义,我给你审计了一下,要是这些项目都退掉的话,你的现金储备最多也就支撑十个月。"

"你说的都退掉,除了帕多瓦那五个报团说要起诉的,有没有包括罗马这边新跟进来的两个?"

"当然包括啊,我计算的是最坏的结果。"

"真的啊！那这最坏的结果也太好了吧！我再怎么躺平，仍然能养活我的两个事务所长达十个月的时间。"

"你要这么理解，也没有什么问题。"

"这样的话，先花一个月的钱，给那些没有递辞呈的设计师和助理搞个团建吧。"

"团建？"宣适跟不上聂广义的脑回路。

"对啊。我离开的时候，不是说回来之后要带大家到马尔代夫团建吗？"

"那时候什么情况，现在什么情况？"

"什么情况啊？不还是本大少的两家事务所吗？是换老板了还是怎么了？"

"你现在正处于风口浪尖，不去和要离职的好好谈一谈，反而让还没下定决心的去度假，这一走，办公室就空了，任谁看了都觉得你的事务所倒闭了。"

"倒闭不也挺好的吗？回去就把我妈留给我的信托拿出来，好好啃老。"

"你妈留给你的那笔钱，你十八岁时就告诉我说，哪怕动里面的一分钱你都会愧疚一辈子。"

"我……我不啃我妈，我还能啃我爸啊？"

"聂教授应该没有什么钱吧？你该不会是想要卖掉你们家的老洋房吧？"

"小适子，你就不能想哥哥点好吗？"

"广义，这不是我想不想的问题。你以前是顺风顺水，这一次，你要正视你的事务所面临的危机。审计的结果其实是还可以的，你也不要这么悲观。"

"连你都对我没信心吗？我难道不能是给员工放一个月假，自己专心给你设计结婚礼物？"

"给我和阿诺的礼物，早一点晚一点都没有关系。广义，我不允许你在现在这个时候任性。"

"任性怎么了？你不是说我什么都不做，最坏的结果，公司的现金流都还能撑十个月吗？花掉一个月的现金流，请风雨飘摇都还愿意留下来的这帮人去度假，那不也还有足足九个月的缓冲时间吗？怎么，难道你也觉得我江郎才尽了？"

"广义，只要你心里有计划，我就全力配合你。"宣适没有再多说什么，哪怕心里有再多的担忧。

讲真的，有宣适这样的兄弟，没有女朋友，其实也还行。

梦心之小时候的各种涂鸦，宗极都做了归类和收藏，并且还是按照时间线来整理的。

因为归类有条理，梦心之很快就把和极光之意有关的"进化过程"给找了出来。

留学之前，因为在卢浮宫丢了"极光之源"，梦心之梦中建筑的演变过程有些不完整，现在再拿出来看，就一目了然了。

宗极把"极光之源"和后面的第二张画对比了一下。"极光之源"是真的完全看不出来画了什么。第二张，虽然画画的技巧还有待改进，但如果拿着极光之意的照片反推，确实是能够感受出来的。

"阿心，这两幅画的差别是不是有点大？"宗极问。

"嗯，这中间隔了差不多有半年呢。第一幅画，是我还没有学画画的时候画的，第二幅就是学了画画之后的。说实话，我自己从第一幅画里面也根本看不出来，这也是我不认为聂先生有抄袭嫌疑的原因。"梦心之回答。

"会不会是你们两个同时看到了这样的一个建筑，他做了个概念设计，你画了一张图？"宗极说。

"不可能啊，这是原创设计。如果还有一个外观一样的地方比我们这里更早，早就有人翻出来了。我是在梦里见到的。聂先生不可能到我的梦里来。我和聂先生除了那张画，又没有过任何别的交集。"梦心之回应。

"爸爸还做过一个相册，极光之意的整个建造过程，和建成之后里面的样子，一应俱全，相册能不能当证据啊？老早就打印好的。"宗极起身去放相册的地方找。

　　那些比法律更早一步给聂广义定罪的人，肯定不会因此就改变想法，但做点什么总比什么都不做要好。

第十三章 致命打击

聂广义最后悔的事情，就是打开了手机。这是年过三十的他第一次感受到舆论的可怕。哪怕是看的时候，他都一点没有在意。可那些评论和中伤就像刻在了他的脑海里一样，动不动就会冒出来。他一拿起笔，或者一打开电脑做设计，脑海里面就会浮现出那些被拿来和他以前的获奖作品对比的粗制滥造的设计。凑热闹的也好，以偏概全的也罢，全都像牛鬼蛇神似的跑出来作怪。

作为被吹捧多年的天才建筑师，聂广义还是第一次遇到没有灵感，或者更确切地说，是即便有灵感，也不知道要怎么表达的情况。这是聂广义从未有过的体验，堪称致命的打击。聂广义长这么大，第一次知道没有自信是什么样的感觉。性格使然，越是这样的时候，他就越是倔强。

随着程诺和宣适婚礼的一天天临近，聂广义的心理也到了崩溃的边缘。

如果只是一个什么大赛，他可以不参加，或者随便参加一下。宣适和程诺好不容易才走到今天，聂广义纵使再怎么大少爷脾气，也不可能说出"礼物还没设计好，赶紧把你们的婚礼延期"这样的话。

表面上，聂广义装得若无其事，其实他在疯狂地寻找内因。一切的一切，他都可以接受。所有的诋毁，他都可以反驳。唯独极光之意撞名又撞外观这件事情，是真的怎么都解释不清楚。名字算是个意外的巧合，外观就真的解释不清楚了。这也是聂广义自己心里的痛。甚至，聂广义对梦心之最初的好感，也是源自梦心之的无条件信任。

聂广义对自己的设计是有精神洁癖的，他至今都还记得，"开心小姐"在知道他的灵感源自"极光之源"那幅画之后和他说的话："这种小孩子的涂鸦，谁能看明白是什么啊？我爸我妈看了几年都看不明白。"

在聂广义设计洁癖发作，严重到怀疑自己的时候，梦心之还问，有没有可能，是她看了他的设计，"梦里才会出现那样的一栋建筑"。

假如没有她的认可，聂广义在知道自己的概念设计早就已经有人做出来的那个时候，就要面临设计洁癖导致的精神崩溃了。

时隔这么久，聂广义自己都没有想过，他的设计洁癖会在这么关键的时间点，重新冒出来找他的麻烦。

宣适和聂广义在一起生活了这么多年，自然能看出来聂广义的反常。可聂广义隐藏得实在是太好了，加上宣适本来也不懂设计，只能看出反常本身，看不出来反常的具体原因。

"大少，早上做了小笼包你不吃，说要吃荠菜馄饨，中午给你做好了，放到凉了你都没有动。"

"我这不是在做设计吗？你懂什么？"

"设计我是不懂，但是你哪次做设计，不是闻着我做饭的味儿就来了？还没出锅的你都不嫌烫。"

"我以前哪次做设计，都不是要给你的婚礼送礼啊。你忘了你是一婚吗？一回生，二回熟，下一次……"

"广义，不要拿我和阿诺的婚姻开玩笑。"宣适也是有底线的。

"好的,你晚上给我做个炒年糕,我就不拿你们俩开玩笑。"聂广义倒也习惯了这个底线。

"你是真的要吃吗?"宣适问聂广义,"你这两天这么反常,是遇到了什么瓶颈吗?"

"瓶颈?"聂广义强势一问三连,"什么叫瓶颈?我家的哪个水壶不是直筒的?没有瓶哪来的颈?"

"广义,我和阿诺都不在意结婚礼物,你真有什么事,我们推迟也没有问题的……"

"我推你个大头迟!我能有什么事情?你回来才几天就开始便秘。"

"大少还会开有味道的玩笑,看来是我多心了。"

"你多什么心?你老婆叫程诺,又不叫梦心之。"聂广义不知道自己为什么忽然说出这样的话,他明明都没有再梦到,也没有再想起,那个他曾经想要表白的姑娘。

聂广义很擅长伪装自己的情绪。这几乎是他与生俱来的能力。哪怕是高考后拿到录取通知书那会儿,都没有人知道,他是因为被亲爹篡改了志愿才去的同济。

谁见了"聂状元",都是竖起两根大拇指,说他有情怀,夸他父子关系好。每被夸一次,聂广义脸上不显,心里的滋味可想而知。他入学的第一天,就去教务处要求出国交换,不得不说,也有这方面的原因。

那是聂广义第一次遭受心灵上的折磨。但那一次,他对抗的只有聂教授一个人。并且,不是对自己的质疑。

这么多年过去了,聂广义认为自己已经百炼成钢,没有任何事情能够影响到他的心情。只是这么点诋毁,还都是些不认识、不了解他的人胡编乱造的。智商不够的人,才会因为这样的事,给自己平添烦恼。聪明如聂广义,怎么可能像芸芸众生那般不堪一击?

可他终究是高估了自己。尤其是没有创作灵感这种从来没有发生过的事情，真实地出现在他的生活里，这让身为吃货的他对美食都失去了兴趣，并且严重到连宣适亲手做的美食都不能激起他的食欲。

聂天勤来帕多瓦已经一个星期了。

他没找在宣适家里闭关的聂广义，而是去找了他的学生费德克。聂天勤希望通过自己的力量，让已经自立门户的费德克回到聂广义在帕多瓦的事务所。

聂教授刚正不阿了一辈子，倒是没有想过，自己唯一坑害的人，会是自己唯一的儿子，并且还坑害了不止一次。

如果没有他的引荐，费德克不会知道聂教授的儿子在帕多瓦的事务所，更不可能大老远地跑到聂广义的事务所来工作。

聂天勤在同济教了几十年的建筑，早就已经是桃李满天下。哪怕费德克没把他自己的事务所开在帕多瓦，聂天勤要找到他，也可以说是轻而易举。

可惜的是，费德克并没有如聂天勤所愿，因为他的到来而有所改变。在聂天勤问他难道就不在乎同学对他的看法的时候，费德克也只是笑了笑，扯着三分淡漠的嘴角，仿佛在问："谁会在意这种事情？"

费德克的态度，让聂天勤觉得愧对自己的儿子。

费德克一口咬定 Concetto di Aurora 是抄袭的，还和"吃瓜群众"一样，质疑聂广义以前的获奖作品。他甚至直接混淆了时间线，把抄袭聂广义的拎出来，说是被聂广义抄袭，尤其是聂广义最开始的那几个一直被模仿，从未被超越的成名作。费德克的质疑声，算是把聂广义直接钉在了耻辱柱上。

基于这样的原因，聂天勤来了意大利一个星期，都没好意思和自己的儿子见上一面。他明明是为聂广义的事情漂洋过海，却有了一种近乡情怯的情绪。这位年过七旬的老父亲，不知道见到自己的儿子之后要说什么。如果不是聂广义一开始就知道他过来的事情，聂天勤都动了直接回去的念头。

装作若无其事的聂广义，这些天什么也不干，每天都在疯狂地撸铁。力量训练过后，会有一个乳酸堆积的过程，练得狠了，第二天浑身酸，第三天连走路都困难。

聂广义哪怕路都走不了了，还是就这么不管不顾地一天三练，一练两个小时。这种练法，哪怕聂广义是健身达人，也处在受伤的边缘。

宣适看不下去了，劝道："大少，你这么练，会把自己练废的。"

"怎么，你这是嫉妒你广义哥哥的肌肉线条比你的好看？你现在知道每个人腹肌的形状都是天生的了吧？根基不好，再怎么练，也不可能像你广义哥哥这么有型。"聂广义死鸭子嘴硬。

他不想让宣适知道，他是因为没有了设计灵感，才不想让自己有片刻休息。比起不知道怎么设计的精神折磨，他更愿意自己的肉体受到折磨。

宣适没有继续纠结，他虽有心要劝，却也不会强迫自己的兄弟，只和聂广义说："你爸刚打电话你没有接。你爸说他已经来这边一个星期了，想过来看看你，还在来我家的路上碰到了梦心之，他们这会儿应该已经快到门口了。"

一个成年男性，在情绪崩溃的时候最害怕见到的，除了自己的家人，就是自己喜欢的人。在聂广义毫无准备的情况下，他的家人和他喜欢的人，同时出现在了让他情绪崩溃的城市。

聂广义艰难地从器械上下来，他这会儿虽然线条很优美，肌肉却一块块硬得像石头。

宣适不动声色地扶了他一把，聂广义更加不动声色地回应："你和我爸说一下，我洗个澡就下去。"

聂广义洗个澡需要半小时这件事情，宣适、聂天勤甚至梦心之都是知道的。

聂广义希望通过这样的方式给自己一段时间的缓冲，事实却没有带来多大的帮助。

全身肌肉酸痛，只有经历过的人才知道究竟有多痛苦，走路是痛，在床上躺着翻身是痛，甚至连腹肌都有了会呼吸的痛。很多人把卷腹说成是虐腹，但和聂广义这种真正的自虐相比，那是小巫见大巫。

聂广义想着，泡个澡，自己的状态就会好很多，结果努力了十分钟，都没进到浴缸里面去。

这种时候，他也不好意思找宣适过来帮忙，只能自己硬撑着。好在宣适家里有个桑拿房，他慢慢挪进去，出了一身汗再出来，倒也不再步履维艰了。

聂广义很认真地打扮了一下自己，在举手都很艰难的情况下，还是给自己做了一个发型，穿衣服之前，在空气里喷了点似有若无的香水。

这是对老父亲的尊重，是他的生活日常，和梦心之是不是在楼下一点都没有关系，聂广义深信，自己本来就是这么一丝不苟的人。

爱情是一件奢侈品。很多人一辈子都没办法真正拥有。而他这么个已经跌落神坛江郎才尽的人，自然也是不配的。

聂广义来到客厅。

他看到了宣适，也看到了聂教授，然后……就没有然后了。

聂广义的心里不免有些失望。虽然他已经不奢望爱情了，但如果能见到"朝饮木兰之坠露兮，夕餐秋菊之落英"的梦姑娘，还是很能让深陷舆论旋涡的他，心情有那么一点舒畅的。

失望归失望，聂广义的脸上什么都看不出来。

他若无其事地走到沙发边，尽可能快但又不能特别用力地坐下去。

聂天勤看到自己的儿子过来，才打完招呼就注意到聂广义的动作。

"大头，你这是得了痔疮？"聂天勤问。

"啊？"聂广义愣了愣。原来，他的行动不便除了运动过量，还有另外一种解释啊。

哪怕从"疾病"的角度来说，肌肉酸痛是比痔疮轻得多的"病症"，聂广义还是上赶着把自己往痔疮的方向套。他大大方方地回应："可不就是嘛，十男九痔，该来的迟早还是要来的。"

"大头，痔疮的问题也是可大可小的，你既然都严重到没办法走路了，就得好好注意一下，该休息休息，该手术手术。"

"手……手术？痔疮还要做手术？"

"那是当然啊，爸爸也做过，搞不好这还是遗传。"

"聂教授，你能不能遗传给我点好的？"聂广义感到生无可恋。

"唉，都是爸爸的错，不管是痔疮还是费德克……"

"哎呀，我的老爹，你这分门别类可真是太有学问了，既然咱们父子俩都得过痔疮，干脆就把费德克当成痔疮给拉了……"

"大头啊，痔疮是个病，不是拉一下就能拉掉的。"

宣适在一旁听得有些不太适应。他站了起来，转身对坐在沙发上的这对"痔疮父子"说："广义，你和聂教授先聊，我去看看阿诺。"

"程诺又不是刚到，你就算要腻歪也腻歪好几天了，有必要这么一会儿没见就要去看吗？要不然你俩吃喝拉撒都在床上好了。"聂广义心情不好的时候，总是喜欢说些有味道的话。

宣适直接跳过现象回答本质："这不是伴娘刚到吗？"

"伴娘？梦姑娘真的过来了？"这才是聂广义真正关心的问题。

"当然啊。"宣适反问道，"我还能骗你不成？"

"你不是还有一个礼拜才结婚吗？"聂广义的右手抓了抓左手的食指，摆出一副漫不经心的架势。

"是啊，我也挺意外的，伴娘竟然提前一个星期就过来了。"宣适顿了顿，重新坐到沙发上，才补充了一句，"关键还是和聂教授一起来的。"

聂广义回过神来，也开始关心这个问题，他问聂天勤："我的亲爹，你是怎么遇到我以前差点就以为自己喜欢上了的姑娘的？"

聂广义在"姑娘"前面加了一个长长的定语，仿佛只要定语够长，曾经表白过的那些话，就可以不算数。

"大头，不是你让人家姑娘去找费德克的吗？"聂天勤问。

"我？我怎么可能？我和她压根没有联系。"

"是这样啊……我是在费德克新开的事务所底下碰到的。"聂天勤说。

"新事务所都开业啦，动作可真够快的。"聂广义扯了扯嘴角，"我得送个花圈恭喜一下。"

宣适怕聂广义真做出这么出格的事，出声劝道："广义，你这么做不是正中那些看热闹的人的下怀吗？"

"这有什么热闹好看？"也不知道是无心还是故意，聂广义忽而恍然大悟，说道，"我把'花篮'说成'花圈'了啊。"

聂广义没办法不在乎费德克的背叛。

说来也是讽刺，当初他把帕多瓦事务所交给费德克的时候，费德克自己还问，给他的权限是不是太大了。

事已至此，费德克那边不管出什么幺蛾子，都是再正常不过的事情。

唯一不正常的是，聂教授为什么会认为是他让梦心之去找费德克的？

这两个人，可谓八竿子都打不着。

聂广义的心情很糟糕，梦心之不仅提前来了意大利，还哪儿都不去，就去找费德克的事务所。梦心之这是什么心态？想看看他现在有多惨？也罢，像他这种注定要孤独终老的人，才会在表白当天就遇到这么多事情。

"梦姑娘和你说，我让她去找费德克？"摆烂归摆烂，聂广义免不了还是会好奇，他强忍着浑身肌肉的不适，努力地坐正身姿。

"我从费德克的事务所出来的时候，刚好在门口看到了她，就一起过来了。"聂天勤回答。

"你没有问她为什么会出现在那里？"聂广义问。

"没有。"聂天勤回答。

"那你们这一路上都聊了什么啊？"聂广义又问。

"没两分钟就到了，也没有聊什么。"聂天勤回答。

"没两分钟？"聂广义更震惊，"你的意思是，费德克把事务所开到了宣适家门口？"

"这是小宣的家，费德克可能也不是故意的吧……"性格使然，聂天勤还帮自己带的博士解释了一下。

只不过，他越解释越没有底气。费德克的反应，怎么看都有些不合理。

诚然，这边是宣适的家，不是聂广义的，但聂广义一天到晚住在宣适家里，这事在事务所也不是秘密，费德克还曾组织帕多瓦事务所的人来宣适家里开小型年会。

都这样了，要说费德克不是故意挑衅，怎么都不会有人相信。

可是，为什么呢？

聂广义完全想不明白，自己和费德克能有多大仇多大怨？他给费德克的工资，是同级别的三倍。他给费德克的权限，是所有客户资料都可以调阅。

说实话，聂广义原本是不屑管费德克到底有什么算盘的，只要他再做出一个能让所有人都闭嘴的概念设计，所有的问题就迎刃而解了。问题在于，他的灵感偏偏在这个节骨眼上出现了一些问题。

"对，他肯定不是故意的。"聂广义顺着聂天勤的话说。都已经这样了，再让聂教授跟着自责和难过，也是毫无意义。

聂广义越是这么回答，聂天勤就越是没办法把原本就很无力的解释进行下去。

父子俩相顾无言。

聂广义因为蒸了桑拿，肌肉状况得到一点改善，但随着体表温度的下降，酸痛再次席卷全身，此时他坐也不是，站也不是，躺又没办法，着实受折磨。

"大头，你的痔疮是不是很严重？"聂天勤转而关心儿子的身体，"爸爸送你去医院吧。"

"我只是健身过度，并不存在你说的问题。"聂广义说着话，眼睛直勾勾地往宣适离开的方向瞧。

"大头，你是在找梦姑娘吗？"聂天勤问。

"我找她干吗？我是在看宣适什么时候回来做饭。"聂广义不承认。

宣适带着梦心之和程诺一起回到客厅，人未至声先至："大少，费德克要开新闻发布会的消息你看到了吗？"

"这么厉害呢？"聂广义意味不明地回应，"难不成他也成威尼托大区的钻石王老五了？"

"通稿说的是要解释 Concetto di Aurora 为什么会和国内的极光之意拥有完全一样的外观。"宣适看着手机里的消息，回答聂广义的问题。

"我都没有搞清楚的原因，被他给找到了？"聂广义都意外了。

"多半还是想蹭你现在的这个热度吧。"宣适说。

"我都热成炭了，也不怕蹭黑了。"聂广义竖了竖大拇指，"还真的是'勇气可嘉'。"

"这不是勇气。"梦心之的声音在这个时候响起，"是我说了，会把我画的极光之意'演变史'拿给他。"

明明是洋洋盈耳的声音，为什么听起来这么刺耳？

想当初，他在看到国内的极光之意时，也觉得自己的设计有问题。

那时候，梦心之是怎么说的？

"这种小孩子的涂鸦，谁能看明白是什么啊？我爸我妈看了几年都看不明白。"

"我会不会是看了你的设计，梦里才会出现那样的一栋建筑？"

这番话，当时听的时候有多舒畅，现在想起来就有多刺耳。

聂广义的心揪了一秒，又多加了一秒，这事儿，也就这么过去了。

梦心之要把自己的画稿，包括被他"收藏"了十几年的"极光之源"拿给费德克作为他"抄袭"的证据，再怎么说都是人家姑娘的自由。别说他和梦心之现在完全没有关系，哪怕是男女朋友，或者更进一步已经是一家人了，也没有理由阻止。

这个原本就解释不清楚的问题，因为他退回奖项，也因为梦心之一开始的态度，才会一直拖到现在才浮出水面，算起来，他是白得了一年多的"无罪时光"。

"大心这么做会不会对大少有影响啊？"程诺在一旁小声问宣适。

宣适用眼神回答了程诺的提问——不仅有，还非常大。

这对未婚夫妻对视了一眼，选择离开客厅，走的时候，还把聂天勤带走了。偌大的客厅里，只剩下了梦心之和行动不便的聂广义。

因为运动过度，哪怕这会儿是坐着的，聂广义也是浑身不自在。呼吸是痛，抬头是痛，活动身体的任何一个部位都是痛。饶是如此，聂广义还是抬头看了梦心之一眼，他都已经决定不要爱情了，能不能换一个人，给他最后也是最致命的一击？

像聂广义这么死鸭子嘴硬的大少，当然是不会把自己的真实情绪写在脸上的。他努力调整了一下坐姿，尽量让自己的姿态和语气都如往日般漫不经心："梦姑娘在这个时候来到帕多瓦，敢情也是一毕业就失业，这么多年的书，终究也是白念了。"

"聂先生是介意我把原稿都给费德克？"梦心之问得直接。

"介意？你介你个大头意。"承认是不可能的，这辈子都不可能承认。

"不介意就好，省得我还要专门解释一下。既然聂先生不介意，那我就去找程诺姐了。"梦心之说着就站了起来。

"你等会儿！"聂广义不舍得让梦心之走。

现在这样的情况，等到费德克的新闻发布会一开，他和梦心之注定是会形同陌路的。聂广义潜意识里想趁现在再多看几眼，就几眼。在聂大少孤独终老的路上，也需要一些能时不时拿出来回味的记忆。

"聂先生还有事？"梦心之坐了回去。

聂广义把稍微举起来一点的手又放了下来，就这么一个细微的动作，折腾得他差点从沙发上跳起来。动作虽然止住了，语气却是进一步恶劣："有！怎么能没有！"

聂广义都不知道自己下意识说的是什么，他能忍住肌肉的剧痛没有叫出声，就已经用尽全力了。

"白念了那么多年的书，你难道不觉得遗憾吗？"聂广义继续作死。

梦心之本来不想回答毕业后工作的问题，架不住聂广义短时间之内一再地问。

"窃以为，有没有找到工作，和书是不是白念，并不存在必然的联系。"梦心之给出了正面的回答。

"没有找到工作也不是犯罪。"聂广义摆出一副长辈的架势，"我不过是替我的宗极兄弟感到惋惜。"

"聂先生，是谁告诉你我没有找到工作？"梦心之不介意被聂广义说，却很介意开玩笑时把她爸爸给带上。

"找到工作了还能提前这么久出来给人做证？"聂广义给了一个简单粗暴的理由。

"我先去找程诺姐了。"梦心之没兴趣和聂广义吵架。

这一次，聂广义没有再拦着。他一个有污点的建筑师，还能有什么光明的未来？他曾经向往的普利兹克奖，自此也将离他远去。

世界，总是这么现实。

爱情，总是那么奢侈。

夜深人静，辗转难眠。

和全身肌肉酸痛相比，精神上的重创才是最要命的。

聂广义躺成了一个"大"字，过了好一会儿，又把双手举到枕头上，形成了一个躺平投降的姿势。

回顾过去的这一年，最大的收获是跟聂教授和解，从孤家寡人，重新成了一个有家的人。还有什么是比这更幸运的事情？

人可能真的不能太贪心，不能在有了家之后，还想拥有爱情。

好在，现在退回去，一切都还来得及。一个他自己都不承认的表白，梦心之又能拿他怎么样呢？

聂广义僵直地躺在床上，回忆他和梦心之第一次见面的场景。

那一天，他跟一个叫宗意的小姑娘置气，用二胡炫技演奏了一曲《野蜂飞舞》。

那一天，他看到梦心之娉娉婷婷地走过来，举手投足，每一个动作，都印刻在了他的脑海里。

从那一天那一刻那一秒开始，他就喜欢上了梦心之。

聂广义从未想过，自己也会有一见钟情的时候。可是，这又怎么样呢？总会过去的，时间能冲淡一切，就像堆积在他肌肉里的乳酸，今天不消，明天不消，后天总会消掉一部分的。

聂广义可以静下心来面对现实了，不用再每分每秒疯狂地健身，用身体的绝对疲惫来阻止自己思考。他闭上了眼睛，想着好好睡一觉，让一切归零。

咚咚咚……敲门声响起。

"大头，爸爸能进来吗？"聂天勤的声音。

"我已经睡了。"

"大头，爸爸想找你聊一聊。"

"有什么明天再说吧，我真的已经睡了。"

"大头，你别这么快自暴自弃，你至少可以去找心之姑娘商量一下啊。"

"商量什么？"聂广义不解。

"再怎么说，心之姑娘和你的关系，肯定比和费德克要好吧？你怎么能让她就这样站到费德克的那边去呢？"

"聂教授，你没能力阻止自己的学生开新闻发布会，反倒让我劝人家姑娘不要提供证据，这是什么道理？"

"人的关系总有亲疏远近啊！心之姑娘和费德克，原本是八竿子都打不着的，肯定不如她和你的关系近，你说是不是？"

"那我和人家姑娘能有多亲？"聂广义反问道。

"你至少表白过。"聂天勤说。

"表白这事儿，且不说我是不是承认，就算认了，也是我向人家姑娘表白，不是人家姑娘向我表白。我确实捡到过梦心之的画，她也确实在我设计极光概念建筑之前就完成了绘图，她爸爸还把概念落了地，这一切都是事实。人家姑娘一没诋毁我，二没诬陷我，刚正不阿了一辈子的聂教授，这要是你，你有什么可以说的？"

"大头，这么多年你一个人在意大利，你的努力，哪怕远隔万里，爸爸也一样看在眼里。面对自己理想，怎么努力都没有问题。"聂天勤希望聂广义去找梦心之聊一聊，只要梦心之不彻底转向费德克那边，那就还有挽回的余地。

"就是因为是自己的理想，才不能将就和忽悠。我愿意承认我搞砸了我的理想，也愿意接受由此带来的一切后果。"聂广义发现自己的内心从未有过地平静，让一切都随着乳酸释放吧。

第十四章 终极真相

有些平静，是真的平静。

有些平静，是因为还没有来得及认真想事情。

或许是为了让自己死心吧，聂广义还是在宣适婚礼的前一天，直接去了费德克的发布会现场。鉴于他在当地的知名度，他直接吸引走了一大部分的长枪短炮，多少也有那么点喧宾夺主的意思。

聂广义一反常态，一句话都不说，找到了费德克所在的位置。

费德克回以谦卑而不失尴尬的笑容，属于胜利者的笑容。

发布会很快就开始了。

费德克站在台上侃侃而谈。他句句话都在感谢聂广义的栽培，说自己曾经多么崇拜这个天才，紧接着又说了很多的无奈。因为 Concetto di Aurora 和中国大陆已经建好的一幢水上建筑产生了高度的重合，帕多瓦事务所原本的很多委托方纷纷提出解约。他如果不接手，这些委托都会半途而废，帕多瓦事务所也不可能担得起那么严重的违约后果，开新工作室接手这些项目，也都属于无奈。

紧接着，费德克用意大利语介绍了梦心之："今天，我把中国大陆的极光之意的设计者请到了现场，希望通过直接碰撞，把整件事情讲清楚，还曾经的偶像一个清白。"

费德克说得实在是太过情真意切了，弄得聂广义差点就要相信，费德克开这个发布会，是为了帮他澄清。

真的就只差那么一点点。

聂广义很认真地鼓起了掌，为费德克的演技，也为自己曾经的信任。

梦心之穿了一身正装，非常青春的曼巴绿。这种过于鲜亮的颜色非常挑人的皮肤，稍有不慎，就会穿出一身的土气。梦心之的肌肤如牛奶般，硬是把正装穿出了礼服的即视感。

聂广义不由自主地被吸引了。假如梦心之不是来把他钉到抄袭的耻辱柱上的，他绝对有一种直接上去求婚的冲动。

都说天才和神经病只有一线之隔，此刻的聂广义对这个说法算是深信不疑了。这个世界上，除了他这样的神经病，还有谁会想到在自己身败名裂的现场，向一个根本就对自己没有意思的人求婚？

梦心之把自己画的极光之意"演变史"拿了出来，从那幅比印象派还要抽象的"极光之源"开始，一张张地展示。

她手上每展示一张，背后的演示文稿也会跟着变化，"开心小姐"署名底下的创作日期就会被放大出现在巨型屏幕上，清晰而又明了。

聂广义对梦心之的意大利语水平表示惊讶。之前是谁说自己不怎么会意大利语来着？算了吧，纠结这些细枝末节的事情还有什么意义？

梦心之一口地道的意大利语，倒是让费德克事先找好的精通中英双语的意大利翻译直接在台上失业。

随着演示文稿的展示，梦心之"设计"的极光之意，从模糊到清晰，一幕幕地展现在发布会的现场。

第一幅和第二幅，中间间隔了五个半月。要说起来，这五个半月中，梦心之画风的变化，确实是最大的。第一张虽然也叫画，但实际就是一些色块，比印象派还要印象派。到了第二张画，只要稍微倒推一下，就能明白梦心之想要画的是极光之意，只是在画技上还不纯熟，这算是从印象派到了写实主义。

发布会很快就来到了最关键的时刻。

梦心之在介绍完自己的整套"绘画作品"之后，就开始讲述第一幅画和第二幅画中间的这五个半月究竟发生了什么。

"在画完第一幅画两个月后，我和我的爸爸一起，第一次来到欧洲，去了卢浮宫。"梦心之用流利的意大利语介绍，"那一年，我八岁。在卢浮宫，我把我的第一幅画弄丢了。这幅画，被当时也在卢浮宫的聂广义先生捡到，一直保存到一年以前，直至物归原主。"梦心之用手指指了一下聂广义。

发布会现场一片哗然。

很多人已经认定了聂广义抄袭，还有很多报道说聂广义抄袭了中国民间建筑大师，却怎么都无法想象，聂广义竟然，抄袭了一个八岁女孩的作品。这样的认知，直接刷新了在场的人的三观。那些曾经把聂广义当成偶像的建筑师，更是义愤填膺。

顺着梦心之的手势，很多人都看向了聂广义，他们希望从聂广义的脸上看到无地自容的表情。

聂广义并没有遂了这些人的心愿，他脸上的表情——是没有表情。聂广义的心里冒出一个声音："让毁灭来得更猛烈一些吧，好彻底击碎我的建筑梦！"

谁规定了人一定要有梦想呢？换一个国度，换一个身份，拿着妈妈留下的信托，提前过退休的生活，岂不美哉？

发布会还在继续，梦心之在台上的讲述也在继续。

聂广义以为自己会从这一秒开始，封印自己的五感，什么都听不进去，但偏偏每一个字都清清楚楚地通过他的耳膜，印入他的脑海。

那么清晰、那么好听、那么……字字诛心："当我得知，丢掉的第一张画一直都保存在聂广义先生的书房里的时候，我是震惊的。我和聂广义先生也探讨过，他是不是能从这幅画里面看出什么，聂广义先生亲口承认，能够从第一幅画里面看出极光之意。"

现场的议论声更大了，梦心之再次把众人的视线引向聂广义："我没有想到，聂广义先生今天也会来到现场。既然都来了，那我就想当面再问一次，是这样的，没错吧？"

聂广义举起自己的双手，扯出自认为最优雅的嘴角弧度，左右手同时给梦心之点了一个赞。

不是说喜欢一个人是无罪的吗？哪怕有罪，也不至于当着这么多人的面，被扒光了游街示众的程度吧。或许，这才是真正的毁灭该有的样子。人不怕没有梦想，就怕一辈子拥有不切实际的幻想。

聂广义笑得史无前例地好看，一脸轻松地等待着属于自己的"审判"。

梦心之在台继续讲述："聂广义先生说能够从第一幅画里面看出极光之意，但在我看来，这是一件匪夷所思的事情。因为，就连我自己都只能从第二幅画里面看到雏形。我开始寻找真相，究竟是什么，让我从没有实质性内容的第一幅画进阶到第二幅画？终于，在一个星期之前，我发现了端倪。"

梦心之展示了一张合照。

画面里面是梦心之和宗极，照片的背景是卢浮宫的玻璃屋顶。照片的右下角印有日期，时间是在第二幅完成前的两个月。梦心之站在宗极的身边，她左手在脸颊边比了一个耶，右手托举着一个白色的建筑模型。

这是一个五层的建筑模型，每一层都有一个旋转的弧度，和聂广义设计的 Concetto di Aurora 外立面有一些相似，但又不完全一样。纯粹的白色石膏，没有四面都是玻璃的极光之意的通透感，更不是一栋水上建筑，顶多算是一个半成品。

这张照片，也出现在了梦心之背后的演示文档里面。

梦心之和宗极所在的这个位置，是非常经典的玻璃金字塔打卡位置。

照片被逐渐放大，屏幕上慢慢没有了梦心之和宗极，一步步定位到作为背景的卢浮宫玻璃屋顶上。斜阳把卢浮宫周围的建筑，印在玻璃金字塔的塔尖上。随着照片里面的人物慢慢消失，被放大了的玻璃金字塔屋顶，出现了梦心之手里模型的倒影。

原本在梦心之手上略显单薄的模型，在玻璃金字塔屋顶上的倒影里面，像是立在水上，建筑外观也变得丰富起来。倒影在演示文稿里面继续放大，周边不相关的元素被逐一分离，分离到最后，就出现了一栋和极光之意几乎一模一样的仿佛立在水上的建筑。

梦心之在台上讲述照片背后的故事："当我看到这张照片时，我才终于明白，自己为什么会在两个月之后画出极光之意的雏形，原来我是真真正正地见到过这个画面。从卢浮宫回国之后，我不止一次地拿出过我和爸爸在卢浮宫外面拍的照片。我可能并没有特别仔细地关注这个倒影，只是看的次数多了，在脑海里面留下了一个从模糊到清晰的影像。这大概也解释了，我这个从来没有学过建筑的人，为什么能画出这样的一栋概念水上建筑。从我看清这个倒影开始，一切问题的焦点就归结到了，年仅八岁的我，手上为什么会有一个石膏模型。"

梦心之的话，引起了在场所有人的好奇。

梦心之却卖起了关子："我想了好几天，怎么都想不起来，只好询问同在照片里面的我的父亲。根据我父亲的回忆，我们当时语言不通，差点错过卢浮宫玻璃金字塔的打卡，匆忙之间，他找了一个看起来像工作人员的年轻人帮忙拍摄。"

梦心之指着投影里的模型："根据我爸爸的回忆，这个石膏模型就是当时帮我们拍照的年轻人拿在手上的。他帮我们拍照，我帮他拿着已经做好的建筑模型。自此，这件事情的焦点就成了，谁是这个模型的主人。"

梦心之说到这儿，聂广义在帕多瓦最开始的助理玛蒂娜也出现在了发布会现场，她递给梦心之一个 U 盘。

打开之后，是一段影像。

出现在视频里的，是巴黎贝勒维尔国立高等建筑学院的教授。教授的手上，拿着曾经被梦心之托举在手上的建筑模型。这个模型，作为优秀学生学业，一直被教授放在办公室里。

除了模型成品，教授还保留了这个模型的设计手稿，并且在这张手稿上面写了批注。教授要求画稿的人，把原稿做成模型，和那一年贝勒维尔国立高等建筑学院的毕业展一同展出。

教授在视频里面解释，之所以特地写这样的一个批注，是因为这张设计稿是一个临时来学校交流的交换生的作品。

教授把拿在手上的图稿放到了办公桌的桌面上。镜头随着教授的动作下移，原本被手挡住的右下角，出现了交作业的截止时间和交稿人的签名。

截止时间，是梦心之的"极光之源"再往前推二十二天。这是极光之意外观可以追溯的最早时间点。

交稿人的签名，是手写的艺术体，专属于建筑师聂广义的很难被模仿的签名。

发布会现场的记者全都蒙了。

聂广义也蒙了，蒙到完全没有注意到，有一大堆摄像头正对着他。

两行眼泪不受控制地从他眼角滑落。这是聂广义第一次当众失态，以至于忘了擦拭和掩饰。

聂广义没有想到，他十八岁那年做的模型作业，会被教授保留至今。

聂广义更没有想到，梦心之参加费德克新闻发布会的目的，是帮他澄清。

四两拨千斤。就这么几分钟的时间，费德克之前处心积虑对他做的一切全都成了助攻。更重要的是，梦心之把笼罩在他心里的疑惑和阴影彻底驱散了。

极光之意的灵感究竟是怎么来的？

为什么会有两个外观完全一样的极光之意？

这个一直是他心里的阴影，被费德克这么大张旗鼓地宣传出去之后，更是成了他心灵的枷锁，以至于让他一度失去了创作的灵感，只能靠疯狂健身来麻痹自己。

聂广义把自己封闭了起来，企图通过目睹自己被钉上耻辱柱，绝了自己继续做建筑师的心思。

他已经做了最坏的打算。

结果却超越了最好的想象。

这是聂广义有记忆以来，第一次全然不顾及自己的形象。

在场所有人的目光，和记者的长枪短炮，全都聚焦在了聂广义的脸上。

宣适走到聂广义的身边，给了他一个大大的拥抱——宣适本想帮忙挡着点，奈何身高不够。

"大少，你再这样，就要流着泪上头条了。"宣适出声提醒。

聂广义确实不管不顾，只问："梦心之呢？梦心之在哪里？我要去找她。"

聂广义这会儿想走，一大拨原本已经被费德克说动了的委托方，又把他围了个水泄不通。

原本，聂广义身败名裂，费德克提出可以半价接手聂广义帕多瓦事务所未完成的项目。

找聂广义的那些委托方，多半是冲着聂广义的名声去的。只要是出自聂广义的设计，商业类的基本都是地标，居住类的一平米都能比周边的楼盘贵出一大截。

聂广义的设计，向来不仅仅关注外观，其中的科技感和居住舒适度的设计，有很大一部分是向概念建筑看齐的。简单地来说，周边的房子，需要过十年才能达到聂广义目前设计的状态。聂广义的每一个设计，除了外观，总能在细节上给人眼前一亮的感觉。很多委托方都是专门为了被人津津乐道的小细节，才找聂广义做设计，并为此支付了高于市场价一倍的价格。在聂广义失去天才的光环之后，费德克愿意用正常的市场价格把项目进行下去，令那些委托方不约而同地表示感激。

这下好了，天才建筑师春风吹又生了。

墙头草之所以是墙头草，就是因为见风就倒。能倒一次，就能倒第二次。一个个以前本来就认识的委托方都过来和聂广义打招呼，希望可以继续合作。

聂广义一个都没有搭理："据我所知，今天在座的每一位，都已经和我的事务所解约了。"

哪怕有委托方出比原来价格高两倍的价格，相当于市场价格的四倍，聂广义还是无动于衷。

行业记者问起帕多瓦事务所未来的发展。

聂广义对着镜头表示："帕多瓦事务所已经关停，未来也不会有重启的打算。我本人和我的事务所，在未来很长一段时间之内都不会接受商业委托。"

一个记者追问道："为什么？是因为这次事件对你造成了无可挽回的打击吗？"

"因为我让事务所没有在这个时候离职的员工，都去马尔代夫度长假去了。"聂广义终于可以轻松愉快地讲出这个曾经有些悲壮的决定了。

评选黄金单身汉的小报记者对聂广义的经济状况表示担忧："这样的话，您要如何支付那么多解除合约的违约金？"

"我是被解约的，我是过错方的时候是一回事，现在是另一回事。既然证明了我从未有过抄袭的行为，我会建议留下的员工在马尔代夫多待一个月再回来。"聂广义没有心情在这个时候和记者们聊这些。

他现在满心都是要去找他表白过的女孩，奈何被里三层外三层地围了好几圈。

哪怕他有身高优势，哪怕他热衷健身，在这样的时候，也是一点都派不上用场。

好在他身边还有比保镖武力值更高的宣适。也没见宣适费多大的力气，就这么一路带着他，直接突围。

两人上了车，宣适问聂广义："是不是现在就带你去见伴娘？"

答应的话到了嘴边，被聂广义硬生生地憋了回去。"再等一等吧。"聂广义说。

"怎么了？大少这是近乡情怯，还是害怕被拒绝？"宣适问。

宣适以为自己会听到"我拒你个大头绝"，聂广义却直接承认了："一个表白完就翻脸不认的人，不被拒绝才叫奇怪。"

"伴娘不远万里过来，救你于水火之中，哪怕你真的会被拒绝，也不能就这么坐以待毙吧？"宣适尝试激将。

"被拒绝了就再表白啊，有什么好坐以待毙的？"聂广义给出了自己的理由，"你明天结婚，我连结婚礼物都还没有准备好。"

"没关系的，伴郎人到了就行，不需要礼物。"

"我不能因为你说一句不需要，就真的什么都不准备。"聂广义很坚持。

"真没事，我和阿诺要在一起一辈子这么长的时间，你只要别忘了，什么时候补都行。还是跟伴娘表白要紧。"宣适直接拉着聂广义过去找梦心之。

这一次，宣适硬是没有拉动："大少，你再这么退缩，我都有点看不起你啦。"

"退缩是不可能的。等你婚礼结束了，再帮我参谋参谋。"聂广义一点都不带含糊地对宣适说。

从发布会现场回到宣适的家里，聂广义直接就开始做设计。

结婚礼物原本就已经构思得差不多了，在灵感回归之后，聂广义立刻下笔如有神，以至他忘了，宣适家的两个客房是连通的，一边住着他，一边住着伴娘，中间隔着独立厕所，还有淋浴房和大浴缸。

当初这么设计，就是考虑到聂广义对浴室爱得深沉，原来只有一个带淋浴房的卫生间，不够用，就把两个套房的卫生间给打通了，淋浴房升级成了"泡淋蒸套房"。如果是上厕所，两个客房都有各自的"马桶房"。如果要洗澡，就得错开，在不同的时间洗，或者一个洗澡，一个在全木桑拿房里面蒸。聂广义住在宣适家，一直是独享偌大一个洗漱间的。

聂广义一直搞到十二点多，才终于把宣适和程诺的礼物设计好。接下来，就得看他的电脑配置，能不能在婚礼开始之前，"跑"出3D效果图。

确认自己已经没有什么可做的了，聂广义转战"泡淋蒸套房"，在巨大的圆形按摩浴缸里放上蔓越莓泡泡浴液，通过浴缸的按摩功能，一边放水，一边把浴液打成泡泡。

宣适家的水压只是正常，因为浴缸过大，放水至少需要十五分钟。趁着这个时间，聂广义把自己塞进了全木桑拿房里。先蒸再泡，才能更好地放松依旧处于僵硬状态的全身肌肉。

全木桑拿房也是聂广义设计的，隔音好到在里面唱歌剧，在旁边洗澡的人都听不到。

梦心之在聂广义放着水在桑拿房里蒸的时候走进了浴室。她先是闻到了蔓越莓泡泡浴液的味道，赶紧退了出去。

"不好意思，不知道里面有人。"梦心之满心歉意，好一会儿没有得到回应，就对着浴室里面问了一遍，"有人吗？"

梦心之想，有可能是自己的声音太小了，于是提高音量又问了一遍："有人吗？"

依旧没有得到任何回应。

"该不会是在浴室里面晕倒了吧?"梦心之并不清楚宣适家的客房是怎么设计的。一想到有人可能晕倒了,她又打开门,第三遍确认:"有人吗?"

出于本能的担心,梦心之往浴室里面看了一眼。

淋浴房里面没有人。浴缸放着水,全是泡泡,水位已经过了浴缸的最高警戒线。好在警戒线的位置有一个浴缸侧面下水孔,如若不然,整个浴室,都要被泡泡给淹没了。

正常情况下,有人在放水,梦心之肯定是要离开的。

问题是满浴缸的泡泡,怎么叫都没有人应,也不知道是不是有人在泡泡底下溺水了。

想到这种可能,梦心之也没有考虑那么多,直接跑到浴缸边。

好一会儿她才终于确认,浴缸里面确实没有人。

梦心之心有余悸地拍了拍自己的胸口:"还好只是忘记关水了。"

大概是时间太晚,原来有人想泡澡,水还没有放完,人就睡着了。

梦心之看到浴室除了自己进来的地方还有一个门,直接走到门前敲门:"有人吗?浴室里一浴缸的水,是有人要洗澡吗?"

梦心之没有再出声,又敲了两遍的门,确认没有任何动静,才把门反锁了,回过头把浴缸的出水口关了,拿着自己的衣服,去淋浴房简单洗个澡。

梦心之刚刚开始洗,聂广义就从隔音效果极好的桑拿房里面出来了。

聂广义亲自操刀的宣适家的客卫,用的是纳米单向透视玻璃,有人洗澡的时候,里面看得见外面,但是外面看不见里面。

梦心之用尽了力气克制自己,才没有在这样的时候尖叫出声。

聂广义很快就发现淋浴房里有人在洗澡。他对这件事情嗤之以鼻:"小适子,虽然明天就要结婚了,但今天有必要这么讲究吗?"

宣适的卧室是有浴室的,他这么大老远地来到客卫洗澡,只能说明是程诺占用了主卧的卫生间。

聂广义故意调侃，以为宣适会反驳或者不好意思，结果却如石沉大海，甚至连一丁点的水花都没有。

刺激无果，广义大少自是不会善罢甘休："你也别自己孤零零地在这儿洗了，你广义哥哥刚把浴缸的水放好了，你把程诺叫来，你俩在浴缸里面提前洗个鸳鸯浴，这浴缸怎么也好有几平方米。"

梦心之在尖叫之前本能地转了一个身，在转身的那一瞬间，她看到聂广义裹着一条浴巾从她原来根本不知道是个房间的桑拿房里面出来。仅仅只是那么一瞥，聂广义的身材就像照片一样地印在了她脑海里。

这身材，有点像是画出来的……

身什么材？画什么画！梦心之震惊于自己的脑回路，现在是看身材好不好的时候吗？

在桑拿房门被打开的那一秒，梦心之就意识到，自己误入了聂广义的浴室。

放着水的浴室无人应答，不一定只有忘了关水和有人溺水这两种可能。

因为不知道应该先道歉还是先尖叫，倒是硬生生地让梦心之完全没有发出任何声音。等她好不容易缓过来一点，想要出声提醒，就听到聂广义率先出声，鸳鸯浴什么的是还未出阁的小姑娘能听的？现在怎么办？顺便把耳朵捂上可还行？

聂广义进到半个泳池那么大的浴缸里，很快打开了话匣子：

"你知道吗，小适子？

"你广义哥哥我啊，今天可是怀着让自己对建筑设计彻底死心的心思，才去的发布会现场。

"倒是没想过，最后竟然峰回路转。

"我上次表白完了，怕自己一身官司，没办法对人家姑娘负责，转头就不承认。

"我再表白一次，你觉得人家姑娘会信吗？

"你知道吗，小适子？

"我都没有想过，梦姑娘站在台上，会是那样一副光景！

"该怎么形容呢？

"全世界都黯淡了，只有她一个人在发光。

"我当时就想啊，哪怕姑娘是来把我钉死在耻辱柱上的，我都有种死而无憾的感觉。

"你说我会不会是脑子出了什么问题？"

聂广义说了半天，一点回应都没有得到，无趣之余有点恼怒："你这是在洗澡，又不是在洗牙，说句话能让你咋的？"

梦心之也很慌，她不知道自己现在不出声合不合适，但出声一定不合适。

正常情况下，梦心之洗澡根本不会超过十分钟。现在这种情况，她倒是连关水都不敢了。

思考了好一会儿，梦心之拿手在淋浴房的玻璃上敲击了一下。她不知道这样做有没有意义，却也想不出来自己还可以做什么。

"你不会又在洗澡的时候刷牙吧？"聂广义立马捕捉到了"宣适"的敲击点，很是有些无语地问，"你这破习惯不是已经改了吗？"

聂广义用他自己的思维帮梦心之解了围。

情急之下，梦心之又敲了两下淋浴房的玻璃。

"你可真够没劲的！

"算了，你不说就不说吧，你就算说话，也不及梦姑娘的万分之一，发音没人家清晰，声音没人家好听。

"你说你在意大利这么多年，是不是都白待了？

"小适子啊，我是真的没有想到啊！我濒临结束的职业生涯，竟然还有这样的转机。

"你的结婚礼物，我刚刚突击一下，算是彻底设计好了。

"其实，本来就设计得差不多了。

"你记得之前国内有人托我爸找我，要设计一个咖啡博物馆吗？

"小适子，你老实说，你当初听到咖啡博物馆项目，是不是就想据为己有？

"不妨告诉你，你广义哥哥从一开始就做了两手准备，一个是商业项目，一个是送给你的结婚礼物。

"那个商业项目，只是拿来练练手的。

"送给你的结婚礼物，将成为你广义哥哥第一个落地的概念建筑。

"极光之意那种误打误撞的不算啊！

"你就等着吧，你很快就能见到广义哥哥给你的专属定制。

"小适子，你有没有一点期待？

"你怎么还不说话啊？

"你是刷牙还是跑马拉松？

"小适子，你什么情况？是死是活，你也吱一声啊！"

梦心之情急之下，又敲了几下。

"你敲什么敲啊？洗澡的时候尿急？"

梦心之是真的没办法再听下去了。这或许是兄弟之间正常的聊天，却绝对不是她可以听的。

进来的时候，梦心之把浴巾放到了淋浴房的架子上。痛定思痛，她转身瞄了一眼。趁着聂广义整个人埋到浴缸泡泡底下，梦心之一手捂着裹好的浴巾，一手抱着衣服，飞也似的离开了"泡淋蒸套房"。

聂广义意犹未尽地从泡泡底下冒出来，他对梦心之的感情，在这个特殊的日子，满得直接就溢出来了。

他不过在水底下待了几秒钟的时间，再冒出头来的时候，淋浴房就从磨砂变成了透明。看着空空如也的淋浴房，聂广义气不打一处来。

"洞房花烛不是明天吗？这得有多急不可待，才会跑得这么快？结婚真的有这么好吗？"聂广义平日里跩得跟全世界每个人都欠他几个亿似的，这会儿倒是自己一个人都能聊得有来有去。

第十五章 游牧咖啡

第二天，宣适和程诺的婚礼如期举行。

聂广义直到这会儿还以为，昨天淋浴房里面的人是宣适。他当然很想找宣适问清楚——"小适子，你到底是有多着急？"却也并不是真的完全不通人情世故，赶着这时候去给人家添堵。

于是乎，聂大少只能一边感叹，一边装模作样地和伴娘聊天。

"梦姑娘昨天休息得还好吗？"聂广义摆出自认为最有亲和力又不失朝气的笑意。

"挺……挺好的呀。"梦心之不禁开始怀疑，聂广义是不是已经知道昨天晚上在淋浴房里面的人是她了。

"好吗？我怎么感觉姑娘今天有点黑眼圈？"聂广义说话的那个语气，让梦心之觉得他是在等一个道歉。她刚想开口，就听聂广义喃喃自语地来了一句："姑娘昨天应该很早就睡了才对啊……"

"聂先生为什么这么说？"梦心之问。

聂广义本来想说"因为浴室让两个大男人给占了",话到嘴边,又觉得不合适。

"你今天要当伴娘忙一整天,昨天不是得早点休息养精蓄锐?"聂广义说。

"是这样……"梦心之稍稍安心。

她今天明明是化了妆的,理论上,聂广义应该看不出来她昨天晚上休息得好还是不好,虽然她确实一晚上辗转难眠。

道歉也不是,不道歉也不是。承认也不好,不承认也不好。

说起来,谁都没有错。要怪就怪程诺姐老公家的卫生间,设计得不合常理。

关键,在自己家里设计一个桑拿房这种事情,梦心之是想不到的。关键的关键,她明明很大声地问了好几遍,确认了没人,才想着快速洗个澡睡觉的。

"你那儿有婚礼的流程单之类的吗?"聂广义自顾自地把话题往下带。

"没有呢。程诺姐让我住家里,说今天会有很多事情要帮忙,结果到现在也没有帮上程诺姐什么忙。"梦心之尝试着解释。

"要不然我们去问问?新郎新娘不来支使我们,只能我们上赶着去被支使了。"聂广义仍是笑着的,和平日里眼高于顶的那副不把全天下放在眼里的傲慢模样比,简直判若两人。

宣适看到聂广义和梦心之一起过来,对着两手空空的聂广义伸手:"大少,我的结婚礼物呢?"

聂广义把他的手打掉:"昨天不是和你说,已经设计好了,让你等着吗?"

"昨天?"宣适疑惑,"昨天什么时候?"

"你说什么时候?"聂广义不答反问。

"我说?"宣适顿了顿,"我说什么不重要,重要的是我很期待你要送给我和阿诺的结婚礼物。"

聂广义冲宣适努了努嘴,又眨了一下眼睛,示意宣适先不要和程诺说,免

321

得没有了惊喜。

宣适云里雾里，他都还不知道是什么，要怎么和程诺说？

因为聂教授的关系，聂广义之前接了一个咖啡博物馆的项目。

那个项目，说是博物馆，其实和真正的博物馆并没有太大的关系，也不是正常情况下聂广义会接的项目。

委托方是一个叫伍华的咖啡商人，主要做咖啡进出口贸易，也收集了一些维多利亚时期的咖啡杯和煮咖啡的器皿，生意做得还算比较大。最近这几年，受了点影响，贸易还在做，可是因为运输成本的增加和竞争环境的变化，没怎么赚到钱。看到国内冒出好几个咖啡零售品牌，还有直接做上市的，伍华就越发心理不平衡。都是做咖啡，为什么做零售的赚得盆满钵满，他一个做大宗商品的进出口和批发的，利润却逐渐下滑？

基于这样的前提，伍华开始思考转型的可能性。开一家咖啡店，做好了之后再一家一家开下去搞连锁，是众多咖啡创业者的梦想，也算是最常规的途径。但这条路，对于伍华来说没有什么吸引力。他首先想做的是卖咖啡，而且是快速地卖掉，不是一杯一杯地给人做。伍华翻来覆去地想了好几天，终于想到了一个最佳路径——薅游客的羊毛，做成那种专门让游客来买的店。但是，单单这么做，一来有监管的风险，二来要给卖场很高的提成。

伍华不眠不休地想解决办法，最后决定创造一个景点。通常情况下，自己搞点收藏就想建博物馆是天方夜谭，但如果有一个世界级建筑设计师的加持，就会变得很不一样。

伍华的算盘打得好好的，建筑成为景点，到了景点的游客就要带点伴手礼回去，只要包装得好，每个人都不可能只买一包。

基于以上诸多原因，伍华托了好几个人，通过几个不同的途径，找到了聂天勤这里。次数多了，聂教授这种老好人根本就招架不住，只好硬着头皮答应下来。

他只是答应会和聂广义说，并没有跟人家打包票。他想着以儿子的性格，肯定不可能屈尊去配合这种伪博物馆的，没想到聂广义听说是要做和咖啡有关的，就答应了下来。

聂广义从知道宣适和程诺要结婚的那一天开始，就在想要送什么礼物。聂广义之所以接下这个项目，除了因为这是和解之后聂教授第一次拜托他，也有想为设计给宣适和程诺的结婚礼物练手的意思。

当然了，聂广义要送的礼物，跟伍华这七拐八拐找关系而且还不足额支付设计费的小打小闹，完全不是一回事。

因为费德克整的那件事情，聂广义原本已经想彻底放弃建筑师生涯了。现在，他只想用送给宣适和程诺的结婚礼物去参加普利兹克奖的角逐。

如果程诺能拿下世界咖啡师大赛的冠军，加上他的普利兹克奖建筑，程诺绝对能给他的兄弟创造一个"咖啡帝国"。

好像有哪里不对……有人规定不可以男人"躺平"女人打拼吗？

好像没有哪里不对……

婚礼后的第三天，就是世界咖啡师大赛。

聂广义非得在程诺参加比赛的时候，召开他在风波过后的第一场发布会。

宣适毫不犹豫地选择去看程诺比赛。

聂广义并不强求新婚宴尔的兄弟到场，倒是把第二天就要回国的伴娘给拉到了发布会现场。

梦心之当然是想去看咖啡师大赛的，聂广义却有很多的道理："上次就是因为梦姑娘帮忙澄清，建筑师聂广义才能'死灰复燃'。这次姑娘要是不去的话，我又要跳进黄河也洗不清了。"

"'死灰复燃'……聂先生的这个说法倒是新鲜。"

323

"新鲜就对了，重获新生的建筑师，要多新鲜有多新鲜，你想哪里新鲜就哪里新鲜。"聂广义说不了两句正经话就开始不着边际了。

梦心之莞尔一笑，没有接话。

"姑娘还记得我们第一次见面有多新鲜吗？你们把极光之意里面弄得跟个宋代的酒馆似的，姑娘还记得吗？"聂广义问。

梦心之抬眼看向聂广义，想要确定他是不是一开始就是这个意思。意识到自己有可能误会了聂广义，梦心之心下抱歉："我自己家原来什么样子，肯定是记得的。"

"姑娘对那个地方有什么感觉？姑娘会不会觉得程诺在你家一楼那样的地方开咖啡馆有点违和？"聂广义问。

"还好吧……我和程诺姐聊过这个。"梦心之说。

"哦？你们都聊了什么？"聂广义问。

"程诺姐是想去不同的地方寻找灵感。咖啡在她的世界里，可能和在我们的世界里不一样。她会需要灵感，还有一些七七八八的，具体的我也说不上来。"梦心之正式进入聊天的状态。

"姑娘和我说的不是一个问题。我的问题是，你们在一个像酒肆那样的地方喝咖啡，有些格格不入。"聂广义说。

"一边钓鱼，一边喝咖啡，也蛮有意思的。"梦心之反驳道。

"我不否认这一点，上钓咖啡很适合猎奇，要是开在市区，绝对是一家网红店。"聂广义说。

"程诺姐并不需要网红店。"

"这不就对了吗？程诺根本不应该在极光之意那样的地方做咖啡。"聂广义赶忙解释，"我不是说极光之意以前那个样子不好，我的意思是程诺需要一家专业的咖啡馆。"

"程诺姐自己开的咖啡馆肯定是很专业的，到极光之意找灵感，免不了要牺牲掉一点原本的专业环境。"

"鱼与熊掌不可得兼,是吧?"

"对。"梦心之赞同道,"上钓咖啡其实也经过了简单的改造,程诺姐在极光之意做手冲咖啡,相对来说,除了程诺姐的那双手,也没有别的什么是重要的。"

"如果可以得兼呢?"聂广义开始卖关子。

"是吗?"梦心之开始好奇。

"想知道吧?想知道就来参加发布会啊。"聂广义再一次发出邀请。

梦心之没想到,聂广义绕这么大一圈,就是要邀请她参加发布会。

"姑娘不说话就是答应了啊。我可以把发布会的主题悄悄透露给你,你就是除了我之外,第二个提前知道发布会主题的人了。"

梦心之确实被聂广义说好奇了,她抬着双眸看向聂广义。

好一会儿,她才从这个故意引人好奇的男人嘴里听到四个字:"游牧咖啡。"

梦心之欲言又止。

"怎么了?"聂广义出声发问。

"没怎么……就是游牧咖啡听起来比上钓咖啡还要不正规。"

"天才的责任,就是让不正规变正规,让不正式变正式,让不可能变可能。"聂广义吹嘘起自己,从来都不带含糊。

"那好,我拭目以待。"梦心之答应下来,对着聂广义笑。

那笑容,缤纷而又纯净,像四月的春风,吹开了满树的樱花。

翩然落下的花瓣,亦不及姑娘笑颜的万分之一。

"女士们、先生们,记者朋友们。

"感谢各位拨冗参加时隔一年的概念发布会。

"今天这场发布会,和以往的每一次一样,都是要发布一座现代概念建筑。

"我很喜欢你们贴在我身上的标签——一个华而不实的天才概念建筑师。

"今天要发布的这个作品,不是商业设计,也不是公益设计,而是一个简单的私人定制,也将是我的建筑师生涯中唯一的一次定制。"

聂广义在舞台上侃侃而谈,很职业,很自信,很放松,眼神却异常坚定。

他点了一下握在手中的翻页笔。

建筑师聂广义的最新作品,在这一刻揭开了神秘的面纱。

随着演示文稿的推进,"游牧咖啡"的主题展现在参加发布会的人的眼前。

台下的人开始议论。

"这是什么造型?"一个金发碧眼的女记者问。

"有点科幻,看起来像是飞碟。"坐在她旁边的男记者回答。

"我感觉更像是一个极具未来感的杯子。"一个亚洲面孔的记者加入讨论。

"哪里未来了?这明明是一个传统的手冲咖啡壶。"一个黑人记者表达了自己的疑惑。

"难得从建筑师聂广义的作品里看到这么直白的设计,"金发碧眼的女记者得出了一个小小的结论,"一目了然,一眼就能看出来是和咖啡有关系。"

"主题都已经出来了,本来也用不着猜。"亚洲面孔的记者补充,"我就想知道,'游牧'和这个这么现代的设计有什么关系?"

聂广义在讨论声中继续往下讲。

"刚才听到你们在底下讨论,因为主题过于明显,所以大家对建筑外观都有比较相似的判断。

"这个建筑的外观,融合了咖啡杯和咖啡壶的元素。

"我把这个图放大,你们就会发现,建筑表面并不是整体的立面,而是由很多金属材料拼接而成的。

"这是一种全新的纤维增强塑料，质量只有上一代材料的五分之一，硬度和韧性都是原有材料的五倍以上。

"我这里有一些刚刚从实验室拿回来的材料成品，你们可以拿去感受一下，什么叫既薄如蝉翼，又坚如磐石。"

聂广义把材料发给发布会前排的人。

参加发布会的人听到这儿又开始议论。

黑人记者率先提出了自己的疑惑："这是准备落地吗？"

亚洲面孔的记者也一样不解："这位永远不切实际的天才概念建筑师，几时考虑过他的设计在当下能不能落地？"

看着台下议论纷纷，聂广义干脆停下来，先接受提问。

金发碧眼的女记者第一个举手："我记得你说过，'任何能落地的项目都不能叫概念建筑'。我还记得你说过，'不做概念建筑，就做地标建筑'。都不到三层楼高，要怎么成为地标？"

这位金发碧眼的女记者，是当时攻击聂广义江郎才尽最猛的。

如果没有这个前提，一口一个"我记得你说过"，聂广义都要怀疑这个人是不是对自己垂涎已久，想要把他的发布会变成表白会。

聂广义赶紧结束了中途提问的环节。

"没错，这个建筑只是看起来有一点科幻，并不是落不了地的概念建筑。

"但概念本身是可以有很多种不同的解释的，游牧咖啡是不同意义的概念建筑。

"如你们所见，这个设计从外立面，到屋顶，到照明，全部用了已经成功量产的实验室材料。

"至于你刚刚特别指出的建筑物高度和地标建筑存在距离，游牧咖啡是不同意义的地标建筑，更严格来说，是下一代的建筑。"

聂广义开始展示游牧咖啡从无到有的设计过程。说实话，整个过程看起来稀松平常，发布会到了这个时候，很多人都觉得没有以前有意思了。

梦心之却看得津津有味。

一来这是她第一次参加建筑师聂广义的作品发布会，没有以前的对比，也就没有过多的期待。

二来，她相信聂广义送给宣适的结婚礼物一定不可能平平无奇。她说不上来为什么会有这样的一种信任。

聂广义并不理会这些质疑，继续侃侃而谈。

"这个位置是游牧咖啡的顶点，距离地面10米，确实像大家刚刚注意到的那样，比三层的别墅稍微矮一些。

"整个建筑的面积，是700平方米。

"和我往日的作品相比，这栋建筑，在外观上、高度上，都没有任何一个脱颖而出的地方。

"但这是我做得最久的设计，从一年前就开始，直到三天前才设计完成。

"坦白说，因为有一些细节问题一直没办法得到解决，连我自己都怀疑我是不是江郎才尽了。

"好在，现在总算是成功了。

"先给大家看看这个建筑的内部。"

随着演示文稿的推进，画面里出现了一家咖啡馆。

中规中矩，一看就很专业，却不会让人觉得惊艳。倒不是说专业咖啡馆有什么不好，问题在于，这样的咖啡馆，很多人都能设计，连一般的奖项都不一定能稳拿，怎么都不应该是剑指普利兹克奖的天才建筑师聂广义设计出来的。

前面各种铺垫，铺垫了这么久，搞得那些原本兴致勃勃过来看发布会顺便长长见识的人，一个个在心里面大呼上当。

"好了，看完了游牧咖啡的外部设计和内部构造，接下来，让我们来看看这个全新的概念建筑有什么特别之处。"

聂广义点开下一页演示文稿。

文稿里面嵌入了一个动画视频。

视频时长两分钟，仅仅通过一位女性的操作，整个游牧咖啡自动合成了一个集装箱。

游牧咖啡里面所有的桌椅、所有的咖啡设备，都不需要额外收拾，全都自动打包在了集装箱里面，可以用集装箱车运输，可以空运，可以海运，正好一个集装箱的大小，不多也不少。

"带着咖啡馆，游牧全世界"的设计理念，直到这个时候才最终公布。

梦心之也是在这个时候才真正明白，聂广义提前告诉她的"游牧咖啡"究竟是什么意思。

将700平方米的空间打包到一个集装箱里面，这已经不是天才设计，而是划时代的设计了。

一个既能随时打包带走，又相当专业的咖啡馆，光想想就让人兴奋。

梦心之能看明白聂广义的这个设计意味着什么，现场这些经常和建筑师打交道的记者就更不可能有问题了。

在长达半分钟的异常沉默之后，现场响起了经久不息的掌声。

记者们看到的是一个设计，商人们直接嗅到了商机。发布会还没有结束，来参加发布会的好多人就来到聂广义回到后台的必经之路。其中有两个是已经转投费德克那儿，现在又想着要回来的。

高傲如大少，自然不会吃回头草，他压根就不搭理这些人。

从严格意义上来说，聂广义一直都是一个比较清高的建筑设计师。他只专注于自己的领域，并不热衷于做除了建筑设计以外的生意。

面对墙头草，聂广义直接就是一句："已经解约的委托方，未来都没有合作的可能。"

对于那些先前没有介入他和费德克的纷争的人，聂广义给出的解决方案是，让他们去找宣适。

聂广义要送给宣适的结婚礼物，并不仅仅是一座可以打包的流动艺术咖啡馆，他把游牧咖啡的著作权，也一并交给了自己最好的兄弟。

这个划时代的设计，在宣适的手里才能发挥最大的商业价值。

人生，有的时候真的不需要太多的朋友。有那么一两个，可以让你永远放心，把自己的后背交给对方，足矣。

聂广义并没有和发布会现场的人做过多的交流。心仪的姑娘明日就将启程回国了，而他还什么都没有做。

发布会结束之后，梦心之准备悄悄离开。

正在接受媒体采访的聂广义匆匆回答了几个问题，就直接跟了出来。

"聂先生怎么这么快就出来了？"梦心之问。

"因为看到你离开。"聂广义开始打直球。

"我是因为明天要回国，所以这会儿得回去打包行李了。"梦心之看向聂广义，"有那么多记者等着，聂先生怎么能就这么走了？"

"怎么不能呢？"聂广义赶紧接话，"哪个记者能有救我于水火的大恩人重要？"

"聂先生言重了。"梦心之说。

"哪里言重了？姑娘对我有再造之恩，为了姑娘，别说是把记者给撇开，哪怕是以身相许，也是义不容辞。"聂广义一兴奋就开始语无伦次。

"倒也没有这样的必要。"想到八块腹肌和那些原本不该听到的话，梦心之赶紧切换话题，"聂先生接下来是要留在意大利发展了，对吧？"

"没有的事！我很快就会回去修复万安桥。姑娘你可一定要等着我回去。"聂广义赶紧表态。

"万安桥确定要重建了?"梦心之意外。

"现在定下来的方向,是修缮,不是重建。"聂广义解释。

"聂先生的意思是,万安桥烧成这样了,还可以保留文物属性?"梦心之瞬间就来了兴趣,"我们国家可没有这样的先例。"

"专家们下个月就要论证,大概率是可以保留的。"聂广义说。

"那可真是太好了!"梦心之激动到忘了自己是急着要走的。

"呃……姑娘刚刚也说,我们国家没有这样的先例,所以呢,我就想问问……姑娘可有兴趣参加万安桥文物属性的专……"聂广义字斟句酌,语速有点慢。

"有!"梦心之两眼放光,一个劲地点头。

"啊?"聂广义明明记得自己的话还没有说完。

"我有兴趣参加万安桥的文物属性论证,我想见证这个历史性的时刻!"梦心之是真的知道聂广义要说的是什么。

"那……既然如此,姑娘且等我一个月,我处理好这边的事情,就回去带姑娘去参加论证会,可好?"

"好。"梦心之答应了下来。

她有些想不明白,自己明明想要拒绝的,怎么又不自觉地答应了?为什么聂先生总会以各种不同的方式出现在她的生活里?从八岁时候的卢浮宫开始,一次又一次产生似有若无的羁绊。

究竟是为什么呢?总不会是因为看到了八块腹肌,听到了不该听的话?

想想也是奇怪,当时明明听了很多不该听的,最后就只记得两句:

"我再表白一次,你觉得人家姑娘会信吗?"

"全世界都黯淡了,只有她一个人在发光。"

这些话,如果是当面说给她听的,梦心之会本能地抗拒。在当时被当成是宣适的特殊的情况下,又完全是另外一种感觉。

梦心之清楚地记得当时自己的心跳有多快。

都是因为被吓的吧？

明明是被吓的。

肯定是被吓的！

她喜欢的是像爸爸那样儒雅的男士，绝对不可能是如聂先生这般癫狂的男子。

第十六章 廊桥出海

宣适是一个很会生活的人。

有宣适在，任何一个地方都会变得像一个家。每到饭点，都会传出家的味道。这会儿还在蜜月期，他家简直成了一个美食的展览馆。

先上一道雕了双喜的香酥蝴蝶鸭，再上一道刻了红心的香橙鸳鸯虾，让人不知道是要把菜先吃到嘴里，还是应该先向这对新人说恭喜。

随便吃个午饭，有没有必要整成这样？

如果不是意大利的外卖业不发达，如果不是就算点餐也没有宣适做的好吃，聂广义是真的不想屈尊进来，看着一对新婚夫妇撒"狗粮"。

宣适端了锅神仙鸡出来，坐下吃饭："广义，你之前是不是说，希望中国木拱桥传统营造技艺能拥有自己的造血功能？"

"任何一项非遗传承，都希望在现代社会拥有造血功能。光靠保护，光靠热爱，很难一代一代地坚持下去。"聂广义一边"炫饭"，一边口齿不清地回答。

"我弄个廊桥出海项目,你觉得怎么样?"宣适问。

"廊桥要怎么出海?把桥拆了运出去,再组装好展出?你不嫌累,我还嫌麻烦呢。再者说了,这些桥大部分是还在使用的,你把桥拆了,村民怎么办?"聂广义认为这个想法有点扯。

"不是这个意思。"宣适解释道,"你之前一直想的,是把古廊桥更好地保护起来;我现在说的,是到世界各地去建新的。"

"新建?"聂广义感到意外,"你说的廊桥出海是去国外造桥,不是去推广已经申遗的这些廊桥?"

"对!你不是说编木拱桥梁技术是世界桥梁建筑历史的活化石吗?桥梁是死的,人是活的。我们首先应该做的,是把这项营造技艺发扬光大,对吧?"宣适问。

听了这番话,聂广义几番欲言又止,才给出了回应:"听你这么一说,倒是我陷在自己的家族传承里面,思想狭隘了。"

宣适抓住了聂广义的态度转变:"大少真觉得可行?"

"嗯。当这项技艺不再濒危,当传统技艺的价值被更多人看到,当我们的工匠可以去世界各地造桥时,再往后发展,确实是能够拥有造血功能的。"聂广义说,"我做交换生的时候,就有很多人和我探讨《清明上河图》,他们对那座虹桥的兴趣一点不比我们少。"

"大少要是也觉得廊桥出海的想法可行,我可以给这个项目注资,帮助项目启动。"宣适拍了拍程诺的手背,说道,"刚好我家新晋世界咖啡师冠军要去世界各地开咖啡馆,咖啡馆游牧到哪里,我们就把中国木拱桥传统营造技艺带到哪里。"

聂广义一向最讨厌爱情的"酸腐味",今天却一反常态,知道宣适是真心在帮非遗廊桥想办法:"敢问宣大老板打算给这个项目注入多少启动资金?"

"这个嘛……我想把游牧咖啡一半的股权注入这个项目里面,直到这个项目能够自负盈亏，真正拥有造血功能为止。"宣适对游牧咖啡的盈利能力有足够的信心。

"宣总大气！"聂广义手动点了两个赞。

"明明是我们聂总大气啊。"宣适把聂广义点赞的手指给摁了回去，"我早就说要把游牧咖啡一半的股权还给你，是你死活不要。"

聂广义搞明白宣适的逻辑了："都说是送给你的结婚礼物，哪有收回的道理？这样不行啊，小适子，你就算注入股权，也没办法立即变现。游牧咖啡从概念到落地本来就需要一大笔钱，落地之后还要量产开遍全世界，多的是用钱的地方。"

"钱的事情你就不要操心了。我家阿诺拿了世界咖啡师冠军之后，想要加盟游牧咖啡的人都快把我的电话打爆了。不能一开始就搞加盟，这样很容易良莠不齐。标准化的事情，你交给我，我已经在对接能够落地你的设计的材料和工厂了。"宣适是典型的温州人，本就比聂广义更会做生意。

除了做生意，宣适还喜欢做慈善，物资也捐了不少。

聂广义知道宣适很会赚钱，更知道宣适存不下什么钱，至少目前还是。

"广义，我研究了一下这几年的普利兹克奖，发现这个奖越来越考虑社会影响。我和阿诺一致认为，游牧咖啡是一个划时代的设计。我先给阿诺打造一个'咖啡帝国'，然后再把你的设计推广到其他行业。"宣适说了一下自己的规划。

"哎哟，不错哟，我们小宣子终于搞明白广义哥哥把这个设计交给你的真实用意了。行了，你好好地去落地，廊桥出海的启动资金，由我来搞定。"

"广义，你刚经历过事务所那么大的动荡，最近应该没什么钱吧？"宣适并不赞同聂广义的提议，"你留点钱当老婆本不好吗？"

这话本来也没有什么毛病，聂广义却听得火冒三丈："我得先有老婆，才好攒老婆本吧？"

"这话说的！当然是应该先攒好老婆本啊。"宣适反驳道，"难道你想让你老婆跟着你吃苦吗？"

"我都说我没有老婆了！"聂广义很生气。

宣适的手机响了。

聂广义趁着宣适接电话去上了个厕所，回来就听宣适说："咱俩都别争了，廊桥出海的启动资金有人投了。"

"谁啊？"聂广义问。

"一个华人企业家。"宣适说，"费德克开新闻发布会那次，真相大白之后你不是被围了吗？"

聂广义没了兴趣："墙头草我怎么可能再合作？"

"不是，我查过的，不是准备集体诉讼和后来扎堆退单的。就是来看热闹的，后来又觉得反转挺有意思，说希望未来有机会合作。"

"然后呢？"聂广义问。

"然后就到了你发布游牧咖啡的时候了啊，刚好又碰到了，听我说你消失的这一年是回国保护廊桥了，当下就说自己要投资。"

"你不觉得很莫名其妙吗？"

"不会啊，人家就是大慈善家，去年还给伦敦大学学院捐了一栋楼。我都认真查过，我以后有钱了也会这样。"

"是有附带条件的吧？你可长点心吧，这摆明了是看上游牧咖啡了啊。真有资本大鳄进来，你回头被啃得连渣都不剩。"聂广义不信。

"还真没有。可能是我的表达有问题，人家根本没兴趣搞咖啡馆，主要是看上了你这个人，说只要是你或者你女朋友亲自主导的慈善项目，他就可以跟投。"宣适解释道，"我先前也没有想过廊桥出海什么的，是你刚才和我掰扯半天启动资金，我就想着问问人家，没想到立马一个电话就打过来了。"

"你等会儿，你等会儿，我女朋友？哪儿呢？"聂广义问。

"这事儿，说来就话长了。还是费德克的那场发布会后，我被一堆八卦记者给围了，都是女的，我也不好动用武力。"

"说重点。"

"这些八卦记者一个劲地问，刚才在台上帮你解围的女生是不是你的女朋友。我什么都没说，她们就自己编了一堆的故事。平日里不看八卦的，猛地一查，可不就误会了？"

"那这人确实还挺有眼光的。"聂广义第一次这么希望八卦新闻能成真。

"是吧？人家刚才打电话来，说可以投两千万英镑，但毕竟是做慈善，不能就这么随随便便，得是信得过的人主导，真正用到廊桥保护上去，不能让善意的捐赠打水漂。"宣适说。

"一直都是你跟他对接的，最信得过的人不就是你了吗？"聂广义问。

"人家确实一开始就跟我提了，但我接下来的重心肯定是全力推荐游牧咖啡，给我家阿诺打造'咖啡帝国'。"宣适心有余而力不足。

"那我更不行啊，我是关掉了帕多瓦的事务所，但还得罗马和国内两边跑啊。"聂广义确实认为廊桥出海是个很好的项目，但只能作为廊桥推广和造血的一个环节。

中国木拱桥传统营造技艺的重点，还得是在国内，他要把邱爷爷的造桥技术传承下去，培养更多的传承人。他要是什么都不管，只做廊桥出海这一个项目，怎么说都是本末倒置。

"那要不然……你问问梦姑娘？"宣适提议道，"阿诺说梦姑娘拿了好多个录用通知书，还没有想好去哪里工作。"

"姑娘不是一毕业就失业了吗？"聂广义问。

"听谁说的？"宣适疑惑。

聂广义顿了顿："呃……好像是我。"

聂广义没有想到梦心之会提前来意大利给他解围。

他专门打电话感谢了玛蒂娜,还问她为什么会拿着 U 盘出现在发布会现场。

聂广义老早就听到了玛蒂娜说他因爱生恨一类的传闻,还有和事实完全相反的,找不到工作啊,报复啊一类的。

聂广义当时就不信。他知道肯定有原因,却也没有想得更加深入。总之,他当时的策略,是用全新的作品,强势宣告自己的回归。倒是没有想过,像自己这么自负的人,也有被舆论压得喘不过气,甚至失去设计灵感的一天。

聂广义知道自己最应该感谢的人是梦心之。但他只做到了一再地感谢给梦心之打下手的玛蒂娜,并且从玛蒂娜那里搞清楚了整件事情的原委。

梦心之是在爸爸制作的相册的夹层里面,发现了当年在卢浮宫打卡的那张照片。因为担心给当时处于风口浪尖的聂广义帮倒忙,所以她事先联系了玛蒂娜,想问问聂广义在意大利的第一个助理,知不知道照片中那个白色建筑的来历。因为年代太久远,玛蒂娜也不知道具体的情况,就假意散布聂广义的负面消息,借机接近费德克。

这些不实的传闻被聂广义最大的竞争对手 Keith 给听到了,Keith 也曾陷入被诋毁的泥淖,不想失去自己最看重的对手,气得上门找玛蒂娜理论。

最后是 Keith 认出梦心之手上拿的那个模型,是当年贝勒维尔国立高等建筑学院毕业展上的作品,那一年,他是优秀毕业生,聂广义是交换生。

Keith 和聂广义的竞争,从十四年前延续至今,他们是最大的竞争对手,也最惺惺相惜。虽然聂广义自己不记得,但 Keith 一直都记得,自己身处风口浪尖的时候,聂广义曾经给他站过台。

聂广义有着一张比刀子还要锋利的嘴,却一直都不缺肝胆相照的兄弟。

同样的特质,到了追女孩这儿,就变得不太好使。聂广义没有去找梦心之,而是通过宣适,让程诺帮忙问问梦心之有没有兴趣。这可不是有什么不好意思！从自己嘴里吐出去来的话，还能吞回去？

说一千，道一万……聂广义承认自己怂了。

明明是想在姑娘面前好好表现的，也不知道怎么就表现成了这样。以前不知道自己喜欢梦心之的时候，还可以找点理由，现在都已经是第二次计划要表白了，也不知道智商是不是被名为爱情的洪水猛兽给生吞活剥了。

梦心之没有接受，也没有拒绝，通过宗极回复了四个字：考虑考虑。

姑娘说考虑，还征求了父亲的意见，那摆明了就是有戏。

聂广义原本只想着回国向姑娘表白，并没有想到太遥远的未来，以后要在哪儿生活，生活的轨迹是不是有交集。

这下好了，他虽然没有要游牧咖啡的股份，但把700平方米打包到一个集装箱的设计，始终都烙印着他的名字。

按照宣适的计划，廊桥出海会和游牧咖啡的发展齐头并进。这样一来，他和姑娘未来就必然还会有很多的交集。

一想到这儿，聂广义就心生欢喜。

时间就这么过去了一个月，聂广义即将启程回国，万安桥的文物属性论证和修复工作也将同步推进。

聂广义收到了期待已久的回复，这一次，是梦心之亲自给他发来的消息："聂先生，我拒绝参与廊桥出海项目，也不会参加万安桥的专家论证，感谢您的邀约，祝您生活愉快。"

这一次聂广义没有乍毛，哪怕梦心之是在答应了两个星期之后忽然出尔反尔："梦姑娘，虽然只有过一次'表白未遂'，但请你相信，没有你，我的生活不会愉快。同时，也请你相信我，你可以安安心心地来参加万安桥的专家论证。其他的交给我。"

梦心之没有回复这条消息。

聂先生又不知道发生了什么，凭什么就那么轻描淡写地说出"安安心心"？

自从有了爸爸，梦心之还是第一次这么手足无措。

"梦姑娘，如果你不来，我就邀请你爸爸来负责这个项目。"

梦心之直接给聂广义打了个电话："你怎么可以这么做？你知不知道你自己在做什么？我以前有什么对不起聂先生的地方吗？"

这是梦心之第一次说话这么气急败坏。

"你信我。你一定要来。或者，你也可以带着爸爸一起来。"聂广义的情绪前所未有地稳定，和先前那个情绪一点就爆的聂先生判若两人。

梦心之完全没有心情留意这样的变化，她这辈子最爱的人是爸爸，最不愿意做的事情是伤害爸爸。可她都做了什么呢？

梦心之后悔自己去了一趟意大利，就算没有她，聂先生也可以翻身。

一个什么都不知道的人，凭什么就让她安安心心？

梦心之心中难过，挂断了电话，又担心聂广义真的会去找爸爸。

这边她的电话刚挂断，那边宗极的电话就响了。

梦心之被聂广义弄得没有办法，只好答应自己去。

想到过去的一个月，父女俩一起规划廊桥出海项目，梦心之很快就红了眼眶，她不知道要怎么面对爸爸。

万安桥文物属性的专家论证推进得很顺利。

这次大火，把万安桥桥面的 38 个开间烧得只剩下最后一间半，算得上毁于一旦。但要算历史的话，万安桥实际上是在 1932 年才变成被烧掉之前的样子的。在那之前，万安桥经历过多次重建重修，唯有桥墩一直都在，还刻着始建的年代。

虽然顺利推进，但离最后得出一个结论还需要很长的时间。专家们建议先把桥建起来，再慢慢等结果，这和聂广义的想法不谋而合。

聂广义在论证的最后，提出了廊桥出海的公益计划，得到专家们的一致好评。聂广义在极其热烈的掌声中宣布梦心之将是这个计划的指定负责人，希望与会的海内外专家能够给予廊桥出海项目支持和帮助。

与会记者顺着聂广义手指的方向，看到了梦心之，梦心之被长枪短炮吓得夺门而出。她明明都已经拒绝了，过来也是为了当面再拒绝一遍，如果就这么被记者给拍到了，等到真相被揭开，她以后要怎么面对爸爸？

聂广义追了上去，抓住梦心之的手臂想要解释。

梦心之用力甩开，还用力地踩了聂广义一脚。她穿的虽然不是那种很细的高跟鞋，却足以透过聂广义的皮鞋，给他的脚背来一记重击。

聂广义不得不抱住暴走的梦心之："梦姑娘，你听我说。"

"还有什么好说的？你一开始让程诺姐向我提议，我可以当作你是不知情。现在我明明都拒绝了，你还要拿爸爸来威胁我。我都已经过来，准备当面和你说清楚了，你为什么又当着那么多专家和记者，说我是指定的负责人？什么表白，都是假的，你从一开始就是和他一伙的！"说着说着，梦心之泪流满面，再也不复往日里那种超凡脱俗的气质。

"你要相信，我永远只和你一伙。"聂广义的情绪依旧稳定。

这种稳定，在电话里面并不能让梦心之安心，到了现实生活里面，就这么面对面地站着，被这么霸道而又温柔地抱着，梦心之倒是瞬间就平复了心情。

她推开聂广义，慢慢地来到万安桥的桥墩边上坐着。她上一次来到这里，坐在桥墩边上的人是聂广义。不一样的人，一样地脸上挂着眼泪。

梦心之抬头，脸上挂着泪痕："你真的和我是一伙的？"

"真的。"聂广义说，"我还知道你为什么忽然改变了主意。"

聂广义没有宣适那么热衷做慈善，因此从一开始，就对有人连计划书都不看就要投资两千万英镑表示怀疑。

他当然相信宣适认真调查过，只是不相信这个世界上有无缘无故的善意。

自从提议由梦心之来负责这个项目，聂广义更是容不下一星半点的疑虑。

顺着宣适给出的线索，聂广义去了伦敦大学学院，确实有位华人企业家去年给教育学院捐了一栋大楼，和宣适说的也确实是同一个人。

所有的信息全都能对上，一切都显得毫无破绽。可越是这样，聂广义就越放心不下。

可能是因为这件事情牵扯到了梦心之，聂广义又查了查这位企业家的更多信息，想要看看这人是不是真的一直在做慈善，结果就只查到伦敦大学学院这一个，立马又心生疑虑。

宣适专门为自己兄弟莫名其妙的第六感组了个饭局，席间，华人企业家侃侃而谈，讲述自己为什么做慈善。

大女儿不到十八岁就得了渐冻症。大儿子比大女儿小了十岁，生下来就是个脑瘫。小儿子总算是健健康康的了，眼看着小学就要毕业，去年又查出来有先天性的脑瘤，不发病的时候和健康的小孩没有两样，一发病，直接没能从手术台上下来。

宣适听得一阵唏嘘，说终于明白这个企业家为什么从去年开始做慈善了。

宣适是明白了，逻辑也清晰了，聂广义却更觉得不对了。总共只做两个慈善，一个伦敦大学学院，一个廊桥出海，还都这么上赶着捐钱。伦敦大学学院和廊桥出海有什么共同特性呢？总不会因为伦敦大学学院的教育学院有个硕士专业叫博物馆与画廊教育，这个专业去年有个在校生叫梦心之，梦心之又被报道成了非遗传承人的女朋友。

这个华人企业家做这么多，并不是想要和他建立什么联系，而是想要和梦心之建立联系。想到这儿，聂广义都觉得自己的"脑洞"有点过于大了。

聂广义从来也不是藏着掖着的性子，想到什么就直接说了。

没想到对方直接承认了。

聂广义刚想说不要以为"你有点钱就能成为我的对手，也不看看自己多大年纪"，就听对方来了一句："我可能是你未来你的岳父。如果能让梦心之回到我的身边，我的一切都是你的。"

"听这意思，您是见过梦心之？"

"是的，在大楼的捐赠仪式上。"

这位拿钱砸人的企业家，希望通过捐赠的方式让梦心之毕业后能留校工作或者读博。结果梦心之连毕业典礼都没有参加，直接选择邮寄毕业证回国。

这才有了这位企业家在两场发布会的现场和宣适的"偶遇"。

聂广义何其聪明，很快就想明白了事情的经过。可是为什么要绕这么大个圈子，拿钱砸自己的亲生女儿呢？

聂广义分享了自己和聂教授彼此误会十四年的故事，劝对方早点回国，同梦心之和解。

宣适一句话也不说，直接把对方灌多。

借着酒劲，这个人说了更多，说自己这辈子都不可能回到国内。

原来，大女儿出生后，他想要个儿子，原配不愿再生育，所以他出去找人生了一个，没想到是个脑瘫。原配知道他有私生子，闹着要离婚，一直闹到了他的单位，导致仕途一片大好的他被开除了公职。

闹离婚的过程中，他遇到了刚刚成年的梦兰女士。梦兰女士不知道他有家庭，虽然自己有先天性心脏病，但还是冒死给他生了孩子。他当时也想过，只要梦兰能生个健康的儿子，他就把梦兰女士给娶了。结果，梦兰女士生了个女儿。

这期间，他下海经商钻制度的漏洞赚了很多钱。

想着不能没有儿子继承自己的家业，他就抛弃梦兰女士，又去找了一个。

还没来得及生儿子，他就因为赚了太多不该赚的钱，携款潜逃到了英国。

他找了个比梦兰女士还好看的小姑娘当老婆，生了个健康可爱的儿子。后来这个儿子死了，他觉得自己受到了诅咒，他的小孩，不是夭折，就是身患重疾。大儿子脑瘫，是没有可能继承家业了，大女儿眼看着也要走到生命的尽头。只有梦心之这个健健康康成年的小孩回到他的身边，才能证明另外几个小孩有问题不是他的原因。

聂广义没有把那通长篇大论当人话来听，只想着接下来要怎么面对梦心之。不管从哪一个角度来看，都是他和宣适把这个项目推给了梦心之。

"那个人说他的一切都是你的，你是怎么回复的？"梦心之的情绪也终于平静了下来。

"我啊，我当然是直接上大实话啊。"聂广义双手交叉，惟妙惟肖地重现了一下当时的场景，"我这么天才的建筑师，你觉得我会缺钱？"

踀踀的一言不合就"凡尔赛"的架势，最是符合聂广义的人设。

梦心之还是第一次觉得这个人设这么顺眼，可她还是有疑问没有得到解释："既然这样，你刚刚为什么又当着那么多专家和记者的面说，我是廊桥出海项目的指定负责人？我怎么可能在那个人牵头的公益项目里面当负责人？"

"我怎么可能用那种不干不净的钱来保护非遗？我当场拒绝，随手就给翻了一番。廊桥出海项目的启动资金，全部由我个人出资，绝对干干净净。"

"可是，你哪来的钱呢？程诺姐明明说，你最近资金很紧张，宣适哥想给你钱，怕你不收，还折算成股份放到这个项目里了。"

"这笔钱是我妈妈留给我的，我十八岁时就能自由支配了。过去的十四年，我一直比较抗拒动用这笔钱。这次不一样。"

"怎么不一样？"梦心之问。

"这件事情因我和宣适而起，假如不在我这个层面就把事情给压下去，他很有可能会用同样的说辞去找你最在意的人。我光想想，就知道你会有多崩溃。"

这样的场景，梦心之光听到，眼泪就止不住地流。

当那人又一次联系她，说会找人把条件都摆在宗极的面前，看看宗极是不是真的全心全意地为她考虑时，梦心之真的当场就崩溃了。她没有想到，自己都逃回国了，还是没有躲过。她一度以为，聂广义就是那个人所找的要和爸爸摊牌的人。

聂广义伸手擦去梦心之的眼泪："你别哭啊，这不没事了吗？他拿钱羞辱和利用我就算了，要是仗着有点钱，强迫你回到他的身边，我肯定是受不了的。我这么大个男人，总得给自己喜欢的姑娘足够的底气。"

这番话，讲得很是有些大男子主义。

这原本是梦心之最不喜欢的男人特质，此时此刻，她却一点都讨厌不起来。梦心之没有想过，在她看不见的地方，聂广义帮她挡下了那么多事情。

"你为什么从来都没有和我说过？"梦心之看向聂广义。

"这种小事情为什么要告诉你？"聂广义眉头微蹙道，"你听了又不会开心。"

梦心之诧异地看向他，出声问道："你觉得这是小事情？"

迎着梦心之的视线，聂广义点头道："当然。"

"那什么是大事情呢？"梦心之问。

"向你表白啊。"聂广义脱口而出。话音刚落又开始后悔，他这么有仪式感的一个人，怎么可以毫无准备地向心爱的姑娘表白。聂广义赶紧找补："姑娘啊，我没有现在要表白的意思，我……"

"我知道。聂先生说要向我表白是假的。这句话，去辽博的时候，聂先生已经说过一次了。"梦心之从石墩上站起来，往前走了两步，直直地盯着聂广义。

聂广义被盯卡壳了，想到先前策划了很久又秒撤回的辽博表白，好一会儿才硬着头皮接话:"姑娘啊……我是过敏体质,我之前对机上广播过敏,现在对表白过敏。对,就是这样的!这你肯定也是知道的!"

"然后呢?"梦心之还是那么直直地看着聂广义。

"都……过敏成这样了还能有然后吗?"聂广义略显不自然地往后退了几步,在碇步桥头的第一个石碇上坐下,有意避开梦心之的视线。碇步桥头除了有石墩,还有一个巨大的水车,再往后退,就是溪瀑和碇步的缝隙。

"不能吗?"梦心之换了一个角度,从上往下似笑非笑地看着聂广义问。

出道即巅峰的天才建筑师,自是接受不了这样的俯视,聂广义痛定思痛,带点决绝地迎向梦心之的视线:"要不然,姑娘容我回去策划两年!"

说话间,聂广义右手握拳,放到自己的眼前,像极了是在给自己加油,但更多的是遮挡梦心之的视线。

"两年?"梦心之被逗笑了,她上前两步,伸手把聂广义的拳头从他的眼前移开。

梦心之的笑颜,就这么绽放在聂广义的眼前,一如初见时的那个样子,俏丽若三春之桃,清素若九秋之菊。

聂广义整个人都慌了。他的心跳得很快,怎么都按捺不住,仿佛要跳出胸腔,独自在世间闯荡。

"我耗时最长的概念设计,也就做了一年零十一个月!我还不信我两年都策划不了一个像极光那么绚烂的表白!"聂广义用发毒誓的语气,企图强压自己的心跳。

程诺姐说,聂广义放荡不羁的外表下,藏着一颗赤子之心。往日里,梦心之是真的完全感觉不到,今天也不知道怎么了,在各种纷繁芜杂的表象之下,她切切实实地感受到了聂广义的真心。

不是故意营造,没有刻意表现,这个有着奇特"过敏体质"的男人,对背后那么多的付出都轻描淡写,偏偏堪称笨拙地把表白挂嘴边,又一准备就得是两年。

"聂广义。"梦心之第一次直呼其名。

"嗯?"聂广义嘴巴微张,差点被吓得站直。

"极光转瞬即逝,表白是只需要准备两秒的事。"

在聂广义诧异的那一个瞬间,梦心之蜻蜓点水般地亲了聂广义一下。

这下好了,聂广义直接后退了一大步,一脚踩在了溪涧里,一个趔趄,差点没有站稳。他好不容易稳住身形,很是生气地问:"你一个小姑娘,怎么能主动亲吻一个单身多年的老男人呢?"

聂广义是真的有着和别人完全不一样的脑回路,也完全不符合梦心之的择偶标准。

聂广义的眼睛死死地盯着梦心之,想要确定梦心之究竟知不知道自己在干吗。一直以来,梦心之在他的心里,都是非常清冷的性子,此刻的反客为主,显得特别不真实。

梦心之并不回避聂广义的注视。

一秒,两秒……

那视线,仿若一道极光,直击聂广义的心房。

聂广义刚要反应,梦心之就从一个个碇步上,蹁跹着到了溪涧的对面,一如初见时的那个样子,翩若惊鸿,婉若游龙。

这一男一女。

男的说自己要孤独终老。

女的说自己从来没想过要谈恋爱。

事实证明,口是心非,是个不存在性别歧视的成语。

后记：我的书友@无极2016

无极，两年了。这个专门为你写的故事即将出版。

这，算达成你的心愿了吗？

……

作者和书友，应该是什么样的一种关系？这个问题，何其简单，又何其复杂。于我而言，倾向于书友是虚拟世界的存在。作者是一个笔名，书友也只是一个称号。这个人在现实生活中，叫什么名字，是做什么的，重要吗？一点都不！

《极光之意》在起点中文网有一个短篇的引子，叫《大国子民》，写的是宣适和程诺的故事，里面提到《极光之意》的男主聂广义是离异的。这和我过往作品，一生一世一双人的设定，可谓天差地别。看了这个引子，一些以前的书友说要直接弃书。没有看过引子的，在看到男主人设出来的地方，也会发帖说不会再往下看。

所以，无极，你知道为什么在你提议我写一个重组家庭的爱情故事的时候，我会拒绝得那么坚决了吧。我告诉你，这是一个非常不讨喜的男主人设，尤其不适合我这个写惯了从校服到婚纱的作者。

你并没有就此放弃。你说，很多时候，重组才是真正爱情的开始，而你就是最好的例子。我没办法认同这个观点。生活里面或许有这样那样的不完美，小说里面为什么还要这样？

你再怎么提议，我都没想过要写一本讲述各种离异外加各种重组家庭的书。《极光之意》以前没有，以后也不会有。

可你始终是不同的。你会每天逐字逐句地校对更新的章节里面有没有"虫子"。你会看好多遍，大到输入法联想出来的"笔误"，小到标点符号。你要在书里面找的，也不仅仅是"虫子"，还有我一早埋下的伏笔。

我习惯把伏笔埋得很深，偶尔有几个伏笔可能会被读者提前发现，但大部分都留到了揭晓的那个时候。唯有你，不管我把伏笔埋在哪儿，你都能第一时间发现端倪。

这让我感到书被读懂的同时，也有那么一点受伤……好在，你并不会去连载的书下面剧透，只要你不说，对于除你之外的读者来说，伏笔就始终还是伏笔。

我的管理群只有十来个人，一本本书下来，大家渐渐也就熟悉了起来，会聊一些生活上的事情，但我通常不怎么关心和书无关的事情。

无极叫什么？——不知道。无极是做什么的？——不知道。无极长什么样？——不知道。

三问三不知。不知又何妨？既然是书友，聊聊书不就好了吗？关心那么多生活干什么？比起这些，我更愿意花时间埋下更深的伏笔，难倒你。

一直以来，我都非常坚定自己的主张——要把网络世界和现实世界彻底分开。直到有一天，你，失联了。我的金牌校对不见了，那个激励我埋伏笔的读者不见了。你原本就有很多自己的事情，要忙几天现实世界的事业也很正常。

一开始，隔几天想起来会问你一遍忙完没有，再往后是一个星期问一次。但我始终没有得到回应。

书友和作者，大都只有短暂的一两本书的缘分。你忽然离开了，这应该也很正常吧……人来人往，缘起缘灭，还是在虚拟的世界……可是，你是无极呀！你会每天早上六点多起来，给凌晨发布的章节校稿，一校就校了一年。

你能因为《兼职偶像》女主的爸爸妈妈是在我没有经历过的初代网游里面认识的，就直接写了一本同人文。你的《兼职偶像之侠客行》完美填补了被我一笔带过的空缺，人物的设定、说话的语气、叙事的文笔……连我看了都有一种自己亲手所写的感觉。

你，是这样的无极。你，是这么特别的书友。别的书友或许会一走了之，你，一定不会。随着时间的推移，这样的认知在我的心里越来越强烈。

要找到无极！要知道究竟发生了什么！——本着这样的信念，我问遍了管理群的每一个人。大家都说已经很久没有你的消息了。

无极叫什么？无极在哪儿？怎样才能联系到无极？当类似的三问三不知再一次出现时，曾经坚定主张作者和书友应该只有虚拟世界的联系的观点，显得那么冷冰冰。

管理群里，有人知道你姓何，有人知道你在青岛，还隐约知道，你在离海不远的地方开了一家民宿。以上这些，就是当时我能收集到的关于你的一切资料。这些信息实在是太少了。青岛那么大，姓何的人那么多，名字都不太确定的民宿……要怎么才能找到曾经只有网络联系的一个人？

想到这些，我几乎想要放弃。放弃，从来是最容易的事情。只要把你认定为另一个不告而别的资深书友，所有的一切就都迎刃而解。我用这样的理由劝说了自己整整一个星期，但始终没有办法相信，你会就这么不告而别。

必须找到无极，哪怕找了也不一定能找到！——本着这样的信念，我把管理群的聊天记录翻了个遍，从你发过的一张风景照里面，找到了有效的信息。

我想了一切能想到的办法，终于，我，找到了你。

确切地说，是你和我分享过的幸福重组家庭的另外一个主人公——你的夫人兰姐。兰姐说，你病了，得了疑难杂症，医生推断是现代医学还没有办法解决的朊蛋白病，但她相信会有奇迹。兰姐说，你已经不记得这个世界，唯独还记得她。无极，这就是你想让我写下来的重组爱情，对吗？

兰姐给我看了你的照片。兰姐说，你很帅，哪怕生病了也很帅。兰姐还给我看了你以前写过的诗。兰姐说，你很有才，从你们刚认识的时候就是。兰姐说，在病床边和你提起管理群的人都在找你，你听了还会笑一下。

我找到兰姐的那一天，是2022年4月13日。我问兰姐需不需要帮忙，兰姐说，一切都好。兰姐很乐观，我也跟着乐观。兰姐相信会有奇迹，我和管理群的小伙伴也跟着相信。

……

2022年5月30日，兰姐发消息告诉我，你走了。我没办法相信。明明几天之前兰姐才告诉我，已经带你出院了。

无极，你就这么走了，我却什么都没能为你做。看着兰姐发来的消息，我久久不能平静。我下定决心，要为你写一本书。不去管人设是不是讨喜，也不管我以前对小说的理解是什么样的，就写你心心念念的重组爱情故事。

这个家庭重组的时候，爸爸带着哥哥，妈妈带着妹妹，然后又生了一个可爱的小女儿。兰姐说，她也不知道为什么，就是会吃小女儿的醋。

无极，你的爱情故事，在我这儿只有只言片语，你离开之后，我又和兰姐聊了很多你们的过往。

无极，你当初提议我写重组家庭的时候，是不是都没有想过，会有这么高的重合度？兰姐至今还没能从你离开这个世界的悲伤里面走出来。她不愿意相信，你已经永远地离开。

无极，你一定是这个世界上最好的爸爸，就像书里写的那样。生病之前，你亲自张罗了你儿子的婚礼，也亲眼见到了。你的大女儿很爱你。因为疫情，她没办法在你最后的时刻回国陪着你，听兰姐说，她哭得很伤心。又听兰姐说，她的男朋友一直陪在她身边安慰她，并且向她求了婚。

无极，我是不是从来没有告诉过你，我是从什么时候开始觉得你很特别？那时候，我在写《大国小商》；那时候，你还是一个很新的书友。

我给女主安了一个不会任何烹饪技能，却会煮"世界最不方便面"的人设，用极复杂的七个步骤，超过三个多小时的时间，完成一包方便面的"烹饪"，征服了男主的胃。

我在写这个桥段的时候，自己都觉得有点扯。谁会把方便面煮成这样？三个多小时才能煮完的还能叫方便面？小说虽然源于生活，但主要还是艺术创作。

可是，就在我这个桥段写完的第二天，你就拍了完全按照七大步骤煮出来的"世界最不方便面"给我看。你还说，你的小女儿觉得特别好吃，把汤都喝到得一滴都不剩。

从那以后，每次写到和烹饪有关的内容，我都要先掂量掂量，你会不会"照抄照搬"。我告诉自己，可以写复杂到离谱的，但不能给出离谱的食谱。

无极，如果你能看到《极光之意》，你一定也已经试过麦芽糖烤全羊了，对吗？你要是还能告诉我好不好吃，该有多好……

无极，因为长时间断更，你的《兼职偶像之侠客行》已经查无此书。我拜托了主编才把这本书放出来。你要是还能再更新一下，该有多好……

你离开在 2022 年 5 月 30 日，15 点 30 分。

530，1530……有人说，一个人真正离开这个世界的时候，是世界上最后一个记得这个人的人也离开了的时候。这个世界还有这么多想念你的人，你一定没有真正离开。

2023 年 5 月 30 日，你离开一周年的时候，我找了兰姐。兰姐说她过得很好，一切都好，只是不愿意相信，你已经永远离开。

今年，我没有再打扰兰姐。你那么爱她，一定只希望她过得好。

谨以此书，献给书友@无极2016。愿天堂没有病痛，愿人世没有朊蛋白病。

飘荡墨尔本于甲辰年庚午月乙巳日端午

因为出版稿只有网络版篇幅的四分之一，网络版里面，梦心之在梦里和《千里江山图》的作者到《清明上河图》里面溜达、和苏东坡的一生挚爱聊八卦、和达·芬奇的文艺复兴领路人喝闺蜜下午茶，还有后记提到的麦芽糖烤全羊，许许多多有意思的情节和美食都没能放到出版稿里面。

对古典梦境和宋代美食感兴趣的，想知道聂广义和梦心之是怎么极限拉扯的，或者单纯想知道聂广义是怎么被骗婚成为离异人士的，可以去起点中文网看看80万字的网络版，以及只有2.3万字的短篇引子《大国子民》。